FUENTES

CONVERSACIÓN Y GRAMÁTICA

Fifth Edition

Dedication

We dedicate this book to Sandy Guadano, editor and friend.

F U E N T E S

CONVERSACIÓN Y GRAMÁTICA

Fifth Edition

Debbie Rusch

Boston College

Marcela Domínguez

Lucía Caycedo Garner

University of Wisconsin—Madison, Emerita

with the collaboration of

Donald N. Tuten

Emory University

Carmelo Esterrich

Columbia College Chicago

CENGAGE
Learning·

Australia · Brazil · Japan · Korea · Mexico · Singapore · Spain · United Kingdom · United States

CENGAGE
Learning®

Fuentes: Conversación y gramática,
Fifth Edition
Rusch / Domínguez / Caycedo Garner

Product Director: Beth Kramer

Managing Developer: Katie Wade

Senior Product Manager: Lara Semones

Content Coordinator: Joanna Alizio

Associate Media Developer: Patrick Brand

Executive Brand Manager: Ben Rivera

Senior Content Project Manager: Aileen Mason

Senior Art Director: Linda Jurras

Manufacturing Planner: Betsy Donaghey

Rights Acquisition Specialist: Jessica Elias

Production Service: Cenveo® Publisher Services

Text Designer: Bill Reuter

Cover Designer: Harold Burch

Cover Image: Manu Fernández/ AP Images

Compositor: Cenveo® Publisher Services

For product information and technology assistance, contact us at
Cengage Learning Customer & Sales Support, 1-800-354-9706
For permission to use material from this text or product,
submit all requests online at **www.cengage.com/permissions**.
Further permissions questions can be e-mailed to
permissionrequest@cengage.com

Library of Congress Control Number: 2013948336

Student Edition:
ISBN-13: 978-1-285-45547-1
ISBN-10: 1-285-45547-9

Loose-leaf Edition:
ISBN-13: 978-1-285-73493-4
ISBN-10: 1-285-73493-9

Cengage Learning
200 First Stamford Place, 4th Floor
Stamford, CT 06902
USA

Cengage Learning is a leading provider of customized learning solutions with office locations around the globe, including Singapore, the United Kingdom, Australia, Mexico, Brazil, and Japan. Locate your local office at **international.cengage.com/region**.

Cengage Learning products are represented in Canada by Nelson Education, Ltd.

For your course and learning solutions, visit **www.cengage.com**.

Purchase any of our products at your local college store or at our preferred online store **www.cengagebrain.com**.

Instructors: Please visit **login.cengage.com** and log in to access instructor-specific resources.

Printed in the United States of America
2 3 4 5 6 7 17 16 15 14

Contents

Contents

Contents

Capítulo 11 • *Sociedad y justicia* 313

Capítulo 12 • *La comunidad latina en los Estados Unidos* 343

Reference Section 361

Contents

Preface

Preface Contents

To the Student

Fuentes: Conversación y gramática and *Fuentes: Lectura y redacción,* Fifth Edition, present an integrated skills approach to intermediate Spanish that develops both your receptive (listening and reading) and productive (speaking and writing) skills simultaneously, and also combines the skills in many of the activities you are asked to carry out. For instance, you may be asked to read a list of actions and mark those that you have done, then talk to a classmate to find out which he/she has done, and finally report orally or in writing on the experiences you have in common. In this way, you use multiple skills at once, as in real life, to develop your communicative skills in Spanish.

Learning Spanish also means developing an appreciation of the cultures that comprise the Hispanic world. In *Fuentes: Conversación y gramática,* podcasts, authentic videos made for Spanish speakers by Spanish speakers, feature-length films, and short readings expose you to information about diverse topics from many Hispanic countries. You also will hear directly from Spanish speakers from numerous countries about their opinions, experiences, and individual perspectives in the **Fuente hispana** quotes that appear throughout the chapters. *Fuentes: Lectura y redacción,* the companion volume to *Fuentes: Conversación y gramática,* contains additional readings, as well as writing practice, coordinated with the topics and grammar of each chapter. The magazine and literary selections, as well as informational readings are designed to further enrich your understanding of Hispanic cultures.

As you work with the *Fuentes* program, remember that learning a language is a process. This process can be accelerated and concepts studied can be learned more effectively if you study on a day-by-day basis. What is learned quickly is forgotten just as quickly, and what is learned over time is better remembered and internalized.

More importantly, envision yourself as a person who comprehends and speaks Spanish. Take risks and allow yourself to make errors; it is part of the learning process. Finally, enjoy your study of the Spanish language and cultures as you progress through the course.

Study Tips for *Fuentes: Conversación y gramática*

The following study suggestions are designed to help you get the most out of your study of Spanish.

Tips for listening:

► Read the introduction and think, if only for a second, about the possible content.

► Read through the while-listening activity in the book or in the Lab prior to listening. This will help focus your attention and increase comprehension.

► Visualize the speakers in the in-text podcasts and Lab audio.

► Listen for a global understanding the first time you hear the passage and listen for more specific information the second time, as indicated in the activities.

► Remember that you do not need to understand every word of each listening passage.

► When watching videos, use visual cues and gestures to help increase your comprehension.

Tips for grammar study and activities:

► Prepare well before each class, studying a little every day rather than cramming the day before the exam.

► Focus on what you can do with the language or on what each concept allows you to express.

► Work cooperatively in paired and small-group activities.

► Do corresponding activities in the Workbook or on iLrn™ when assigned or as additional practice.

Tips for vocabulary study:

► Pronounce words aloud.

► Study new words over a period of days.

► Try to use the new words in sentences that are meaningful to you.

► Do corresponding activities in the Workbook and/ or those on iLrn™ when assigned or as additional practice.

Tips for studying culture:

► Practice reading and listening "between the lines." The ability to make inferences about a writer's or speaker's intentions and the implications of what is expressed is essential to intercultural communication.

► As you read/listen, compare and contrast what you learn about Hispanic cultures and societies with your own. Use your informal writing to explore these ideas and become more aware of your own underlying beliefs and values.

► When you watch videos or feature-length films, be observant of everyday cultural norms. Notice gestures, distance between speakers, how people great each other, when they chose to use **tú** vs. **Ud.**, where people eat, what people eat, etc.

Student Components

Fuentes: Activities Manual

The Workbook portion of the Activities Manual allows you to practice the functional grammar and vocabulary presented in *Fuentes: Conversación y gramática* in order to reinforce what you learn in class as you progress through each text chapter.

The Lab Manual section provides pronunciation and listening comprehension practice. The lab activities, coordinated with a set of recordings, can be done toward the end of each chapter and prior to any quizzes or exams.

The Workbook and Lab Manual are available in two formats. They can be accessed online via iLrn™ or are available in a print Student Activities Manual. They contain identical material. If you have access to iLrn™, immediate online corrections will be provided for most workbook and all lab activities and you will have access to the lab audio program. If you have a print Student Activities Manual, your instructor may provide you with an answer key and you may access the lab audio on cengagebrain.com using the code that came with your textbook.

Lab Audio CD Program

A set of recordings to accompany the Lab Manual portion of the Activities Manual contains pronunciation practice, listening comprehension activities based on structures and vocabulary presented in *Fuentes: Conversación y gramática*, and a final conversation dealing with the chapter theme. The CDs are available for purchase or in MP3 format on the Student Premium Website. They also are available on iLrn™.

iLrn™: Heinle Learning Center

This is an audio- and video-enhanced learning environment that includes:

▶ An eBook
▶ Assignable and integrated textbook activities
▶ Assignable, partnered voice-recorded activities
▶ The Workbook
▶ The Lab Manual with audio
▶ **Más allá** videos from the **Videofuentes** section of the textbook
▶ The *Share It!* tool giving you an opportunity to post links and to share comments on topics of interest
▶ Spanish/Spanish flashcards to practice vocabulary and grammar
▶ Self-checking activities to practice grammar
▶ A diagnostic study tool to better prepare you for exams
▶ Web Search Activities that link to existing websites made by Spanish speakers for Spanish speakers to increase your knowledge of culture while practicing chapter functions

Fuentes: Student Premium Website

The Student Premium Website includes the following password-protected content:

▶ Audio recordings of the text chapter podcasts and the lab audio
▶ Video recordings of the short **Más allá** videos from the **Videofuentes** section of the textbook
▶ Lab audio

Acknowledgments

The publisher and authors wish to thank the following reviewers for their feedback on this edition of *Fuentes*. Many of their recommendations are reflected in the changes made in the new edition.

Writers:

Meghan Allen, Babson College – Testing Program, Tutorial Quizzes, Self-Tests, and Flashcards

Marisol Garrido, Western Illinois University – PowerPoint Presentations

Lauren Rosen, University of Wisconsin – Web Search Activities and Web Links

Jacqui Tabor – Transition Guide and Media Correlations

Greg Thompson, Brigham Young University – Hybrid Syllabus

Reviewers:

Inés Arribas, Bryn Mawr College

Ryan Boylan, Gainesville State College

Julia Bussade, The University of Mississippi

Bonnie Butler, Lafayette College

Marianela Davis, Penn State Altoona

Ronna Feit, Nassau Community College

Diane Forbes, Rochester Institute of Technology

Mary Hartson, Oakland University

Denise Hatcher, Aurora University

Dan Hickman, Maryville College

Rob Martinsen, Brigham Young University

Lynn Purkey, University of Tennessee, Chattanooga

Isidro Rivera, University of Kansas

Fernando Rubio, University of Utah

Karyn Schell, University of San Francisco

Víctor Segura, University of TN, Chattanooga

Barry Velleman, Marquette University

U. Theresa Zmurkewycz, St. Joseph´s University

We thank the following people for sharing their lives and thoughts by supplying us with information for the **Fuente hispana** feature or for consulting on other cultural aspects of the *Fuentes* program. Through their words students will have the opportunity of seeing another very personal side of the Spanish-speaking world.

Walter Aguilar, Bolivia

Santa Arias, Puerto Rico

Gloria Arjona, Mexico

Josefina Ayllón Ayllón, Mexico

Martín Bensabat, Argentina

Marcus Brown, Peru

Dolores Cambambia, Mexico

Nahuel Chazarreta, Argentina

Bianca Dellepiane, Venezuela

Pablo Domínguez, Argentina

Viviana Domínguez, Argentina

Carmen Fernández Fernández, Spain

Evelín Gamarra Martínez, Peru

Fabián García, United States (Mexican-American)

Rosa Garza-Mouriño, Mexico

Adán Griego, United States (Mexican-American)

Gimena Heis, Argentina

María Jiménez Smith, Puerto Rico

Fabiana López de Haro, Venezuela

Esteban Mayorga, Ecuador

Leticia Mercado García, Spain

Peter Neissa, Colombia

Bere Rivas de Rocha, Mexico

William Reyes-Cubides, Colombia

Mauricio Morales Hoyos, Colombia

Joaquín Pascual Ivars, Spain

Magalie Rowe, Peru

Lucrecia Sagastume, Guatemala

Víctor San Antonio, Spain

María Fernanda Seemann Meléndez, Mexico

Mauricio Souza, Bolivia

Haggith Uribe, United States (Mexican-American)

Alejandra Valdiviezo, Bolivia

Natalia Verjat, Spain

Alberto Villate, Colombia

María Elena Villegas, Mexico

Rafael Zarlenga, Argentina

Thank you to Raquel Valle Sentíes for the use of her poem, to Sarah Bartels for sharing her experience of walking the Inca Trail, to Rodolfo Compte for his video, and to Preston Achilike, Tanya Duarte, Jackie Tabares, Meg Vogt, Ann Widger, Katie Arkema, AnnMarie Wesneski, and Stephanie Valencia for supplying photographs, and to Begoña de Rodrigo and Miguel Jiménez for their chauffeuring and computer graphic skills.

Thanks to Alejandro Lee, Dez Bartlet, Begoña de Rodrigo, Miguel Jiménez, Carmen Fernández, Olga Tedias-Montero, Liby Moreno Carrasquillo, Martha Miranda Gómez, Miguel Gómez, Rosa Maldonado Bronnsack, Silvia Martín Sánchez, Ángela Sánchez Turrión, Alberto Dávila Suárez, Virginia Laignelet Rueda, Blanca Dávila Knoll, Jorge Caycedo Dávila, and André Garner Caycedo for their help in polling people for linguistic items of use today in the Spanish-speaking world.

A very special thanks to our editor Sarah Link for all of her late night emails. Thanks also to our production editor Natalie Hansen who kept all to a tight schedule. Much appreciation to Poyee Oster for her work as a photo researcher. A special thanks to Meghan Allen for updating all testing material and to Lauren Rosen for her work on the Web Search Activities and the Web Links. We also thank all of the other people at Cengage, including Beth Kramer, Lara Semones, Joanna Alizio, Jessica Elias, and Aileen Mason, from technology to marketing to sales, who have helped us along the way.

We are extremely grateful to our podcast team of Andrés Fernández Cordón, Paulo Sapag, and Marco Sauli for their outstanding work.

Finally, thank you to our students for giving us feedback and for motivating us to do our best work.

D. R.
M. D.
L. C. G

La vida universitaria

Jóvenes universitarios en San Miguel de Allende, México

© Jeremy Woodhouse/Jupiter Images

METAS COMUNICATIVAS

- presentarse y presentar a otros
- obtener y dar información sobre el horario de clases
- hablar de gustos
- describir clases, profesores y estudiantes

I. Introducing Yourself and Others

Dos estudiantes se saludan en Salamanca, España.

ACTIVIDAD 1 ¡A conocerse!

Parte A: Completa las preguntas con las expresiones interrogativas **cuál, cómo, de dónde, qué** y **cuántos**.

¿_____ te llamas?	Me llamo…
¿_____ es tu nombre?	Mi nombre es…
¿_____ es tu apellido?	(Korner.)
¿_____ se escribe (Korner)?	(Ka, o, ere, ene, e, ere.)
¿_____ años tienes?	Tengo (20) años.
¿_____ eres?	Soy de (Chicago).
¿En _____ año (de la universidad) estás?	En primero/segundo/tercero/ cuarto.
¿_____ es tu pasatiempo favorito?	Me gusta (jugar al tenis).

▶ **Primero** and **tercero** drop the final **o** before a masculine singular noun: **estoy en primer año**.

Parte B: Habla con un mínimo de tres personas y escribe su información de la Parte A.

Parte C: Presenta a una de las personas de la Parte B.

▶ Les presento a Jessy Korner, es de Chicago y tiene 20 años. Está en su tercer año de la universidad. Le gusta jugar al tenis.

II. Obtaining and Giving Information about Class Schedules

Las materias académicas

ACTIVIDAD 2 Las materias de este semestre

Parte A: Marca con una X las materias que tienes este semestre. Si tienes una materia que no aparece en la lista, pregúntale a tu profesor/a **¿Cómo se dice…?**

materias = asignaturas

❑ alemán	❑ economía	❑ negocios
❑ álgebra	❑ filosofía	❑ oratoria (*public speaking*)
❑ antropología	❑ física	❑ psicología
❑ arqueología	❑ geología	❑ química
❑ arte	❑ francés	❑ relaciones públicas
❑ biología	❑ historia	❑ religión
❑ cálculo	❑ ingeniería	❑ sociología
❑ ciencias políticas	❑ lingüística	❑ teatro
❑ computación	❑ literatura	❑ teología
❑ comunicaciones	❑ matemáticas	❑ trigonometría
❑ contabilidad (*accounting*)	❑ mercadeo/*marketing*	❑ zoología
❑ ecología	❑ música	

▶ Obvious cognates will be presented in thematic vocabulary lists throughout this text, and they will be translated only in the end-of-chapter vocabulary section.

computación = informática
(*España*)

Parte B: En parejas, averigüen qué estudia la otra persona, qué materias tiene y alguna información sobre esas clases. Hagan las siguientes preguntas.

¿Qué carrera (*major*) estudias o no sabes todavía?

¿Tienes (clase de) cálculo/literatura/…?

¿Cuántos estudiantes hay en la clase de…?

¿Hay trabajos escritos (*term papers*)?

¿Hay exámenes parciales? ¿Hay examen final?

Dos estudiantes con un profesor en la Escuela Universitaria Politécnica de Donostia-San Sebastián, España

© Javier Larrea/age fotostock

ACTIVIDAD 3 Mi horario

Parte A: Completa la siguiente tabla sobre las materias que tienes este semestre.

lunes, martes, miércoles, jueves, viernes
Abreviaturas = l/m/miér/j/v

materia				
día y hora				
profesor/a				

Parte B: Completa cada pregunta con una palabra interrogativa.

To tell time, use **¿Qué hora es? Es la una. / Son las dos.**

To tell at what time something takes place, use **¿A qué hora es? Es a la/s…**

¿_____ materias tienes?

¿A _____ hora es tu clase de…?

¿_____ días tienes la clase de…?

¿_____ se llama el/la profesor/a?

¿_____ es tu profesor/a de…?

Parte C: Ahora, con una persona diferente a la de la Actividad 2, usa las preguntas de la Parte B para anotar el horario de tu nuevo/a compañero/a.

materia				
día y hora				
profesor/a				

III. Expressing Likes and Dislikes

Gustar and Other Verbs

1. To express likes and dislikes you can use the verb **gustar**, as shown in the following chart.

(A mí)	me	
(A ti)	te	
(A Ud.) (A él) (A ella)	le	
(A nosotros/as)	nos	
(A vosotros/as)	os	
(A Uds.) (A ellos) (A ellas)	les	

$+$ **gusta** $\begin{cases} + \textit{infinitive/s} \\ + \textbf{el/la} + \textit{singular noun} \end{cases}$

gustan + **los/las** + *plural noun*

The pronoun **mí** takes an accent, but the possessive adjective **mi** does not: **A mí me gusta esta clase. Mi hermano estudia aquí.**

¿Te **gusta** hacer experimentos?	*Do you like to do experiments?*
(A ellos) Les **gusta** reunirse con amigos y trabajar juntos en proyectos.*	*They like to get together with friends and work on projects.*
Me **gusta** la clase de historia.	*I like history class.*
Nos **gustan** las matemáticas.	*We like math.*

*Note: **Gusta,** the singular form of the verb, is used with one or more infinitives even if the infinitive is followed by a plural noun.

2. Between **gusta/n** and a noun, you need an article (**el, la, los, las**), a possessive adjective (**mi, mis, tu, tus, etc.**), or a demonstrative adjective (**este, ese, aquel, etc.**).

Me gusta **la** biología.	*I like biology.*
Me gustan **mis** clases este semestre.	*I like my classes this semester.*
A mis amigos y a mí nos gusta **esta** residencia estudiantil.	*My friends and I like this dorm.*

3. Other verbs used to express likes and dislikes that follow the same pattern as **gustar** are:

caer bien/mal	to like/dislike someone
encantar	to like a lot
fascinar	to like a lot, to find fascinating
importar	to matter (to care about something)
interesar	to interest, to find interesting
molestar	to be bothered by, to find annoying

A los estudiantes no **les cae bien** la profesora de historia.*

The students dislike the history professor.

Me fascinan los libros que analizamos en la clase de literatura comparada.

I really like the books we analyze in my comparative literature class.

Nos importa sacar buenas notas.

We care about getting good grades.

Al profesor Hinojosa **le molestan** los estudiantes que no van preparados a clase.**

Professor Hinojosa is bothered by students who don't go to class prepared.

Note:

*__Me gusta la profesora de historia__ might imply that you are attracted to the person. This is not the case with **Me cae bien la profesora de historia**.

Remember that **a + el = al. Thus, **al profesor Hinojosa**, but **a la profesora Ramírez; al Sr. Vargas**, but **a los Sres. Vargas**.

ACTIVIDAD 4 Los gustos de la gente

Parte A: Completa la primera columna con las palabras necesarias.

A _____ nos			los colores de la universidad
A _____ me			ir al gimnasio
_____ presidente de la universidad			la mascota de la universidad
A _____ le			estudiar los sábados
_____ Uds. _____			las personas de la residencia
_____ profesor de… _____		fascina/n	mi compañero/a de cuarto
A mi padre _____		cae/n bien	tener examen los viernes
_____ _____ les		molesta/n	las personas falsas
A ti _____			la gente que se duerme en clase
_____ mis amigos _____			oír música de los años 80
A mi madre _____			las clases numerosas
_____ _____ profesora de… _____			la variedad de gente en esta universidad

numeroso/a = large (in number of people)

Parte B: Ahora, forma oraciones usando un elemento de cada columna. Puedes añadir la palabra **no** si quieres. Luego comparte tus oraciones con la clase.

▶ A nosotros (no) nos molesta estudiar los sábados.

ACTIVIDAD 5 Tus gustos

Parte A: Completa esta información sobre tus gustos usando por lo menos cuatro de los siguientes verbos: **fascinar, encantar, gustar, caer bien/mal, importar, interesar** y **molestar**.

▶ Me cae bien mi profesora de matemáticas.

1. _____ las clases fáciles.

2. _____ mi profesor/a de...

3. _____ mi horario de clases este semestre.

4. _____ las clases con trabajos escritos y exámenes.

5. _____ los exámenes finales para hacer en casa.

6. _____ mis compañeros/as de cuarto o apartamento.

7. _____ la gente que bebe mucho alcohol en las fiestas.

8. _____ los profesores exigentes (*demanding*).

9. _____ el costo de la matrícula (*tuition*).

10. _____ participar en el gobierno estudiantil.

11. _____ las fraternidades y hermandades, como ΩΣΔ.

12. _____ ser miembro del club de... de la universidad.

Parte B: Ahora, en parejas, usen las ideas de la Parte A para hacerse preguntas como las siguientes y justifiquen sus respuestas.

IV. Describing Classes, Professors, and Students

ACTIVIDAD 6 ¿Cómo es tu profe?

Parte A: Piensa en un/a profesor/a que te cae bien este semestre y marca los mejores adjetivos para describir a esa persona.

To review adjective agreement, see Appendix C.

- ❑ astuto/a
- ❑ atento/a (*polite, courteous*)
- ❑ brillante
- ❑ capaz (*capable*)
- ❑ cómico/a
- ❑ comprensivo/a (*understanding*)
- ❑ creativo/a
- ❑ divertido/a
- ❑ encantador/a (*charming*)

- ❑ exigente
- ❑ honrado/a (*honest*)
- ❑ ingenioso/a (*resourceful*)
- ❑ intelectual
- ❑ justo/a (*fair*)
- ❑ sabio/a (*wise*)
- ❑ sensato/a (*sensible*)
- ❑ sensible (*sensitive*)
- ❑ tranquilo/a

Parte B: Ahora, habla con otra persona y descríbele a tu profesor/a.

Remember: Use **ser** to describe what a person or thing is like.

▶ Me cae muy bien mi profesora de teatro porque es muy creativa y...

Parte C: En parejas, decidan cuáles son las cuatro cualidades más importantes de un profesor y por qué.

▶ Un profesor debe ser... porque...

ACTIVIDAD 7 Me molesta mucho

Parte A: Marca los adjetivos que describen la clase que menos te gusta este semestre y al profesor o a la profesora de esa clase. Piensa en la clase y las personas de esa clase.

Clase	Profesor/a
❑ aburrida	❑ aburrido/a (*boring*)
❑ difícil	❑ cerrado/a (*narrow-minded*)
❑ fácil	❑ conservador/a
❑ larga	❑ creído/a (*vain*)
❑ lenta (*slow*)	❑ despistado/a (*absent-minded*)
❑ numerosa	❑ estricto/a
❑ rápida	❑ exigente
	❑ insoportable (*unbearable*)
	❑ liberal
	❑ rígido/a

Parte B: Ahora, en parejas, quéjense de *(complain about)* la clase que menos les gusta sin mencionar el nombre del profesor / de la profesora.

▶ No me gusta nada mi clase de… porque es…

▶ No me interesa la clase porque el profesor es…

Parte C: Marquen y luego digan cómo están los estudiantes en una clase aburrida con un profesor malo y por qué.

❑ aburridos (*bored*)	❑ enojados
❑ atentos (*attentive*)	❑ entretenidos (*entertained*)
❑ concentrados	❑ entusiasmados (*excited*)
❑ contentos	❑ nerviosos
❑ distraídos (*distracted*)	❑ preocupados
❑ dormidos	❑ relajados

Remember: Use **estar** to say how the students in the class feel.

ACTIVIDAD 8 Planes para este semestre

Parte A: En parejas, háganse preguntas sobre las cosas que van y no van a hacer este semestre usando las siguientes ideas.

▶ ¿Vas a dejar alguna clase este semestre y tomar otra?

- dejar alguna clase y tomar otra
- tener muchos trabajos escritos
- hablar con un/a profesor/a para entrar en una clase que está llena (*full*)
- tomar muchos exámenes finales
- tener un semestre fácil o difícil
- visitar a sus padres con frecuencia

To express future actions, use **voy, vas, va, etc.** + **a** + *infinitivo*.

Parte B: Cuéntenle a otra persona cómo va a ser el semestre de su compañero/a de la Parte A.

▶ Caitlyn no va a dejar ninguna clase este semestre porque le gustan mucho todas. Va a tener…

Testing Your Knowledge of Spanish

ACTIVIDAD 9 La vida universitaria

Preston está en Buenos Aires, Argentina, y le escribe un email a su amigo Javier, que vive en el D. F. Para ver cuánto español sabes, completa su mensaje con palabras lógicas. Usa solo una palabra en cada espacio.

pasantía = *internship*

Asunto: ¡¡¡Pingüinos!!!

Hola, Javier:

¿Cómo estás? Yo muy _____ (1), pero muy cansado porque acabo de empezar las clases en la universidad y no tengo más vacaciones _____ (2) julio. Como sabes, me tengo que levantar temprano porque _____ (3) durante el día en un banco donde hago una pasantía y _____ (4) la noche voy a clase. Por suerte, mi jefa es _____ (5) comprensiva y me permite salir del trabajo una hora antes. Después, voy a una cafetería enfrente de _____ (6) universidad y mis compañeros y yo nos reunimos para estudiar para _____ (7) clase de física. Es una clase muy difícil y no se pueden hacer muchas preguntas porque _____ (8) más de 100 estudiantes. El profesor es muy inteligente, _____ (9) no es muy dinámico; por eso, los estudiantes muchas veces _____ (10) aburridos en su clase. Pero no todas mis clases son así; las otras materias que tengo son mucho mejores y, aunque empiezan a las 8 de la noche y _____ (11) a las 10, _____ (12) caen bien los profesores que tengo. Bueno, luego cuando salgo de clase, tomo el autobús y llego a casa a _____ (13) 10:30, pero no me acuesto hasta las 12. Como ves, mis días son _____ (14) largos, pero los fines de _____ (15) son muy buenos porque mis amigos y _____ (16) siempre organizamos alguna fiesta _____ (17) divertirnos.

Bueno, escríbeme y cuéntame qué haces. Hace un mes _____ (18) no me escribes y quiero que me cuentes un poco de _____ (19) vida.

Un abrazo,

Preston

Punta Tombo, Argentina

Photo courtesy of Preston Achilike

Do the corresponding iLrn activities to review the chapter topics.

Vocabulario activo

Las materias académicas

alemán *German*
álgebra *algebra*
antropología *anthropology*
arqueología *archaeology*
arte *art*
biología *biology*
cálculo *calculus*
ciencias políticas *political science*
computación *computer science*
comunicaciones *communications*
contabilidad *accounting*
ecología *ecology*
economía *economics*
filosofía *philosophy*
física *physics*
francés *French*
geología *geology*
historia *history*
ingeniería *engineering*
lingüística *linguistics*
literatura *literature*
matemáticas *mathematics*
mercadeo/*marketing* *marketing*
música *music*
negocios *business*
oratoria *public speaking*
psicología *psychology*
química *chemistry*
relaciones públicas *public relations*
religión *religion*
sociología *sociology*
teatro *theater*
teología *theology*
trigonometría *trigonometry*
zoología *zoology*

Verbos como *gustar*

caer bien/mal *to like/dislike someone*
encantar *to like a lot*
fascinar *to like a lot, to find fascinating*
importar *to matter (to care about something)*
interesar *to interest, to find interesting*
molestar *to be bothered by, to find annoying*

Adjetivos descriptivos con *ser*

aburrido/a *boring*
astuto/a *astute, clever*
atento/a *polite, courteous*
brillante *brilliant*
capaz *capable*
cerrado/a *narrow-minded*
cómico/a *funny*
comprensivo/a *understanding*
conservador/a *conservative*
creativo/a *creative*
creído/a *vain*
despistado/a *absent-minded*
difícil *hard*
divertido/a *fun*
encantador/a *charming*
estricto/a *strict*
exigente *demanding*
fácil *easy*
honrado/a *honest*
ingenioso/a *resourceful*
insoportable *unbearable*
intelectual *intellectual*
justo/a *fair*

lento/a *slow*
liberal *liberal*
numeroso/a *large (in number of people)*
rígido/a *rigid*
sabio/a *wise*
sensato/a *sensible*
sensible *sensitive*
tranquilo/a *calm*

Adjetivos descriptivos con *estar*

aburrido/a *bored*
atento/a *attentive*
concentrado/a *concentrated*
distraído/a *distracted (momentarily)*
dormido/a *asleep*
enojado/a *angry*
entretenido/a *entertained*
entusiasmado/a *excited*
nervioso/a *nervous*
preocupado/a *worried*
relajado/a *relaxed*

Expresiones útiles

¿A qué hora es...? *At what time is . . . ?*
la carrera *major; university studies*
la facultad *academic department; school of a university*
la matrícula *tuition*
el trabajo escrito *(term) paper*
voy, vas, va, etc. + a + inf. *I am, you are, he is + going + inf.*

Learning Spanish is like learning to figure skate. Each year a skater adds a few moves to his/her routines, but never stops practicing and improving on the basics. As the skater progresses from doing a double axel to a triple axel, he/she must still polish technique. There are marks for both technical merit and artistic merit. Both must be worked on, and as the skater becomes better in the sport, actual progress is more and more difficult to perceive.

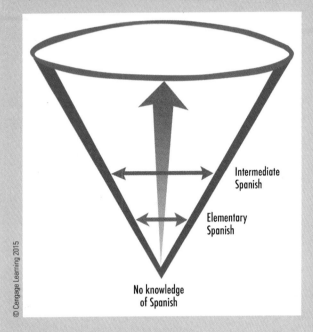

The process of learning a language is depicted in the cone. In order to learn a foreign language, students must progress vertically as well as horizontally. But as one proceeds vertically, one must always cover more distance horizontally. Progress is noted while moving vertically. This includes learning new tenses, object pronouns, etc. (or in skating, landing a new jump for the first time). Horizontal progress is not perceived as easily as vertical. Horizontal progress includes fine tuning what one has already learned by becoming more accurate, enlarging one's vocabulary, covering in more depth topics already presented in a beginning course, and gaining fluency. This progress is like improving scores for artistic merit or consistently skating cleaner programs than ever before. As you pursue your studies of Spanish, remember that progress is constantly being made.

Nuestras costumbres

© Pablo Corral Vega/Corbis

Estudiantes venezolanos charlan fuera de clase.

METAS COMUNICATIVAS

- ➤ narrar en el presente y en el futuro
- ➤ dar y obtener información
- ➤ evitar (*avoiding*) redundancias
- ➤ hablar sobre la vida nocturna

Un conflicto de identidad

llamarle la atención	to find something interesting/strange
ser un/a pesado/a	to be a bore
hace + *time expression* **+ que +** *present tense*	to have been doing something for + *time expression*

El duo dinámico de Lucas y Camila

En nuestro primer podcast de Bla bla bla, *hablamos de un conflicto de identidad.*

BLA BLA BLA

Lucas, chileno
estudia economía, posgrado,
  Universidad de Chile
Camila, mexicana
estudia publicidad, INCACEA
hace una pasantía

COMENTARIOS:

mcapac: *hace 15 minutos*
  Soy peruano de origen africano, español, indígena y chino (de Hong Kong). ¿Qué marco? ;)

Carioca32: *hace 5 minutos*
  soy brasileña, para una universidad de EE.UU., ¿¿¿soy "Latina"???

pablo3789: *hace 1 minuto*
  @Carioca32 Yo soy de Panamá. Y tú y yo somos LATINOAMERICANOS...

ACTIVIDAD 1 Categorías

Parte A: Camila tiene que completar una solicitud en inglés para entrar en una universidad de los Estados Unidos. Antes de escuchar el podcast, mira la foto y la información de Camila y marca todas las categorías de la lista que crees que la describen.

> Hispanic/Latino (including Spain) _____
>
> American Indian _____
>
> Asian _____
>
> Black or African American (including Africa and the Caribbean) _____
>
> Native Hawaiian or other Pacific Islander _____
>
> White _____

 Parte B: Ahora escucha el podcast para confirmar qué categorías describen a Camila.

ACTIVIDAD 2 Más información

 Parte A: Antes de escuchar el podcast otra vez, lee las siguientes preguntas. Luego escucha el podcast para buscar la información necesaria.

1. ¿En qué ciudad están Camila y Lucas?
2. Lucas le toma el pelo (*teases*) a Camila. ¿Sobre qué?
3. Según Lucas, ¿qué es lo que no tiene Camila?
4. Según el podcast, ¿quiénes se consideran *Hispanics* en EE.UU.?
5. ¿Qué decide hacer Camila con esta sección de la solicitud? ¿Por qué?
6. ¿Tiene ella un verdadero conflicto de identidad?

Parte B: Ahora lee los comentarios sobre el podcast y contesta estas preguntas.

1. ¿Qué categorías puede marcar *mcapac*?
2. ¿Qué problema tiene *Carioca32*?

¿Lo sabían?

En general, en los países hispanos cuando se le pregunta a alguien de dónde es, lo típico es responder con la nacionalidad del país donde nació. La gente no responde con el origen de su familia, ya que lo importante no es de dónde vinieron sus antepasados, sino dónde nació uno. A pesar de que tampoco es común identificarse con el nombre de una región, sí se usan términos regionales como *latinoamericano* o *centroamericano* para describir a toda la gente de una región geográfica extensa. Entonces, una persona llamada Simona Baretti, nacida en Venezuela, se identifica como venezolana y no como suramericana, o latinoamericana, o hispanoamericana, y mucho menos como "italovenezolana".

Menciona alguno de los términos que usa la gente en este país para identificarse.

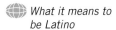
ACTIVIDAD 3 ¿Qué eres?

Parte A: En este libro vas a leer sobre las vivencias y opiniones de hispanos de 20 a 50 años, que son de diferentes partes del mundo. Sus comentarios no se pueden generalizar a todos los hispanos; simplemente son la opinión de cada persona en particular. Lee lo que dice una chica norteamericana sobre su identidad.

 Fuente hispana

"Yo a veces digo que soy chicana, pero me siento más cómoda identificándome como mexicoamericana porque para mí es el término que más representa mi estado entre dos culturas. Soy mexicana porque mis padres son de México y de allí viene parte de mi cultura y mi herencia, y a la vez soy americana porque nací y fui criada en los Estados Unidos".

Courtesy of Debbie Rusch

 Remember that this symbol indicates an opportunity for you to share ideas and comments with classmates using the *Share it!* feature on iLrn.

Parte B: En grupos de tres, utilicen las siguientes preguntas para hablar de su nacionalidad y el origen de su familia.

1. ¿Se consideran Uds. americanos, norteamericanos, italoamericanos, afroamericanos, francoamericanos, etc.? Y si son de Canadá, ¿se consideran Uds. canadienses, norteamericanos, italocanadienses, etc.?

2. La población de los Estados Unidos o de Canadá que habla inglés, ¿siente alguna conexión con personas de Inglaterra, Australia u otros países donde se habla inglés?

3. ¿Cuánto tiempo hace que su familia vive en este país? Si uno/a de Uds. es indígena de este país, ¿conserva su familia las costumbres y el idioma de sus antepasados?

4. Si sus padres o abuelos no son originarios de un país de habla inglesa, ¿hablan ellos el idioma de su país? ¿Lo entienden? ¿Hablan inglés también?

5. ¿Cuáles son algunas costumbres y tradiciones que conservan Uds. del país de origen de su familia? Piensen en la música, la comida, las celebraciones especiales, etc.

6. ¿Por qué preguntan muchas universidades de los Estados Unidos en la solicitud de ingreso la raza y/o el origen étnico de los estudiantes?

Población hispana de EE.UU., por origen, 2010

(en miles)

		% de hispanos
hispanos (en su totalidad)	50.730	
mexicanos	32.916	64,9
puertorriqueños	4.683	9,2
cubanos	1.884	3,7
salvadoreños	1.827	3,6
dominicanos	1.509	3,0
guatemaltecos	1.108	2,2
colombianos	972	1,9
hondureños	731	1,4
ecuatorianos	665	1,3
peruanos	609	1,2

Nota: El total de la población de EE.UU. es 309.350.000 (redondeado a la milésima más cercana)

© 2011 Pew Research Center, Pew Hispanic Center project. The 10 Largest Hispanic Origin Groups: Characteristics, Rankings, Top Counties. http://www.pewhispanic.org/2012/06 27/the-10-largest-hispanic-origin-groups-characteristics-rankings-top-counties/

© Cengage Learning 2015

I. Narrating in the Present

A Regular, Stem-Changing, and Irregular Verbs

🌐 Do the corresponding iLrn activities as you study the chapter.

To talk about what you usually do, you generally use the present tense. For information on how to form the present indicative (**presente del indicativo**), including irregular and stem-changing verbs, see Appendix A, pages 362–364.

Camila y yo **caminamos** a un café todas las tardes.	*Camila and I walk to a café every afternoon.*
Lucas **prefiere** tomar clases por la mañana, pero **sé** que a veces **trasnocha** y **falta** a clase.	*Lucas prefers to take morning classes, but I know he sometimes stays up late and misses class.*

Here are verbs that you can use to talk about what you usually do.

-ar *verbs*	
ahorrar (dinero/tiempo)	to save (money/time)
alquilar (un carro)	to rent (a car)
apagar (el celular)	to turn off (the cell phone)
bajar/descargar (música)	to download (music)
charlar/platicar (*México*)	to chat
cuidar (a) niños	to babysit
dibujar	to draw
escuchar* música	to listen to music
faltar (a clase / al trabajo)	to miss (class/work)
gastar (dinero)	to spend (money)
mandar (un mensaje de texto / un SMS)	send (a text message)
mirar* (la) televisión	to watch TV
pasar la noche en vela (estudiando)	to pull an all-nighter (studying)
pasear al perro	to walk the dog
probar (o → ue)	to taste; to try
sacar buena/mala nota	to get a good/bad grade
trasnochar	to stay up late / all night

celular = móvil (*España*)

Cuido niños. (*Kids, anybody's kids*)

Cuido a los niños de mi hermana. (*Specific child/ children*)

▶ Stem-changing verbs are followed by **ue, ie, i,** and **u** in parentheses to show the stem change that takes place, for example, **jugar (u → ue)**. Note that some -**ir** verbs have a second change, which is used when forming the preterit (**durmió, durmieron**) and the present participle (**durmiendo**). This change is listed second: **dormir (o → ue, u)**.

*Note: The verbs **escuchar** (*to listen to*) and **mirar** (*to look at*) only take **a** when they are followed by a person.

Mientras estudio, **escucho** música clásica.	*While I study, I listen to classical music.*
Siempre **escucho a** mi padre.	*I always listen to my father.*

-er *verbs*	
devolver (o → ue)	to return (something)
escoger*	to choose
hacer investigación/dieta	to do research / to be on a diet
perder (la conexión) (e → ie)	to lose (the Internet connection)
poder (o → ue)	to be able to, can
soler (o → ue) + *infinitive*	to usually + *verb*
ver* (la) televisión / algo / a alguien	to watch TV / to see something / someone
volver (o → ue)	to return

-ir *verbs*	
asistir (a una charla / a una reunión / a un ensayo)	to attend (a talk/meeting/rehearsal)
compartir	to share
contribuir*	to contribute
discutir	to argue; to discuss
mentir (e → ie, i)	to lie
salir* bien/mal (en un examen)	to do well/poorly (on an exam)
seguir* (instrucciones / a + alguien) (e → i, i)	to follow (instructions/someone)
subir (una foto)	to upload (a photo)

***Note:** Verbs followed by an asterisk in the preceding lists have spelling changes or irregular forms. See Appendix A, pages 362–363 for formation of these verbs.

The present tense can also be used to state what one is doing at the moment or is going to do.

(*phone conversation*)

—¿Qué **haces?** ¿Puedo ir a tu casa?

—**Miro** la tele, pero dentro de quince minutos **camino** al bar de la esquina a encontrarme con mi novia.

devolver = to return *something somewhere*: **Él va a devolver el suéter a la tienda.**

volver = to return *somewhere*: **Él va a volver a la tienda.**

charla = **plática** (*México*)

ACTIVIDAD 4 Un conflicto familiar

Parte A: Una madre que vive en los Estados Unidos le escribe a Consuelo, una señora que da consejos (*advice*) en Internet. Completa el email de la página siguiente usando los verbos que aparecen, fuera de orden, al lado de cada párrafo.

Parte B: En grupos de tres, comparen la familia de la madre desesperada con su propia familia. ¿Son iguales o diferentes?

▶ A mi madre también le molesta cuando mi hermano escucha música rap.

▶ Esos niños pequeños son perfectos, pero en mi familia no es así. Son muy mal educados. Asisten a clase, pero no escuchan a los maestros y no hacen la tarea.

Asunto: Hijo rebelde, madre desesperada ✉ 📁 ☁ 🗑

Estimada Consuelo:

Estoy divorciada y tengo tres hijos: Enrique, Carlos y Maricruz, que _____ (1) dieciséis, once y diez años respectivamente. Mis dos hijos menores _____ (2) encantadores. _____ (3) a clase todos los días, _____ (4) notas excelentes y _____ (5) en el comedor de la escuela sin protestar. Por la tarde, _____ (6) a casa, _____ (7) la tarea y _____ (8) preparar sándwiches porque tienen hambre. Luego _____ (9) mientras _____ (10) televisión y por la noche _____ (11) como unos angelitos.

Mi hijo Enrique, en cambio, _____ (12) muy rebelde. Está en la escuela secundaria, pero a veces _____ (13) a clase. Y el chico me _____ (14), pues me dice que va a clase, pero en vez de ir a clase, _____ (15) a un parque con sus amigos y allí ellos _____ (16) al fútbol. Y ahora, la novedad es que no _____ (17) hablar español. Yo le hablo en español y él me _____ (18) en inglés. Yo _____ (19) hablar bien el inglés, pero él _____ (20) mantener su español para tener buenas oportunidades laborales.

Yo _____ (21) mi día muy temprano porque tengo que estar en el trabajo a las ocho. _____ (22) todo el día en una tienda de ropa y luego _____ (23) a un centro para inmigrantes donde _____ (24) clases de inglés como voluntaria dos veces por semana. Por lo tanto, _____ (25) a casa tarde después de un día largo y _____ (26) muy cansada. A esa hora, generalmente Enrique _____ (27) música rap muy fuerte y yo le _____ (28) que baje el volumen, pero el muchacho no _____ (29) por qué me molesta. Entonces él y yo _____ (30) y todo termina muy mal.

Consuelo, ¿por qué mis hijos menores _____ (31) tan buenos y mi hijo mayor _____ (32) tan rebelde? Yo _____ (33) a Enrique y todo el día _____ (34) en posibles soluciones, pero no _____ (35) qué hacer.

Madre desesperada

---

almorzar
~~asistir~~
~~comer~~
~~dormir~~
~~hacer~~
mirar
regresar
sacar
ser
soler
~~tener~~

contestar
deber
faltar
~~ir~~
~~jugar~~
~~mentir~~
~~poder~~
~~querer~~
~~ser~~

asistir
comenzar
dar
discutir
entender
estar
pedir
poner
trabajar
volver

pensar
querer
saber
ser
ser

ACTIVIDAD 5 Los estudiantes

Parte A: En grupos de tres, digan qué hacen o no hacen generalmente los estudiantes de la escuela secundaria durante la semana y el fin de semana. Mencionen un mínimo de cinco acciones. Usen los verbos de las páginas 17–18 para hablar.

Parte B: Ahora hablen de las cosas que generalmente hacen o no hacen los estudiantes universitarios.

ACTIVIDAD 6 ¿Cuánto hace que...?

▶ Remember: Use **hace** + *time expression* + **que** + *present tense* to indicate how long an action has taken place. The action started in the past and continues in the present.

como/unas =
aproximadamente

Jugar al + *sport* and **jugar** + *sport* are both used. This text uses **al**.

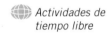 *Actividades de tiempo libre*

En parejas, túrnense para entrevistarse y averiguar si la otra persona hace las siguientes actividades y cuánto tiempo hace que las realiza. Sigan el modelo.

▶ A: ¿Estudias psicología?

B: Sí, estudio psicología. B: No, no estudio psicología.

A: ¿Cuánto (tiempo) hace que estudias psicología?

B: Hace (como/unas) tres semanas que estudio psicología.

ahorrar dinero	compartir apartamento/habitación en una residencia estudiantil	hacer trabajo voluntario
esquiar	tocar un instrumento musical	trabajar
estudiar español	jugar al (*nombre de un deporte*)	hacer ejercicio
hablar otro idioma	tener una página de Facebook	¿?

ACTIVIDAD 7 Los fines de semana

Parte A: En parejas, miren el cuestionario de la página siguiente y túrnense para entrevistarse y averiguar qué hacen los fines de semana. El/La entrevistado/a debe cerrar el libro. Sigan el modelo.

▶ —¿Qué prefieres hacer los fines de semana: comer en la universidad, pedir comida a domicilio o almorzar en…?

—Prefiero…

CASERA Y ORIGINAL
PARA TOMAR Y LLEVAR

¡PLATOS POR ENCARGO
(24 h. antelación)

LA COMIDA DE
La Abuela

SERVICIO A DOMICILIO

☎ 173 142910

*PARA PEDIDOS SUPERIORES A 8 EUROS

ABIERTO TODOS LOS DÍAS
De 8:00 h. a 23:00h.

Courtesy of Debbie Rusch

Preferir:		
❏ comer en la universidad	❏ pedir comida a domicilio	❏ almorzar y/o cenar afuera
Dormir:		
❏ 7 horas o menos	❏ 8 horas	❏ más de 8 horas
Gastar dinero en:		
❏ música	❏ comida	❏ ropa
Asistir a:		
❏ conciertos	❏ eventos deportivos	❏ ensayos
❏ charlas	❏ estrenos (*premieres*) de películas	❏ exhibiciones de arte
Gustarle:		
❏ trasnochar	❏ hablar por teléfono	❏ mirar videos de YouTube
Soler:		
❏ pasar la noche en vela estudiando	❏ ir a fiestas	❏ jugar al (*nombre de un deporte*)
Otras actividades:		
❏ bajar/subir fotos	❏ mandar más de 50 mensajes al día	❏ mandar emails a tus abuelos

Parte B: Ahora compartan con el resto de la clase la información que averiguaron y así comparar lo que hacen los universitarios típicos.

ACTIVIDAD 8 Adicto a la tecnología

Parte A: En parejas, túrnense para hacerse preguntas y así saber si su compañero/a es adicto/a a la tecnología.

1. comenzar el día mirando su celular
2. mirar si tiene mensajes más de cinco veces por hora
3. entrar a su página de Facebook/Tumblr/etc. más de diez veces por día
4. apagar el celular en clase
5. comer con el celular al lado de su plato
6. perder mucho tiempo navegando por Internet
7. tener celular, iPad o Kindle y computadora
8. jugar juegos electrónicos por más de una hora al día
9. descargar películas y programas de televisión todos los días
10. subir fotos a su página de red social todas las semanas
11. soler "tuitear" durante un concierto, una charla, etc.

Parte B: Ahora díganle al resto de la clase si Uds. son adictos a la tecnología. Expliquen su respuesta.

▶ Mi compañera es adicta a la tecnología porque ella… En cambio, yo no soy adicto porque no…

Parte A: En grupos de tres, miren las listas de acciones de las páginas 17–18 y usen la imaginación para decir todo lo que hacen estas personas un día normal.

Parte B: Uds. tienen una bola de cristal y saben que la vida de estas cuatro personas se va a cruzar. Inventen una descripción lógica para explicar qué va a ocurrir. Comiencen diciendo: **La estudiante va a salir de su casa una noche y…**

Use **ir a** + *infinitive* to discuss future events.

En parejas, una persona es el padre/la madre y la otra persona es el/la hijo/a. Cada persona debe leer solamente las instrucciones para su papel.

Padre/Madre	Cosas que hace tu hijo/a
Tu hijo/a tiene 17 años y es un poco rebelde. Mira la lista de cosas que hace y que no debe hacer, y luego dile qué tiene que hacer para cambiar su rutina. También hay algunas cosas de tu rutina que tu hijo/a no acepta y las va a comentar. Cuestiona lo que te dice, pero intenta entender a tu hijo/a. Empieza la conversación diciendo "Quiero hablar contigo".	• faltar a clase • tocar la batería (*drums*) constantemente • trasnochar con frecuencia • mandar mensajes mientras Uds. comen • mentir mucho • preferir andar con malas compañías • sacar malas notas en la escuela • dormir todo el fin de semana

Hijo/a	Cosas que hace tu padre/madre
Tu padre/madre observa cada cosa que tú haces. Por eso decides observar las cosas que hace él/ella. Aquí hay una lista de cosas que hace él/ella. Ahora tu padre/madre va a hablarte de las cosas que tú haces. Cuestiona lo que te dice y háblale de las cosas que, en tu opinión, no debe hacer.	• gastar mucho dinero en cosas innecesarias • decir que está enfermo/a y faltar al trabajo cuando está bien • tocar el piano muy mal • soler mirar *La rueda de la fortuna* en la tele • gritar cuando habla por el celular • beber mucho los fines de semana • fumar a escondidas detrás del garaje

B Reflexive Constructions

1. To indicate that someone does an action to himself/herself, you must use reflexive pronouns (**pronombres reflexivos**). Compare the following sentences.

Me despierto a las 8:00 todos los días.

Todas las mañanas **despierto** a mi padre a las 8:00.

Mi padre **se baña** por la noche.

Mi padre **baña** a mi hermanito por la noche.

Mis hermanas siempre **se cepillan** el pelo por la mañana.

Mi hermana **cepilla** al perro una vez por semana.

▶ Remember: Definite articles (**el, la, los, las**) are frequently used with parts of the body.

In the first column of the previous examples, the use of reflexive pronouns indicates that the subject doing the action and the object receiving the action are the same. In the second column, subjects and objects are not the same; therefore, reflexive pronouns are not used.

2. The reflexive pronouns are:

me acuesto	**nos** acostamos
te acuestas	**os** acostáis
se acuesta	**se** acuestan

For information on reflexive pronouns and their placement, see Appendix D, pages 378–380.

3. Common reflexive verbs that are used to describe your daily routine are:

acostarse (o → ue)	**maquillarse** (*to put on makeup*)
afeitarse (la barba / las piernas / etc.)	**peinarse**
arreglarse (*to make oneself presentable*)	**ponerse* la camisa / la falda / etc.**
bañarse	**prepararse (para)**
cepillarse el pelo / los dientes	**probarse ropa (o → ue)** (*to try on clothes*)
despertarse (e → ie)	**quitarse la camisa / la falda / etc.**
desvestirse (e → i, i)	**secarse (el pelo / la cara / etc.)**
dormirse (o → ue, u)	**sentarse (e → ie)**
ducharse	**vestirse (e → i, i)**
lavarse el pelo / las manos / la cara / etc.	

arreglar = to fix (as in a car motor)

arreglarse la cara = maquillarse

arreglarse el pelo = to fix one's hair

dormir = to sleep

dormirse = to fall asleep

*Note: Irregular **yo** form: **me pongo**.

4. Here are some verbs that do not indicate actions performed upon oneself, but need reflexive pronouns in order for them to have the meanings listed here.

aburrirse (de)	to become bored (with)
acordarse (de) (o → ue)	to remember
caerse*	to fall down
callarse	to shut up
darse* cuenta (de)	to realize
despedirse (de) (e → i, i)	to say good-bye (to)
divertirse (e → ie, i)	to have fun, to have a good time
enfadarse/enojarse	to get mad
equivocarse	to err, to make a mistake
interesarse (por)	to take an interest (in)
irse* (de)	to go away (from), to leave (a place)
ocuparse (de)	to take care (of)
olvidarse (de)	to forget (about)
preocuparse (por)	to worry (about)
quejarse (de)	to complain (about)
reírse** (de) (e → i, i)	to laugh (at)
sentirse (e → ie, i)	to feel

▶ Do not confuse **sentirse** (e → ie, i) with **sentarse** (e → ie) = to sit down.

Note:
*Verbs with an asterisk have an irregular **yo** form.
All forms have accents to break diphthongs: **me río, te ríes, etc.

ACTIVIDAD 11 La respuesta de Consuelo

Parte A: Completa el email de la página siguiente que Consuelo le escribe a la madre desesperada de la Actividad 4.

Parte B: Consuelo cree que la comunicación entre la madre y su hijo es la mejor solución para ellos. En grupos de tres, comenten qué pueden hacer los padres para tener mejor comunicación con sus hijos.

▶ En mi opinión, los padres pueden… Deben… Tienen que…

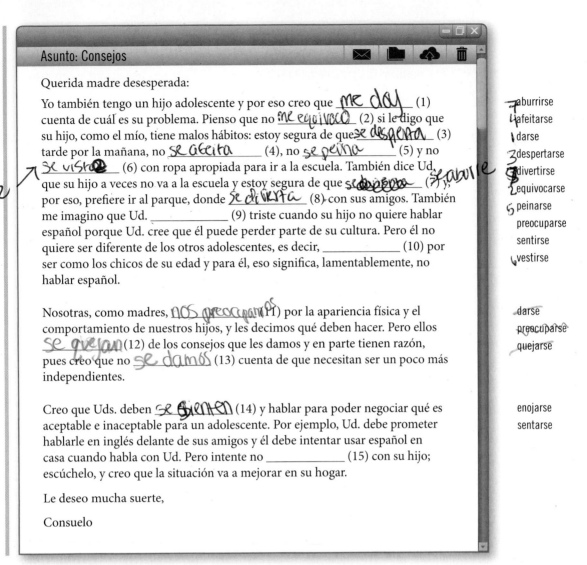

Asunto: Consejos

Querida madre desesperada:

Yo también tengo un hijo adolescente y por eso creo que _me doy_ (1) cuenta de cuál es su problema. Pienso que no _me equivoco_ (2) si le digo que su hijo, como el mío, tiene malos hábitos: estoy segura de que _se despierta_ (3) tarde por la mañana, no _se afeita_ (4), no _se peina_ (5) y no _se viste_ (6) con ropa apropiada para ir a la escuela. También dice Ud. que su hijo a veces no va a la escuela y estoy segura de que _se aburre_ (7) y, por eso, prefiere ir al parque, donde _se divierta_ (8) con sus amigos. También me imagino que Ud. _____ (9) triste cuando su hijo no quiere hablar español porque Ud. cree que él puede perder parte de su cultura. Pero él no quiere ser diferente de los otros adolescentes, es decir, _____ (10) por ser como los chicos de su edad y para él, eso significa, lamentablemente, no hablar español.

Nosotras, como madres, _nos preocupamos_ (11) por la apariencia física y el comportamiento de nuestros hijos, y les decimos qué deben hacer. Pero ellos _se quejan_ (12) de los consejos que les damos y en parte tienen razón, pues creo que no _se damos_ (13) cuenta de que necesitan ser un poco más independientes.

Creo que Uds. deben _se sienten_ (14) y hablar para poder negociar qué es aceptable e inaceptable para un adolescente. Por ejemplo, Ud. debe prometer hablarle en inglés delante de sus amigos y él debe intentar usar español en casa cuando habla con Ud. Pero intente no _____ (15) con su hijo; escúchelo, y creo que la situación va a mejorar en su hogar.

Le deseo mucha suerte,

Consuelo

(anotaciones al margen:)

se viste →

aburrirse (7)
afeitarse (4)
darse (1)
despertarse (3)
divertirse (8)
equivocarse (2)
peinarse (5)
preocuparse
sentirse
vestirse (6)

darse
preocuparse
quejarse

enojarse
sentarse

ACTIVIDAD 12 Tu rutina

Parte A: En parejas, describan cuatro o cinco actividades de su rutina de la mañana y de su rutina de la noche. Usen verbos de la lista de la página 23 y mencionen algunos detalles adicionales. Sigan el modelo.

▶ Por la mañana yo me despierto a las 6:15, pero me levanto a las 6:45 y tomo café antes que nada. Después…

Parte B: Ahora díganse cuatro cosas que generalmente hacen los fines de semana y tres cosas que van a hacer este fin de semana.

▶ En general, los fines de semana me levanto tarde, pero este fin de semana voy a levantarme temprano porque…

Parte A: Completa la siguiente tabla sobre tu vida. Escribe tus iniciales en la columna apropiada.

	Siempre/Mucho	Generalmente	A veces	Nunca
despertarse tarde	_____	_____	_____	_____
dormirse con la tele encendida	_____	_____	_____	_____
escuchar música a todo volumen	_____	_____	_____	_____
practicar deportes	_____	_____	_____	_____
comer pizza	_____	_____	_____	_____
cepillarse los dientes después de comer	_____	_____	_____	_____
pasar noches en vela estudiando	_____	_____	_____	_____
salir cuatro noches por semana	_____	_____	_____	_____
sentirse de buen humor	_____	_____	_____	_____
reírse de sí mismo/a	_____	_____	_____	_____
preocuparse por cosas innecesarias	_____	_____	_____	_____

Parte B: En parejas, entrevisten a la otra persona y escriban sus iniciales en la columna apropiada. Al escuchar la respuesta de su compañero/a, reaccionen usando una de las expresiones que se presentan abajo y pídanle más información. Sigan el modelo.

▶ —¿Comes pizza?

—Sí, como pizza mucho. / No, nunca como pizza. / etc.

—¡No me digas! ¿Por qué?

—Porque…

Para reaccionar

¡No me digas! / ¿De veras? / ¿En serio?	Really? / You're kidding.
Yo también.	I do too. / Me too.
Yo tampoco.	Neither do I. / Me neither.
En cambio yo…	Instead I . . . / Not me, I . . .
¡Qué chévere! (*Caribe*)	That's cool!
¡Qué lástima!	What a pity!

Parte C: Ahora, miren las respuestas y díganle al resto de la clase si su compañero/a lleva una vida sana. Justifiquen su opinión.

sano/a = healthy

cuerdo/a = sane

▶ Liz (no) lleva una vida sana porque…

Parte A: En parejas, túrnense para entrevistar a la otra persona y así formar una idea de su perfil psicológico.

1. aburrirse cuando alguien le cuenta un problema

2. divertirse solo/a o en compañía de otros

3. acordarse del cumpleaños de sus amigos

4. preocuparse por los demás (*others*)

5. sentirse mal si está solo/a

6. aceptar sus errores cuando se equivoca en la vida

7. olvidarse de ir a citas

8. interesarse por la salud de sus familiares

Parte B: Ahora usen los siguientes adjetivos para describirle a la clase cómo es la persona que entrevistaron. Justifiquen su opinión.

▶ Remember to use **ser** to describe what your partner is like.

Adjetivos: **considerado/a, despistado/a, egoísta, extrovertido/a, sociable, solitario/a, impaciente, introvertido/a, paciente**

▶ Tom es una persona muy sociable porque…

ACTIVIDAD 15 Las reacciones

Parte A: Primero, lee las siguientes situaciones y escribe en la primera columna un adjetivo para indicar cómo te sientes. Después, pon una X en la segunda o la tercera columna para indicar si te callas o te quejas.

Adjetivos: **enojado/a, fatal, frustrado/a, impaciente, irritado/a, nervioso/a, preocupado/a, etc.**

	Me siento…	Me callo	Me quejo
si no me gusta el servicio de un restaurante	_____	_____	_____
si en el lugar donde trabajo una persona fuma en el baño	_____	_____	_____
si estoy en un avión y el niño que está detrás de mí me molesta	_____	_____	_____
si mi taxista maneja como un loco	_____	_____	_____
si un profesor me da una nota que me parece baja	_____	_____	_____
si alguien cuenta un chiste ofensivo	_____	_____	_____
si los vecinos ponen música a todo volumen	_____	_____	_____
si no puedo matricularme en una clase porque está llena	_____	_____	_____

Parte B: En parejas, comparen y discutan sus respuestas. Justifiquen por qué se quejan o se callan. Usen las siguientes frases para reaccionar.

Para reaccionar

No sirve de nada quejarse /	It's not worth it to complain . . .
No vale la pena quejarse…	
Vale la pena callarse porque…	It's worth it to keep quiet, because . . .
Tienes razón.	You're right.

ACTIVIDAD 16 Un poco de imaginación

En grupos de tres, imagínense que estas dos personas son sus amigos y contesten las preguntas que siguen.

1. ¿Cómo se llaman y dónde trabajan?
2. ¿Qué hace el hombre para divertirse? ¿Y la mujer?
3. ¿Quién se divierte más?
4. ¿Dónde se aburren ellos?
5. ¿Se preocupan por su apariencia física?
6. ¿Se dan cuenta de que la gente hace comentarios sobre ellos o no se preocupan por esas cosas?
7. ¿Cuál de los dos se interesa por la política? ¿Por qué?
8. ¿Cuál de los dos se olvida de pagar las cuentas a tiempo?

© Ron Dahlquist/Getty

© Image 100/Royalty Free/Corbis

II. Discussing Nightlife

La vida nocturna

Nombre del grupo: ¿Qué hacemos esta noche?

Tipo de grupo: Cerrado

Información:

Tipo: Vida nocturna

Descripción: La idea del grupo es contar y sugerir qué hacer los fines de semana por la noche; contar qué haces esta noche y qué hiciste anoche.

Muro:

 Fernanda Correa   *ha escrito hoy a las 11*
Esta noche salgo con Carola y Victoria. No sé qué vamos a hacer.

 Mariano Campoy   *ha escrito hoy a las 11:15*
¿Por qué no van a la **disco** Sol Caribe que va a estar mi dj preferido? Se puede **pedir algo de tomar** que no es caro y la música va a estar muy buena. Va a haber bachata, merengue…

 Fernanda Correa   *ha escrito hoy a las 11:20*
Sí, la música va a estar muy buena, pero si nadie **te saca a bailar**…

 Mariano Campoy   *ha escrito hoy a las 11:25*
Pero Uds. **bailan en grupo**. ¿Qué problema hay?

 Carola Medrano   *ha escrito hoy a las 12*
Podemos ir al cine y yo puedo comprar **las entradas** por Internet. Fernanda, **¿me pasas a buscar?** Pero **no me vas a dejar plantada**, ¿verdad?

 Victoria Caropi   *ha escrito hoy a las 13*
Nos juntamos en el bar de la esquina a las 9 y ahí vemos qué hacemos —ir al cine, a comer algo y si no tenemos **plata**, **vamos a dar una vuelta**. ¿Bien? ¿Alguien más quiere unirse al programa?

Enviar mensaje al grupo
Crear evento
Editar:
grupo
miembros
coordinadores
Invitar a gente al grupo
Contacto:
carolaestanoche@gmail.com

Right margin annotations:

order something to drink

asks you to dance

dance in a group

tickets
will you pick me up
you are not going to stand me up

we will get together

money (*slang*); we go cruising / for a ride / for a walk

Illustration © Adam Hicks/Shutterstock; Photos courtesy of Debbie Rusch

► REMEMBER: Bolded words are active vocabulary in the chapter. For a complete list of all active vocabulary, see **Vocabulario activo** at the end of the chapter.

Palabras relacionadas con la vida nocturna	
ir a bailar	to go dancing
pasar tiempo con alguien	to hang out with someone
ir a un bar/concierto	to go to a bar, café/concert
sacar/comprar entradas	to get/buy tickets
sentarse (e → ie) en la primera/segunda/ última fila	to sit in the first/second/last row
ir detrás del escenario	to go backstage
el/la revendedor/a	scalper
ligar (*España, México*)	to pick someone up (flirt)
pasar a buscar/recoger a alguien	to pick someone up (at the airport, house)
pasear en el auto	to go cruising
quedar a la/s + una/dos/etc. (con alguien)	to meet (someone) at + time
reunirse/juntarse con amigos	to get together with friends
tener un contratiempo	to have a mishap (that causes one to be late)

▶ The verb **ligar** is never followed directly by a noun as a direct object. **Todas las noches Juan sale con sus amigos a ligar.**

ACTIVIDAD 17 Tu opinión

Lee y marca las ideas con las que estás de acuerdo. Luego, en grupos de tres, justifiquen sus respuestas.

1. ❑ Es preferible sacar a bailar a alguien que bailar en grupo.
2. ❑ La primera fila no es la mejor para ver un concierto.
3. ❑ La gente que sale a pasear en auto no tiene nada mejor que hacer.
4. ❑ Ser revendedor es una buena forma de ganarse la vida.
5. ❑ Las personas que quedan, por ejemplo, a las 12 con alguien y luego tienen contratiempos son desafortunadas.
6. ❑ La gente que te deja plantado/a generalmente es gente distraída.

ACTIVIDAD 18 Tu vida nocturna

En parejas, discutan las siguientes preguntas relacionadas con la vida nocturna.

1. ¿Van a bailar? ¿Con qué frecuencia? ¿Sacan a bailar a otra persona o esperan a que la otra persona los saque a bailar? ¿Por qué baila la gente?
2. ¿Les gusta ir a los bares? ¿Por qué? ¿Por qué se reúne la gente en los bares? ¿Por qué generalmente beben los jóvenes más que sus padres?
3. ¿Les compran las entradas a los revendedores el día del concierto o las compran con anticipación? ¿Cuánto cuesta normalmente una entrada? ¿Tienen a veces la oportunidad de ir detrás del escenario? ¿Qué hace la gente en un concierto de rock?
4. ¿Qué hacen si aceptan la invitación de alguien, pero después deciden no salir? ¿Y si alguien los está esperando en un lugar y Uds. tienen un contratiempo?

III. Obtaining and Giving Information

¿Qué? and ¿cuál?

1. In general, the uses of **qué** and **cuál/es** parallel English uses of *what* and *which (one)*, except in cases where they are followed by **ser**.

¿**Qué** te ocurre?	*What's wrong? / What's the matter?*
¿**Qué** haces mañana?	*What are you doing tomorrow?*
¿**Cuál** le gusta más?	*Which (one) do you like more?*
¿**Cuáles** de estos cantantes prefieren?	*Which of these singers do you prefer?*

Note: A noun can follow both **qué** and **cuál/es**, although **qué** + *noun* is more common: **¿Qué vestido te vas a poner esta noche?**

2. Use **qué** + **ser** to ask for a definition or for group classifications.

Definition	Group Classification
—¿**Qué es** un revendedor?	—¿**Qué eres**, demócrata o republicano?
—Es una persona que le vende a otro algo que compró.	—Ninguno de los dos. Soy del Partido Verde.

Note: Use **¿Qué es eso/esto?** to ask *What's this/that?*

—**¿Qué es eso?**

—Es una quena, un instrumento musical que tocan en los Andes.

3. In all other instances not covered in point 2, use **cuál/es** with **ser**.

¿**Cuál es** tu número de teléfono?	*What's your telephone number? (Which, of all the numbers in the world, is your phone number?)*
¿**Cuál es** tu dirección?	*What's your address? (Which, of all the addresses in the world, is your address?)*
¿**Cuáles son** tus zapatos?	*Which (of all the shoes) are your shoes?*

Compare the following questions.

—¿**Qué es** *tarea*?	—¿**Cuál es** la tarea?
—*Tarea* es un trabajo escrito que da el profesor para hacer en casa.	—La tarea para mañana es hacer las actividades 4 y 5 del cuaderno de ejercicios.

Notice that the question on the left is asking for a definition of what homework is while the one on the right is asking about a specific homework assignment.

ACTIVIDAD 19 ¿Qué hacemos esta noche?

Completa las siguientes preguntas sobre la página de Internet en la página 29 con **qué** o **cuál/es**. Luego contéstalas.

1. ¿ _____ es el objetivo del grupo?

2. ¿ _____ programa sugiere Mariano: ir al cine, a una disco o a dar una vuelta?

3. ¿ _____ es Sol Caribe?

4. ¿ _____ sugiere hacer Carola?

5. ¿ _____ es posiblemente el email de Carola Medrano?

6. ¿ _____ significa *dejar plantada*?

7. ¿ _____ de los programas deciden hacer las chicas?

ACTIVIDAD 20 ¿Cuánto sabes?

Parte A: Completa las siguientes preguntas sobre la cultura hispana con **qué** o **cuál/es**.

1. ¿A _____ hora almuerza la gente en España?

2. ¿ _____ es un sinónimo de *pasarlo bien*?

3. ¿Con _____ de estas formas se despiden dos mujeres mexicanas jóvenes: un beso o un apretón de manos?

4. ¿ _____ es *tener un contratiempo*?

5. ¿ _____ películas ve más un mexicano: nacionales o extranjeras?

6. ¿ _____ significa el término *Hispanic* en los Estados Unidos?

7. Si estás en España, ¿ _____ de estos pronombres usas si hablas con un grupo de jóvenes: **Uds.** o **vosotros**?

8. ¿ _____ es una guayabera y en _____ países se lleva?

9. ¿ _____ es el nombre de la mujer argentina que sirvió de inspiración para una obra de Broadway y una película con Madonna?

10. ¿ _____ son los dos países suramericanos que llevan el nombre de personajes históricos?

11. ¿ _____ es un taco en España? ¿Y en México?

12. ¿ _____ moneda usan en México?

13. ¿ _____ de las islas del Caribe es la más grande?

14. ¿ _____ es la montaña más alta de América?

Parte B: En parejas, túrnense para hacer y contestar las preguntas de la Parte A. Si no saben la respuesta, digan **No sé. / No tengo idea. ¿Lo sabes tú?**

IV. Avoiding Redundancies

Subject and Direct-Object Pronouns

Read the following conversation and state what is unusual.

> A: ¿Agustín invita a salir a Sara?
>
> B: No, Agustín no invita a salir a Sara porque Agustín no conoce a Sara.
>
> A: ¿Cuándo va a conocer Agustín a Sara?
>
> B: No sé cuándo va a conocer Agustín a Sara.

Obviously there is a great deal of repetition in the conversation. Three ways of avoiding repetition are (1) substituting a subject pronoun (**yo, tú, Uds., etc.**) for the subject, (2) omitting the subject altogether, and (3) substituting direct-object pronouns for direct-object nouns.

> A: ¿Agustín invita a salir a Sara?
>
> B: No, no **la** invita a salir porque **él** no **la** conoce.
>
> A: ¿Cuándo va a conocer**la**?
>
> B: No sé cuándo **la** va a conocer.

Pobre Jaime. Sus amigos quedan a una hora con él y no vienen; siempre **lo** dejan plantado.

© Cengage Learning 2015

---

1. A direct object (**complemento directo**) is the person or thing that is directly affected by the action of the verb. It answers the question *whom?* or *what?* Notice that when the direct object refers to a specific person or to a loved animal, the personal **a** precedes it.

No encuentro **las llaves**.	*I can't find the keys.*
No encuentro **a mi hijo**.	*I can't find my child.*
No encuentro **a mi perro**.	*I can't find my dog.*

Note: The personal **a** is rarely used after the verb **tener: Tengo una hermana.**

2. The direct-object pronouns are:

me	nos
te	os
lo, la	los, las

Sentences with direct objects	Sentences with direct-object pronouns
Anoto **el teléfono de la muchacha**.	**Lo** anoto.
Carlos ve **a su novia** dos veces por semana.	Carlos **la** ve dos veces por semana.
XXX	Ella **me/te/os/nos** ve una vez por año.

3. Placement of direct-object pronouns:

Before the Conjugated Verb or	**After** and **Attached** to the Infinitive or Present Participle
La ve dos veces por semana.	XXX
La va a ver. =	Va a **verla**.
La tiene que ver ahora. =	Tiene que **verla** ahora.
La está llamando. =	Está **llamándola**.

ACTIVIDAD 21 Mensajes de texto

This activity includes more uses of **a** besides the personal **a**. To review other uses, see Appendix E.

▶ Remember: **a + el = al**

Abreviaciones en mensajes de texto:

adnde = adónde

cn = con

d = de

dcir = decir

dsp = después

m = me

q = que / qué

x = por

Parte A: Lorena entra al baño y su madre toma el celular de su hija para leer los mensajes. Complétalos con **a, al, a la, a los, a las,** o deja el espacio en blanco cuando sea necesario.

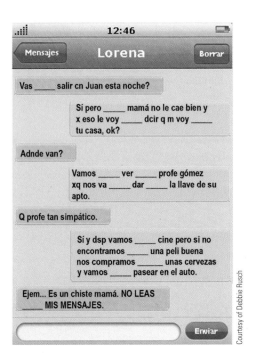

Courtesy of Debbie Rusch

Parte B: En parejas, digan si hay personas que leen los mensajes de otros. Comenten de quiénes son los mensajes que leen y por qué creen Uds. que los leen.

ACTIVIDAD 22 En Los Ángeles

La siguiente historia sobre un joven que vive en Los Ángeles contiene redundancias de sujeto y complemento directo que están en bastardilla (*italics*). Léela y después intenta reescribirla para que sea más natural.

Soy de familia hispana y vivo en Los Ángeles con mis padres, mis hermanos y mi abuela. Mi abuela no habla inglés y por eso, cuando *mi abuela* necesita ir al médico, yo acompaño *a mi abuela*. Mientras el doctor examina *a mi abuela* para ver qué tiene, *yo* traduzco la conversación entre ellos. Mi abuela siempre tiene la misma enfermedad y parece que *la enfermedad* no quiere dejar *a mi abuela* tranquila ya que vamos al consultorio del médico con frecuencia.

Hay muchos mexicanos en esta ciudad y muchos saben inglés, otros estudian *inglés* y otros casi no hablan *inglés*. Sé que no es fácil aprender otro idioma, especialmente si uno trabaja 80 horas por semana. *Yo* tuve suerte porque aprendí *inglés* en la escuela y aprendí español en casa. Muchas personas, especialmente los mayores, que no hablan bien inglés tienen miedo de participar activamente como ciudadanos. Por eso trabajo en un centro de votación que contrata voluntarios. El centro entrena *a los voluntarios* y luego *los voluntarios* salen a hablar con la comunidad hispana. Vamos por lo general a los supermercados y le explicamos a la gente que su voto cuenta y que el voto no es obligatorio, sino que *el voto* es un privilegio. También *el voto* es un derecho y cada ciudadano debe ejercer este derecho. Cada año, el día de las elecciones, con orgullo, mi abuela ejerce *su derecho* y yo acompaño *a mi abuela* para traducir la papeleta y le digo qué debe marcar. Pero ella siempre sabe bien qué marcar y con mucho cuidado…

ACTIVIDAD 23 ¿Sabes quiénes...?

En el mundo hispano hay gran variedad de costumbres, razas y usos del idioma español, entre otras cosas. En parejas, pregúntenle a su compañero/a si sabe qué grupo o grupos hispanos hacen las acciones que se indican. Sigan el modelo.

▶ decir la palabra *guagua* en vez de *autobús*

—¿Sabes quiénes dicen la palabra *guagua* en vez de *autobús*?

—Sí, **la** dicen los caribeños.

1. pronunciar la *ce* y la *zeta* como *th* en inglés	argentinos
2. usar el término *vos*	caribeños (cubanos,
3. comer pan de muerto	puertorriqueños,
4. decir *tacos*	dominicanos)
5. generalmente no tener sangre indígena	costarricenses
6. decir la palabra *platicar* por *charlar*	españoles
7. tocar música con influencia de ritmos africanos	mexicanos

ACTIVIDAD 24 ¿Te visitan?

En parejas, háganse preguntas sobre cosas que hacen sus padres y sus amigos.

▶   —¿Te llaman por teléfono tus padres?

—Sí, me llaman mucho.   —No, no me llaman nunca.

sus padres	llamarlo/la por teléfono
	visitarlo/la en la universidad
	controlarlo/la mucho
sus amigos	venir a visitarlo/la de otra universidad
	invitarlo/la a cenar
	criticarlo/la por algo
	dejarlo/la plantado/a con frecuencia

ACTIVIDAD 25 Los profes

En grupos de tres, piensen en los profesores que han tenido y en otros profesores que conocen. Después, formen oraciones explicando cómo son en general. Usen expresiones como: **la mayoría, algunos, pocos, normalmente, en general, generalmente**. Sigan el modelo.

▶ verlos fuera de sus horas de oficina

Generalmente, no **nos ven** fuera de sus horas de oficina.

La mayoría de los profesores no **nos ven** fuera de sus horas de oficina, pero hay algunos que sí **nos ven**. Algunos incluso se quedan hasta muy tarde para ayudarnos si no entendemos algo.

1. escucharlos atentamente cuando Uds. hablan
2. respetarlos
3. conocerlos bien
4. considerarlos parte importante de la universidad
5. ayudarlos cuando Uds. tienen problemas personales
6. invitarlos a tomar algo después de clase

ACTIVIDAD 26 La primera salida

Parte A: Lee lo que dicen dos jóvenes, un argentino y una mexicana, sobre la primera vez que uno sale con alguien. Compara sus respuestas.

Fuente hispana

Courtesy of Marcela Domínguez

"En una primera salida típicamente el chico invita a la chica. Si él tiene auto, la pasa a buscar, si no, quedan en un lugar que puede ser un bar o un cine. La primera vez paga el chico porque es una cuestión social, pero hay muchos jóvenes que no tienen mucho dinero y a veces las chicas que no tienen mucho dinero se aprovechan de los chicos y salen con ellos solo porque quieren salir. Al final de la noche, el chico muchas veces espera que ella le dé por lo menos un beso en la boca. En las próximas salidas generalmente pagan a medias y si se gustan, hay muchos más besos". ▪

they take advantage of

Fuente hispana

Courtesy of Mª Fernanda Seemann Meléndez

"Por tradición, el hombre se acerca e investiga sobre la mujer que le interesa. Por tradición, el hombre invita por primera vez después de platicar algunas veces con la mujer. Tradicionalmente, el hombre la recoge en su casa y paga lo que sea que hagan (ir al cine, a un café, a una fiesta…). Por tradición, el hombre mantiene a su mujer y paga todos los gastos que tengan juntos. Hoy día hay mucha gente que no sigue las tradiciones porque no son muy prácticas. Entonces existen parejas que no dependen tanto de la diferencia de géneros. Así, a veces invita ella, a veces él o cada uno paga lo suyo". ▪

Parte B: Ahora, en grupos de tres, digan cómo es una primera salida en este país.

Do the corresponding iLrn activities to review the chapter topics.

Más allá

▶ Videofuentes: *Book* (anuncio informativo)

The video is available on
ilrn.heinle.com and
cengagebrain.com.

Antes de ver

ACTIVIDAD 1 El anunciante y el producto

Parte A: Antes de ver un anuncio informativo sobre un producto llamado *Book*, mira la foto del anuncio y contesta las siguientes preguntas.

1. ¿Cómo es físicamente la persona que presenta el producto?

2. ¿Qué ropa lleva?

3. ¿Qué crees que hace durante el día? ¿Qué hace por la noche para divertirse?

Parte B: El producto que promociona el anuncio se llama *Book*. Haz una lista de un mínimo de diez palabras que asocias con la palabra *book*.

1. _____   6. _____

2. _____   7. _____

3. _____   8. _____

4. _____   9. _____

5. _____   10. _____

Mientras ves

ACTIVIDAD 2 El producto y sus beneficios

Lee las siguientes preguntas y luego mira el anuncio para responderlas.

1. Según el anunciante, ¿cuáles son los beneficios de este producto?

   a. _____ no tiene cables

   b. _____ no tiene antena

   c. _____ no tiene circuitos eléctricos

   d. _____ no necesita batería

   e. _____ no necesita conexión

   f. _____ se puede ver sin luz

   g. _____ se puede usar en cualquier lugar

   h. _____ no necesita recargarse

   i. _____ no se cuelga (*crash*)

   j. _____ no se necesita reiniciar (*restart*)

2. Escribe una **a** o una **b** al lado de los ítems que menciona el anunciante.

   a. componentes

   b. accesorios y herramientas (*tools*) adicionales

   _____ atril

   _____ carpeta

   _____ hojas numeradas

   _____ papel opaco

   _____ índice

   _____ lapicero (lápiz)

   _____ marcapáginas

   _____ miles de bits de información

3. ¿Por qué es este producto respetuoso con el medio ambiente?

Después de ver

ACTIVIDAD 3 ¿Tu opinión?

Ahora contesta estas preguntas.

1. ¿Te gusta este anuncio informativo? Explica tu respuesta.

2. Los libros que compras para tus clases universitarias, ¿son libros en papel o electrónicos? ¿Cuál prefieres para tus clases, un libro en papel o un ebook?

3. Cuando lees para entretenerte, ¿cuáles prefieres, libros en papel o ebooks? ¿Cuáles prefiere tu madre? ¿Y tu abuelo? ¿Cuáles van a preferir tus futuros hijos?

4. En tu opinión, ¿va a desaparecer el libro en papel? Da por lo menos tres razones para justificar tu respuesta. Empieza tu respuesta así:

   En mi opinión, el libro de papel (no) va a desaparecer porque…

Proyecto: Un anuncio publicitario

Para este proyecto, necesitas grabar un anuncio publicitario para la radio sobre un lugar o evento hispano en tu ciudad; por ejemplo, una noche de salsa en una disco, un restaurante hispano o un concierto de algún cantante hispano. El anuncio debe durar entre 30 y 45 segundos. Puedes buscar la siguiente información en Internet.

- identificación del evento/lugar
- dirección (y fecha)
- por qué es especial
- precios
- para qué tipo de público

Vocabulario activo

Verbos

-ar *verbs*

ahorrar (dinero/tiempo) *to save (money/time)*
alquilar (un carro) *to rent (a car)*
apagar (el celular) *to turn off (the cell phone)*
bajar/descargar (música) *to download (music)*
charlar/platicar (*México*) *to chat*
cuidar (a) niños *to babysit*
dibujar *to draw*
escuchar música *to listen to music*
faltar (a clase / al trabajo) *to miss (class/work)*
gastar (dinero) *to spend (money)*
mandar (un mensaje de texto / un SMS) *to send (a text message)*
mirar (la) televisión *to watch TV*
pasar la noche en vela (estudiando) *to pull an all-nighter (studying)*
pasear al perro *to walk the dog*
probar (ue) *to taste; to try*
sacar buena/mala nota *to get a good/bad grade*
trasnochar *to stay up late / all night*

-er *verbs*

devolver (ue) *to return (something)*
escoger *to choose*
hacer investigación/dieta *to do research / to be on a diet*
perder (la conexión) (ie) *to lose (the Internet connection)*
poder (ue) *to be able to, can*
soler (ue) + *infinitive to usually + verb*
ver* (la) televisión / algo / a alguien *to watch TV / to see something/someone*
volver (ue) *to return*

-ir *verbs*

asistir (a una charla / a una reunión / a un ensayo) *to attend (a talk/meeting/rehearsal)*
compartir *to share*
contribuir *to contribute*
discutir *to argue; to discuss*
mentir (ie, i) *to lie*
salir bien/mal (en un examen) *to do well/poorly (on an exam)*
seguir (instrucciones / a + alguien) (i, i) *to follow (instructions/someone)*
subir (una foto) *to upload (a photo)*

Verbos reflexivos

La rutina diaria

acostarse (ue) *to lie down; to go to bed*
afeitarse (la barba / las piernas / etc.) *to shave (one's beard/legs/etc.)*
arreglarse *to make oneself presentable*
bañarse *to take a bath*
cepillarse el pelo / los dientes *to brush one's hair/teeth*
despertarse (ie) *to wake up*
desvestirse (i, i) *to get undressed*
dormirse (ue, u) *to fall asleep*
ducharse *to take a shower*
lavarse el pelo / las manos / la cara / etc. *to wash one's hair/hands/face/etc.*
maquillarse *to put on makeup*
peinarse *to comb one's hair*
ponerse la camisa / la falda / etc. *to put on the shirt/the skirt/etc.*
prepararse (para) *to get ready (for)*
probarse ropa (ue) *to try on clothes*
quitarse la camisa/la falda/etc. *to take off the shirt/the skirt/etc.*
secarse (el pelo / la cara / etc.) *to dry (one's hair/face/etc.)*
sentarse (ie) *to sit down*
vestirse (i, i) *to get dressed*

Otros verbos que usan pronombres reflexivos

aburrirse (de) *to become bored (with)*
acordarse (de) (ue) *to remember*
caerse *to fall down*
callarse *to shut up*
darse cuenta (de) *to realize*
despedirse (de) (i, i) *to say good-bye (to)*
divertirse (ie, i) *to have fun, to have a good time*
enfadarse/enojarse *to get mad*
equivocarse *to err, to make a mistake*
interesarse (por) *to take an interest (in)*
irse (de) *to go away (from), to leave (a place)*
ocuparse (de) *to take care (of)*
olvidarse (de) *to forget (about)*
preocuparse (por) *to worry (about)*
quejarse (de) *to complain (about)*
reírse (de) (i, i) *to laugh (at)*
sentirse (ie, i) *to feel*

La vida nocturna

bailar en grupo *to dance in a group*
dejar plantado/a a alguien *to stand someone up*
ir a dar una vuelta *to go cruising / for a ride / for a walk*
ir a un bar/concierto *to go to a bar, café/concert*
sacar/comprar entradas *to get/buy tickets*
sentarse (ie) en la primera/segunda/última fila *to sit in the first/second/last row*
ir detrás del escenario *to go backstage*
el/la revendedor/a *scalper*
ir a una disco / ir a bailar *to go to a club / to go dancing*
ligar (*España, México*) *to pick someone up (flirt)*
pasar a buscar/recoger a alguien *to pick someone up (at the airport, home)*
pasar tiempo con alguien *to hang out with someone*
pasear en el auto *to go cruising*
pedir (i, i) algo de tomar *to order something to drink*
la plata *money (slang)*
quedar a la/s + una/dos/etc. (con alguien) *to meet (someone) at + time*
reunirse/juntarse con amigos *to get together with friends*
sacar a bailar a alguien *to ask someone to dance*
tener un contratiempo *to have a mishap (that causes one to be late)*

Expresiones útiles

llamarle la atención *to find something interesting/strange*
ser un/a pesado/a *to be a bore*
hace + *time expression* **+ que +** *present tense to have been doing something for + time expression*
En cambio yo… *Instead I . . . / Not me, I . . .*
¡No me digas! / ¿De veras? / ¿En serio? *Really? / You're kidding.*
¡Qué chévere! (*Caribe*) *That's cool!*
¡Qué lástima! *What a pity!*
Yo también. *I do too. / Me too.*
Yo tampoco. *Neither do I. / Me neither.*
No sirve de nada quejarse / No vale la pena quejarse… *It's not worth it to complain . . .*
Tienes razón. *You're right.*
Vale la pena callarse porque… *It's worth it to keep quiet, because . . .*

España: pasado y presente

La mezquita de Córdoba, España

METAS COMUNICATIVAS

- hablar de cine
- narrar en el pasado (primera parte)
- decir la hora y la edad en el pasado

Un anuncio histórico

estar harto/a (de + *infinitive*)	to be fed up (with + *-ing*)
el lunes	on Monday
los lunes	on Mondays
año/s clave	key year/s

llave = key (as in a car key)

La estrella mora

Hoy tenemos un anuncio comercial que Camila preparó para una clase de marketing internacional. Es un anuncio para España y un amigo español lo grabó. Ella quiere sacarse una buena nota, así que... ¿lo escuchan y escriben qué opinan?

BLA BLA BLA

Lucas y Camila

COMENTARIOS:

PilarenCaceres: *hace 20 minutos*
Te vas a sacar un 7 (en España el máximo es un 10). Y sí, hay mucha información histórica, pero funciona.

eñe: *hace 15 minutos*
Alfonso el Sabio = Alfonso X. No sé si debes poner los dos nombres.

ChicadeTijuana: *hace 5 minutos*
¡¡¡GENIALLLLLLLLL!!!!!!!! Y aprendí un poco de la madre patria. Suerte con la nota.

ACTIVIDAD 1 Algo de historia

Parte A: Antes de escuchar el podcast, habla sobre la siguiente información.

1. ciudades, países o zonas geográficas que relacionas con las siguientes religiones:
   - el islamismo
   - el judaísmo
   - el catolicismo
2. religión que asocias con:
   - la Tora, la Biblia, el Corán
   - Mahoma, los reyes Fernando e Isabel de España, Maimónides
   - una iglesia, una sinagoga, una mezquita
3. año en que Colón llegó a América
4. tipo de gobierno que asocias con Francisco Franco (socialista, comunista, fascista, democrático)

Parte B: Lee los siguientes acontecimientos de la historia española y luego, mientras escuchas el podcast, indica el año en que ocurrió cada uno.

1. Comenzó la dictadura de Francisco Franco. _____   711
2. Los moros invadieron la península ibérica. _____   1252–1284
3. España perdió sus últimas colonias. _____   1492
4. Los judíos, los moros y los cristianos pudieron estudiar y trabajar juntos. _____   1898
5. Empezó la Guerra Civil. _____   1936
6. Los Reyes Católicos vencieron a los moros en España. _____   1939

Los Reyes Católicos en la fachada de la Universidad de Salamanca, España

ACTIVIDAD 2 Más información

Parte A: Escucha el podcast una vez más y contesta estas preguntas.

1. ¿Qué nota probablemente quiere sacarse Camila?

2. ¿Qué otro nombre para *musulmán* se usa en el anuncio comercial?

3. ¿Por qué invadieron la península ibérica los musulmanes? ¿Sabes qué países forman esa península?

4. ¿Quién fue el rey entre 1252 y 1284?

5. ¿Con qué otro nombre se conoce a Fernando y a Isabel?

6. ¿Cuáles fueron las últimas colonias que perdió España?

7. ¿Cuántos años estuvieron los moros en la península ibérica?

8. ¿Cuántos años duró la colonización española de América y la zona del Pacífico?

9. ¿Qué vende el anuncio comercial?

Parte B: Ahora lee los comentarios del anuncio comercial en la página del podcast y explica si los comentarios sobre el anuncio de Camila son positivos, constructivos o negativos.

¿Lo sabían?

 La historia de España

En el año 1492 ocurrieron tres acontecimientos de gran importancia, no solo en la historia de España sino también en la historia mundial.

- Se publicó la primera gramática de la lengua española.

- Los Reyes Católicos vencieron a los moros, que luego se fueron de la región; también expulsaron a los judíos, y así pudieron tener en la península una sola religión: el catolicismo.

- La llegada de Colón a América marcó el principio de la colonización española en el Nuevo Mundo.

El año 1975 fue clave para la España moderna porque murió Francisco Franco después de 36 años como dictador y empezó la transición a la democracia al nombrar rey a Juan Carlos de Borbón. En 1978 España se convirtió en una monarquía parlamentaria. En 1982 el país se unió a la OTAN y en 1986 España ingresó en lo que hoy día es la Unión Europea.

OTAN (Organización del Tratado del Atlántico Norte) = NATO

¿Cuál es la función de la OTAN? ¿En qué crees que se beneficia España al ser parte de la Unión Europea? ¿A qué organizaciones regionales o mundiales pertenece tu país y cuáles son sus beneficios?

I. Narrating in the Past (Part One)

A The Preterit

1. In order to speak about the past you need both the preterit (**pretérito**) and the imperfect (**imperfecto**). This section will focus on the uses of the preterit. In general terms, the preterit is dynamic and active and is used to move the narrative along while talking about the past. The preterit forms of regular verbs are as follows.

entrar		perder*		vivir	
entré	entramos	perdí	perdimos	viví	vivimos
entraste	entrasteis	perdiste	perdisteis	viviste	vivisteis
entró	entraron	perdió	perdieron	vivió	vivieron

*Note: -**ar** and -**er** stem-changing verbs do not have a stem change in the preterit. To review formation of the preterit and irregular forms, including -**ir** stem-changers, see Appendix A, pages 365–367.

2. The main uses of the preterit are:

   a. to denote a completed state or an action

   > X
   > Los romanos **llegaron** a la península ibérica en 218 A.C. y **construyeron** ciudades como Mérida e Itálica.

   > *The Romans arrived in the Iberian Peninsula in 218 B.C. and constructed cities like Merida and Italica.*

   b. to express the beginning or end of a past action or state

   > X...
   > Los moros **comenzaron** la invasión en 711.

   > *The Moors began the invasion in 711.*

   > ...X
   > La dominación mora **terminó** en 1492.

   > *Moorish domination ended in 1492.*

   c. to express an action or state that occurred over a specific period of time

   > [X]
   > La dominación mora **duró** 781 años.

   > *Moorish domination lasted 781 years.*

Note: Use the preterit to give your overall impression of a completed event.
   —¿Qué tal la visita a las ruinas de Mérida?
   —**Estuvo** maravillosa.

Escultura del circo romano en Mérida, España

Examina las siguientes oraciones sobre la historia de España y la colonización del continente americano. Primero, subraya (*underline*) los verbos en el pretérito y, segundo, indica cuál de los siguientes explica mejor el uso del pretérito en cada oración.

To review large numbers, see Appendix G.

A. X

B. X… O… X

C. ☒

1. _____ Isabel, junto con Fernando, gobernó una España unida desde 1492 hasta su muerte.

2. _____ En 1502, empezó la colonización de las Antillas.

3. _____ Isabel la Católica murió en Medina del Campo en 1504.

4. _____ Desde 1510 hasta 1512, Juan Ponce de León fue gobernador de Puerto Rico.

5. _____ En 1513, Juan Ponce de León inició la búsqueda de la Fuente de la Juventud en lo que hoy en día es la Florida.

6. _____ En 1521, Hernán Cortés derrotó a los aztecas en la región que actualmente es México.

7. _____ Los españoles pisaron tierra en lo que hoy en día es Texas en 1528.

8. _____ Francisco Pizarro capturó a Atahualpa, el último emperador inca, en 1532.

9. _____ Pizarro completó la conquista del imperio incaico en 1535.

10. _____ En 1769, los clérigos españoles comenzaron a fundar misiones en California para llevar la palabra de Dios a los indígenas.

11. _____ En 1898 terminó la dominación española del continente americano.

12. _____ Los españoles dominaron partes de Hispanoamérica y de los Estados Unidos durante más de cuatrocientos años.

Para aprender más sobre la España del siglo XX, completa las siguientes oraciones con el pretérito de los verbos que se presentan.

1. La Guerra Civil española ___empezó___ en 1936 y ___duraron___ casi tres años. (empezar, durar) Durante y después de la guerra, algunos intelectuales como el escritor Ramón Sender y el músico Pablo Casals ___salieron___ de España y _____ en el exilio porque su vida corría peligro. (salir, vivir)

► Cuando los intelectuales huyen de un país por razones políticas, este éxodo se llama *fuga de cerebros*.

2. En 1937 Picasso ___hizo___ el *Guernica,* un cuadro que representa la destrucción de un pueblo en el norte de España. El MoMA de Nueva York ___exhibió___ el cuadro desde 1958 hasta 1981 cuando el *Guernica* ___volvió___ a España, unos años después de la dictadura de Franco. (hacer, exhibir, volver)

3. En 1975 Franco ___murió___ y las Cortes Españolas ___proclamaron___ a Juan Carlos I como rey de España. En mayo de 1976, el gobierno ___permitió___ la libertad de palabra y ___apareció___ el periódico *El País*. En 1978 el rey ___ratificó___ la constitución y así ___comenzó___ la monarquía parlamentaria. (morir, proclamar, permitir, aparecer, ratificar, comenzar)

Continúa

4. En 1980, Pedro Almodóvar _produjo_ la película
   Pepi, Luci, Bom y otras chicas del montón, que le
   mostró al mundo "la movida" de Madrid.
   La movida _formó_ parte de la revolución
   cultural y sexual de la España posfranquista. (producir,
   mostrar, formar)

5. El gobierno _legalizó_ el divorcio en 1981.
   (legalizar)

la movida = nightlife in
post-Franco Spain

ACTIVIDAD 5 Eventos históricos

Parte A: Lee lo que dice un joven español sobre eventos históricos importantes que ocurrieron en las dos últimas décadas del siglo XX.

> ### ✤ Fuente hispana
>
>
>
> "El 23 de febrero de 1981: Este día es muy importante en la historia de España porque un grupo de la Guardia Civil (similar a la policía) entró en el Parlamento con la intención de dar un golpe de estado. Por suerte no pudieron.
>
> El primero de enero de 1986: España entró en la Unión Europea y esto marcó el fin del complejo de los españoles de ser un país atrasado con respecto a sus vecinos. La Unión Europea hoy les ofrece grandes posibilidades de trabajo y de convivencia a todos sus ciudadanos. Podemos viajar de un país a otro sin pasaporte, usar la misma moneda y trabajar en cualquiera de los países de la Unión". ■

Parte B: Haz una lista de tres o cuatro acontecimientos históricos que tuvieron lugar durante tu vida hasta el año pasado, pero no escribas las fechas. Incluye, por ejemplo, guerras, elecciones, muertes de personas famosas, accidentes graves (nucleares o desastres naturales, como terremotos o erupciones volcánicas), actos de terrorismo, asesinatos, inventos.

Parte C: Ahora, en parejas, háganse preguntas para ver si la otra persona sabe en qué año ocurrieron los acontecimientos que escribió cada uno.

▶ A: ¿En qué año empezó la guerra en Afganistán?

B: Empezó en…

A: ¿En qué año fue el tsunami de Japón?

B: El tsunami fue en…

Parte A: Marca en la primera columna las cosas que hiciste el fin de semana pasado. Después, en parejas, túrnense para averiguar qué hizo su compañero/a y marquen sus respuestas en la segunda columna.

► —¿Miraste televisión el fin de semana pasado?

—Sí, miré televisión.   —No, no miré televisión.

	yo	mi compañero/a
1. reunirse con amigos	❑	❑
2. comer fuera y pedir un plato caro	❑	❑
3. charlar con alguien interesante	❑	❑
4. dormir hasta muy tarde	❑	❑
5. reírse mucho	❑	❑
6. jugar a un deporte de pelota	❑	❑
7. descargar una canción	❑	❑
8. trasnochar	❑	❑
9. tocar un instrumento musical	❑	❑
10. pagar una cuenta	❑	❑
11. mentir para "proteger" a alguien	❑	❑
12. divertirse sin gastar dinero	❑	❑
13. ir a un concierto	❑	❑
14. ver una película en el cine	❑	❑
15. vestirse con ropa elegante	❑	❑

► Remember the following letter combinations when spelling preterit forms:

hard **c** sound = ca **que** qui co cu (to**qué**)

hard **g** sound = ga **gue** gui go gu (ju**gué**)

s sound (*Latin Am.*) / **z** sound (*Spain*) = za **ce** ci **zo** zu (empe**cé**, hi**zo**)

Parte B: Ahora, cambien de pareja (*partner*) y cuéntenle a la otra persona algunas de las cosas que hicieron, algunas que hizo su compañero/a de la Parte A y otras cosas que hicieron los dos.

B Narrating in the Past: Meanings Conveyed by Certain Verbs

In Spanish, some verbs convey a different meaning depending upon whether they are used in the present or in the preterit. The meaning conveyed by the preterit usually indicates a completed action or the beginning or end of an action.

	Present	Preterit
saber (+ *information*)	to know (something)	found out (something)
conocer (+ *place* / **a** + *person*)	to know (some place / someone)	began to know / met for the first time (some place / someone)

Cuando Colón **supo** que a los portugueses no les interesaba su viaje, se fue a España.	When Columbus found out that the Portuguese weren't interested in his trip, he went to Spain.
En 1486 **conoció a** los Reyes Católicos en Córdoba.	In 1486 he met the Catholic Monarchs in Cordoba.

	Present	Preterit
no querer (+ *infinitive*)	not to want (to do something)	refused and <u>didn't</u> (do something)
no poder (+ *infinitive*)	not to be able (to do something)	was/were not able and <u>didn't</u> (do something)

Los portugueses **no quisieron** financiar las ideas de Colón; por eso **no pudo** hacer el viaje.	The Portuguese refused to finance Columbus's ideas; that is why he wasn't able to make the trip.

	Present	Preterit
tener que (+ *infinitive*)	to have to (do something)	had to <u>and did</u> (do something)

Colón **tuvo que** ir a España para pedir dinero.	Columbus had to go to Spain to ask for money.

ACTIVIDAD 7 Este semestre

Habla de la siguiente información sobre el comienzo de este semestre.

1. Nombra a tres personas que conociste el primer día de clases.
2. ¿Cuándo supiste el nombre de tus profesores, el semestre pasado o al comienzo del semestre?
3. ¿Intentaste matricularte en una clase y no pudiste? Si contestas que sí, ¿cuál fue?
4. ¿Cuáles son dos cosas que tuviste que hacer cuando llegaste a la universidad?
5. ¿Alguien te invitó a hacerte miembro de un club, pero no quisiste por no tener suficiente tiempo libre?

ACTIVIDAD 8 ¿Qué tal la fiesta?

En parejas, usen las siguientes ideas para contarle a su compañero/a sobre la última fiesta a la que fueron.

1. cómo supiste de la fiesta
2. quién la organizó
3. cómo fuiste (caminaste, fuiste en metro/coche)
4. a quién conociste

Continúa

5. quiénes más asistieron

6. qué sirvieron de beber/comer

7. cuáles son tres cosas que hiciste

8. qué tal estuvo la fiesta

9. a cuántas fiestas por mes sueles ir

C Indicating When Actions Took Place: Time Expressions

1. To move the narration along in the past, use adverbs of time and other expressions of time that tell when an action took place. Some common expressions include:

a las tres/cuatro/etc.	at three/four/etc. o'clock
anoche	last night
anteanoche	the night before last
anteayer	the day before yesterday
ayer	yesterday
de repente	suddenly
el lunes/fin de semana/mes/año/siglo pasado	last Monday/weekend/month/year/century
en (el año) 1588	in (the year) 1588
la semana/década pasada	last week / in the last decade

Anteanoche miré una película sobre la Guerra Civil española. Esa guerra empezó **en 1936**.

The night before last I saw a movie about the Spanish Civil War. That war started in 1936.

2. To express how long ago an action took place, use one of the following formulas.

hace + *period of time* + (**que**) + *verb in the preterit*
verb in the preterit + **hace** + *period of time*

¿Cuánto tiempo **hace que** los europeos **probaron** el chocolate?

How long ago did Europeans try chocolate?

▶ **Que** may be omitted in speech except when asking questions.

Hace cinco siglos (que) los europeos **probaron** el chocolate por primera vez.

Los europeos **probaron** el chocolate por primera vez **hace cinco siglos**.

} *Europeans tried chocolate for the first time five centuries ago.*

3. Use the following expressions with the preterit tense to denote for how long an action took place.

desde... hasta...	from . . . until . . .
durante...* años/semanas/horas	during . . . years/weeks/hours
por...* años/semanas/horas	for . . . years/weeks/hours

*Note: It is common to specify a time period with or without **por** or **durante**.

España dominó Hispanoamérica **por/durante 406 años**.

España dominó Hispanoamérica **406 años**.

ACTIVIDAD 9 Averigua

Usa la siguiente información para hacerles preguntas a tus compañeros sobre el presente y el pasado. Escribe solo los nombres de los que contesten que sí.

▶ —¿Asististe a un concierto de música rap el fin de semana pasado?

—Sí, asistí a un concierto. (*escribe el nombre de la persona*)

—No, no asistí a ningún concierto.

Nombre	
1. _____	ir a la oficina de un/a profesor/a el semestre pasado
2. _____	tener cuatro materias este semestre
3. _____	elegir una clase fácil el semestre pasado
4. _____	darse cuenta de algo importante la semana pasada
5. _____	hacer ejercicio ayer durante 30 minutos
6. _____	faltar al trabajo anteayer
7. _____	dejar de salir con alguien el mes pasado
8. _____	hacer experimentos en un laboratorio todas las semanas
9. _____	sentirse muy cansado/a anoche
10. _____	generalmente discutir con su compañero/a de habitación (o novio/a, esposo/a o un pariente)
11. _____	tener un/a estudiante de posgrado como profesor/a el semestre pasado

pariente = relative

En parejas, túrnense para preguntarse cuánto hace que hicieron las siguientes cosas y averiguar más información sobre cada una.

► A: ¿Cuánto tiempo hace que fuiste al cine con un amigo?

B: Hace tres días que fui al cine. / Fui al cine anteanoche.

A: ¿Qué viste?

B: …

1. ver una buena película
2. invitar a alguien a cenar
3. conducir por lo menos dos horas
4. enojarse con alguien
5. ir a otra ciudad

6. venir a esta universidad
7. olvidarse de algo importante
8. faltar a una clase
9. gastar más de cien dólares en algo
10. hacer una locura (*something crazy*)

D Indicating Sequence: Adverbs of Time

In order to narrate a series of actions, it is necessary to use words that indicate when the actions occurred in relation to other actions. The following words and phrases are used to express sequence.

antes	before
antes de + *infinitive*	before + *-ing*
primero	first
luego / más tarde	later, then
después	later, then, afterward
después de + *infinitive*	after + *-ing*
tan pronto como / en cuanto	as soon as
inmediatamente	immediately
enseguida	at once
al final	in the end
al final de	at the end of
al terminar (**de** + *infinitive*)	after finishing (+ *-ing*)
por fin	at last
por último	finally, last

► preposition + infinitive: antes **de** com**er**

► **Enseguida** may be written as one word or two: **en seguida**.

Note: When sequencing events, use **más tarde, luego,** and **después**. Only use **entonces** to indicate a result and not to indicate *later* or *afterward*. **Estaba cansada y entonces / por eso me fui a dormir.**

ACTIVIDAD 11 Un día terrible

En parejas, creen una historia sobre el día terrible que tuvo un amigo de Uds. Usen las expresiones de la columna A en el orden en que aparecen y las acciones de la columna B en orden lógico.

A	B
1. Esta mañana…	ponerse dos medias de diferente color
2. En cuanto…	salir tarde de la casa
3. Luego…	llegar a clase con la ropa sudada (*soaked with sweat*)
4. Después…	entrar en la ducha / quemarse con agua caliente
5. Unos minutos más tarde…	levantarse tarde
6. Tan pronto como…	correr a clase
7. Enseguida…	tomar el autobús equivocado
8. Por fin…	bajar del autobús / caerse

ACTIVIDAD 12 Ayer

En parejas, túrnense para contar lo que Uds. creen que hizo su profesor/a ayer. Usen cada una de las siguientes expresiones de tiempo en cualquier orden. Tachen (*Cross out*) las expresiones al usarlas.

ayer	más tarde	durante dos horas
primero	luego	a las cinco
después	por la tarde	por la noche

ACTIVIDAD 13 Tu día de ayer

En grupos de tres, cuéntenles a sus compañeros con muchos detalles qué hicieron ayer. Usen palabras como **primero, luego, más tarde** y **después de** + *infinitivo*.

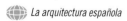
La arquitectura española

ACTIVIDAD 14 Sus vacaciones

Parte A: Lee esta parte del diario de un turista que pasó sus vacaciones en Granada y luego responde a las preguntas de tu profesor/a.

… por la mañana, después de visitar la catedral, subí la colina hacia la Alhambra, un castillo moro increíble. Al llegar, vi a un grupo de gitanas con flores para vendérselas a los turistas, pero no compré ninguna flor. Luego entré en la Alhambra, donde, con un grupo de turistas, visité las diferentes salas decoradas con diseños geométricos y poemas escritos en árabe. Más tarde oímos el constante sonido del agua que me impresionó mucho. Hay agua en el Patio de los Leones y por todas partes. Por último vimos los baños y un guía nos explicó que en el siglo XIV los moros tenían agua fría, agua caliente y agua perfumada…

El Patio de los Leones en la Alhambra, Granada

Parte B: En parejas, usen las siguientes ideas para contarle a su compañero/a sobre sus últimas vacaciones. Recuerden usar palabras como **primero, luego, después** y **después de** + *infinitivo*.

- adónde fuiste
- cuánto tiempo estuviste
- con quién fuiste
- cuánto costó
- cómo viajaste
- qué viste
- qué hiciste
- qué no pudiste hacer
- a quién conociste

Al escuchar sobre las vacaciones de su compañero/a, reaccionen usando algunas de estas expresiones.

Para reaccionar

Para expresar sorpresa:	**¡Por Dios!**
	¡Qué increíble!
Para comentar positivamente sobre algo:	**¡Qué bueno!**
	¡Qué divertido!
Para pedir más información:	**¿Y después qué?**
	¿Y qué más?

E Past Actions That Preceded Other Past Actions: The Pluperfect

When narrating in the past, use the pluperfect (**pluscuamperfecto**) to express an action that occurred before another action. To form the pluperfect, use a form of the verb **haber** in the imperfect + *past participle* (**participio pasivo**).

haber		
había	habíamos	
habías	habíais	+ past participle
había	habían	

▶ The past participle always ends in **-o** when it is part of a verb phrase.

Past participles are formed by adding **-ado** or **-ido** (**hablado, vendido, comido**). Common irregulars include:

abrir → abierto	morir → muerto	romper → roto
decir → dicho	poner → puesto	ver → visto
escribir → escrito	resolver → resuelto	volver → vuelto
hacer → hecho		

To review the formation and for a more complete list of irregular past participles, see Appendix A, page 373.

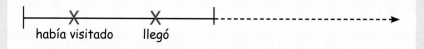

Leif Ericsson ya* **había visitado** América cuando **llegó** Colón.

Leif Ericsson had already visited America when Columbus arrived.

*Note: Ya is frequently used before the pluperfect to emphasize that an action had *already* occurred before another took place.

ACTIVIDAD 15 ¿Ya habías...?

En parejas, háganse preguntas sobre su pasado. Sigan el modelo.

▶ viajar a Europa / terminar la escuela secundaria

—¿(Ya) habías viajado a Europa cuando terminaste la escuela secundaria?

—Sí, fui con mis padres en 2008. / —No,…

1. sacar la licencia de manejar / empezar el tercer año de la escuela secundaria
2. aprender a leer / empezar el primer grado de la primaria
3. abrir una cuenta bancaria / venir a estudiar aquí
4. compartir habitación con otra persona / empezar la universidad
5. hacer una visita a la universidad / empezar los estudios aquí
6. ver una película de Almodóvar / decidir tomar esta clase

Parte A: El cineasta español Pedro Almodóvar es conocido en todo el mundo. Lee su información biográfica para responder a las preguntas de tu profesor/a.

Antonio Banderas, Pedro Almódovar y Penélope Cruz con el Oscar por *Todo sobre mi madre.*

cortometraje = short (film)

largometraje = feature-length film

Pedro Almodóvar	
1949	Nace* en un pueblo de La Mancha durante la dictadura de Franco.
1965	A los 16 años llega a Madrid justo después de cerrarse la Escuela Oficial de Cine.
1969–1980	Consigue trabajo en la compañía Telefónica, donde se queda por casi 12 años. Filma cortometrajes con una cámara de 8 mm. En 1975 muere Franco.
1980	Hace su primer largometraje, *Pepi, Luci, Bom y otras chicas del montón*, que se convierte en una película de culto en España.
1984	Su película *¿Qué he hecho yo para merecer esto?*, una comedia negra, recibe aclamación mundial.
1988	Recibe una nominación al Oscar a la mejor película de habla no inglesa por *Mujeres al borde de un ataque de nervios.*
1989	Su película *Átame* tiene problemas al estrenarse en los EE.UU. La Motion Picture Association of America la califica con "X". Almodóvar y Miramax empiezan un proceso legal contra la MPAA y logran la nueva clasificación moral "NC-17".
2000	Gana el Oscar a la mejor película de habla no inglesa por *Todo sobre mi madre.*
2003	Gana el Oscar al mejor guion original por *Hable con ella.*
2006	Todas las actrices de su película *Volver* reciben el premio a la mejor actriz en el Festival de Cannes.
2012	*La piel que habito* recibe cuatro premios Goya en España.

guion = script; screenplay

*It is possible to use the present tense instead of the preterit to narrate in the past. This is called the **presente histórico**.

Parte B: Ahora usa la siguiente información para formar oraciones sobre la vida de Almodóvar. ¡Ojo! Algunos verbos deben estar en el pretérito y otros en el pluscuamperfecto.

▶ Franco subir al poder / nacer Almodóvar

Franco ya había subido al poder cuando nació Almodóvar.

1. llegar a Madrid / la Escuela Oficial de Cine cerrarse

2. morir Franco / hacer *Pepi, Luci, Bom y otras chicas del montón*

3. recibir aclamación mundial / recibir una nominación al Oscar a la mejor película de habla no inglesa por *Mujeres al borde de un ataque de nervios*

4. la MPAA darle una clasificación de "X" a *Átame* / la MPAA establecer la clasificación de "NC-17"

5. ganar el Oscar al mejor guion original / ganar el Oscar a la mejor película de habla no inglesa

Fuente hispana

Courtesy of Carmen Fernández

"El destape fue una época muy curiosa que empezó en el 75, año de la muerte de Franco. Se legaliza en la Semana Santa de 1976 el Partido Comunista. Se aprueba la Constitución en el 78. La represión existente en vida de Franco deja de existir. Surgieron muchas revistas que escribían sin censura y en las que hablaban de política, cotilleos, economía y sexualidad e incluían cantidad de fotos de chicas ligeras de ropa o topless (destapadas). Todos los artículos que acompañaban estas fotos hablaban de la liberación de la mujer, de que las españolas éramos 'retrógradas', de 'cómo vivían las europeas' (nosotras al parecer no lo éramos), etc. La 'movida madrileña', equiparable en su concepto al destape, fue un movimiento de libertad que llenó las calles de gente joven hasta las madrugadas y que también llenó de asombro a las personas conservadoras. Fue como la fiebre, una fuerte subida y después todo volvió a la normalidad". ■

ACTIVIDAD 17 La línea de tu vida

Parte A: En la siguiente línea marca un mínimo de cinco años importantes de tu vida. Algunas posibilidades son el año en que naciste, el año en que recibiste un premio o que tu equipo ganó una competencia, el año en que trabajaste por primera vez. Marca los años, pero no escribas qué hiciste en esos años.

Parte B: En parejas, muéstrense su línea y pregúntense sobre las fechas importantes de su vida. Hagan preguntas como **¿Qué pasó en…? ¿En qué año (terminaste la escuela secundaria)? ¿Ya habías… cuando…?**

Parte C: Ahora hablen de la vida de su compañero/a diciendo oraciones como la siguiente.

▶ Elisa ya **había estudiado** un poco de español cuando **fue** a México por primera vez.

II. Discussing Movies

El cine

🌐 *El cine*
This film was rated **No recomendada para menores de 13 años** in Spain, but received a rating of R in the U.S. and AA in Canada.

► REMEMBER: Bolded words in texts introducing vocabulary are active. For a complete list, see **Vocabulario activo** at the end of the chapter.

www.ojocritico.com.uy
Criticamos películas clásicas y de actualidad

Juana la Loca
España, 2001
Castellano, color, 115 minutos
Clasificación moral: No recomendada para menores de 13 años
Drama
Director: Vicente Aranda
Reparto: Pilar López de Ayala, Daniele Liotti, Rosana Pastor, Giuliano Gemma, Roberto Álvarez, Eloy Azorín, Guillermo Toledo, Susy Sánchez, Manuela Arcuri, Carolina Bona
Guion: Vicente Aranda, Antonio Larreta
Productor: Enrique Cerezo Producciones
Fotografía: Paco Femenía
Banda sonora: José Nieto

Nahuel Chazarreta
publicado hoy a las 18:15

Courtesy of Nahuel Sebastián Chazarreta

Crítica
La película es la historia de amor y celos entre Juana, hija de los Reyes Católicos, y Felipe el Hermoso, que se unen en un matrimonio por conveniencia. A pesar de que no refleja de forma verdadera la historia real, me gustó mucho la película, especialmente las **actuaciones** de Pilar López de Ayala en el **personaje*** de Juana y la de Daniele Liotti en el personaje de Felipe. La actriz mencionada ganó un **premio** Goya a la mejor actriz. El guion, los diálogos y los **vestuarios** son maravillosos. Le doy 4 estrellas; no dejen de verla.

Rating

Cast

Screenplay

Soundtrack
Critique/Review

acting
character
award
costumes

***Note: El personaje** is always masculine: **Me gustó el personaje que representó Penélope Cruz en** *Volver.*

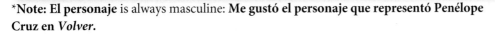

Palabras relacionadas con el cine	
el actor / la actriz	
actuar	
los amantes	lovers
el argumento	plot
el/la crítico/a	critic (person)
dar una película	to show a movie
los efectos especiales	
el estreno; estrenarse	premiere, opening; to premiere
filmar	
la fotografía	
el género	genre
comedia	
de acción	

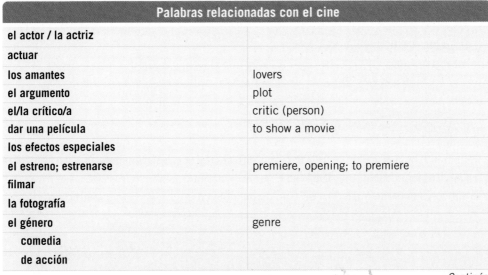

Continúa

de ciencia ficción	
de espionaje	spy movie
de terror	
documental	
infantil	
melodrama	
musical	
las películas mudas	silent films
romántica	
thriller	
el papel de…	the role of . . .
hacer el papel del malo	to play the role of the bad guy
producir	to produce
el tráiler	preview, trailer

Expresiones relacionadas con el cine	
estar en cartelera	"now playing"
seguir (e → i, i) en cartelera	to still be showing (in theaters)
ser muy hollywoodense	to be like a Hollywood movie
ser una película taquillera	to be a blockbuster

ACTIVIDAD 18 La película

Mira el blog sobre la película *Juana la Loca* en la sección de vocabulario y contesta estas preguntas.

1. ¿Quién dirigió la película?
2. ¿Quiénes son los dos personajes históricos?
3. ¿Quién ganó un premio Goya y por qué?
4. ¿Cuándo se estrenó la película?
5. ¿De qué género es?
6. ¿Qué clasificación moral tiene?
7. Lee la crítica. ¿Te gustaría ver esta película? ¿Por qué sí o no?

ACTIVIDAD 19 Definiciones

En parejas, túrnense para definir palabras o frases del vocabulario, pero no usen la palabra en su definición. La otra persona tiene que adivinar qué palabra o frase es. Usen frases como **Es la persona que…, Es un tipo de película en que…, Es el lugar donde…**

ACTIVIDAD 20 El género

En grupos de tres, piensen en las películas que están dando en el cine y hablen sobre las siguientes ideas.

1. Clasifíquenlas por género.
2. Comenten si las bandas sonoras son buenas, malas o no son de importancia.
3. Comenten sobre la reacción de los críticos.
4. Nombren una película que vieron últimamente que no es taquillera pero que vale la pena ver.
5. Comenten si todas las películas taquilleras son muy hollywoodenses o no.

ACTIVIDAD 21 Los Oscar

En grupos de cinco, decidan qué películas o personas deben recibir el Oscar este año en las siguientes categorías y por qué.

1. la mejor película
2. la mejor dirección
3. el mejor actor
4. la mejor actriz
5. el mejor guion original/adaptado
6. los mejores efectos especiales
7. el mejor vestuario

ACTIVIDAD 22 Mi favorita

Parte A: Piensa en tu película favorita. Después, prepárate para hablar de esa película con otra persona para convencerla de que debe alquilar la película o ir a verla si todavía sigue en cartelera. Piensa en los siguientes temas mientras te preparas para dar una pequeña sinopsis de la película.

- el/la director/a; los protagonistas
- la banda sonora; la fotografía
- si el guion está basado en un hecho real, una novela, un cuento, etc.
- dónde la filmaron y en qué año se estrenó
- si recibió alguna nominación o premio

Parte B: En parejas, hable cada uno de su película favorita. Al hablar del argumento, usen el presente.

► When summarizing the plot of a movie, it is common to use the present tense (**Es una película sobre una familia que vive en…**).

III. Stating Time and Age in the Past

The Imperfect

You saw how the preterit is used to move the narrative along. In this section you will see how the imperfect is used to set the scene or background when telling time and someone's age in reference to past events.

---

1. To tell time in the past, use **era/eran** + *the time.*

A: ¿Qué hora **era** cuando empezó la película?

What time was it when the movie started?

B: **Era** la una y cuarto.

It was a quarter after one.

A: ¿Qué hora **era** cuando terminó?

What time was it when it ended?

B: **Eran** las tres y pico.

It was a little after three.

2. To state someone's age in the past, use a form of the verb **tener** in the imperfect + *age.*

Pedro Almodóvar **tenía 16 años*** cuando se mudó a Madrid.

Pedro Almodóvar was 16 when he moved to Madrid.

*Note: The word **años** is necessary when expressing age.

ACTIVIDAD 23 ¿Qué hiciste el viernes pasado?

Parte A: Mira la lista de acciones y tacha las cosas que no hiciste el viernes pasado.

- levantarte
- ducharte
- desayunar
- asistir a tu primera clase
- almorzar

- dar una vuelta
- volver a casa
- estudiar
- hacer ejercicio
- subir una foto

- ir al cine
- cenar
- reunirte con amigos
- acostarte
- asistir a un ensayo

Parte B: En parejas, intercámbiense las listas. Pregúntenle a su compañero/a qué hora era cuando hizo las cosas de la lista que no están tachadas. Miren el modelo e intenten variar sus preguntas.

▶ —¿Qué hora era cuando te levantaste? / ¿A qué hora te levantaste?

—Eran las ocho y media cuando me levanté. / Me levanté a las ocho y media.

Parte C: Lean el siguiente párrafo que describe lo que hizo un joven español de 26 años el viernes pasado y comparen las horas a las que Uds. y él hicieron acciones similares.

▶ Se levantó a las 9, pero yo me levanté a las…

Fuente hispana

Courtesy of Lorenzo Barello

"Eran las 9:00 a. m. cuando me desperté el viernes. Me duché, desayuné y después empecé a estudiar para una asignatura. Eran las 11:30 cuando subí al metro y fui a la facultad para asistir a una hora de clase. Luego volví a casa a eso de la 1:00, encendí el ordenador, leí las noticias y mandé un email. Era la 1:45 cuando preparé la comida. Comí solo y después de comer, leí una novela en el sofá y luego dormí un poco. Eran las 5:00 cuando empecé a estudiar otra vez y estudié hasta las 8. Luego me preparé para ir a nadar y fui a nadar por media hora. Eran las 9:30 cuando volví a casa y tan pronto como llegué, mi familia y yo cenamos. Luego fui al cine con unos amigos. La película empezó a las 10:45. Al salir de la película, tomamos una cerveza en un bar. Allí hablamos un rato y después se fue cada uno a su casa. Eran las 2:00 de la mañana cuando llegué a casa". ■

ACTIVIDAD 24 Tenía...

Contesta estas preguntas sobre ti y tu familia.

1. ¿Cuántos años tenía tu padre cuando conoció a tu madre? ¿Dónde la conoció?
2. ¿Cuántos años tenía tu madre cuando tú naciste? ¿Y tu padre?
3. ¿Tienes un/a hermano/a menor? ¿Cuántos años tenías cuando nació?
4. ¿Tienes un/a hermano/a mayor? ¿Cuántos años tenía cuando tú naciste?
5. ¿Tienes un/a hijo/a o un/a sobrino/a? ¿Cuántos años tenías tú cuando nació?
6. ¿Cuántos años tenías cuando te graduaste de la escuela secundaria?
7. ¿Cuántos años vas a tener al terminar tus estudios universitarios?

ACTIVIDAD 25 Personajes de la historia española

En parejas, una persona mira la tabla A y la otra persona mira la tabla B de la página 386. Háganse preguntas para intercambiar información y completar su tabla sobre españoles famosos.

a. cuándo nacieron	c. cuántos años tenían cuando hicieron algunas de esas cosas
b. qué cosas importantes hicieron	d. cuándo murieron y qué edad tenían cuando murieron (si todavía viven, di cuántos años tienen hoy)

▶ A: ¿Cuándo nació Ponce de León?

B: Nació en… ¿Cuándo murió?

A: Murió en…

B: Entonces él tenía… años cuando murió.

Estatua de Ponce de León en San Juan, Puerto Rico

A	Fechas	Datos importantes
Ponce de León	_____–1521	_____, fundar San Juan, _____
Felipe II	1527–_____	en 1556 subir al trono, _____, bajo su reino empezar la *Leyenda negra* (campaña contra el imperio español, la Iglesia Católica y la Inquisición)
La Pasionaria (Dolores Ibárruri)	_____–1989	_____, en 1939 exiliarse en la Unión Soviética, _____
José Carreras	1946–	en 1957 debutar como cantante de ópera, _____, _____, en 1989 cantar con Plácido Domingo y Luciano Pavarotti. A los tres se los conoce como *los tres tenores.*

Más allá

Película: *La lengua de las mariposas*

Drama: España, 1999

Director: José Luis Cuerda

Guion: Rafael Azcona y José Luis Cuerda, basado en *¿Qué me quieres, amor?*, una novela de Manuel Rivas

Clasificación moral: Todos los públicos

Reparto: Fernando Fernán Gómez, Manuel Lozano, Uxía Blanco, Gonzalo Martín Uriarte

Sinopsis: Un niño de ocho años, Moncho (Manuel Lozano), asiste a la escuela primaria por primera vez en 1936 en un pueblo de Galicia, España. Forma una relación especial con su maestro (Fernando Fernán Gómez), quien le enseña sobre el mundo, la vida y las mariposas. Es un año muy bueno para el niño, pero su aprendizaje ocurre en un contexto donde hay gente que está muy descontenta con el gobierno mientras que otros lo apoyan. Esto genera en el pueblo mucha desconfianza entre unos y otros.

Antes de ver

ACTIVIDAD 1 España 1931–1936

En 1931 el rey Alfonso XIII abdicó al trono de España y después de elecciones presidenciales comenzó un nuevo gobierno conocido como la Segunda República. Entre 1931 y 1936 este gobierno enfrentó mucha oposición. Antes de ver la película, busca información en Internet para contestar estas preguntas.

1. ¿Cuáles de los siguientes grupos se oponían a la Segunda República?

   a. _____ la aristocracia terrateniente (dueños de las tierras)

   b. _____ los comunistas

   c. _____ los fascistas

   d. _____ la Iglesia Católica

   e. _____ los militares

   f. _____ los sindicatos laborales

   g. _____ los socialistas

Según tus respuestas, el gobierno de la Segunda República era…

_____ de derecha _____ de izquierda

2. ¿Cuáles de los siguientes son cambios que hizo la Segunda República española?

a. _____ apoyar la monarquía

b. _____ construir escuelas públicas mixtas (de niños y niñas juntos)

c. _____ darle el voto a la mujer

d. _____ favorecer económicamente a la Iglesia Católica y su sistema de educación escolar

e. _____ iniciar reformas laborales a favor de los sindicatos

f. _____ implementar la separación de la Iglesia y el Estado

g. _____ rechazar la autonomía regional, especialmente de Cataluña

3. ¿En qué fecha empezó la Guerra Civil española? _____

Mientras ves

ACTIVIDAD 2 La película

En la película el personaje de Moncho aprende muchas cosas. Lee esta lista, y mientras miras la película, escribe quién de las siguientes personas le enseña cada lección: don Gregorio, la madre, el padre, el profesor de música.

	¿Quién se la enseña?
1. Los maestros no les pegan a los estudiantes.	_____
2. Las patatas vienen de América.	_____
3. El demonio existe y Dios no mata.	_____
4. El silencio es una manera de llamar la atención.	_____
5. Hay que tomar el saxofón como a una chica: firme pero con cariño.	_____
6. Las mariposas tienen una lengua en forma de espiral que se llama espiritrompa.	_____
7. Los libros son como un hogar y pueden refugiar nuestros sueños.	_____
8. Si hay juicio final, los ricos van a ir con sus abogados.	_____
9. No existe el infierno.	_____

Después de ver

Contesta dos de las siguientes preguntas sobre la película.

1. En tu opinión, ¿cuál es la lección más importante que don Gregorio le enseña a Moncho? ¿Se la enseña en el aula o en otro lugar? ¿Alguna vez te enseñó un profesor o una profesora algo no académico?

2. ¿Es de derecha o de izquierda don Gregorio? Menciona dos cosas que hace o que dice durante la película que revelan sus ideas políticas. ¿Habla él explícitamente de política en clase? En tu opinión, ¿es necesario hablar explícitamente de política para expresar una opinión política? Por lo general, ¿deben evitar hablar de política los profesores? ¿Y de los valores morales? ¿Por qué?

3. ¿Es de derecha o de izquierda la madre de Moncho? ¿Y su padre? ¿Qué hacen o dicen ellos que refleja su opinión política? Menciona por lo menos dos cosas. ¿Cómo les afectan a Moncho y a su hermano las diferencias políticas de sus padres?

4. Al final de la película Moncho le grita a don Gregorio: "¡Ateo! ¡Rojo! ¡Tilonorrinco! ¡Espiritrompa!" ¿Cuáles de estos no son insultos? ¿Por qué lo hace? En tu opinión, ¿qué es más importante: guardar las apariencias para protegernos o decir siempre lo que uno piensa? ¿Por qué?

5. La película muestra cómo el comienzo de la Guerra Civil victimizó a varios personajes: a don Gregorio, a Moncho, al padre de Moncho, a la madre de Moncho, a Andrés, a Roque, a José María, a los músicos, etc. Escoge tres personajes y explica por qué son víctimas. En tu opinión, ¿qué personaje sufrió más?

ACTIVIDAD 4 La Guerra Civil española

La Guerra Civil española (1936–1939) fue más que una guerra entre hermanos porque la Unión Soviética apoyó activamente a los republicanos mientras que Alemania e Italia apoyaron a los nacionalistas. Es por eso que se dice que esta guerra sirvió de práctica para la Segunda Guerra Mundial (1939–1945). Busca información en Internet para contestar estas preguntas sobre la Guerra Civil española.

1. ¿Quiénes ganaron la Guerra Civil española, los nacionalistas (derecha) o los republicanos (izquierda)? ¿Quién fue el dictador de España entre 1939 y 1975?

2. Uno de los acontecimientos más famosos de la Guerra Civil ocurrió en Guernica, un pueblo en el País Vasco, una región en el norte de España. Marca qué ocurrió en ese pueblo el 26 de abril de 1937.

   • las tropas _____ querían controlar el País Vasco y por eso atacaron el pueblo

     a. republicanas   b. nacionalistas

   • el general Franco era el líder del bando _____

     a. republicano   b. nacionalista

   • aviones _____ bombardearon el pueblo

     a. alemanes y soviéticos   b. alemanes e italianos   c. soviéticos e italianos

Continúa

- el bombardeo duró _____
  - a. más o menos media hora   b. un poco más de una hora   c. más de tres horas
- en el ataque murieron principalmente _____
  - a. civiles   b. militares
- el bombardeo y los incendios posteriores destruyeron más o menos el _____ de los edificios
  - a. 20%   b. 40%   c. 70%

3. El *Guernica* es un cuadro que representa lo que ocurrió en ese pueblo. ¿Quién lo pintó? ¿Dónde lo pintó? Durante los años de la dictadura, el cuadro estuvo principalmente en el MoMA de Nueva York y en 1981, llegó a España. ¿En qué ciudad y en qué museo está ahora?

Guernica después del bombardeo

Vocabulario activo

Expresiones de tiempo

a las tres/cuatro/etc. *at three/four/etc. o'clock*
anoche *last night*
anteanoche *the night before last*
anteayer *the day before yesterday*
ayer *yesterday*
de repente *suddenly*
desde... hasta... *from . . . until . . .*
durante... años/semanas/horas *during . . . years/weeks/hours*
el lunes/fin de semana/mes/año/siglo pasado *last Monday/weekend/month/year/century*
en (el año) 1588 *in (the year) 1588*
la semana/década pasada *last week / in the last decade*
por... años/semanas/horas *for . . . years/weeks/hours*

Palabras para indicar secuencia

al final *in the end*
al final de *at the end of*
al terminar (de + *infinitive*) *after finishing (+ -ing)*
antes *before*
antes de + *infinitive* *before + -ing*
después *later, then, afterward*
después de + *infinitive* *after + -ing*
enseguida *at once*
inmediatamente *immediately*
luego / más tarde *later, then*
por fin *at last*
por último *finally, last*

primero *first*
tan pronto como / en cuanto *as soon as*

El cine

el actor / la actriz *actor/actress*
la actuación *acting*
actuar *to act*
los amantes *lovers*
el argumento *plot*
la banda sonora *soundtrack*
la clasificación moral *rating*
la crítica *critique, review*
el/la crítico/a *critic*
el/la crítico/a de cine *movie critic*
dar una película *to show a movie*
el/la director/a *director*
los efectos especiales *special effects*
estrenarse *to premiere*
el estreno *premiere, opening*
filmar *to film*
la fotografía *photography*
el género *genre*
  comedia *comedy*
  de acción *action*
  de ciencia ficción *science fiction*
  de espionaje *spy movie*
  de terror *horror*
  documental *documentary*
  drama *drama*
  infantil *children's movie*
  melodrama *melodrama*
  musical *musical*
  las películas mudas *silent films*
  romántica *romantic*
  thriller *thriller*
el guion *script; screenplay*

el papel de... *the role of . . .*
hacer el papel del malo *to play the role of the bad guy*
el personaje *character*
el premio *award*
producir *to produce*
el/la productor/a *producer*
el reparto *cast*
el tráiler *preview, trailer*
el vestuario *costumes*

Expresiones relacionadas con el cine

estar en cartelera *"now playing"*
seguir (e → i, i) en cartelera *to still be showing (in theaters)*
ser muy hollywoodense *to be like a Hollywood movie*
ser una película taquillera *to be a blockbuster*

Expresiones útiles

año/s clave *key year/s*
estar harto/a (de + *inf.*) *to be fed up (with + -ing)*
el lunes *on Monday*
los lunes *on Mondays*
ya *already*
¡Por Dios! *My gosh/God!*
¡Qué bueno! *That's great!*
¡Qué divertido! *How fun!*
¡Qué increíble! *Incredible!*
¿Y después qué? *And then what?*
¿Y qué más? *And what else?*

La América precolombina

Estatua de la diosa Cihuateteo en Veracruz, México

Museo Nacional de Antropología, México City, México. Scala/Art Resource, NY

METAS COMUNICATIVAS

➤ narrar en el pasado
(segunda parte)

➤ describir cosas y
personas

➤ indicar el beneficiario
de una acción

La leyenda del maíz*

Había una vez…	Once upon a time there was/were . . .
¿A que no saben…?	Bet you don't know . . . ?
No saben la sorpresa que se llevó cuando…	You wouldn't believe how surprised he/she was when . . .

Indígenas tlaxcaltecas en un campo de maíz

Hoy es el Día Internacional de los Pueblos Indígenas y por eso Camila nos trae de México una leyenda tolteca de cómo llegó el maíz a la Tierra.

BLA BLA BLA

Lucas y Camila

COMENTARIOS:

MariElPaso: *hace 1 hora*
A mi hijo le encantó.

ausiemex: *hace 20 minutos*
Soy un mexicano que vive en Australia. Escuché la leyenda 3 veces. ¡Viva México!

lazaro24: *hace 15 minutos*
el quetzal es un pájaro con plumas muy bonitas y cóatl = serpiente en náhuatl –> serpiente emplumada

---

* Legend based on Otilia Meza, "La leyenda del maíz," *Leyendas del antiguo México: Mitología prehispánica* (México, D. F.: Edamex, 1985).

Parte A: El personaje principal de la leyenda se llama Quetzalcóatl. Antes de escucharla, en grupos de tres, miren los dibujos que también cuentan la leyenda, e intenten adivinar qué sucedió.

hormigas = ants   **hormiguero** = anthill

🔊 **Parte B:** Ahora escuchen la leyenda y al terminar, discutan en su grupo si su interpretación era correcta. De no ser así, resuman qué ocurrió.

🔊 **Parte C:** Escuchen la leyenda otra vez y agreguen (*add*) más cosas que ocurrieron, especialmente sobre cómo consiguió Quetzalcóatl los granos de maíz y qué hizo con ellos.

ACTIVIDAD 2 Los regalos

Discutan cuál de los cinco regalos de los dioses fue el mejor para los toltecas y expliquen por qué. Después, digan cuál de los cinco regalos les interesó más a los españoles durante su dominación de Hispanoamérica y por qué.

¿Lo sabían?

Cabeza de Quetzalcóatl en Teotihuacán, México

El dios Quetzalcóatl, representado como una serpiente emplumada, ocupa un lugar de mucha importancia en la mitología mexicana. Además de darles el maíz a los toltecas, se dice que contribuyó a la creación de la raza humana: descendió a la tierra de los muertos, encontró unos huesos, vertió (*shed*) su propia sangre sobre ellos y así creó a los seres humanos. También se dice que inventó el calendario y les enseñó a los seres humanos la astronomía. Algunas leyendas cuentan que Quetzalcóatl era de color blanco y que tenía barba. Por eso, cuando Cortés llegó a México, Moctezuma, que era el líder azteca, creyó que había vuelto Quetzalcóatl y lo recibió amigablemente. Esto le facilitó a Cortés la conquista de México.

¿Cuál es un personaje mitológico de gran importancia en el folclore de tu país? Descríbelo y explica qué hizo.

I. Narrating in the Past (Part Two)

🌐 Do the corresponding iLrn activities as you study the chapter.

A Preterit and Imperfect: Part One

In Chapter 2, you reviewed how to use the preterit to refer to a completed past action or state, to the beginning or end of past actions or states, and for an action or state that occurred over a set period of time. You also learned how to express time and age using the imperfect. In this section you will review other uses of the imperfect and how it is used with the preterit to narrate past events.

---

1. The imperfect is formed as follows.

estar		hacer		dormir	
estaba	estábamos	hacía	hacíamos	dormía	dormíamos
estabas	estabais	hacías	hacíais	dormías	dormíais
estaba	estaban	hacía	hacían	dormía	dormían

To review formation of the imperfect and irregular forms, see Appendix A, page 367.

2. Use the imperfect

  a. to describe past actions in progress in which neither the beginning nor the end of the action matters. Compare the following examples.

All illustrations © Cengage Learning 2015

Ayer a las siete él **leía** otra leyenda tolteca.

Yesterday at seven he was reading another Toltec legend. (action in progress, start or end of action not important)

Ayer a las siete **terminó** de leer otra leyenda tolteca.

Yesterday at seven he finished reading another Toltec legend. (end of an action)

  b. to describe two or more actions in progress that occurred simultaneously. Use **mientras** or **y** to connect the two actions.

La diosa Tierra **observaba** a su hijo Quetzalcóatl **mientras** él **ayudaba** a los toltecas.

The Earth Goddess was observing her son Quetzalcóatl while he was helping the Toltecs.

Él **seguía** a las hormigas **y** **miraba** lo que **hacían**.

He was following the ants and watching what they were doing.

Note: Past actions in progress can also be expressed using the imperfect progressive. It gives greater emphasis to the ongoing nature of the action than the imperfect. Form it by using the imperfect of **estar** + *present participle* (**gerundio**). To review the present participle, see Appendix A, page 365.

Mientras **hablaba / estaba hablando** con sus padres, **pensaba / estaba pensando** cómo ayudar a los toltecas.

While he was talking to his parents, he was thinking about how to help the Toltecs.

c. to describe a past action in progress when another action occurred that may have interrupted the action in progress. Use the preterit for the action that occurred. Use **cuando** or **mientras** to connect the two actions.

Compare the following sentences.

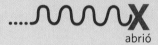

Quetzalcóatl **besaba / estaba besando** a su novia **cuando** su padre **abrió** la puerta.

Quetzalcóatl was kissing his girlfriend (action in progress) when his father opened the door (interrupting action). [OK, so it wasn't part of the real legend . . .]

Quetzalcóatl **besó** a su novia y su padre **abrió** la puerta.

Quetzalcóatl kissed his girlfriend and his father opened the door. (First Quetzalcóatl kissed her, then his father opened the door.)

Quetzalcóatl **entró** al hormiguero **mientras** las hormigas **trabajaban / estaban trabajando** como locas.

Quetzalcóatl entered (action that occurred) the anthill while the ants were working (action in progress) like crazy.

Cuando Quetzalcóatl **entró** al hormiguero, **tomó** los cuatro granitos y **se escapó**.

When Quetzalcóatl entered the anthill, he took the four grains and escaped.

ACTIVIDAD 3 ¿Qué hacías?

En parejas, túrnense para preguntarle a la otra persona sobre su pasado reciente y lejano. Hagan preguntas como **¿Qué hacías ayer a las 2:30 de la tarde? ¿Dónde estabas...?**

1. ayer a las 10:15 de la mañana
2. en esta época el año pasado
3. en junio hace dos años
4. a las 9:20 de la noche el sábado pasado
5. en noviembre del año pasado
6. en agosto del año pasado

ACTIVIDAD 4 Acciones simultáneas

parientes = relatives
padres = parents

En parejas, digan qué hacía cada vecino en su apartamento e inventen lo que hacía un pariente o conocido.

▶ la señora del 3° B → hablar por teléfono, su hija → ¿?

Mientras la señora del tercero B hablaba / estaba hablando por teléfono, su hija jugaba / estaba jugando en el baño con el lápiz de labios.

1. el Sr. Pérez del 1° B → mirar televisión, su esposa → ¿?
2. el niño del 5° A → hacer la tarea, su hermana → ¿?
3. la mujer del 7° C → dar a luz (*give birth*) en su casa, su esposo → ¿?
4. la niña del 3° D → tocar el piano, su profesora de piano → ¿?
5. la abuelita del 4° A → dormir, sus nietos traviesos (*mischievous*) → ¿?

ACTIVIDAD 5 Situaciones

En parejas, combinen las acciones en progreso de la caja A con las interrupciones de la caja B para contar qué les ocurrió a diferentes personas de la clase. Por último, digan qué hicieron esas personas después. Sigan el modelo.

▶ afeitarse   cortarse la luz

John se afeitaba cuando se cortó la luz y por eso usó su maquinilla de afeitar desechable para terminar de afeitarse.

A (acciones en progreso)
1. ducharse
2. caminar por la calle
3. manejar por la autopista
4. cocinar un huevo en el microondas
5. bajar las escaleras
6. pasear al perro

B (interrupciones)

morder a una persona
explotar
caerse
ver a su novio/a con otro/a
chocar con otro carro
acabarse el agua caliente

C

¿Qué hizo/hicieron después?

B Preterit and Imperfect: Part Two

You have been using the imperfect to refer to past actions or states that were in progress. In this section you will review other uses of the imperfect.

Read this narration of a children's story.

> Jack y Jill **salieron** de casa a buscar agua y **empezaron** a subir una cuesta. El pobre Jack **se cayó** y **se rompió** la coronilla y Jill **se cayó** también. Nunca **recogieron** el agua. **Fue** un día fatal.

Now read the following version of the same story.

> Jack y Jill **salieron** de casa a buscar agua y **empezaron** a subir una cuesta. La cuesta **era** muy grande y **había** muchas piedras que **dificultaban** la subida. Jack y Jill no **llevaban** botas de montaña ni **tenían** cuerdas ni otros aparatos para poder subir. El pobre Jack no **era** muy ágil y generalmente no **practicaba** deportes y por eso **se cayó** y **se rompió** la coronilla. Jill tampoco **tenía** mucha coordinación y, por eso, **se cayó** también. Nunca **recogieron** el agua. **Fue** un día fatal.

había = there was/were

In the preceding paragraph, the blue verbs are in the imperfect and the ones in red are in the preterit. Which tense is used to describe or set the scene? Which is used to move the action along? If you answered *imperfect* to the first question and *preterit* to the second, you were correct. It is by combining the two that you can narrate and describe past events and convey your thoughts about them.

1. Use the preterit
   a. to express a completed action or state.
   b. to denote the beginning or the end of a past action or state.
   c. to express an action or state that occurred over a specific period of time.

To review uses of the preterit, see Chapter 2, pp. 46, 49–50.

Note: You can use the preterit to give your overall impression of a completed event.
   —**¿Qué tal la cena/fiesta anoche?**
   —**Estuvo muy divertida.**

2. Use the imperfect
   a. to describe an action in progress.
   b. to set the scene or background of a story by
   - telling the time an action occurred.
   - telling the age of a person.
   - describing people, animals, places, and things.
   - describing ongoing emotions or mental or physical states.

To review actions in progress, see pp. 74–75.

To review time and age, see Chapter 2, p. 62.

Eran las once de la noche y **había** luna llena.	*It was eleven o'clock at night and there was a full moon.*
El hormiguero **estaba** en la colina y **había** hormigas y flores por todas partes.	*The anthill was on a hill and there were ants and flowers all over the place.*
Quetzalcóatl **tenía** tanto sueño que no podía quedarse despierto.	*Quetzalcóatl was so tired that he couldn't stay awake.*
Tenía solo veinte años, pero siempre hacía más de lo que sus padres **esperaban**.	*He was only twenty, but he always did more than his parents expected.*

► Always use the verb **soler** in the imperfect when talking about the past since it is only used to describe past habitual actions. It can be translated as *used to* and is followed by an infinitive.

Quetzalcóatl solía ir a la montaña por la noche.

c. to describe habitual actions in the past.

Todos los días Quetzalcóatl **iba** a la montaña y les **rezaba** a sus padres, los dioses.

Every day Quetzalcóatl went up / used to go up the mountain and prayed / used to pray to his parents, the gods.

Durante el día **pasaba** tiempo con los toltecas. **Trabajaba** y **comía** con ellos, pero sentía que les faltaba algo.

During the day he spent / used to spend time with the Toltecs. He worked / used to work and ate / used to eat with them, but he felt that they were lacking something.

The following time expressions are usually used with the imperfect to describe past habitual actions. However, they can be used with the preterit to indicate recurring completed actions that occurred during a specific time period. Compare the sentences.

siempre	always
a menudo / con frecuencia / frecuentemente	frequently
todos los días/meses/años	every day/month/year
muchas veces	many times

Quetzalcóatl les **pedía** inspiración a sus padres **a menudo**.

Quetzalcóatl frequently used to ask his parents for inspiration.

Durante una semana entera, les **pidió** ayuda a sus padres **a menudo**.

During an entire week, he frequently asked his parents for help.

Sorpresas "agradables" que te da la vida.

Leticia está de visita en México y escribió en su blog sobre la vida de los aztecas. Completa el blog con el pretérito o el imperfecto de los verbos indicados.

✻ El blog de Leticia

Bueno, el guía nos _____ (1) que la civilización azteca _____ (2) en México doscientos años antes de la Conquista. El gobierno que tenían los aztecas _____ (3) una monarquía elegida y la lengua que _____ (4) era el náhuatl. Esa civilización _____ (5) a una multitud de dioses y sus líderes religiosos _____ (6) muchos sacrificios humanos. _____ (7) numerosos templos que _____ (8) a las pirámides de Egipto. Los aztecas _____ (9) su capital Tenochtitlán en una isla porque un día uno de sus líderes religiosos _____ (10) en ese preciso lugar un águila en un cacto devorando una serpiente y _____ (11) que se cumplía la profecía hecha por un dios. Los aztecas _____ (12) esa capital en 1325. El imperio _____ (13) unido por la fuerza y no por la lealtad; por eso, cuando Cortés _llegó_ (14), algunas ciudades descontentas con los líderes _se unieron_ (15) a él en contra del imperio azteca. En el siglo XVI, la sociedad azteca, que _____ (16) ocho millones de habitantes, _____ (17) más de la mitad de la población ya que muchísimos _____ (18) de viruela, una enfermedad que _____ (19) del Viejo Mundo los españoles. Como ven, mi visita a Tenochtitlán _____ (20) muy interesante, _____ (21) mucho sobre los aztecas, y por supuesto, a menudo, le _____ (22) preguntas al guía (¡lo volví loco!).

Photo courtesy of Debbie Rusch

1. contar
2. comenzar
3. ser
4. hablar
5. adorar
6. hacer
7. tener
8. asemejarse
9. construir
10. ver
11. pensar
12. fundar
13. estar
14. llegar
15. unirse
16. tener
17. perder
18. morirse; traer
19. ser
20. aprender
21. hacer

¿Lo sabían?

Después de la llegada de los conquistadores españoles, la vida de los indígenas cambió para siempre. El 90% de ellos murieron de viruela y otras enfermedades que se contagiaron de los españoles. Otros murieron porque no pudieron ofrecer resistencia a las armas de los conquistadores que eran muy superiores a las suyas.

La mayoría de los conquistadores eran hombres que llegaban sin familia. Una vez allí, muchos tuvieron hijos con mujeres indígenas. El fruto de esas uniones tan tempranas en la historia poscolombina es el mestizo, que hoy en día forma una comunidad étnica predominante en muchos países hispanoamericanos, tales como Honduras (90%), El Salvador (90%), México (60%) y Colombia (58%).

La época de la colonización terminó cuando los países latinoamericanos se independizaron de España, pero hoy en día, el avance de la globalización amenaza con hacer desaparecer las costumbres de los indígenas y es por eso que continúa esa lucha por conservar sus costumbres, culturas y lenguas.

¿Sabes quiénes son Rigoberta Menchú y Evo Morales?
¿Hay personas como ellos en tu país?

🌐 Indígenas hoy en día

ACTIVIDAD 7 Los mayas y los incas

Parte A: En parejas, Uds. son arqueólogos/as: uno/a estudia a los mayas y el/la otro/a a los incas. Lea cada uno/a solamente su información y úsela para hablarle a su compañero/a.

Los mayas

- habitar la península de Yucatán (México) y el norte de Centroamérica
- comer maíz, tamales, frijoles e insectos
- tener calendario; poder predecir los eclipses de sol y de luna
- emplear una escritura jeroglífica con más de 700 signos y conocer el concepto del "cero"

Los incas

- vivir en Perú, Bolivia, Ecuador, el norte de Chile y Argentina, y el sur de Colombia
- tener una red de caminos excelente
- usar la piedra y el bronce
- hacer telas a mano, cerámica artística
- cultivar la papa y el maíz
- no tener escritura; transmitirse todo por tradición oral

Parte B: Ahora, en grupos de cuatro, hablen de cómo vivían los indígenas de su país antes de la llegada de los europeos.

ACTIVIDAD 8 La vida antes de la tecnología

En grupos de tres, digan por lo menos una o dos cosas que hacía la gente cuando no existían los siguientes inventos. Luego, digan cuáles son las ventajas y desventajas de cada uno.

▶ Cuando no existía el plástico, la gente compraba refrescos en botellas de vidrio. Tampoco había recipientes de Tupperware® para la comida…

1. los televisores
2. los aviones
3. los teléfonos celulares
4. la electricidad
5. las computadoras
6. Facebook, Twitter y Tumblr

ACTIVIDAD 9 El barrio de tu infancia

En parejas, describan cómo era su vida y el barrio donde vivían cuando eran niños, usando los temas de la página siguiente como guía. Mientras escuchan a su compañero/a, háganle preguntas para obtener más información y reaccionen usando las expresiones de **Para reaccionar**.

▶ —Mi barrio era muy bonito porque tenía muchos árboles y era tranquilo.
　—El mío también era tranquilo. ¿Había muchos edificios en tu barrio?

Temas	
barrio	rural, urbano, casas, edificios, tiendas, centros comerciales, parques
amigos	descripción física y personalidad, lugares favoritos para jugar, cosas que hacían juntos
vecinos	descripción de personas interesantes o raras
robos (*thefts*)	muchos, pocos
casa	moderna o vieja, color, número de habitaciones
habitación	número de camas, compartir con un/a hermano/a
objetos	cosas favoritas y por qué

Casa, in this context, means *where you lived*.

Para reaccionar

Yo también.

Yo tampoco.

¡No me digas! ¿De veras?

El/La mío/a también.

El/La mío/a tampoco.

¡Qué chévere! (*Caribe*)

¡Qué lástima!

ACTIVIDAD 10 ¿Qué hacían tus padres?

Parte A: Una muchacha mexicana describe cómo era la vida de sus padres cuando eran jóvenes. Lee con cuidado la descripción.

Fuente hispana

"Mi mamá trabajaba en una tienda departamental, en el departamento de ropa, y le gustaba salir con sus amigas a caminar por el centro y platicar en las cafeterías. Veía a mi papá solo los fines de semana porque él trabajaba en otra ciudad e iba cada fin de semana a ver a sus padres y, por supuesto, a mi mamá. Él era comerciante en esa época y se casaron cuando él tenía 26 años y ella 24. A ellos les gustaba ir de vacaciones a ciudades coloniales como Oaxaca y a la playa en Veracruz o Acapulco. Los fines de semana salían al cine o pasaban el día en el campo y también iban a conciertos de cantantes de boleros. A mi papá le gusta bailar, pero no a mi mamá, así que raramente iban a clubes nocturnos. Cuando tuvieron a su primera hija, tenían parejas de amigos con hijos pequeños y salían con ellos porque se mudaron a la ciudad donde trabajaba mi padre y estaban lejos de la familia de ambos". ■

Courtesy of Mª Fernanda Seemann Meléndez

tienda departamental (México) = **gran almacén** (España)

Parte B: En parejas, describa cada uno la vida de sus propios (*own*) padres cuando eran jóvenes usando las siguientes ideas como guía. Luego compárenla con la de los padres de la muchacha mexicana de la Parte A.

- estudiar, dónde trabajar
- dónde vivir y con quién
- tener hijos
- qué hacer en su tiempo libre durante el día, durante la noche
- adónde ir de vacaciones

ACTIVIDAD 11 En el cielo

Unos animales están en el cielo contando cómo murió cada uno. Cada animal trata de impresionar a los otros con su cuento. En grupos de tres, usen la imaginación para completar lo que dijo cada uno y después compartan sus respuestas con la clase.

ACTIVIDAD 12 Una leyenda

Al principio de este capítulo escuchaste una leyenda tolteca sobre el maíz. En grupos de tres, usen la imaginación para crear una leyenda sobre cómo apareció el búfalo en Norteamérica. Utilicen las siguientes ideas como guía.

- quién era el personaje principal de la leyenda
- qué hacía en su vida diaria
- qué quería para su gente
- qué ocurrió un día
- después de crear al búfalo, cómo lo empezaron a utilizar los seres humanos para mejorar su vida

Parte A: Lee lo que dijeron un ecuatoriano y una venezolana sobre los aspectos positivos y negativos del encuentro entre los españoles y las culturas indígenas. Después contesta las preguntas de tu profesor/a.

 Fuente hispana

"Uno de los aspectos positivos es que los europeos entendieron que el mundo era más grande, rico y diverso de lo que pensaban; que había personas con una vivencia cultural totalmente diferente de la tradicional europea.

Uno de los aspectos negativos es que esta vivencia sirvió para que la cultura europea se entendiera a sí misma, pero no para entender a las culturas indígenas". ∎

Courtesy of Esteban Mayorga

 Fuente hispana

Courtesy of Fabiana López de Haro

"La conquista española trajo como consecuencia que diversas civilizaciones fueran exterminadas; los indígenas tuvieron que someterse al rey español y aprender un nuevo idioma y nuevas costumbres. Pero no todo fue malo, pues de ese encuentro resultó el mestizaje étnico y cultural que existe en Latinoamérica. Aunque tenemos muchos nexos con España, los latinos somos únicos, diferentes y tenemos así una manera muy particular de ver la vida". ∎

Parte B: En grupos de tres, digan los aspectos positivos y negativos del encuentro entre los europeos que llegaron a este país y las culturas indígenas. Luego compartan sus ideas con el resto de la clase.

II. Describing People and Things

Zapata luchó en México por las tierras que los ricos les habían quitado a los campesinos (indígenas y mestizos).

A Descripción física

Some speakers say **el bigote**. Others say **los bigotes**.

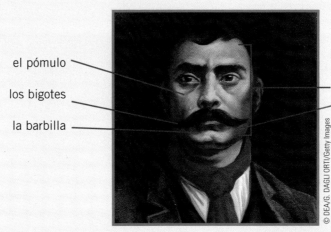

el pómulo

los bigotes

la barbilla

la cara cuadrada

la mandíbula cuadrada

© DEA/G. DAGLI ORTI/Getty Images

Emiliano Zapata, mexicano (1879–1919)

Forma de la cara	
ovalada	oval
redonda	round
triangular	triangular

Piel	
blanca	light-skinned
morena	dark-skinned
trigueña	olive-skinned

Señas particulares	
la barba	beard
la cicatriz	scar
los frenillos	braces
el hoyuelo	dimple
el lunar	beauty mark
las patillas	sideburns
las pecas	freckles
el tatuaje	tattoo
ser peludo/a	to be hairy
tener brazos musculosos	to have muscular arms

Color de ojos	
azules	blue
claros	light-colored
color café	brown
color miel	light brown
negros	black
pardos	hazel
verdes	green

Color y tipo de pelo/cabello
tener pelo canoso/castaño/negro   to have gray/brown/black hair
ser pelirrojo/a o rubio/a   to be a redhead or a blond/e
tener permanente   to have a perm
tener pelo lacio (liso)/ondulado/rizado   to have straight/wavy/curly hair
ser calvo/a   to be bald
tener cola de caballo/flequillo/trenza/s   to have a ponytail/bangs/braid/s

B Personalidad

All of the following adjectives are used with the verb **ser** to describe personality traits.

Cognados obvios		
falso/a	optimista	prudente
idealista	paciente	realista
impulsivo/a	pesimista	sedentario/a

To review other adjectives for describing people, see p. 11.

Otros adjetivos	
caprichoso/a	capricious
cariñoso/a	loving, affectionate
celoso/a	jealous
chistoso/a	funny, humorous
creído/a	vain
espontáneo/a	spontaneous
holgazán/holgazana / perezoso/a	lazy
inseguro/a (de sí mismo/a)	insecure; unsure (of himself/herself)
juguetón/juguetona	playful
malhumorado/a	moody, ill-humored
orgulloso/a	proud (*negative connotation*)
osado/a	daring (*positive connotation*)
quisquilloso/a	fussy, picky
seguro/a (de sí mismo/a)	secure; sure (of himself/herself)
tacaño/a	stingy, cheap
travieso/a	mischievous, naughty

tacaño/a = cheap (unwilling to spend money; describes people)

barato/a = cheap (inexpensive; describes goods and services)

ACTIVIDAD 14 ¿Quién tiene esto?

Parte A: Mira a tus compañeros y escribe el nombre de personas que tienen las siguientes características.

	Nombre		Nombre
pelo lacio y largo	_____	un tatuaje	_____
un lunar en la cara	_____	ojos color café	_____
cara ovalada	_____	pecas	_____
una cicatriz	_____	barba o bigotes	_____
pelo rizado	_____	cola de caballo o trenza/s	_____

Parte B: En grupos de tres, comparen sus observaciones.

En grupos de tres, escojan tres adjetivos de las listas de la personalidad y digan qué es lo positivo y lo negativo de poseer esas características.

▶ Si una persona es muy, muy prudente cuando maneja, siempre va a llegar tarde, pero va a llegar sana y salva porque no va a tener accidentes.

Parte A: En parejas, describan cómo son físicamente el hombre y la mujer ideales que aparecen en los anuncios comerciales de este país. Mencionen también tres adjetivos que describan su personalidad.

Parte B: Ahora lean las siguientes descripciones que hacen una mexicana y un ecuatoriano sobre la persona ideal. Compárenlas con las descripciones que hicieron Uds.

Fuentes hispanas

1,75m = 5' 7"

"El hombre ideal que aparece en los anuncios comerciales de México es alto (más de 1 metro 75), de complexión atlética, tiene espalda ancha y brazos musculosos (hmmmm); es moreno, por supuesto; de ojos más bien claros, color miel, cabello oscuro y bien peinado. No es muy peludo de la cara; tiene labios gruesos, mandíbula cuadrada, pómulos resaltados y nariz recta. Es serio, pero muy optimista". ■

Courtesy of Mª Fernanda Seemann Meléndez

pómulos resaltados = high cheekbones

1,70m = 5' 6"

nariz respingada = turned-up nose

"Pues la mujer ideal tiene piel blanca o canela (durante el verano); es delgada, pero con curvas. Mide 1 metro 70. Tiene pelo castaño u oscuro, preferiblemente lacio. La boca es chica, la nariz respingada, los ojos claros y la cara delgada. Es idealista y cariñosa". ■

Courtesy of Esteban Mayorga

En parejas, descríbanle a la otra persona cómo eran Uds. cuando tenían 14 años. Usen tres adjetivos para describir su personalidad y tres para su físico. Díganle también si en la actualidad tienen o no esas características.

▶ Cuando yo era adolescente, era muy celoso porque…, pero ahora… Físicamente, tenía…

Las siguientes son fotos de personas famosas que fueron tomadas cuando eran jóvenes. ¿Quiénes son? En parejas, seleccionen dos fotos cada uno y después digan cómo eran físicamente esas personas y qué hacían un día típico. Por último, comenten cómo son esas personas ahora y qué hacen.

III. Describing

A Ser and estar + adjective

To describe, you can use **ser** and **estar** followed by adjectives. These rules will help you remember when to use which verb.

1. Use **ser** + *adjective* when you are describing the *being*, that is, when you are describing physical characteristics you associate with a person, animal, place, or thing, or personality traits that you associate with a person or animal.

Pablo **es** tan **alto** como su padre.	*Pablo is as tall as his father.*
Su esposa **es** (**una persona**) muy **celosa**. Él no puede ni mirar a otra mujer.	*His wife is (a) really jealous (person). He can't even look at another woman.*
Su apartamento **es** (**un lugar**) muy **moderno**.	*His apartment is (a) very modern (place).*

2. Use **estar** + *adjective* when describing the *condition* or *state of being* of a person, animal, place, or thing.

Nosotros **estábamos cansados** de estar en la playa.	*We were tired of being at the beach.*
El agua **estaba muy fría**.	*The water was very cold.*
Mi padre siempre **estaba enojado** con alguien de la familia.	*My father was always mad at someone in the family.*

   Siempre is normally used with **estar**.
   Siempre está preocupado/borracho/ enfermo/etc.

3. Adjectives that are normally used with **ser** to describe the characteristics of a person, an animal, or a thing may be used with **estar** to indicate a change of condition.

Being ser + *adjective*	Change of Condition estar + *adjective*
Mi marido **es** (**un hombre**) muy **cariñoso**.	**Estás muy cariñoso hoy**, ¿qué pasa?
My husband is (a) very affectionate (man).	*You are really affectionate today; what's up?*
El gazpacho **es** una sopa española **fría**.	Camarero, esta sopa **está fría**.
Gazpacho is a cold Spanish soup.	*Waiter, this soup is cold.*

4. Some adjectives convey different meanings, depending on whether they are used with **ser** or **estar**. Remember that **ser** is used to describe the *being* and **estar** the *condition* or *state of being*.

	Being ser + *adjective*	Condition or State of Being estar + *adjective*
aburrido/a	boring	bored
bueno/a	good	(tastes) good
despierto/a	alert	awake
listo/a	smart	ready
vivo/a	smart/sharp	alive (vs. dead)

estar muerto/a = to be dead

La película **era aburrida**.
The movie was boring.

Según la maestra, el niño **es muy despierto**.
According to the teacher, the child is very alert.

Nosotros **estábamos aburridos**.
We were bored.

El niño **está despierto** y quiere jugar.
The child is awake and wants to play.

ACTIVIDAD 19 Anuncios comerciales

Parte A: Las siguientes oraciones son partes de anuncios comerciales. Complétalas usando **ser** o **estar**.

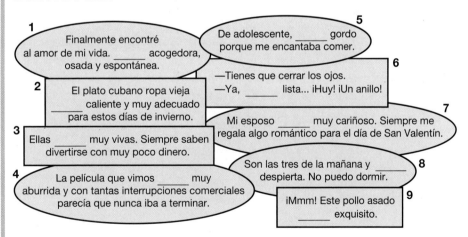

1. Finalmente encontré al amor de mi vida. _____ acogedora, osada y espontánea.

2. El plato cubano ropa vieja _____ caliente y muy adecuado para estos días de invierno.

3. Ellas _____ muy vivas. Siempre saben divertirse con muy poco dinero.

4. La película que vimos _____ muy aburrida y con tantas interrupciones comerciales parecía que nunca iba a terminar.

5. De adolescente, _____ gordo porque me encantaba comer.

6. —Tienes que cerrar los ojos.
   —Ya, _____ lista... ¡Huy! ¡Un anillo!

7. Mi esposo _____ muy cariñoso. Siempre me regala algo romántico para el día de San Valentín.

8. Son las tres de la mañana y _____ despierta. No puedo dormir.

9. ¡Mmm! Este pollo asado _____ exquisito.

Parte B: En parejas, escojan uno de los anuncios comerciales, imaginen qué ofrece y desarrollen (*develop*) el comercial.

En parejas, imaginen que Uds. trabajan para una empresa y por primera vez asisten a una fiesta con sus compañeros de trabajo. Se sorprenden porque algunas personas están mostrando un aspecto de sí mismos que nunca se ve en la oficina. Reaccionen a las descripciones. Sigan el modelo.

► Marta Ramos: secretaria; siempre le encuentra el lado positivo a las cosas, pero esta noche no porque su novio está bailando con otra.

Marta es tan…, pero, ¡qué increíble! Esta noche está muy…

cumbia = baile de origen colombiano

1. Jorge Mancebo: jefe de personal; siempre lleva corbata y habla poco; esta noche lleva una cadena de oro; está bailando cumbia con la cocinera.

2. Cristina Salcedo: trabaja en relaciones públicas; siempre habla con todos y escucha sus problemas; esta noche está sentada sola en un rincón mirando al suelo y tomando Coca-Cola®.

3. Paulina Huidobro: jefa de producción; nunca sonríe y siempre le ve el lado negativo a todo; esta noche tiene una sonrisa de oreja a oreja y está besando apasionadamente a Juan Gris, el jefe de ventas.

En parejas, hablen de la personalidad de por lo menos tres compañeros de la clase y digan cómo creen que se sienten ellos hoy y por qué.

► Craig es muy espontáneo e hiperactivo. Hoy está preocupado porque se peleó con su novia.

En parejas, el/la estudiante "A" es el padre o la madre de un niño y el/la estudiante "B" es el/la maestro/a y debe mirar la página 387. Lea cada uno las instrucciones para su papel. Al hablar, usen las siguientes expresiones de **Para reaccionar**.

Padre/Madre

Tu hijo de ocho años es muy bueno y obediente. Siempre te dice que el/la maestro/a no lo quiere y lo trata muy mal y por eso saca malas notas. Estás muy enojado/a y ahora tienes una cita con su maestro/a. Explícale la situación y háblale de la personalidad de tu hijo.

Para reaccionar

Me parece que…	It seems to me that . . .
Creo que…	I think that . . .
En mi opinión…	In my opinion . . .
Es decir… }	That is (to say) . . .
O sea…	
Ud. me dice que…	You are telling me that . . .

B The Past Participle as an Adjective

1. Use **estar** + *past participle* (**participio pasivo**) to indicate the result caused by an action.

Action

Los padres **se preocupaban** porque sus hijos no sacaban buenas notas en la escuela.

Pablo **pone** la mesa para comer.

Result

Estaban preocupados.
They were worried.

La mesa **está puesta.**
The table is set.

2. The past participle functions as an adjective and agrees in gender and number with the noun it modifies.

El pollo está servido.
Las camas están hechas.

3. Some irregular past participles that are frequently used as adjectives include:

abrir → abierto/a	morir → muerto/a
cubrir → cubierto/a	poner → puesto/a
escribir → escrito/a	resolver → resuelto/a
hacer → hecho/a	romper → roto/a

To review formation and for a more complete list of irregular past participles, see Appendix A, page 373.

ACTIVIDAD 23 En una disco

Parte A: En la página siguiente, completa las conversaciones que escuchas en una disco, usando **estar** + *el participio pasivo* de los siguientes verbos.

abrir
descomponerse (*to break down*)
disponerse (*to get ready*)
envolver
hacer
romper
vestirse

1

El sistema de sonido de esta disco _____ _____.

Entonces, salgamos de aquí y vamos a tomar algo al café de la esquina.

2

Mira a esas dos muchachas.

Sí, _____ _____ con ropa ridícula.

3

Estoy convencida de que ella es una persona muy cerrada.

¿De veras? Ayer _____ _____ a nuevas ideas.

4

Vamos, abre el regalo.

Pero, ¿qué es? ¿Y por qué _____ _____ en papel de periódico?

5

Hace cinco minutos yo _____ _____ a sacar a bailar a ese chico.

¿Y qué ocurrió? ¿Por qué no bailaron?

6

Perdón, pero creo que necesitas dejar de bailar.

Pero, ¿por qué?

Es que tus pantalones _____ _____.

7

Mira los tatuajes que lleva este hombre y los va a tener para toda la vida.

No te preocupes. _____ _____ con tinta lavable. Después de bañarse, van a desaparecer.

Parte B: En parejas, escojan una de las conversaciones y continúenla.

ACTIVIDAD 24 La escena

Eres detective y estuviste en el siguiente lugar para investigar qué ocurrió. En parejas, describan lo que vieron usando los verbos que se presentan y saquen conclusiones para explicar qué sucedió.

puertas / abrir

perro / aterrorizar

carro / chocar

puerta / chaqueta / cubrir de sangre

luces / encender

capó / quemar

parabrisas / romper

© Cengage Learning 2015

IV. Indicating the Beneficiary of an Action

The Indirect Object

1. In Chapter 1 you saw that a direct object answers the questions *what* or *whom*. An indirect object normally answers the questions *to whom* or *for whom*. In the sentence "I gave a gift to my friend," "a gift" is *what* I gave (direct object), and "my friend" is the person *to whom* I gave the gift (indirect object).

2. If a sentence has an indirect object (**complemento indirecto**), it almost always needs an indirect-object pronoun. As you saw with the verb **gustar**, the indirect-object pronouns are:

me	nos
te	os
le	les

Mi amiga Dolores no tiene teléfono en el Amazonas; por eso **le** escribí una carta.	*My friend Dolores doesn't have a telephone in the Amazon; that's why I wrote a letter to her.*
Le escribí una carta **a Dolores**.*	*I wrote a letter to Dolores.*
Les compré un regalo **a Marcos y a Ana**.*	*I bought a present for Marcos and Ana.*
Me compraste ese regalo **a mí**, ¿no?*	*You bought that present for me, didn't you?*

*Note: A prepositional phrase introduced by **a** can be used to provide clarity, or simply for emphasis. Here are the pronouns you can use after **a**.

a **mí**	a **nosotros/as**
a **ti**	a **vosotros/as**
a **Ud.**	a **Uds.**
a **ella**	a **ellas**
a **él**	a **ellos**

Mí has an accent when it is a prepositional pronoun: **detrás de mí, a mí, para mí,** etc. **Mi** without an accent is a possessive adjective: **Mi madre es peruana.**

3. Place indirect-object pronouns:

Before the Conjugated Verb or	**After** and **Attached** to the Infinitive or Present Participle
Le escribí una postal a mi hermano.	XXX
Le había escrito una postal antes de irme de Ecuador.	XXX
Le quiero escribir una postal. =	Quiero **escribirle** una postal.
Le estoy escribiendo una postal. =	Estoy **escribiéndole*** una postal.

***Note:** Accent needed. To review accent rules, see Appendix F, pages 382–383.

ACTIVIDAD 25 ¿Quién besó a quién?

En parejas, miren los dos dibujos y decidan cuáles de las siguientes oraciones describen cada escena. Escribe **A, B** o **A y B**.

A

1. Le dio ella un beso a él. _____
2. Él le dio un beso a ella. _____
3. Le dio un beso a ella. _____
4. Le dio un beso ella. _____
5. Le dio un beso. _____
6. Le dio un beso él. _____
7. Ella le dio un beso a él. _____
8. Le dio él un beso a ella. _____
9. Le dio un beso a él. _____
10. A ella le dio un beso. _____

B

ACTIVIDAD 26 El regalo

Usa pronombres de complemento indirecto para completar la historia sobre un episodio que tuvieron un joven uruguayo y su hermana durante un viaje.

Hace un mes mi hermana y yo fuimos de vacaciones a Oaxaca, México; una región que tiene hoy día más de un millón de indígenas. Allí _____ (1) compramos a mis padres un jarrón de cerámica negra, típica de la región, para su aniversario de boda. Pusimos el regalo con mucho cuidado en una caja y lo facturamos (*checked it*) en el aeropuerto. Por desgracia, cuando llegamos a Montevideo, nos dimos cuenta de que el jarrón estaba roto. Entonces fuimos directamente a la oficina de reclamos, donde _____ (2) pidieron la queja (*complaint*) por escrito. Yo _____ (3) escribí un email al gerente de la aerolínea en ese aeropuerto. Poco después, el gerente _____ (4) envió un email disculpándose por lo que había pasado. Él _____ (5) hizo muchas preguntas sobre el contenido de la caja y su valor en dólares norteamericanos. ¡Qué fastidio! Como yo no _____ (6) pude contestar todas las preguntas, _____ (7) pregunté a mi hermana que siempre lo sabe todo o, por lo menos, cree que lo sabe todo. Luego el gerente _____ (8) ofreció el dinero que habíamos gastado, pero nosotros _____ (9) explicamos enfáticamente que no queríamos el dinero, solo queríamos el recuerdo que _____ (10) habíamos comprado a nuestros padres. A la semana siguiente recibimos otro email del gerente que nos dejó boquiabiertos y en el que _____ (11) proponía otra idea: _____ (12) iba a dar gratis (a nosotros) dos pasajes a Oaxaca, México, para nuestros padres. Nos encantó la idea e inmediatamente _____ (13) informamos que aceptábamos su oferta. ¡Valió la pena escribir tantos emails y ser tan perseverantes!

ACTIVIDAD 27 Parientes típicos o atípicos

Parte A: En parejas, entrevístense para obtener respuestas a las siguientes preguntas y así averiguar si la otra persona tiene parientes típicos o atípicos.

1. ¿Te regalan ropa pasada de moda o ropa de moda?
2. ¿Te dan mucha comida?
3. ¿Te pellizcaban (*pinched*) la mejilla cuando eras niño/a?
4. ¿Les daban muchos consejos a tus padres sobre cómo educarte cuando eras niño/a?
5. ¿Les ofrecen a otros parientes y a ti trabajos horribles en su compañía o su tienda durante los veranos?
6. ¿Les muestran a Uds. fotos o videos aburridísimos de la familia?
7. ¿Le dicen a la gente cuánto dinero ganan? Si contestas que sí, ¿le mienten sobre la cantidad?
8. Cada vez que te ven, ¿te dan dinero?
9. ¿Te escriben comentarios patéticos en tu página de red social?
10. ¿Te cuentan historias aburridas sobre su adolescencia?

Parte B: Ahora, díganle a su compañero/a si tiene una familia típica o atípica y defiendan su opinión.

▶ En mi opinión, tus parientes son atípicos porque te regalan…

Parte A: En parejas, túrnense para preguntarle a la otra persona cuándo fue la última vez que hizo las actividades de la lista.

▶ A: ¿Cuándo fue la última vez que le compraste flores a una persona?

B: Hace un mes les compré flores a mis padres.

B: Nunca le compro flores a nadie.

A: ¿Por qué les compraste flores?

A: ¿Por qué nunca le compras flores a nadie?

B: Porque era su aniversario.

B: Porque no me gusta regalar flores.

1. darle un beso a alguien
2. hablarles a sus padres sobre su novio/a
3. escribirle una carta de amor a alguien
4. regalarle algo a un/a amigo/a
5. decirle a alguien *te quiero*
6. escribirle un poema a alguien
7. mandarle a alguien una tarjeta virtual cómica o cursi

Parte B: Ahora digan cuándo fue la última vez que alguien les hizo a Uds. las acciones de la Parte A.

▶ Hace cinco meses que alguien me regaló flores. / Mi hermana me regaló flores hace cinco meses. / Nadie me regala flores nunca.

Parte A: Lee el párrafo sobre un personaje importante de la historia de México y contesta la pregunta que le sigue.

Malinalli es la hija de un noble indígena y sabe hablar maya y también náhuatl, el idioma azteca. Cuando se muere su padre, su madre **la** vende y la compra un grupo de indígenas. Este grupo, a su vez, se la vende a otro grupo de indígenas. Después de la batalla de Tabasco, estos indígenas **le** dan un regalo a Cortés: Mali-
5 nalli. Él **la** bautiza y **le** pone el nombre de Marina. Aguilar, un español que sabe maya, **le** enseña español. Durante un período de seis años ella se convierte en compañera, intérprete y enfermera de Cortés, y **le** enseña a Cortés a llevarse bien con los indígenas. **Lo** ayuda a formar una alianza con los tlaxcaltecas, archienemigos de los aztecas, para derrotar el imperio de Moctezuma. Doña Marina, como **la** llaman
10 los conquistadores, es indispensable tanto para los españoles como para los tlaxcaltecas. El gran conquistador y doña Marina tienen un hijo y Cortés se queda con ella hasta que no **la** necesita más. Luego, doña Marina pasa a ser propiedad de uno de sus capitanes. Después de su separación de Cortés, esta mujer tan importante en la conquista de México pasa a ser anónima. Hoy en día se la conoce con el
15 nombre de *la Malinche*.

¿A quiénes se refieren las palabras en negrita?

a. **la** en la línea 2 _la hija_

b. **le** en la línea 4 _Cortés_

c. **la** en la línea 5 _hija_

d. **le** en la línea 5 _hija_

e. **le** en la línea 6 _hija_

f. **le** en la línea 7 _Cortés_

g. **lo** en la línea 8 _Cortés_

h. **la** en la línea 9 _____

i. **la** en la línea 12 _____

Hernán Cortés y la Malinche

 La Malinche

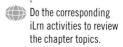 Do the corresponding iLrn activities to review the chapter topics.

Parte B: Es común usar el presente en un relato histórico. Como sabes, este uso del presente se llama *presente histórico*. En parejas, lean la historia de la Malinche otra vez. Luego, cuenten la historia usando el pretérito y el imperfecto.

Más allá

▶ Videofuentes: *Quiero ser charro* (anuncio informativo)

The video is available on ilrn.heinle.com and cengagebrain.com.

Make a Wish Foundation of America

Antes de ver

ACTIVIDAD 1 El poder de los deseos

Parte A: La Fundación Make-A-Wish es muy conocida por el trabajo que hace en más de 35 países del mundo. Marca todas las oraciones que crees que describen a esta fundación.

1. _____ Es una compañía.

2. _____ Empezó en los Estados Unidos.

3. _____ Colaboran muchos voluntarios.

4. _____ Vende sus productos en centros comerciales.

5. _____ Les concede deseos (*wishes*) a niños con enfermedades muy graves.

6. _____ Su misión es dar esperanza, fuerza y alegría.

Parte B: Mira la imagen del niño que aparece en el video que vas a ver y descríbelo físicamente.

Mientras ves

ACTIVIDAD 2 ¿Entendiste?

Vas a ver un video sobre un niño que vive en el estado de Colorado y su deseo es ser charro, o sea, un *cowboy* mexicano. Lee las siguientes preguntas y luego mira el video para contestarlas.

1. ¿Cómo se llama? _____

2. ¿Cuántos años tiene? _____

3. ¿Quién es el señor? _____

4. ¿Quién es la señora? _____

5. ¿Qué enfermedad tiene el niño?

   a. leucemia   b. linfoma de Hodgkin   c. tumor cerebral

6. Cuando picaron al niño, ¿qué no hizo? _____

Many people from the northwest of Mexico pronounce the **ch** as /sh/. In the video you will hear /sharro/ instead of /charro/.

picar = to prick (with a needle)

ACTIVIDAD 3 Los detalles

Lee estas preguntas y luego mira el video otra vez para contestarlas.

1. El niño recibió una soguita (soga pequeña) de...

   a. su padre.   b. su tío.   c. Make-A-Wish.

2. Un charro probablemente usa la soga para...

   a. enlazar un caballo.   b. domar (*to break*) un caballo.   c. montar un caballo.

3. período de tiempo que el niño está enfermo

   a. un año   b. dos años y medio   c. tres años y medio

4. dos síntomas que tenía

   _____ no veía _____ dormía mucho _____ no comía _____ se caía

5. dos tratamientos para su enfermedad

   _____ quimioterapia _____ trasplante _____ radioterapia _____ cirugía

6. personalidad del niño, según el hombre y la mujer

   _____ _____ _____

7. dos cosas que pide el niño para ser charro

   _____ el traje de charro _____ un sombrero _____ un caballo con una silla

8. cantidad de deseos cumplidos por Make-A-Wish en 30 años

   a. casi 100.000   b. casi 200.000   c. casi 400.000

Después de ver

ACTIVIDAD 4 Momentos mágicos

En el video la enfermera dice que después de que se cumplen sus deseos, los niños se sienten importantes y tienen esperanza. Ella cree que es algo mágico para ellos. Contesta estas preguntas sobre tu vida.

1. Cuando eras niño/a, ¿recibiste algo de alguien que resultó ser mágico para ti? Explica por qué fue mágico.

2. Cuando eras niño/a o adolescente, ¿alguien hizo algo por ti que te hizo sentir importante? Explica qué pasó.

3. ¿Cuándo fue la última vez que hiciste algo por otra persona? ¿Qué hiciste? ¿Cómo te sentiste tú después?

Proyecto: *La leyenda de La Llorona*

La leyenda de La Llorona es de origen prehispánico y, a través de los siglos, han aparecido muchas versiones diferentes de la misma. Casi todas estas versiones mencionan una mujer, unos niños, un hombre y un río. En este proyecto, vas a preparar una presentación de un mínimo de diez páginas en PowerPoint para contar una versión infantil de la leyenda de La Llorona. Debes seguir estos pasos.

1. leer en Internet diferentes versiones de la leyenda y escoger una

2. incluir en el cuento
   - cómo era cada uno de los personajes
   - el contexto en el que ocurrió la tragedia
   - cuál fue la tragedia
   - qué ve la gente hoy en día, que está relacionado con esta leyenda

3. agregar imágenes, efectos especiales y sonidos a tu presentación para que un niño pueda entenderla mejor

Vocabulario activo

Adverbios de tiempo

a menudo / con frecuencia / frecuentemente *frequently*
mientras *while*
muchas veces *many times*
siempre *always*
todos los días/meses/años *every day/month/year*

Descripción física

Forma y partes de la cara *Shape and parts of the face*
cuadrada *square*
ovalada *oval*
redonda *round*
triangular *triangular*
la barbilla *chin*
la mandíbula *jaw*
el pómulo *cheekbone*

Color de ojos *Eye color*
azules *blue*
claros *light-colored*
color café *brown*
color miel *light brown*
negros *black*
pardos *hazel*
verdes *green*

Color y tipo de pelo/cabello *Color and type of hair*
ser calvo/a *to be bald*
ser pelirrojo/a o rubio/a *to be a redhead or a blond/e*
tener cola de caballo / flequillo / trenza/s *to have a ponytail / bangs / braid/s*

tener pelo canoso/castaño/negro *to have gray/brown/black hair*
tener pelo lacio (liso)/ondulado/ rizado *to have straight/wavy/curly hair*
tener permanente *to have a perm*

Piel *Skin*
blanca *light-skinned*
morena *dark-skinned*
trigueña *olive-skinned*

Señas particulares *Identifying characteristics*
la barba *beard*
los bigotes *mustache*
la cicatriz *scar*
los frenillos *braces*
el hoyuelo *dimple*
el lunar *beauty mark*
las patillas *sideburns*
las pecas *freckles*
el tatuaje *tattoo*
ser peludo/a *to be hairy*
tener brazos musculosos *to have muscular arms*

Descripción de la personalidad

caprichoso/a *capricious*
cariñoso/a *loving, affectionate*
celoso/a *jealous*
chistoso/a *funny, humorous*
creído/a *vain*
espontáneo/a *spontaneous*
falso/a *false*
holgazán/holgazana *lazy*
idealista *idealistic*

impulsivo/a *impulsive*
inseguro/a (de sí mismo/a) *insecure; unsure (of himself/herself)*
juguetón/juguetona *playful*
malhumorado/a *moody, ill-humored*
optimista *optimistic*
orgulloso/a *proud (negative connotation)*
osado/a *daring (positive connotation)*
paciente *patient*
perezoso/a *lazy*
pesimista *pessimistic*
prudente *prudent*
quisquilloso/a *fussy, picky*
realista *realistic*
sedentario/a *sedentary*
seguro/a (de sí mismo/a) *secure; sure (of himself/herself)*
tacaño/a *stingy, cheap*
travieso/a *mischievous, naughty*

Expresiones útiles

¿A que no saben...? *Bet you don't know . . . ?*
Había una vez... *Once upon a time there was/were . . .*
No saben la sorpresa que se llevó... *You wouldn't believe how surprised he/she was when . . .*
El/La mío/a también. *Mine too.*
El/La mío/a tampoco. *Mine neither.*
Creo que... *I think that . . .*
En mi opinión... *In my opinion . . .*
Es decir... / O sea... *That is (to say) . . .*
Ud. me dice que... *You are telling me that . . .*

Llegan los inmigrantes

Escena de mestizaje, Miguel Cabrera. México, 1763

METAS COMUNICATIVAS

➤ hablar de la inmigración

➤ hablar de la historia familiar

➤ narrar y describir en el pasado (tercera parte)

➤ expresar sucesos (*events*) pasados con relevancia en el presente

➤ expresar ideas abstractas y sucesos no intencionales

Charla con nuestro nuevo amigo cubano

por parte de (mi, tu, etc.) padre/madre	on my/your/etc. father's/mother's side
a pesar de que	even though
a la hora de + *infinitive*	when the time comes/came + *infinitive*

Álex pasándolo bien en La Habana, Cuba

Conocimos a Álex Barrientos en una fiesta y lo invitamos para charlar de... de todo un poco.

BLA BLA BLA

Lucas y Camila

COMENTARIOS:

elotromarti: *hace 15 minutos*
el bongó es otro instrumento que refleja lo africano en Cuba

yoruba2540:   *hace 7 minutos*
Como dice Natalia Bolívar sobre nuestras tradiciones religiosas: "La santería está en nuestro ADN cubano".

yaracubana: *hace 3 minutos*
Mis antepasados también llegaron a Trinidad para trabajar en las plantaciones de caña de azúcar.

ACTIVIDAD 1 La influencia de los inmigrantes

Piensa en los diferentes grupos de inmigrantes que hay en este país y dónde se puede ver su influencia. Da ejemplos específicos.

ACTIVIDAD 2 La charla

Parte A: Vas a escuchar una charla con Álex Barrientos, un joven cubano. Mientras escuchas, anota la siguiente información.

1. origen de su familia
2. un ejemplo de influencia africana
3. un ejemplo de racismo

Parte B: Lee estas preguntas y luego escucha el podcast otra vez para contestarlas.

1. ¿Qué le gustaría investigar a Álex? ¿Dónde hay buenos archivos?
2. ¿Por qué dice el artista que la influencia africana en la comida cubana está camuflada?
3. ¿A qué se refiere el comentario "Tú no eres negro, piensas como un blanco"?
4. En cuanto a las parejas, ¿hay muchos matrimonios entre blancos y negros?
5. Álex les sugiere a Camila y a Lucas que visiten Cuba. ¿Dónde les recomienda que se queden para conocer mejor a la gente?

Parte C: Ahora lee los comentarios del podcast y contesta estas preguntas.

1. ¿Qué otro instrumento musical es de origen africano?
2. Según Natalia Bolívar, ¿qué forma parte del ADN cubano?
3. ¿En qué trabajaron los antepasados de *yaracubana*?

La Habana, Cuba

¿Lo sabían?

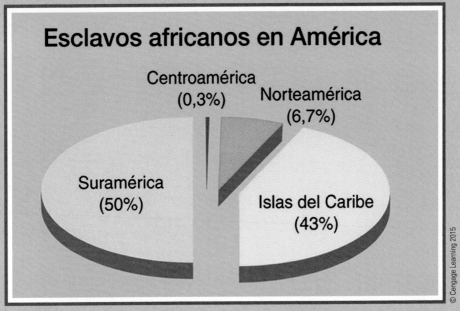

Esclavos africanos en América

Centroamérica
(0,3%)

Norteamérica
(6,7%)

Suramérica
(50%)

Islas del Caribe
(43%)

© Cengage Learning 2015

Fuente: The African Presence in America 1492–1992, Schomburg Center for Research in Black Culture, the New York Public Library. http://www.inmotionaame.
org/gallery/detail.cfm?migration=1&topic=6&type=image&id=298239&bhcp=

Cuando los conquistadores llegaron al continente americano, usaron inicialmente a los indígenas para los trabajos pesados, pero con el tiempo muchos empezaron a morirse de enfermedades que padecían los españoles. Los españoles comenzaron a darse cuenta de que los indígenas también se resistían a servir a los conquistadores. Fue en parte por esa falta de mano de obra que comenzó el tráfico de esclavos de África hacia el Nuevo Mundo. Aunque llegaron esclavos a todo el continente, el 38,2% fue a Brasil, el 7,3% a Cuba y solamente el 4,6% llegó a los Estados Unidos. Hoy día, en Cuba, la influencia africana se encuentra en la música, el baile, la comida y en la cultura en general. Hasta en la religión que practican algunos cubanos, que se llama santería, se ve esta fusión de culturas al combinar a dioses africanos con santos de la religión católica.

¿Qué fusión de culturas se puede observar en tu país?

ACTIVIDAD 3 En los Estados Unidos

En grupos de tres, contesten las siguientes preguntas sobre los inmigrantes africanos que llegaron a los Estados Unidos.

1. ¿Cuándo llegaron?

2. ¿Por qué emigraron?

3. ¿Dónde se ve su influencia hoy día?

Do the corresponding iLrn activities as you study the chapter.

I. Discussing Immigration

La inmigración

Courtesy of Marcela Domínguez

Pedro Domínguez y sus hermanos, Buenos Aires, Argentina, 1926

► REMEMBER: Bolded words in texts introducing vocabulary are active. For a complete list, see **Vocabulario activo** at the end of the chapter.

Fuente hispana

Courtesy of Marcela Domínguez

"Mi madre es argentina y mi abuela también, pero mis **bisabuelos** *maternos eran italianos. Mi abuelo materno* **emigró** *de Casablanca, Marruecos, cuando tenía 18 años.*

A lo largo de este capítulo voy a contar la historia de la inmigración de mi padre.

Mi padre (el segundo de derecha a izquierda en la foto de arriba) llegó por barco a Buenos Aires, Argentina, desde España en 1925, cuando tenía dos años. Eran nueve en total: Mi abuelo, mi abuela y sus siete hijos. Todos **eran oriundos de** *Cáceres, en la región de Extremadura, e iban a Argentina a* **hacerse la América** *y* **en busca de nuevos horizontes** *porque la situación en España no era muy buena y América prometía más oportunidades de triunfar. Era una familia* **de pocos recursos**, *pero llegaron con algo de dinero y mi abuelo* **tenía mucha iniciativa**. *Él era comerciante en España y cuando llegó a Buenos Aires, abrió una camisería, una tienda donde hacía camisas a medida".* ■

Pablo Domínguez, argentino

great-grandparents

emigrated

were originally from

to seek success in America

in search of new opportunities (horizons)

low-income; he had a lot of initiative

Personas	
los antepasados	ancestors
el/la descendiente	descendant
el/la emigrante	
el/la esclavo/a	slave
el/la extranjero/a	foreigner
el/la inmigrante	
el/la mestizo/a	
el/la mulato/a	
el/la pariente lejano/a	distant relative
el/la refugiado/a político/a	political refugee
el/la residente	
el/la tatarabuelo/a	great-great-grandfather/ grandmother

MUSEO DEL INMIGRANTE

Certificado de arribo a América

ISAAC BENSABAT
de Nacionalidad **ESPAÑOLA**
procedente de **STA. CRUZ DE TENERIFE,**
llegó a **BUENOS AIRES**
el **7 de Junio de 1907**
en el buque **CAP. VERDE**

La información consignada fue obtenida por el C.E.M.L.A. según los registros de Embarque de inmigrantes de la Dirección Nacional de Población y Migración. No obstante este Certificado no tiene validez para realizar cualquier trámite administrativo, judicial o de otra índole.

Sus datos de origen son : EDAD : 58 años
Estado Civil : CASADO
Profesión : COMERCIANTE
Religión : CATOLICA

GRATIS   alucity.com   Line   Casa FOA

Courtesy of Marcela Dominguez

Otras palabras relacionadas con la inmigración	
la ascendencia	ancestry
la discriminación, discriminar a alguien	
echar de menos	to miss (a person, a place, etc.)
la emigración	
el extranjero	abroad
hacer algo contra su voluntad	to do something against one's will
hacerse ciudadano/a	to become a citizen
inmigrar, la inmigración	
la libertad	freedom
el orgullo	pride
recibir a alguien con los brazos abiertos	to receive someone with open arms
sentir nostalgia (por)	to feel nostalgic (about)
sentirse rechazado/a	to feel rejected
ser bilingüe/trilingüe/políglota	
ser mano de obra barata	to be cheap labor
ser una persona preparada	to have an education
tener incentivos	
tener prejuicios contra alguien	to be prejudiced against someone
tener título	to have an education / a degree
tener un futuro incierto	to have an uncertain future

ACTIVIDAD 4 ¿Iguales o diferentes?

En parejas, el/la estudiante "A" mira la lista A de esta página y el/la estudiante "B" debe mirar la lista B de la página 387. "A" debe definir las palabras pares y "B" las palabras impares sin decir la palabra que se define. Al escuchar la definición que da tu compañero/a, di si la palabra que tienes en ese número es la misma o es diferente. Al dar definiciones, usen frases como **Es la acción de…, Es el lugar donde…, Es una cosa que…**

A		
1. sentir nostalgia	4. descendiente	7. refugiado político
2. mulato	5. tener iniciativa	8. bisabuelo
3. esclavo	6. prejuicios	

 Los inmigrantes

ACTIVIDAD 5 ¿Quiénes llegaron?

Latinoamérica ha recibido gente de todas partes del mundo. En parejas, una persona debe mirar la tabla A y la otra la tabla B de la página 388. Luego háganse preguntas para completar su tabla sobre los diferentes inmigrantes que llegaron.

A			
nacionalidad y épocas importantes de emigración	adónde fueron y por qué	condiciones en su país de origen	otros datos
alemanes ¿?	Chile – el gobierno (ofrecerles) tierra como incentivo	• ¿? • (haber) una crisis agrícola	• (ser) artesanos • ¿?
chinos 1849–1874	¿?	¿?	• ¿? • ¿? • (trabajar) bajo condiciones infrahumanas
italianos ¿?	Argentina – (trabajar) en las fábricas y en ¿?	• ¿? • en el norte (haber) interés en hacerse la América	• (haber) dos hombres por cada mujer emigrante
judíos al final del siglo XIX	¿?	• (escapar) de la pobreza y el antisemitismo • ¿?	¿?

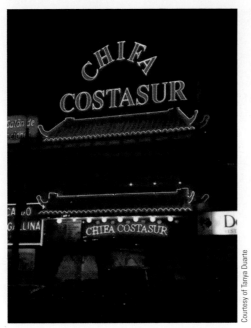

Courtesy of Tanya Duarte

En Perú, hoy día hay restaurantes chinos que se conocen como *chifas*.

¿Lo sabían?

En el año 1965, cuando la situación económica en Corea del Sur estaba en crisis, algunos ciudadanos coreanos optaron por emigrar a países como Paraguay y Argentina, que ofrecían incentivos para inmigrantes, y con el tiempo llegaron a tener una posición económica estable. Aunque los hijos de estos inmigrantes asistían a escuelas donde se mezclaban con los niños locales, las familias coreanas vivieron apartadas y muchas de ellas nunca se integraron culturalmente. Desafortunadamente, cuando los países receptores entraron en un período económico difícil, algunas personas discriminaron a los coreanos por tener éxito con sus negocios cuando otras personas estaban perdiendo trabajo en el sector industrial. Por eso, algunos de esos inmigrantes decidieron irse de los países que en un momento los habían recibido con los brazos abiertos.

¿Puedes nombrar casos en la historia de tu país cuando el aumento de la xenofobia coincidió con una crisis económica?

ACTIVIDAD 6 El mosaico de razas

Parte A: Todos los países tienen inmigrantes de diferentes partes del mundo. En grupos de tres, mencionen cuáles son los principales grupos de inmigrantes que vinieron a este país.

Shakira, colombiana de raíces siriolibanesas

Parte B: Ahora discutan las siguientes ideas sobre los italianos que llegaron a los Estados Unidos.

- cuándo llegaron
- por qué emigraron
- cuál era la situación en su país
- cómo llegaron a los Estados Unidos
- si fueron recibidos con los brazos abiertos
- qué idioma hablaban
- qué educación tenían
- si hubo discriminación una vez que llegaron
- en qué partes del país se establecieron

ACTIVIDAD 7 Un pariente

En parejas, lean otra vez en la sección de vocabulario la descripción de cómo llegó el padre de Pablo a Buenos Aires. Luego, cuéntenle a su compañero/a cómo llegó un/a pariente o un/a conocido/a suyo/a a este país. Incluyan la siguiente información.

- de qué país era o es oriundo/a
- si era una persona de bajos recursos
- si tenía título universitario
- si era o es una persona con iniciativa
- por qué dejó su país y si lo hizo contra su voluntad
- si lo discriminaron por su religión, raza, sexo, etc., al llegar a este país

II. Expressing Past Intentions, Obligations, and Knowledge

Preterit and Imperfect (Part Three)

1. To express a past plan that did not materialize, use the imperfect of **ir** + **a** + *infinitive*. This construction can be used to give excuses.

   Mi bisabuelo **iba a ir** a los EE.UU. en el *Titanic*, pero se enfermó y fue unas semanas más tarde en otro barco.

   My great-grandfather was going to go to the U.S. on the Titanic, *but he got sick and went some weeks later on another ship.*

   Iba a mudarse al norte, pero hacía mucho frío en esa región y por eso no fue.

   He was going to move to the north, but it was very cold in that region and that's why he didn't go.

2. Because the imperfect and the preterit express different aspects of the past, they may convey different meanings with certain verbs when translated into English. In these cases, the imperfect emphasizes the ongoing nature of the state, while the preterit emphasizes the onset or end of an action. These verbs or verb phrases include:

	Imperfect (ongoing state)	Preterit (action)
conocer (+ *place* / **a** + *person*)	knew (some place / someone)	began to know (some place / someone) / met for the first time
saber (+ *information*)	knew (something)	found out (something)
no querer (+ *infinitive*)	didn't want (to do something)	refused *and didn't* (do something)
no poder (+ *infinitive*)	was/were not able (to do something)	was/were not able *and didn't* (do something)
tener que (+ *infinitive*)	had to / was supposed to (do something), but didn't necessarily do it	had to *and did* (do something)

   Josef Hausdorf **no podía** vivir más en su país y por eso emigró con su familia a Chile en 1845.

   Josef Hausdorf couldn't live in his country anymore, so he emigrated with his family to Chile in 1845.

   Su hijo Hans **no quería** irse a Chile porque no **conocía** a nadie allá.

   His son Hans didn't want to go to Chile because he didn't know anyone over there.

Hans **tenía que** despedirse de su mejor amigo Fritz, pero fue a su casa y no estaba.	*Hans had to say good-bye to his best friend Fritz, but he went to his house and he wasn't there.*
Al final **no pudo** verlo, así que le escribió una carta en que **no quiso** decirle "adiós", sino "hasta luego".	*In the end he wasn't able (didn't manage) to see him, so he wrote him a letter in which he refused to say "good-bye" but rather "until later."*
Al llegar al puerto, Hans **supo** que había otros niños en el barco a Chile.	*When he arrived at the port, Hans found out there were other kids on the ship to Chile.*
Conoció a quince niños la primera noche y para el segundo día ya **sabía** todos los nombres.	*He met fifteen kids the first night and by the second day he already knew all their names.*

ACTIVIDAD 8 Miniconversaciones

Parte A: Diferentes personas en la cafetería de la universidad hablan del fin de semana pasado. Completa las conversaciones con el pretérito o el imperfecto de los verbos indicados. Lee cada conversación antes de decidir qué forma del verbo usar.

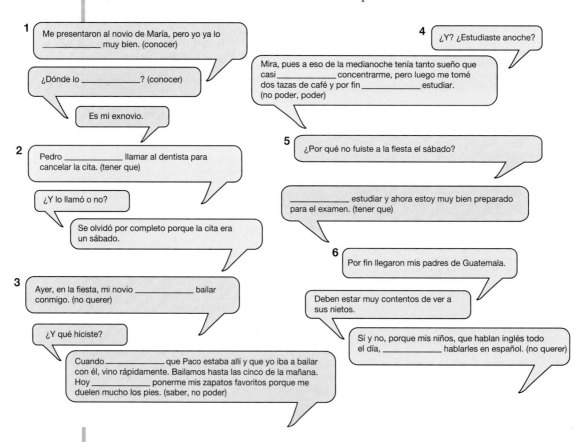

1 Me presentaron al novio de María, pero yo ya lo _____ muy bien. (conocer)

¿Dónde lo _____? (conocer)

Es mi exnovio.

2 Pedro _____ llamar al dentista para cancelar la cita. (tener que)

¿Y lo llamó o no?

Se olvidó por completo porque la cita era un sábado.

3 Ayer, en la fiesta, mi novio _____ bailar conmigo. (no querer)

¿Y qué hiciste?

Cuando _____ que Paco estaba allí y que yo iba a bailar con él, vino rápidamente. Bailamos hasta las cinco de la mañana. Hoy _____ ponerme mis zapatos favoritos porque me duelen mucho los pies. (saber, no poder)

4 ¿Y? ¿Estudiaste anoche?

Mira, pues a eso de la medianoche tenía tanto sueño que casi _____ concentrarme, pero luego me tomé dos tazas de café y por fin _____ estudiar. (no poder, poder)

5 ¿Por qué no fuiste a la fiesta el sábado?

_____ estudiar y ahora estoy muy bien preparado para el examen. (tener que)

6 Por fin llegaron mis padres de Guatemala.

Deben estar muy contentos de ver a sus nietos.

Sí y no, porque mis niños, que hablan inglés todo el día, _____ hablarles en español. (no querer)

Parte B: En parejas, escojan una de las conversaciones y continúenla. Mantengan una conversación por lo menos de diez líneas usando el pretérito y el imperfecto dentro de lo posible.

Ayer tus amigos y tú iban a hacer muchas cosas, pero todos tuvieron diferentes problemas. Usa la siguiente información para decir cuáles eran sus intenciones, por qué no las llevaron a cabo y qué hicieron después.

▶ Paul y yo íbamos a esquiar en el lago, pero no pudimos prender el motor del bote y por eso nos quedamos allí tomando el sol y nadando un poco.

A Intenciones
1. hacer un picnic
2. ir a una fiesta
3. comprar el libro de trigonometría
4. estudiar para el examen
5. jugar un partido de fútbol
6. sacar un libro de la biblioteca
7. pagar la cuenta de la luz por Internet

B Problemas
perder la conexión

llover

estar cansados

invitarte a una fiesta

no haber más en la librería

no tener el carné de estudiante

quedarse dormidos

C

¿Qué ocurrió después?

En parejas, digan tres cosas que tenían que hacer y que no hicieron la semana pasada, y por qué. Luego digan tres cosas que sí tuvieron que hacer. Piensen en cosas como las siguientes.

- dejar una clase
- hacer fotocopias
- comprar…
- llamar a sus padres / un/a amigo/a
- estudiar para la clase de…
- devolver un libro
- mandarle un email a…
- pagar la cuenta de luz/gas/etc.
- limpiar su apartamento/habitación
- empezar un trabajo escrito

ACTIVIDAD 11 Un cambio radical

Parte A: Lee la siguiente historia de lo que ocurrió cuando el padre de Pablo llegó a Argentina.

❀ Fuente hispana

*"Después de cuarenta días en barco con siete niños —la más pequeña de un añito— la familia de mi padre llegó a Argentina. Mis abuelos **no conocían a nadie** y **no sabían dónde iban** a vivir. Por suerte, otro español los ayudó y encontraron un lugar en la capital. Lamentablemente, al mes de llegar a Argentina, se murió mi abuela y mi abuelo se quedó solo con siete hijos. Entonces **tuvo que poner** a sus hijas en un internado de monjas y a los hijos en un internado de curas. Al principio los niños **no querían ir** a la escuela, pero finalmente lo aceptaron. Los dos únicos que se quedaron en casa por un tiempo fueron la hija menor, que tenía un año, y mi padre, que tenía dos años y medio".* ■

Courtesy of Marcela Domínguez

internado = boarding school

En el caso de estos niños, la educación fue gratuita debido a sus circunstancias.

Parte B: En grupos de tres, hablen sobre una vez que Uds. se mudaron a un lugar nuevo, empezaron a asistir a una nueva escuela o fueron a un campamento durante el verano. Expliquen los problemas que tuvieron, qué cosas tuvieron que hacer para hacer nuevos amigos, qué cosas echaron de menos y también hablen de las cosas que no querían hacer porque se sentían incómodos.

¿Lo sabían?

Cuando una persona emigra a otro país, generalmente pasa por lo que se llama el choque cultural. Este proceso consta de cuatro etapas diferentes. La primera etapa es la llamada luna de miel, en la que al recién llegado le fascina el nuevo país y todo le resulta atractivo. La segunda etapa es la del rechazo, cuando el individuo se siente incómodo con todo lo que esté conectado con la "nueva" cultura; se cuestiona por qué está allí y se aísla de su entorno. A medida que pasa el tiempo, la persona comienza a aceptar las nuevas costumbres y a adaptarse. Algunas personas se quedan en esa tercera etapa, pero por lo general, muchas van más allá y entran en la cuarta etapa cuando se integran a la cultura: celebran las tradiciones del lugar, comen sus comidas y tienen amigos de esa cultura.

¿Has pasado un período largo en otro país? Si contestas que sí, ¿pasaste por alguna etapa del choque cultural?

III. Expressing Abstract Ideas

Lo + adjective and lo que

1. Use the word **lo**, followed by a masculine singular adjective, to express abstract ideas. The use of a singular or plural verb parallels English usage.

   Lo bueno es que muchos inmigrantes logran integrarse a la sociedad.

   The good part/thing/point is that many immigrants manage to integrate into society.

   Lo triste son los individuos que discriminan a esos inmigrantes.

   The sad part/thing are the individuals who discriminate against those immigrants.

2. **Lo que** is used to express *the thing that* or *what,* whenever *what* is not a question word.

   Lo que les interesaba era no perder contacto con la familia.

   The thing that / What they were interested in was not losing contact with their family.

   ¿Qué dices? **Lo que** propones es absurdo.

   What are you saying? The thing that / What you propose is absurd.

ACTIVIDAD 12 Libros y películas

Parte A: Vamos a ver cuánto sabes de libros y películas. Intenta combinar ideas de las tres columnas y empieza cada oración con **lo** + *adjetivo*.

▶ trágico   *Romero*   asesinar / al arzobispo

Lo trágico de la película *Romero* fue que asesinaron al arzobispo.

interesante	*Psicosis*	Hester Prynne / tener / un hijo ilegítimo
trágico	*Frida*	él / enamorarse / de Dulcinea
horrible	*E.T.*	quemarse / la ciudad de Atlanta
escandaloso	*Bambi*	morirse / su madre
terrible	*La letra escarlata*	esconderse / en el armario
cómico	*El Quijote*	los dos / suicidarse
triste	*Lo que el viento se llevó*	él / atacarla / en la ducha
romántico	*Romeo y Julieta*	sufrir / un accidente de tráfico horrible

Parte B: Ahora menciona otras películas o libros y di qué fue lo interesante, lo horrible, lo increíble, lo cómico, etc.

ACTIVIDAD 13 El año pasado

En parejas, díganle a la otra persona qué fue lo mejor, lo peor, lo terrible, lo que les fascinó, lo que les molestó y lo que les interesó del año pasado.

▶ Lo que me molestó del año pasado fueron los nuevos programas de la televisión… todos los *reality shows*… prefiero la ficción.

ACTIVIDAD 14 Tu universidad

En grupos de tres, discutan las siguientes ideas sobre su universidad.

▶ Lo que nos gusta es el campus porque… / Lo que nos gustan son los…

- lo que les gusta
- lo que les molesta
- lo que debe hacer la administración para mejorar la universidad

ACTIVIDAD 15 Lo triste fue que…

Parte A: Lee el siguiente episodio de la familia de Pablo y responde a las preguntas de comprensión de tu profesor/a.

 Fuente hispana

"Antes de emigrar a Argentina, mi abuelo tenía una mercería en Cáceres y al lado había una zapatería. Todos los meses, el dueño de la zapatería y mi abuelo jugaban juntos a la lotería. Lo triste fue que al mes de irse mi abuelo con toda su familia a Argentina, el dueño de la zapatería se sacó 'el gordo'. Mi abuelo supo esto como un año más tarde porque en esa época era muy difícil comunicarse a larga distancia. Lo irónico fue que mi abuelo se fue a Argentina para hacerse la América y su amigo, que se quedó en España, fue el que se hizo millonario". ■

Courtesy of Marcela Domínguez

mercería = notions shop

Parte B: En parejas, hablen de momentos de su vida o de la vida de alguien que conozcan y digan qué fue lo triste, lo cómico, lo trágico, lo irónico, etc.

IV. Expressing Accidental or Unintentional Occurrences

Unintentional *se*

1. To express accidental or unintentional occurrences, use the following construction with **se** and an indirect-object pronoun.

se me	
se te	
se le	+ *singular verb* + *singular noun*
se nos	+ *plural verb* + *plural noun*
se os	
se les	

Se nos cayó la **computadora.**   *We dropped the computer.*

Se le perd**ieron** las **llaves.**   *He/She/You lost the keys.*

Se le perd**ieron** las **llaves** a Eva.*

A Eva* **se le** perd**ieron** las **llaves.**   *Eva lost the keys.*

▶ Note that the singular and plural nouns function as subjects of the verbs in this construction even though they are placed after the verb.

*****Note:** A phrase introduced by **a** + *noun/pronoun* can be used to provide clarity or emphasis of the indirect-object pronoun (**me, te, le, nos, os, les**). It can be placed at the beginning or end of a sentence.

2. Compare the following sentences, one involving an intentional occurrence and the other an unintentional one.

Intentional Occurrence	Unintentional Occurrence
El otro día me enfadé con mi novio y **quemé su foto** para no tener ningún recuerdo de él.	El otro día prendí una vela cerca de la foto de mi novio y me fui. Cuando volví, **se me había quemado la foto**.
The other day I got mad at my boy-friend and I burned his picture so as not to have any reminder of him.	*The other day I lit a candle near my boyfriend's picture and I left. When I returned, the picture had burned.*

3. The following list presents verbs commonly used with this construction.

acabar/terminar	**Se me acabó** el dinero. No tengo ni un centavo.
caer	**Se le cayeron** dos platos al suelo (a Jorge).
descomponer	**Se me descompuso** el televisor y me costó 250 pesos arreglarlo.
olvidar	No me llamaste. ¿**Se te olvidó** el celular en casa?
perder (e → ie)	Tu tía me contó que con frecuencia **se te pierde** el perrito.
quedar (*to leave behind*)	**Se le quedaron** los anteojos en casa (a Daniela).
quemar (*to burn*)	¡Qué mala suerte! **Se nos quemó** la cena.
romper	Cuidado con esa copa de cristal. **Se te va a romper.**

descomponer (*some countries in Latin Am.*) = **averiar** (*Spain*)

ACTIVIDAD 16 La boda

Dos parejas de novios que se casaron la semana pasada tuvieron bastante mala suerte el día de su boda. En parejas, una persona mira la información del matrimonio A y la otra la información del matrimonio B. Después, cuéntense qué le ocurrió a cada pareja y luego decidan cuál creen que tuvo peor suerte y por qué.

A: Clara Gómez y Aldo Portillo	**B: Santiago Vélez y Sara Sosa**
a ella / caer / un pedazo de pastel de boda / en el vestido	a él / romper / una botella de champaña
a él / romper / la cremallera (*zipper*) de los pantalones	a ella / caer / el anillo de matrimonio por el lavabo
a ellos / quedar / los pasaportes en la casa / tomar el avión un día más tarde	a ellos / olvidar / los pasajes de avión en la casa
a ella / perder / las maletas	a ellos / acabar / la gasolina camino al aeropuerto / el avión salir / sin ellos
a él / perder / el anillo de matrimonio	a él / perder / las tarjetas de crédito el segundo día de la luna de miel

ACTIVIDAD 17 Excusas por llegar tarde

Mañana cinco policías van a llegar tarde al trabajo como protesta por los bajos sueldos. Escribe las cinco excusas que van a dar por llegar tarde, usando la construcción con el **se** accidental. Empieza las oraciones con frases como **Un/a policía va a decir/explicar/ contar que…**

ACTIVIDAD 18 La pregunta inocente

Parte A: Antes de mirar la tira cómica, contesta las siguientes preguntas sobre tu niñez.

1. Cuando eras pequeño/a y se te caía un diente de leche (*baby tooth*), ¿dónde lo ponías?

2. ¿Alguien te traía algo? Si contestas que sí, ¿quién y qué te traía?

Parte B: En muchas culturas hispanas, el Ratoncito Pérez es quien les deja dinero a los niños que ponen los dientes debajo de la almohada. Mira la tira cómica y contesta las siguientes preguntas.

1. ¿Qué se le cayó a la computadora?

2. ¿Dónde la quiere poner el niño?

3. ¿Cuál es el juego de palabras en la tira cómica?

V. Narrating and Describing in the Past

Summary of Preterit and Imperfect

As you read more about Pablo's father's childhood in Argentina, pay attention to how the preterit and imperfect are used to talk about the past.

Preterit	Imperfect
	Setting the scene: Description (1) Después de la muerte de mi abuela, mi abuelo *estaba* solo y *tenía* muy poco dinero para mantener a sus siete hijos.
Completed action or state (2) Por eso un día *puso* a sus hijos en un internado.	**Setting the scene: Time and age** (3) Mi padre *tenía* siete años cuando empezó la escuela. *Eran* las ocho de la mañana cuando llegó a su primer día de clase.
	Setting the scene: Ongoing emotion or mental state (4) *Estaba* muy triste porque su padre y sus hermanas estaban muy lejos.
	Action or state in progress (5) Pero, *le gustaba* ir a la escuela porque sus hermanos *estaban* allí.
	Habitual action (6) Luis, un hermano mayor de mi padre, siempre *se escapaba* de la escuela.
**Action in progress when another action occurred** (7) Un día, mientras Luis *se escapaba* por una ventana, un cura lo *vio* y entonces *llamó* a mi abuelo para decirle que su hijo ya no podía volver a la escuela.	
Beginning/End of action or state (8) Mi padre *terminó* de estudiar a los 12 años y *empezó* a trabajar con mi abuelo.	**Intention** (9) Mi padre *iba a estudiar* hasta los 18, pero la familia necesitaba dinero.
Action or state over specific period of time (10) Así que *asistió* a la escuela solamente cinco años.	**Simultaneous ongoing actions** (11) Mientras los hijos *trabajaban*, las hijas *preparaban* la comida y *lavaban* y *planchaban* la ropa.

Courtesy of Marcela Domínguez

ACTIVIDAD 19 Siempre hay una primera vez

Parte A: Mira la tabla de la página siguiente. Piensa en una de las tres preguntas y luego completa la tabla con la información correspondiente.

¿Cuándo fue la primera vez que...		
diste o recibiste un beso?	viajaste en avión o en tren?	manejaste un coche y estabas solo/a?

Circunstancias				Lo que ocurrió
Edad	Lugar	Mes / Día de la semana	Emociones	

Parte B: Ahora, en parejas, cuéntense sus historias y háganse preguntas para averiguar más información. Usen las siguientes expresiones para reaccionar.

Para reaccionar

¡Qué horror!	How terrible/horrible!
¡Qué cursi!	How tacky!
¡Qué genial!	How great!
Lo pasaste bien/mal, ¿eh?	You had a good/bad time, right?
Te cayó bien/mal, ¿eh?	You liked/disliked him/her, right?
¡Huy!	Jeez! / Wow!
Fuiste de Guatemala a Guatepeor.	You went from bad to worse. (play on words in Spanish)
No puede ser. / No te creo.	That can't be true. / I don't believe you.

ACTIVIDAD 20 Una historia interesante

Parte A: Piensa en una de las siguientes situaciones y completa la tabla para prepararte a contar la historia.

- una vez que hiciste algo malo y tus padres te pillaron (*caught you*)
- la ocasión en que conociste a tu primer/a novio/a
- una fiesta sorpresa a la cual asististe
- tu primer día de universidad
- la peor salida con alguien

Circunstancias				Lo que ocurrió
Edad	Lugar	Mes / Día de la semana	Emociones	

Parte B: Ahora, en parejas, cuéntense sus historias y háganse preguntas para averiguar más información. Tomen apuntes sobre la historia de su compañero/a para luego contarle la historia a otra persona.

Parte C: Ahora cambien de compañero/a y usen sus apuntes para contarle la historia que acaban de escuchar.

En parejas, miren los siguientes dibujos que cuentan la historia verídica (*true*) de un hombre enfermo que necesitaba diálisis y que no tenía a nadie excepto a su perro Canelo. Expliquen qué ocurrió usando el pretérito y el imperfecto.

Canelo de verdad existió y si vas a Cádiz, en el sur de España, puedes visitar la calle Canelo y leer la placa en su honor.

Todos los días...

Pero un día...

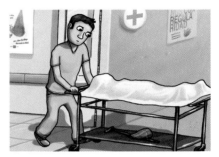

Lamentablemente...

Una mañana...

Pero al día siguiente...

Unos meses después...

Lo increíble fue que...

Al día siguiente...

Pero una noche, doce años después, cuando...

Al final...

ACTIVIDAD 22 Armemos una historia

En parejas, cada uno mire solamente una de las siguientes listas de palabras. Luego inventen juntos una historia integrando las palabras. Deben turnarse para usar las expresiones de su lista en el orden que prefieran. Al usar una expresión, táchenla. Comiencen la historia con la siguiente oración: **Manuela había llegado a los Estados Unidos hacía dos semanas y no hablaba inglés…**

A	
un día	mientras
pero entonces	lo que siempre
conoció	sentía nostalgia
tenía que	lo cómico fue que mientras

B	
al final	de repente
ya sabía	no quería
por suerte	se le cayó
lo triste fue que	se sentía rechazada

ACTIVIDAD 23 La foto misteriosa

En grupos de tres, miren la siguiente foto y usen la imaginación y la guía de ideas para inventar una historia sobre lo que ocurrió.

- cómo era la vida de esta persona, de qué país había emigrado, qué tenía que hacer un día típico, qué sabía hacer, a qué persona importante conocía
- qué ocurrió un día y por qué, qué hora era, a quién conoció, qué iba a hacer pero no pudo, qué tuvo que hacer ese día
- al final qué pasó

© Patrik Giardino/Corbis

VI. Discussing the Past with Present Relevance

present = relevance in the present

perfect = perfective or completed action

The Present Perfect

1. To discuss past occurrences you can use the preterit, the imperfect, and the pluperfect. In addition, you can use the present perfect (**pretérito perfecto**) to discuss events that have taken place in the past and are relevant to the present, or to past events that began in the past and may continue in the present. This parallels English usage. To form the present perfect, use a form of **haber** in the present indicative + *past participle*.

> **haber**
>
> | | | |
> |---|---|---|
> | he | hemos | |
> | has | habéis | + past participle |
> | ha | han | |

To review the formation of past participles, see page Appendix A, page 373.

—¿**Has visto** la película *El Norte* de Gregory Nava?

Have you seen the movie El Norte *by Gregory Nava?*

—Sí, la **he visto** varias veces. La **han mostrado** en escuelas, universidades y cines por más de 30 años.

Yes, I've seen it many times. They've shown it in schools, universities, and movie theaters for over 30 years.

2. Use the present perfect with the expression **alguna vez** to ask the question *Have you ever . . . ?*

¿Alguna vez **has visitado** el pueblo donde nació tu bisabuelo?

Have you ever visited the town where your great-grandfather was born?

3. **Ya** (*already, yet*) is mainly used in Spain with the present perfect in affirmative questions and affirmative sentences and it usually precedes the verb. **Todavía** (*still, yet*) is used in most Spanish-speaking countries in negative questions and negative sentences and is placed before the word **no** or at the end of the sentence.

—¿**Ya** has terminado? (*Spain*) / ¿**Ya** terminaste?

—Sí, **ya** he terminado. (*Spain*) / Sí, **ya** terminé.

Have you already finished? / Have you finished yet?

Yes, I've already finished. / Yes, I already finished.

—¿**Todavía no** has comido?

—No, **todavía no** he comido nada. / No, **no** he comido nada **todavía**.

Haven't you eaten yet?

No, I still haven't eaten anything. / No, I haven't eaten anything yet.

ACTIVIDAD 24 Tu familia

Parte A: Usa la siguiente información para hacerles preguntas a tus compañeros. Escribe solo los nombres de los que contesten que sí.

Nombre	
1. _____	ver el árbol genealógico de su familia
2. _____	estudiar la lengua de sus tatarabuelos
3. _____	visitar el sitio de Internet de la isla de Ellis
4. _____	ir a otro país donde viven/vivieron parientes suyos
5. _____	hacer investigación sobre su familia en Internet
6. _____	sentirse discriminado/a
7. _____	asistir a un festival o celebración de otra cultura
8. _____	salir con alguien de otra nacionalidad

Parte B: Ahora comparte tus respuestas con el resto de la clase.

© Jose Gil/Shutterstock

El Día de los Muertos en el cementerio Hollywood Forever de Los Ángeles

ACTIVIDAD 25 Y este semestre, ¿qué?

En parejas, pregúntenle a la otra persona si ha hecho las siguientes actividades este semestre. La persona que responde debe explicar su respuesta. Sigan el modelo.

▶   —¿Ya has tomado un examen?

—Sí, ya he tomado un examen.   —No, todavía no he tomado ningún
   Tuve uno…   examen. Tengo uno…

1. hablar con su consejero/a académico/a
2. ir a la oficina de su profesor/a de español
3. elegir las materias para el próximo semestre
4. decidir con quién(es) va a vivir el año que viene
5. planear dónde pasar las próximas vacaciones
6. solicitar un trabajo de voluntario/a

ACTIVIDAD 26 Cambios

Parte A: En grupos de cuatro, dos de Uds. son personas muy pesimistas y las otras dos son muy optimistas. Mencionen tres o cuatro de los sucesos (*events*) sociales o políticos más importantes que han ocurrido en los últimos doce meses. Pueden usar la lista de sucesos que se presenta a continuación. Sigan los modelos.

▶ (pesimista) Este año ha habido muchos robos en esta ciudad.

▶ (optimista) Este año hemos creado más programas sociales.

- haber más/menos personas sin trabajo
- crear más/menos programas para reducir la violencia en el hogar
- aumentar/reducir la contaminación
- haber más/menos escándalos políticos
- aumentar/reducir el nivel de pobreza
- mejorar/empeorar el nivel de la enseñanza primaria y secundaria
- tener más/menos accidentes de avión
- haber más/menos atentados terroristas

Parte B: Ahora discutan en detalle uno o dos de los sucesos sociales o políticos que mencionaron en la Parte A.

Ha habido is singular since it is the present perfect equivalent of **hay** in the present:
there is/are = **hay**
there was/were = **había/hubo**
there has/have been = **ha habido**

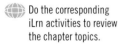 Do the corresponding iLrn activities to review the chapter topics.

Más allá

Película: *Al otro lado*

Drama: México, 2004

Director: Gustavo Loza

Guion: Gustavo Loza

Clasificación moral: No apta para menores de 13 años

Reparto: Carmen Maura, Silke, Jorge Miló, Adrián Alonso, Nauofal Azzouz, Sanâa Alaoui, Nuria Badih, Ronny Bandomo, Susana González

Sinopsis: Un niño cubano, otro mexicano y una niña marroquí se enfrentan individualmente a los problemas de la migración cuando un ser querido se va. Cada uno de estos niños echa de menos a su padre, que está "al otro lado". Este amor entre padres e hijos es universal y no tiene límites aun cuando uno de ellos está ausente. Cada niño reacciona de manera distinta al tratar de mejorar sus circunstancias.

Distribuidora de Entretenimiento de Cine SA de CV/Courtesy Everett Collection

Antes de ver

ACTIVIDAD 1 Los inmigrantes

La película *Al otro lado* presenta el tema migratorio y lo que ocurre cuando las fronteras separan a los hijos de sus padres. Antes de ver la película, busca en Internet información para contestar estas preguntas.

1. ¿De dónde son la mayor cantidad de inmigrantes que llegan a España? Busca en Internet *inmigración a España*.

País
1. _____
2. _____
3. _____
4. _____
5. _____

2. ¿De dónde son los inmigrantes que llegan a los Estados Unidos? Para saber cuáles son en la actualidad los cinco países con el mayor número de inmigrantes a los Estados Unidos, busca en Internet *US census foreign-born population*.

País
1. _____
2. _____
3. _____
4. _____
5. _____

Pages like Google© maps will calculate distances in miles and kilometers.

3. ¿Qué distancia existe entre los lugares de la tabla? Busca en los mapas de Google© y calcula la distancia en millas y kilómetros.

río Bravo (*Mexico*) = **río Grande** (*U.S.*)

a. Zirahuén (México)	y	Laredo, Texas (al lado del río Bravo)	_____ mi	_____ km
b. La Habana (Cuba)	y	Miami, Florida	_____ mi	_____ km
c. Tinerhir (Marruecos)	y	Málaga (España)	_____ mi	_____ km

Mientras ves

ACTIVIDAD 2 La película

Lee la siguiente tabla y mientras miras la película, marca las oraciones que describen a cada niño. ¡Ojo! Marca todos los nombres posibles para cada oración.

	Prisciliano (mexicano)	Ángel (cubano)	Fátima (marroquí)
a. El hombre de la foto no era su padre.	_____	_____	_____
b. Tenía hermanos.	_____	_____	_____
c. Salió a buscar a su padre con un amigo.	_____	_____	_____
d. Hizo algo peligroso para tratar de encontrar a su padre.	_____	_____	_____
e. Casi se ahogó (*drowned*).	_____	_____	_____
f. Un adulto, que no era su padre, lo/la salvó de una situación peligrosa.	_____	_____	_____
g. Se reunió con su padre al final.	_____	_____	_____

Después de ver

ACTIVIDAD 3 Tu opinión

Parte A: Narra en un párrafo lo que ocurrió en una de las tres historias de la película. ¿Cómo se sentía el niño o la niña al principio? ¿Por qué? ¿Qué hizo para tratar de encontrar a su padre? ¿Cuál fue el resultado? Trata de incluir por lo menos tres de las siguientes expresiones: **al principio, mientras, de repente, ya, todavía, luego, al final**.

Parte B: Contesta dos de las siguientes preguntas.

a. ¿Por qué crees que el padre de Prisciliano se fue sin llevar a su familia? ¿A veces es mejor que un padre o una madre emigre a otro país sin los hijos? ¿Bajo qué circunstancias? ¿Qué puede hacer un padre o una madre para que sus hijos no se sientan rechazados?

b. ¿Por qué le dijo la madre a Ángel que su padre ni siquiera sabía que él existía? ¿Cómo reaccionó Ángel cuando supo esto? Según la madre, ¿quién es la persona que ocupa el lugar del padre? En tu opinión, ¿puede otra persona ocupar el lugar del padre biológico de un niño?

c. ¿Qué crees que le iba a pasar a Fátima cuando los dos hombres la pusieron en el carro? ¿Por qué decidió protegerla Esperanza? En tu opinión, ¿la gente se aprovecha de los inmigrantes? ¿Los ayuda también?

d. En tu opinión, ¿qué es lo más trágico de cada una de las historias? ¿Por qué?

ACTIVIDAD 4 Elián González

El caso de Elián González en los Estados Unidos fue un caso relacionado con el tema migratorio. Busca información en Internet para contestar las siguientes preguntas sobre ese caso.

1. ¿Con quiénes y de qué país salió Elián González? ¿Adónde iban ellos? ¿Cuándo salieron?

2. ¿Cuántos años tenía el niño?

3. ¿En qué viajaban? ¿Qué ocurrió durante el viaje? ¿Qué les pasó a las otras personas que viajaban con él? ¿Quiénes y dónde encontraron a Elián?

4. ¿Con quiénes vivió el niño al llegar a los Estados Unidos?

5. ¿Dónde estaba su padre? ¿Sabía que su hijo iba a ir a otro país o lo supo una vez que el niño ya había salido?

6. Al final, ¿qué pasó? ¿Quiénes estaban contentos y quiénes no?

7. ¿Dónde está hoy día Elián y cuántos años tiene?

Vocabulario activo

La inmigración

Personas

los antepasados *ancestors*
el/la bisabuelo/a *great-grandfather/ grandmother*
el/la descendiente *descendant*
el/la emigrante *emigrant*
el/la esclavo/a *slave*
el/la extranjero/a *foreigner*
el/la inmigrante *immigrant*
el/la mestizo/a *mestizo (indigenous and European)*
el/la mulato/a *mulatto (black and European)*
el/la pariente lejano/a *distant relative*
el/la refugiado/a político/a *political refugee*
el/la residente *resident*
el/la tatarabuelo/a *great-great-grandfather/grandmother*

Otras palabras relacionadas con la inmigración

la ascendencia *ancestry*
en busca de nuevos horizontes *in search of new opportunities (horizons)*
la discriminación *discrimination*
discriminar a alguien *to discriminate against someone*
echar de menos *to miss (a person, a place, etc.)*
la emigración *emigration*
emigrar *to emigrate*
el extranjero *abroad*

hacer algo contra su voluntad *to do something against one's will*
hacerse ciudadano/a *to become a citizen*
hacerse la América *to seek success in America*
la inmigración *immigration*
inmigrar *to immigrate*
la libertad *freedom*
el orgullo *pride*
recibir a alguien con los brazos abiertos *to receive someone with open arms*
sentir nostalgia (por) *to feel nostalgic (about)*
sentirse rechazado/a *to feel rejected*
ser bilingüe/trilingüe/políglota *to be bilingual/trilingual/a polyglot*
ser mano de obra barata *to be cheap labor*
ser oriundo/a de (+ ciudad o país) *to be originally from (+ city or country)*
ser una persona de pocos recursos *to be a low-income person*
ser una persona preparada *to have an education*
tener incentivos *to have incentives*
tener iniciativa *to have initiative/drive*
tener prejuicios contra alguien *to be prejudiced against someone*
tener título *to have an education / a degree*
tener un futuro incierto *to have an uncertain future*

Verbos que se usan con *se* accidental

acabar/terminar *to run out (of)*
caer *to fall*
descomponer *to break down*
olvidar *to forget*
perder (ie) *to lose*
quedar *to leave behind*
quemar *to burn*
romper *to break*

Expresiones útiles

a la hora de + *infinitive when the time comes/came* + infinitive
a pesar de que *even though*
por parte de (mi, tu, etc.) padre/ madre *on (my, your, etc.) father's/ mother's side*
Fuiste de Guatemala a Guatepeor. *You went from bad to worse.*
¡Huy! *Jeez! / Wow!*
Lo pasaste bien/mal, ¿eh? *You had a good/bad time, right?*
No puede ser. / No te creo. *That can't be true. / I don't believe you.*
¡Qué cursi! *How tacky!*
¡Qué genial! *How great!*
¡Qué horror! *How terrible/horrible!*
Te cayó bien/mal, ¿eh? *You liked/disliked him/her, right?*

Los Estados Unidos: Sabrosa fusión de culturas

CAPÍTULO

Tacos coreanos, un ejemplo de fusión de culturas en Los Ángeles

Courtesy of Marcela Domínguez

METAS COMUNICATIVAS

- ➤ sugerir, persuadir y aconsejar
- ➤ hablar de hábitos alimenticios
- ➤ informar y dar instrucciones
- ➤ dar órdenes directas e indirectas

Cátedra y comida

tener ganas de + *infinitive*	to feel like + *-ing*
¿Acaso no sabías?	But, didn't you know?
dar cátedra	to lecture someone (on some topic)
... y punto.	. . . and that's that.

catedrático/a = university professor

El Parque Forestal en Santiago, Chile

Hablamos de comida, su origen y de un desafío...

BLA BLA BLA

Lucas y Camila

COMENTARIOS:

MaricarmenOle: *hace 10 minutos*
¡Yo voyyyyyy! ¡Y llego con una tortilla de patatas deliciosa!

caracastequiero: *hace 4 minutos*
Yo también estoy en Santiago y voy con arepas.

cali2000:   *hace 2 minutos*
Llego tarde, pero llevo algo dulce. Tal vez melcochas...

Frame: © Stade/iStockphoto; Photo left: © Jon Hicks/Corbis; Photo right: © Andrés Fernández Cordón

ACTIVIDAD 1 La comida y su origen

Antes de escuchar el podcast, escribe nombres de platos típicos que conoces de la comida española, mexicana y tex mex.

española

_____

_____

_____

mexicana

_____

_____

_____

tex mex

_____

_____

_____

ACTIVIDAD 2 Comida y desafío

Parte A: Lee las siguientes oraciones y luego escucha el podcast para marcar si son ciertas (**C**) o falsas (**F**). Corrige las falsas.

1. _____ Los conquistadores llegaron a la zona de Texas en 1619.

2. _____ Camila da cátedra.

3. _____ A Lucas le gusta la comida picante.

4. _____ Lucas acepta el desafío (*challenge*) de Camila.

5. _____ En México, *torta* significa "sándwich".

6. _____ Camila y Lucas quieren hacer una cena.

Parte B: Lee estas preguntas y luego escucha el podcast otra vez para contestarlas.

1. ¿Qué comida tex mex comió Camila? Menciona algunos de sus ingredientes.

2. ¿Cuál es el apellido de uno de los conquistadores que a Camila le parece terrible?

3. ¿Cuál es el desafío de Camila a Lucas?

4. ¿Qué deben llevar al picnic los oyentes del podcast?

5. ¿Qué va a llevar Lucas?

Parte C: Ahora lee los comentarios del podcast y di qué van a llevar algunos de los oyentes, y de qué país posiblemente son.

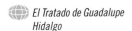

¿Lo sabían?

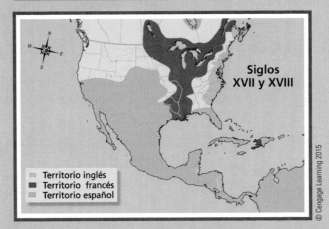

Siglos XVII y XVIII

Territorio inglés
Territorio francés
Territorio español

© Cengage Learning 2015

Por más de dos siglos, los españoles exploraron y ocuparon gran parte del territorio de lo que hoy son los Estados Unidos, especialmente la Florida y la región del suroeste. Entre 1810 y 1821, perdieron sus posesiones en Norteamérica. México logró su independencia de España en 1821 y luego, en 1848, por el Tratado de Guadalupe Hidalgo, le cedió a los Estados Unidos lo que hoy es conocido como el *Southwest*. Los norteamericanos se encontraron allí con una población ya establecida que no hablaba inglés y que se integró a la cultura estadounidense a través de las sucesivas generaciones. Algunos de sus descendientes conservaron su lengua y sus tradiciones.

Hoy hay 52.000.000 de hispanos en los Estados Unidos, muchos de los cuales hablan solo inglés, otros solo español y otros son bilingües. Debido a que se encuentran rodeados de inglés, es común oír a hispanos alternar entre los dos idiomas dentro de una misma conversación, a veces sin darse cuenta.

¿Qué palabras del español usas al hablar inglés?

► Es típico que a todo inmigrante adulto de primera generación le cueste aprender un idioma. Los hispanos de segunda y subsiguientes generaciones hablan bien inglés, pero empiezan a perder el idioma de sus padres y abuelos. Esto suele ocurrir también con otros grupos de inmigrantes (italianos, chinos, alemanes, etc.).

Courtesy of Jackie Tabares

Madre e hijo hispanos de segunda y tercera generación, Boston

ACTIVIDAD 3 La influencia culinaria

Parte A: En grupos de tres, intenten decir cuáles de estos alimentos conocían los indígenas del continente americano antes de 1492 y cuáles conocían los europeos. Si no están seguros, traten de adivinar. Sigan el modelo.

▶ Antes de 1492 los europeos ya conocían…, pero los indígenas no lo/la/los conocían.

1. la papa
2. los productos lácteos (*dairy*)
3. el tomate
4. el chocolate
5. el chile
6. el trigo (*wheat*)
7. el maíz
8. el azúcar

© Cengage Learning 2015

Se venden productos de muchos países en EE.UU.

Parte B: Después de comparar sus respuestas con las del resto de la clase, digan cómo influyeron estos productos en la dieta italiana, irlandesa y mexicana.

▶ En México, usan el queso (producto lácteo) para preparar chiles rellenos.

ACTIVIDAD 4 Las implicaciones

En el podcast que escuchaste en este capítulo, Camila le dice a Lucas "Mi segundo nombre es mi segundo nombre y punto". Dado el contexto, lo que el mensaje probablemente implica es "No debes criticar mi segundo nombre". Hay muchas maneras de influir sobre la forma de actuar de otra persona. Por ejemplo: si eres una persona muy perezosa y hay una ventana abierta y tienes frío, puedes decir frases directas e indirectas para lograr que otra persona se levante y cierre la ventana.

Directas	Indirectas
Por favor, ¿podrías cerrar la ventana?	¿No tienes frío? Te vas a enfermar.
Debes cerrar las ventanas cuando hace frío.	¿De dónde viene esa corriente de aire?
Tienes que cerrar la ventana… hace frío.	¡Qué frío!

En parejas, formen oraciones que muestren maneras directas e indirectas para lograr que otra persona haga estas acciones.

- preparar café
- sacar a pasear al perro
- lavar los platos
- no cambiar de canal de televisión constantemente

I. Suggesting, Persuading, and Advising

Do the corresponding iLrn activities as you study the chapter.

A The Present Subjunctive

In Spanish, the indicative (**el indicativo**) and the subjunctive (**el subjuntivo**) are two verbal moods. So far in this text, you have been using the indicative mood in asking questions, stating facts, and describing. The subjunctive mood can be used in a variety of situations, but this chapter will focus on the use of the subjunctive to give advice, make suggestions, and persuade.

1. The present subjunctive endings are as follows.

hablar		comer		salir	
que hable	hablemos	que coma	comamos	que salga	salgamos
hables	habléis	comas	comáis	salgas	salgáis
hable	hablen	coma	coman	salga	salgan

To review the formation of the present subjunctive, see Appendix A, pages 369–370.

2. Compare the following columns and notice how you use the subjunctive to make suggestions, persuade, or give advice in a personal way, and how the infinitive is used to merely express a person's own preferences.

Making suggestions, persuading, or advising others	Stating one's own preferences
Verb of suggestion, persuasion, or advice + **que** + *subjunctive*	Verb indicating preference + *infinitive*

(Yo) Quiero que (Uds.) <u>vayan</u> al picnic el sábado.
I want you to go to the picnic on Saturday.

Quiero <u>ir</u> al picnic el sábado.
I want to go the picnic on Saturday.

Ellos prefieren que los oyentes <u>preparen</u> platos típicos de su país.
They prefer that the listeners prepare typical dishes from their country.

Ellos prefieren <u>preparar</u> platos típicos de su país.
They prefer to prepare typical dishes from their country.

The sentences in the first column contain two clauses, each with its own verb. For example, in the first sentence **(Yo) Quiero** is an independent clause, that is, it can stand on its own because it is a complete sentence. On the other hand, **que (Uds.) vayan al picnic el sábado** is a dependent clause, a phrase that cannot stand on its own since it is not a sentence.

Use these verbs to make suggestions, persuade, or give advice.

esperar (*to hope*)   insistir en   preferir (e → ie)   querer (e → ie)

me/te/le/etc.   +   {
  aconsejar
  exigir (*to demand*)
  pedir (e → i)
  proponer (*to propose*)
  recomendar (e → ie)
  rogar (o → ue) (*to beg*)
  sugerir (e → ie)
  suplicar (*to implore*)
}

Me aconsejan que pruebe el pastel de choclo.*   *They advise me to try the corn pie.*

Les rogamos (a Uds.) que no lleguen tarde.*   *We beg you not to arrive late.*

***Note:** The indirect-object pronouns (**me, te, le,** etc.) refer to the person being advised/begged/etc. and not to the person doing the advising/begging/etc.

3. Compare the following columns. Notice how you can also use the subjunctive to make suggestions, persuade, or give advice in an impersonal way to a specific person, and the infinitive to make a general suggestion if no one in particular is mentioned.

Impersonal advice to a specific person	Impersonal advice to no one specific
Impersonal expression of advice + **que** + *subjunctive*	Impersonal expression of advice + *infinitive*
Es preferible que (Uds.) preparen las papas ahora.	**Es preferible preparar** las papas ahora.
It's preferable that you prepare the potatoes now.	*It's preferable to prepare the potatoes now.*
Es mejor que (tú) vuelvas mañana.	**Es mejor volver** mañana.
It's better that you return tomorrow.	*It's better to return tomorrow.*

Use the following impersonal expressions in the affirmative or the negative to make suggestions, to persuade, or to give advice in an impersonal way.

(no)   +   {
  es aconsejable (*it's advisable*)
  es buena/mala idea
  es bueno/malo
  es importante
  es imprescindible (*it's essential*)
  es mejor
  es necesario
  es preferible
}

Es buena idea que pongamos la mesa.   *It's a good idea that we set the table.*

Es importante que tengan todo listo.   *It's important that you have everything ready.*

Parte A: Un periódico de un pueblo de los Estados Unidos publicó el deseo que tiene una muchacha mexicoamericana para el próximo año. Complétalo usando el infinitivo o el presente del subjuntivo de los verbos que se presentan.

aprender

trabajar
darse
generalizar
hacer
entender

saber

buscar
saber

entender

Mi deseo es muy simple: Espero que la gente _____ (1) un poco más sobre quiénes somos los hispanos. Estoy un poco cansada de escuchar decir cosas como que a los hispanos no les gusta _____ (2), que prefieren dormir la siesta y que nunca son puntuales. Es necesario que la gente _____ (3) cuenta de que no es verdad y que no es bueno _____ (4) de esa manera por el comportamiento de unos pocos. Prefiero que nadie _____ (5) comentarios ni positivos ni negativos. Es importante _____ (6) que los hispanos somos muy variados ya que no todos hablamos español y, si lo hablamos, no todos somos de España. También es importante que los americanos _____ (7) que no todos somos católicos y que no todos comemos arroz con frijoles. Les recomiendo que _____ (8) en Internet información sobre quiénes somos los hispanos, pues es importante _____ (9) con quién compartimos nuestro día a día. Un guatemalteco y un chileno tienen tantas diferencias como un estadounidense y un inglés. Pero lo más importante es que quiero que _____ (10) que somos tan americanos como el resto del país. Ese es mi deseo para el próximo año.

Parte B: En grupos de tres, mencionen los estereotipos que existen en los Estados Unidos sobre diferentes grupos (hombres blancos, mujeres asiáticas, rubias, deportistas, etc.). Expliquen si alguna vez alguien ha hecho comentarios de este tipo sobre Uds. y qué quieren Uds. que sepa la gente que hace esa clase de comentarios.

En parejas, díganle a la otra persona qué cualidades son importantes y qué cualidades no son importantes en un/a compañero/a de cuarto o apartamento.

▶ Para mí, es importante que mi compañero/a no ponga música a todo volumen.

- ser ordenado/a
- saber cocinar
- no fumar
- no hacer mucho ruido
- ser hombre/mujer
- no jugar videojuegos a toda hora

- no usar mis cosas sin permiso
- tener mucho dinero
- pagar las cuentas a tiempo
- no llevar muchos amigos a casa
- no hablar mal de otros
- ¿?

ACTIVIDAD 7 Choque de culturas

En un programa de televisión similar al del Dr. Phil, pero para hispanos en los Estados Unidos, están presentes padres e hijos hispanos. Lee los comentarios que hacen estas personas en el programa de hoy llamado "Padres hispanos, hijos rebeldes".

Comentarios de los padres	Comentarios de los hijos
"Mi hija es rebelde. Nunca llega a casa a la hora que le digo".	"Mamá no habla inglés bien".
"Mi hijo siempre lleva la misma gorra (*cap*). Nunca se la quita".	"Me molesta hablar español en público".
"Ahora anda con unos que no respetan a los mayores".	"A los 18 años me voy a ir de la casa".

En parejas, imaginen que Uds. son psicólogos invitados al programa. Deben pensar en los comentarios y preparar por lo menos tres consejos para darles a padres e hijos hispanos.

▶ Es imprescindible que Uds. aprendan a escuchar a la otra persona.

▶ Les recomiendo que conozcan a los amigos de sus hijos.

ACTIVIDAD 8 "¡Sí, se puede!"

Parte A: Lee esta biografía de Dolores Huerta y cámbiala al pasado usando el pretérito y el imperfecto.

Dolores Huerta

Nace en Nuevo México en 1930. Cuando deja la casa de sus padres, se muda con su madre, dos hermanos y su abuelo a Stockton, California, donde tiene parientes. Puesto que su madre tiene un restaurante y un hotel, puede vivir con cierta comodidad. Después de su primer matrimonio, durante el cual nacen dos hijas, obtiene un título universitario. Después de la Segunda Guerra Mundial, participa en un grupo que se dedica a inscribir a la gente para votar y que organiza clases de ciudadanía. Durante su segundo matrimonio tiene cinco hijos. Llega a ser la mano derecha de César Chávez (1927–1993), en la organización y administración del sindicato de trabajadores agrícolas *United Farm Workers* y, cuando muere Chávez, la nombran presidenta del sindicato.

Mural en Tucson, Arizona

Con Richard Chávez, hermano de César Chávez, tiene cuatro hijos más. Hoy día es la presidenta de la Fundación Dolores Huerta y sigue con su trabajo de defensora de los derechos del campesino y de la mujer.

Parte B: Muchas personas que trabajan en los campos agrícolas de los Estados Unidos van de un campo agrícola a otro. Sus niños muchas veces viajan con ellos y van de escuela en escuela. Hagan una lista de medidas, con frases de la página siguiente, que *United Farm Workers* espera que tomen los dueños de los campos agrícolas.

► La organización *United Farm Workers* espera que los dueños de los campos agrícolas…

1. darles viviendas adecuadas a los campesinos
2. no emplear a niños
3. no usar insecticidas dañinos como el bromuro de metilo (*methylbromide*)
4. pagarles un sueldo apropiado a los campesinos
5. ofrecerles seguro médico a los campesinos
6. cooperar económicamente con las escuelas donde estudian los hijos

ACTIVIDAD 9 Las exigencias de la sociedad

Parte A: En grupos de tres, digan si eran los hombres o las mujeres los que hacían las siguientes labores en las familias típicas de la televisión de los años 60 o 70, como la familia del programa *La familia Brady*.

► Generalmente, cocinaban las mujeres.

labores domésticas: cocinar, limpiar el baño, lavar los platos, sacar la basura, cortar el césped, pasar la aspiradora

trabajo fuera del hogar: trabajar a tiempo completo, trabajar horas extras

niños: cuidarlos, bañarlos, darles de comer, llevarlos a la escuela, hablar con sus maestros, ayudarlos con la tarea, disciplinarlos, participar en sus actividades deportivas

Parte B: En grupos de tres, usen la lista de la Parte A para comentar qué espera la sociedad norteamericana actual que hagan los hombres y las mujeres después de casarse. Usen expresiones como **La sociedad le exige a la mujer que…, espera que el hombre…, quiere que…**

► La sociedad le exige al hombre que tenga trabajo y le exige a la mujer que…

Parte C: Ahora lean lo que dicen dos mexicoamericanos de primera y segunda generación sobre lo que se espera del hombre y de la mujer. Luego comparen esas opiniones con las que discutieron en la Parte B.

 Fuentes hispanas

"En la sociedad mexicana se espera que sea el hombre el que trabaje fuera de la casa y la mujer dentro, pero cuando llegan a los Estados Unidos, las cosas cambian. Aquí la sociedad le exige a la mujer que trabaje fuera de la casa y también dentro, pero el hombre mexicano que viene aquí no quiere hacer los quehaceres domésticos pues teme ser un mandilón". ■

Courtesy of Debbie Rusch

mexicoamericana de segunda generación

mandilón = a man wrapped around his wife's little finger

"Las mujeres mexicanas que llegan a este país saben cocinar y atender al esposo, hacen los quehaceres de la casa y también trabajan fuera de la casa. En cambio, las mexicanas de segunda generación no saben ni quieren hacer nada. Creo que es porque sus papis les dan todo. Yo quiero una mujer que me atienda y que, como yo, trabaje dentro y fuera de la casa. Por supuesto, en la casa yo voy a contribuir lavando los platos, haciendo la comida a veces y llevando a los niños a la escuela". ■

Courtesy of Debbie Rusch

mexicoamericano de primera generación

B Giving Indirect Commands and Information: *Decir que* + Subjunctive or Indicative

1. To give indirect commands, you can use a form of the verb **decir** + **que** + *subjunctive*.

Tu madre **te dice que pruebes** el asopao de camarones.	*Your mom is telling you to try the shrimp stew.*
Les dice que estén más abiertos a otras culturas.	*He's telling them to be more open to other cultures.*

tell **to** (do something) → subjunctive

Notice how you can use this construction to express impatience or emphasize a point when someone does not heed your desires.

—Ayúdame… esta caja es muy pesada.	*Help me . . . this box is very heavy.*
—Sí, sí… espera.	*OK, OK . . . wait.*
—¡**Te digo que** me **ayudes**!	*I'm telling you to help me!*

2. To simply give information, use the verb **decir** + **que** + *indicative*.

Tu padre **dice que** siempre **comes** toda la comida. ¡Qué bueno eres!	*Your dad says that you always eat all your food. You're so good!*
Él **dice que** ella **está** ocupada con los niños.	*He says that she's busy with the kids.*

say/tell **that** → indicative

ACTIVIDAD 10 ¿Qué dijo?

Parte A: Estás tomando café en un bar y escuchas las siguientes conversaciones. Complétalas según el contexto, con el indicativo o el subjuntivo del verbo que está entre paréntesis.

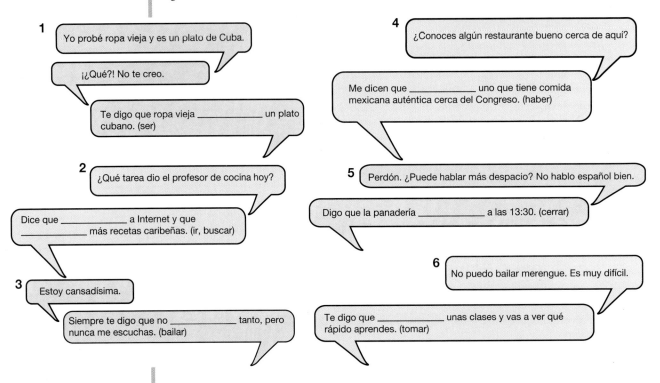

1

Yo probé ropa vieja y es un plato de Cuba.

¡¿Qué?! No te creo.

Te digo que ropa vieja _____ un plato cubano. (ser)

2 ¿Qué tarea dio el profesor de cocina hoy?

Dice que _____ a Internet y que _____ más recetas caribeñas. (ir, buscar)

3 Estoy cansadísima.

Siempre te digo que no _____ tanto, pero nunca me escuchas. (bailar)

4 ¿Conoces algún restaurante bueno cerca de aquí?

Me dicen que _____ uno que tiene comida mexicana auténtica cerca del Congreso. (haber)

5 Perdón. ¿Puede hablar más despacio? No hablo español bien.

Digo que la panadería _____ a las 13:30. (cerrar)

6 No puedo bailar merengue. Es muy difícil.

Te digo que _____ unas clases y vas a ver qué rápido aprendes. (tomar)

Parte B: En parejas, escojan una de las conversaciones y continúenla.

ACTIVIDAD 11 La reunión de voluntarios

Parte A: En parejas, el/la estudiante "A" llegó tarde a una reunión sobre trabajo voluntario en la comunidad y el/la estudiante "B" se tuvo que ir antes del final de la reunión. "A" debe mirar la información de esta página y "B" debe mirar la página 388. Usen los apuntes que tomaron para explicarle a la otra persona qué ha dicho la coordinadora. También usen expresiones como **La coordinadora dice que nosotros hablemos… La coordinadora dice que hay trabajos…**

A
• nosotros / darle nuestro número de celular
• su oficina / preparar a los voluntarios
• nosotros / no descuidar los estudios
• nosotros / elegir el trabajo que vamos a hacer
• nosotros / poder trabajar los fines de semana

Parte B: Ahora contesten estas preguntas.

1. ¿Hacen Uds. algún tipo de trabajo voluntario?
2. ¿Qué trabajo voluntario se puede hacer a través de su universidad? ¿Cuál prefieren y por qué?
3. ¿Hay programas patrocinados por su universidad en otros países? ¿Cuáles son?

II. Giving Direct Commands

A Affirmative and Negative Commands with *Ud.* and *Uds.*

1. You already know a number of ways to get people to do things. Some are more direct than others. The most direct way to get someone to do something is by giving a command (**una orden**). When giving commands to people you address as **Ud.** or **Uds.**, follow these rules.

Affirmative Ud./Uds. Commands	Negative Ud./Uds. Commands
Subjunctive **Ud./Uds.** form	**No** + subjunctive **Ud./Uds.** form

Venga (Ud.)* mañana.	**No haga** eso.
Come tomorrow.	*Don't do that.*
Vayan (Uds.)* ahora mismo.	**No toquen** eso; está caliente.
Go right now.	*Don't touch that; it's hot.*

*__Note:__ Subject pronouns are rarely used with commands, but if they are, they follow the verb.

To review formation of commands, see Appendix A, pages 370–372.

2. Object pronouns (reflexive, direct, or indirect) follow and are attached to affirmative commands; they precede verbs in negative commands.

Attached to Affirmative Commands	Before Verb in Negative Commands
Levántese.	No **se levante.**
Pruébenlo, está muy rico.	No **lo prueben,** está horrible.
Dígame la verdad… quiero saber todos los detalles.	No **me diga** nada, prefiero no saber.

To review placement of object pronouns, see Appendix D, pages 379–380. To review accent rules, see Appendix F, page 382.

ACTIVIDAD 12 Directo o indirecto

Completa las oraciones con **viene, venir** o **venga**. Luego numéralas de la más directa (1) a la menos directa (5).

_____	Quiero que Ud. _____ mañana.
_____	¿Por qué no _____ Ud. mañana?
_____	Ud. tiene que _____ mañana.
_____	Es mejor que Ud. _____ mañana.
_____	_____ mañana.

ACTIVIDAD 13 Para bajar el colesterol

Una doctora le dice a un paciente lo que necesita hacer para bajar el colesterol. Cambia las sugerencias a órdenes.

1. Ud. tiene que hacer una dieta estricta.
2. No puede comer flan de coco.
3. Su esposa y Ud. no deben comer en restaurantes.
4. Necesita hacer ejercicio por lo menos tres veces por semana.
5. Su esposa y Ud. deben salir a caminar juntos.
6. Es mejor evitar (*avoid*) el pescado frito.
7. Debe venir a verme dentro de tres meses.
8. Necesita hacerse otro examen de colesterol antes de venir.

ACTIVIDAD 14 La clase de salsa

Parte A: El paciente de la actividad anterior decide tomar una clase de salsa como parte de su actividad física semanal. En parejas, completen las instrucciones que les dio el profesor a los estudiantes el primer día de clase.

El paso hacia atrás

1. _____ con el peso del cuerpo en las dos piernas. _____ la punta del pie derecho en el suelo. No _____ el peso y no _____ el pie izquierdo. (Comenzar, Poner, cambiar, mover)

2. En el segundo tiempo, _____ el pie derecho hacia atrás y _____ el peso a la pierna derecha. No _____ el pie izquierdo. (llevar, cambiar, mover)

3. _____ el peso a la pierna izquierda. No _____ la pierna derecha. (Cambiar, mover)

4. _____ el pie derecho hacia el céntro y _____ el peso hacia la pierna derecha. No _____ el pie izquierdo. (Llevar, cambiar, mover)

El paso hacia delante

5. _____ exactamente lo mismo hacia delante, pero _____ con el pie izquierdo. (Hacer, empezar)

Parte B: Ahora pongan música salsa y practiquen los pasos.

All illustrations © Cengage Learning 2015

¿Lo sabían?

Bailando salsa en Berlín, Alemania

La música del mundo hispano es muy variada. En España, por ejemplo, el flamenco, de origen principalmente árabe, es tradicional en el sur del país, mientras que en Cuba son populares la rumba, el chachachá y el mambo. La salsa, a pesar de lo que se cree comúnmente, se originó en Nueva York entre los inmigrantes cubanos y puertorriqueños, y no en Cuba o Puerto Rico. Entre los músicos famosos de música caribeña se encuentran Celia Cruz (cubana, 1925–2003), conocida como "la Reina de la Salsa" y Tito Puente (1923–2000), percusionista que nació en Harlem de familia puertorriqueña y que combinó elementos del jazz americano con la música caribeña y los ritmos africanos. Pero la música latina más popular en los Estados Unidos actualmente es la norteña, que combina ritmos mexicanos, como la ranchera, con música tradicionalmente popular en los Estados Unidos, como la polka. Uno de los conjuntos norteños más famosos es el de Ramón Ayala y sus Bravos del Norte.

¿Conoces a otros cantantes hispanos?

ACTIVIDAD 15 Problemas y soluciones

Dos personas acaban de llamar a un programa de radio para contar sus problemas relacionados con el hombre de las actividades 13 y 14. Lee sus problemas y dales órdenes y sugerencias para que los solucionen.

Llamada no. 1

"Mi vecino es insoportable. Se levanta temprano y se pone a bailar salsa. Hace un ruido fatal. Hablé con él, pero dice que hace ejercicio porque necesita bajar el colesterol, que está en su casa y que nadie puede decirle lo que debe o no debe hacer".

Llamada no. 2

"Mi esposo está loco. Desde que el doctor le dijo que debe hacer ejercicio para bajar el colesterol, no para un momento. Ahora baila salsa todo el día; por la mañana se levanta temprano y empieza chaca, chaca chaca chaca, chaca chaca, chacachá. Insiste en que yo vaya a su clase de salsa también. Pero yo no sé bailar. Estoy harta y no sé qué hacer".

B Affirmative and Negative Commands with *tú* and *vosotros*

► The affirmative **tú** and **vosotros/as** commands are the only commands that do NOT use the subjunctive form.

1. When giving commands to people you address using **tú,** follow these rules.

Affirmative tú Commands	Negative tú Commands
Present indicative **tú** form without the **-s** at the end	**No** + subjunctive **tú** form
Cierra la puerta.	**No cierres** la puerta.
Siéntate aquí.	**No te sientes** aquí.
Cuéntame el problema.	**No me cuentes** el problema.
Explícalo mejor.	Ya sé qué pasa. **No lo expliques** más.

Remember that object pronouns (reflexive, direct, or indirect) follow and are attached to affirmative commands, and precede verbs in negative commands. To review placement of object pronouns, see Appendix D, pages 379–380. To review accent rules, see Appendix F, page 382.

2. Irregular affirmative **tú** command forms include:

	Affirmative Commands	Negative Commands
decir	**Di** la verdad.	No digas nada.
hacer	**Haz**lo.	No hagas eso.
ir	**Ve** a casa.	No vayas a la fiesta.
poner	**Pon** los vasos en la mesa.	No pongas los codos en la mesa.
salir	**Sal** inmediatamente.	No salgas.
ser	**Sé** bueno.	No seas malo.
tener	**Ten** cuidado, está caliente.	No tengas miedo, el perro es bueno.
venir	**Ven** aquí.	No vengas todavía.

► To review formation of commands, see Appendix A, pp. 370–372.

3. When giving commands to people you address using **vosotros/as**, follow these rules. Remember: the **vosotros/as** form is used only in Spain.

Affirmative vosotros/as Commands	Negative vosotros/as Commands
Delete **r** from the infinitive and substitute **d**	**No** + subjunctive **vosotros/as** form
Habladme en voz alta.	**No me habléis.**
Corred.	**No corráis.**

Reflexive Verbs with Affirmative Commands	Reflexive Verbs with Negative Commands
Delete the **r** from the infinitive and add **os**	**No** + **os** + subjunctive **vosotros/as** form
Levantaos.	**No os levantéis.**

ACTIVIDAD 16 Instrucciones especiales

Un compañero de trabajo puso las siguientes instrucciones en el tablón de anuncios de la oficina. Complétalas con órdenes correspondientes a la forma de **tú**.

confesarlo

Esperar
buscarla

molestar

Adoptar

dejarlo

sentarse
esperar

sentirse

ir

Tener
Hacer

ser
dejarlo

Instrucciones para las personas que no quieren trabajar

I. No _____ nunca.

II. _____ sin impaciencia la orden de trabajo; no _____.

III. No _____ a los que trabajan.

IV. _____ una postura especial para dar la impresión de que estás ocupado.

V. Amas el trabajo bien hecho, por eso, _____ para los compañeros más calificados.

VI. Si te vienen ganas de trabajar, _____ y _____ a que se te pasen.

VII. No _____ culpable al recibir el primer sueldo.

VIII. Hay más accidentes en el trabajo que en las cafeterías: _____ a la cafetería a menudo.

IX. El trabajo consume, el descanso no. ¡_____ cuidado! _____ lo menos posible.

Conclusión:
El trabajo es una cosa buena. No _____ egoísta y _____ para los demás.

© Lisa S./Shutterstock

► Remember: Place the object pronoun before the verb in a negative command and after and attached to an affirmative command.

ACTIVIDAD 17 Los cuatro mandamientos para un amigo triste

En parejas, Uds. tienen un amigo que siempre está triste y deciden escribirle una lista de **cuatro mandamientos** (*commandments*) para ayudarlo a ser feliz. Intenten ser graciosos. Pueden usar el estilo de la actividad anterior como guía.

► No salgas con personas más tristes que tú. Sal con personas más alegres.

Capítulo 5   **147**

ACTIVIDAD 18 La asistente social y su caso

Una asistente social les da órdenes a miembros de una familia porque no escuchan sus consejos. Cambia las siguientes sugerencias a órdenes con la forma de **tú, Ud.** o **Uds.,** según a quién le esté hablando ella.

▶ Felipe, debes limpiar tu habitación.

Felipe, limpia tu habitación.

1. Uds. deben escuchar a su hijo.
2. Juan, es importante que te comuniques con tus padres.
3. Uds. no deben pelearse delante de sus hijos.
4. Muchachos, Uds. tienen que ir a la escuela todos los días.
5. Señor, tiene que darles consejos a sus hijos.
6. Muchachos, no deben acostarse tarde.
7. Lucía, no debes desobedecer las órdenes de tus padres.
8. Muchachos, deben hacer un esfuerzo por pasar más tiempo con sus padres.
9. Todos deben gritar menos y escuchar más.
10. Ignacio, debes venir a verme el mes que viene.

▶ **Desobedecer** is conjugated like **conocer.**

ACTIVIDAD 19 Órdenes implícitas

Parte A: Mira el siguiente cuadro sobre la oración **Hace frío** y las órdenes que están implícitas en las tres situaciones.

Oración	Quién a quién	Dónde	Orden implícita
Hace frío.	un jefe a su empleado	en una oficina	Apague el aire acondicionado.
	un instructor de esquí a otro	en un coche aparcado	Ponte el anorak.
	un amante a su pareja	en la montaña	Dame un abrazo.

Parte B: Ahora, en grupos de tres, completen las cajas en blanco del siguiente cuadro. Recuerden poner una orden bajo la columna "Orden implícita".

Oración	Quién a quién	Dónde	Orden implícita
Tengo hambre.	un niño a su padre	en un carro en la autopista	
	una mujer a su esposo		
Dentro de cinco minutos los atiendo.		en un restaurante	
Esta sopa está fría.	una suegra a su nuera		
		en un restaurante	

III. Discussing Food

La comida

cebollas

lechuga

pepinos

zanahorias   papas

manzanas

naranjas

piñas

pimientos verdes

aguacates

tomates

© Danny Lehman/CORBIS

Puesto en un mercado de Guadalajara, México

Carnes	**cerdo** (*pork*), **cochinillo** (*roast suckling pig*), **cordero** (*lamb*), **solomillo** (*filet mignon*), **ternera** (*veal*)
Pescado	**anchoas, atún, lenguado** (*sole*), **merluza** (*hake*), **sardinas**
Mariscos	**calamares, camarones** (*shrimp*), **langostinos** (*prawns*), **mejillones** (*mussels*), **ostras**
Fruta	**durazno** (*peach*), **pera, plátano** (*banana; plantain*), **sandía** (*watermelon*)
Verduras	**berenjena** (*eggplant*), **brócoli, maíz**
Legumbres	**arvejas** (*peas*), **frijoles** (*beans*), **garbanzos** (*chickpeas*), **lentejas** (*lentils*)
Embutidos	**salchicha** (*sausage*)
Cereales	**arroz**
Dulces	**flan, pastel** (*cake; pie*)
Frutos secos	**almendras, maní** (*peanuts*), **nueces** (*walnuts*)
Productos lácteos	**crema, leche, leche descremada** (*skim*), **mantequilla**
Bebidas (*Beverages*)	**agua mineral con o sin gas, jugo** (*juice*), **vino**
Productos	**congelados** (*frozen*), **enlatados** (*canned*), **frescos**
Platos	**el aperitivo, el primer plato, el segundo plato, el postre, el café**

papas (*Latinoamérica*) = patatas (*España*)

For more food items, see Appendix G, p. 384.

camarones (*Latinoamérica*) = gambas (*España*)

durazno (*Latinoamérica*) = melocotón (*España*)

arvejas (*partes de Latinoamérica*) = guisantes (*España*)

maní (*Latinoamérica*) = cacahuetes (*España*), cacahuates (*México*) jugo (*Latinoamérica*) = zumo (*España*)

aperitivo = comida y bebida antes de la comida

ACTIVIDAD 20 Me encanta

Parte A: En parejas, digan qué comidas de la lista de vocabulario les encantaba comer cuando eran niños y cuáles no les gustaban para nada.

Parte B: Ahora digan cuáles de las comidas que mencionaron comen hoy día.

ACTIVIDAD 21 Congelados, enlatados o frescos

En parejas, decidan a qué categoría/s pertenecen los siguientes productos. Luego añadan (*add*) dos productos más en cada categoría.

	Productos		
	Enlatados	Congelados	Frescos
1. pollo			
2. berenjena			
3. jamón			
4. ajo			
5. arvejas			
6. langostinos			
7. maíz			
8. anchoas			

ACTIVIDAD 22 ¿Qué comiste?

Parte A: Haz una lista de todo lo que comiste ayer y di cuándo lo comiste.

▶ A las ocho comí cereal con leche y un plátano.

▶ A las diez comí una barra de chocolate: un Snickers®.

Parte B: En parejas, lean lo que comieron una española y una mexicana y comparen lo que comieron ellas con lo que comieron Uds. También comparen el horario de las comidas. ¿Quién comió comida más saludable? ¿Quién almorzó más temprano? etc.

Desayuno típico español

"El sábado desayuné a las nueve de la mañana chilaquiles con frijoles, cóctel de frutas y jugo de naranja. Comí a las tres de la tarde crema de brócoli, pechuga de pollo asada con ensalada de verduras y un pastelito de postre. Cené a las nueve de la noche un vaso de leche". ∎

mexicana

"Ayer desayuné una tostada y un café con leche. Sobre las 11:30 entré en un bar y me tomé un café con un cruasán y, a eso de la una, empecé a preparar la comida. De primer plato, hice mahonesa para acompañar unos espárragos; de segundo, preparé una carne guisada con patatas y zanahorias, y de postre, sandía. Comí alrededor de las dos y media y claro, para terminar, me tomé un cortado. Por la tarde salí con mi madre y a las 7:30 paramos en un bar, donde tomamos un aperitivo. Pedimos unas cañas y el camarero nos dio unas aceitunas para picar, pero también pedimos una ración de gambas al ajillo para compartir. Por la noche, más o menos a las diez, me preparé dos huevos fritos con una loncha de jamón y un poco de queso. De postre me comí un poco más de la sandía mientras miraba la tele". ∎

española

chilaquiles = tortillas con salsa y queso

café con leche = café con mucha leche caliente (se sirve en taza normal, generalmente se toma por la mañana y no después de comer)

mayonesa (*Latinoamérica*) = **mahonesa** (*España*)
carne guisada = stew

cortado = un café expreso con un poquito de leche (se sirve en taza pequeña, se toma después de comer o por la tarde)
cañas = glasses of beer
tortilla = omelet (*España*)

ACTIVIDAD 23 El menú

Parte A: En grupos de tres, imaginen que Uds. trabajan en una compañía de servicio de comidas para eventos. Su profesor/a de español es un/a cliente y les pide que le planeen el menú para una cena importante. Decidan qué van a servir de aperitivo, de primer y segundo plato y de postre, y discutan por qué. Esto es lo que saben sobre los invitados.

Diego Maldonado: Es vegetariano.

Alicia Carvajal: Le fascina todo tipo de carne.

Germán Martini: Tiene alergia a los camarones y a los langostinos y está a dieta, por eso prefiere comida de bajo contenido graso.

Lucrecia Hernández: Tiene buen paladar, le gusta absolutamente todo.

Parte B: Ahora denle las sugerencias del menú perfecto a su profesor/a y estén preparados para explicar por qué eligieron ese menú. Usen expresiones como **De aperitivo le recomendamos que sirva…, también le sugerimos que ofrezca…**

ACTIVIDAD 24 Gustos personales

Parte A: En parejas, entrevístense para averiguar sus preferencias alimenticias.

1. ¿Te gusta la comida de otros países? ¿Cuál es tu plato favorito? ¿Cuál es el país de origen de esa comida?

Cena familiar en Tepoztlán, México

2. ¿Prefieres la comida casera o la de restaurante?

3. ¿Cuándo fue la última vez que comiste fuera y qué comiste?

4. ¿Qué platos comías con mucha frecuencia cuando eras niño/a?

5. ¿Cuántas veces por día comes?

6. ¿Comes mientras miras televisión o mientras lees algo?

7. ¿Comes mucha comida chatarra (*junk food*)?

8. ¿Te gusta cocinar? Si contestas que sí, ¿quién te enseñó? ¿Qué platos cocinas?

Parte B: Ahora usen la información de la Parte A para decirle a la otra persona si tiene buenos hábitos alimenticios. Si no tiene buenos hábitos, denle consejos.

▶ No tienes buenos hábitos alimenticios porque… Te aconsejo que…

ACTIVIDAD 25 Los modales en la mesa

Parte A: Usa las siguientes ideas para decir órdenes que normalmente oyen los niños hispanos o los de tu país a la hora de comer.

1. poner las dos manos en la mesa

2. poner la mano que no usas debajo de la mesa

3. empujar los frijoles con el cuchillo

4. no apoyar los codos en la mesa

5. dejar el cuchillo y cambiar el tenedor a la otra mano al comer

6. tomar solo un pedazo de pan para comerlo y no todo el pan

7. no levantarse de la mesa inmediatamente después del postre

Parte B: En parejas, decidan cuáles de las órdenes anteriores se oyen en su país y cuáles se oyen en un país hispano.

¿Lo sabían?

 Etiqueta y modales en la mesa

Los modales en la mesa varían en todo el mundo. Lo que es apropiado en un lugar puede ser descortés en otro. En la mayoría de los países de habla española, se considera buena educación poner las dos manos en la mesa, no levantar los codos al cortar la comida y empujar con la ayuda del cuchillo o, en algunos países, con un pedazo de pan. El pan se rompe con la mano en trozos pequeños a medida que se come.

Después de comer el postre, viene la sobremesa, que consiste en conversar mientras se toma el café. Por eso en un restaurante el mesero lleva la cuenta a la mesa solo cuando los clientes la piden, ya que se considera malos modales llevarla si no la han pedido.

Cuando comes en casa, ¿qué hace tu familia después de comer el postre? ¿Y en un restaurante?

All illustrations © Cengage Learning 2015

ACTIVIDAD 26 A discutir

En grupos de tres, lean las siguientes citas relacionadas con la comida y coméntenlas.

✳ Fuentes hispanas

"En la mesa se descubre la educación de cualquier persona. Si quieres saber si un hombre o una mujer tiene buenos modales, invítalo a comer: si no sabe comportarse, pues fuera de la mesa será peor, te lo aseguro". ■

—Pedro Vargas Ponce
Director de la Escuela Superior de Protocolo, Venezuela

Source: From Luis Martínez, "Los buenos modales en el olvido," El Universal, (http://noticias.eluniversal.com)

"Comer no es solo una actividad biológica; es también algo social, cultural. La comida es un momento muy especial en el que de algún modo se manifiestan actitudes esenciales ante la vida". ■

—José Fernando Calderero
Autor de Los buenos modales de tus hijos mayores, España

Source: From José Fernando Calderero, Los buenos modales de tus hijos mayores, Editorial Palabra, Madrid, 1997

IV. Informing and Giving Instructions

Impersonal and Passive *se*

1. When giving information or instructions in situations where the person doing the action is not important, you may use the following construction with **se**.

$$se \quad + \quad \begin{cases} \textit{third person singular of verb} \\ \textit{third person singular of verb} \quad + \quad \textit{singular noun} \\ \textit{third person plural of verb} \quad + \begin{cases} \textit{plural noun or} \\ \textit{series of nouns} \end{cases} \end{cases}$$

▶ The first two examples contain the **se impersonal** (no noun follows). The last three contain the **se pasivo** (a noun follows or is implied).

Se come bien en esta casa.	*People/They/You eat well in this house. (No noun follows the verb; therefore the verb is singular.)*
Se estudia mucho en esta universidad.	*People/They/You study a lot at this university.*
En España, **se usa aceite** de oliva para cocinar.	*Olive oil is used to cook in Spain.*
Se comen quesadillas en México y **se hacen*** con carne o con pollo.	*Quesadillas are eaten in Mexico and they are made with beef or chicken.*
Se añaden sal y pimienta.	*Salt and pepper are added.*

*Note: At times, the noun following the verb is omitted to avoid repetition, but is understood from the context.

2. The following verbs related to food preparation are frequently used with the **se** construction.

añadir	to add
bajar/subir el fuego	to lower/raise the heat
batir	to beat, whisk
calentar (e → ie)	to heat
echar	to pour; to put in
freír (e → i, i)	to fry
hervir (e → ie, i)	to boil
mezclar	to mix

En parejas, contesten estas preguntas sobre actividades estudiantiles de su universidad. Usen la construcción con **se** en las respuestas.

1. ¿Dónde se estudia? ¿Cuándo se estudia?

2. ¿Se estudia mucho o poco?

3. ¿Adónde se va los fines de semana para divertirse?

4. ¿Dónde se vive el primer año? ¿Y el último año?

5. Normalmente, ¿a qué hora se va a la primera clase?

6. ¿Dónde se come bien?

La comida hispana: Recetas

Parte A: Completa las instrucciones para una receta típica de Puerto Rico, usando la construcción con **se**. Atención: gandules y habichuelas son tipos de frijoles en Puerto Rico.

▶ Debido a la influencia de EE.UU. en Puerto Rico, los puertorriqueños no usan el sistema métrico.

limpiar _____ (1) las habichuelas.
lavar _____ (2) dos veces en agua fría y
dejar _____ (3) en agua durante
quitar una noche. _____ (4) el agua.
hervir _____ (5) ocho tazas de agua
añadir en una olla. _____ (6) las
dejar habichuelas y la calabaza. _____ (7) hervir a fuego moderado por una hora hasta que las habichuelas estén casi blandas.

preparar Mientras tanto, _____ (8) el sofrito.
calentar En una cacerola _____ (9) el aceite.
freír A fuego lento _____ (10) el cerdo curado y el jamón hasta que estén dorados.
bajar _____ (11) el fuego a muy bajo,
freír y _____ (12) ligeramente la cebolla, los pimientos, el ajo, el cilantro y el orégano por 10 minutos.

Cuando las habichuelas están casi blandas,
pisar _____ (13) la calabaza con un
añadir tenedor y _____ (14) la mezcla al
añadir sofrito. _____ (15) la salsa de tomate
poner y la sal. _____ (16) todo a hervir y
cocinar _____ (17) sin tapar, a fuego moderado, por una hora hasta que espese al gusto.

Habichuelas puertorriqueñas

(**8 porciones**)
1 libra de gandules o habichuelas
8 tazas de agua
3/4 de libra de calabaza, pelada y cortada en pedacitos
1 cucharada de aceite vegetal
1 pedazo (**2** onzas) de cerdo curado (tocino grueso)
2 onzas de jamón
1 cebolla, picada
1 pimiento verde, picado
2 pimientos rojos, picados
1 cucharada de cilantro, picado
1/4 de cucharadita de orégano, espolvoreado
1 diente de ajo
1/4 de taza de salsa de tomate
2 cucharaditas de sal

Flag: © Stephen Finn/Shutterstock;
Recipe Source: Adapted from *Más*, Univisión, New York, N.Y.

calabaza = pumpkin

sofrito = combination of lightly sautéed ingredients

dorados = golden

espese = it thickens

Parte B: Ahora, dale instrucciones detalladas a tu profesor/a para preparar un sándwich de mantequilla de maní y mermelada.

La música y la comida son una parte importante de la cultura de un país. En parejas, completen el cuadro y luego formen oraciones usando la construcción con **se** para decir en qué país se consumen las siguientes comidas y bebidas, y se escucha la siguiente música.

▶ tomar fabada (una sopa)

En España se toma fabada. / No estoy seguro/a, pero creo que se toma fabada en España.

	Comidas y bebidas	Música y baile
Cuba		
España	tomar fabada,	
México		
Argentina		
Perú		

Comidas y bebidas
servir arroz con pollo
usar salsa picante
preparar gazpacho (una sopa fría)
hacer asado (*barbecue*)
comer mole
beber Inca Kola®
freír plátano
hacer tortillas de maíz
comer tortillas de huevos
beber sangría
comer ropa vieja

Música y baile
tocar música andina
bailar el flamenco
componer tangos
bailar el mambo y la rumba
tocar música de mariachis
bailar el chachachá
tocar la gaita (*bagpipe*)

Jazz afrocubano en el Festival de Jazz en Monterey, California

En grupos de cuatro, lea cada uno solamente uno de los siguientes papeles y prepárense para representarlo. También miren el menú de la página siguiente.

A

Eres camarero/a en un restaurante. No te gusta tu trabajo y por eso eres muy antipático/a con los clientes. Ahora llega una familia a una mesa. Prepárate para darles algunas sugerencias y recuerda que el símbolo del corazón en el menú indica bajo contenido graso. Usa expresiones como **Le sugiero/recomiendo que pruebe... La ensalada se prepara con... ¿Quiere algo de primer plato?** Tú apareces en la escena para tomar el pedido, servir la comida, darles alguna mala noticia o hacerles algún comentario negativo. Usa alguna de las expresiones que aparecen al final de la página.

B

Estás en un restaurante con tu esposa e hijo/a. Tu hijo/a tiene muy malos modales en la mesa y siempre estás atento para corregirlo/la. Tú tienes el colesterol alto, pero te encantan las comidas de alto contenido graso. Pídele sugerencias al camarero o a la camarera. Usa expresiones como **¿Qué me sugiere/recomienda? ¿El pollo se prepara con (mucho aceite/ ajo)? ¿Con qué viene la carne?** Usa alguna de las expresiones que aparecen al final de la página.

C

Estás en un restaurante con tu esposo y tu hijo/a. Tu esposo tiene el colesterol alto y le encanta comer comidas con muchas calorías. Tienes que asegurarte de que él pida comida de bajo contenido graso y que no coma mucho. Tú eres vegetariana y tienes un hambre atroz. Pídele sugerencias al camarero o a la camarera. Usa expresiones como **¿Qué me sugiere/recomienda? ¿Los frijoles se preparan con mucho aceite?** Usa algunas de las expresiones de la siguiente lista.

D

Estás en un restaurante con tus padres y estás muy aburrido/a y no tienes mucha hambre. También tienes muy malos modales en la mesa. Te gusta, por ejemplo, poner los codos en la mesa para llamar la atención de tu padre. Haz diferentes modales inaceptables en una mesa hispana. A tus padres les gusta comer, y tu papel es comentar sobre sus hábitos alimenticios y los tuyos usando algunas expresiones de la siguiente lista.

Para comentar

Buen provecho.	Enjoy your meal.
Estoy satisfecho/a. ⎫	
No puedo más. ⎭	I'm full.
ser de buen comer	to have a good appetite
tener un hambre atroz	to be really hungry
querer repetir	to want a second helping

Borinquen

Restaurante puertorriqueño

Especialidades de la casa

Camarones a la criolla	$14.95
♥ Arroz con pollo	$10.50
Bistec encebollado	$14.95
Fricasé de ternera	$12.50
♥ Arroz con gandules	$6.75
(con plátano frito)	$7.75
Lechón asado con yuca frita	$14.00
Carne guisada de res	$12.95
♥ Pescado del día con papas	$14.25
♥ Pollo al ajo con verduras	$10.95
Pechuga de pollo rellena de plátano maduro	$12.95
Arroz blanco y habichuelas	$4.00
Mofongo	$2.50
Tostones	$2.50
Pasteles	$2.50
Plátanos maduros	$2.50

Ensaladas

♥ Ensalada mixta	$5.50
♥ Ensalada de tomate	$5.50
♥ Ensalada verde	$5.00

Sopas

♥ Habichuelas negras	$5.00
Pollo	$5.00
Asopaos de pollo, camarones, mariscos	$10.95

Postres

Flan de coco	$3.95
Coco rallado con queso	$4.50
Dulce de papaya con queso	$4.50

Bebidas

Agua mineral	$2.00
Cerveza	$4.50
Jugos tropicales	$2.50
Batida de mango	$2.50
Café	$2.00

© Cengage Learning 2015

Do the corresponding iLrn activities to review the chapter topics.

batida (*Puerto Rico*) = **batido** (*otros países*)

lechón asado = roast suckling pig

mofongo = plantain side dish

tostones = fried plantain chips

Más allá

⊙ Videofuentes: *Marca Perú* (documental)

Reprinted by promperu.gob.pe

The video is available on ilrn.heinle.com and cengagebrain.com.

Antes de ver

ACTIVIDAD 1 ¿Qué es?

El gobierno de Perú hizo un documental cómico con fines de incrementar el turismo y las exportaciones y de incentivar inversiones del extranjero. Para este video chistoso, en el cual se destacan aspectos de la cultura peruana, se contrató a peruanos famosos. Antes de ver el video, busca en Internet y explica en español y en pocas palabras qué son las siguientes cosas.

1. las Líneas de Nasca
2. una ola izquierda
3. una tómbola de cuy
4. un ekeko
5. un marciano de lúcuma
6. una pachamanca
7. la Pachamama
8. el 28 de julio en Perú

To search web sites in Peru, add site:pe to your search. For example, for item 1, search this: **Líneas de Nasca** site:pe.

You may also see **Nasca** spelled with a **z: Nazca**.

En el video, una niña se equivoca y dice **kokeko** en vez de **ekeko**. Se escribe con *k* porque viene de un idioma indígena

Mientras ves

Parte A: Lee la siguiente oración y luego mira el principio del documental para completarla.

Todo peruano, por el _____ hecho de ser peruano, tiene _____ a gozar de lo _____ que es ser peruano.

Parte B: Ahora, completa la frase que, según el locutor, explica el problema que tienen los habitantes de Perú, Nebraska.

Son _____, pero no saben qué _____ serlo.

Mientras miras el documental, completa estas oraciones sobre la cultura peruana con el infinitivo o el subjuntivo de los siguientes verbos.

Remember: **probar** = to try (food, etc.)
probarse = to try on (clothes, etc.).

bailar	comer	probarse
beber	preparar	viajar

© IlonaBudzbon / iStockphoto

Cebiche can also be spelled **ceviche**.

1. Los peruanos quieren que los norteamericanos _____ chicha morada.

2. Es bueno que ellos _____ yuca.

3. Les proponen que _____ algo que tiene sabor a chicle.

4. Después de _____ cebiche, el chef Wong quiere que la gente lo pruebe.

5. Dina Páucar quiere que la gente _____ huayno.

6. Es posible _____ desde el océano Pacífico hasta la Amazonía en auto o en vuelo doméstico.

7. El señor quiere que el policía _____ picarón.

8. Los miembros de Perú Negro desean que la gente _____.

9. Los peruanos de Nebraska prefieren _____ pisco peruano.

10. El chef les aconseja a todos que _____ el cabrito a la norteña que preparó una señora norteamericana.

11. Los peruanos quieren que la gente _____ los chullos que le regalaron.

Después de ver

Muchas veces cuando leemos algo, escuchamos una canción o vemos un video, aprendemos expresiones o palabras nuevas. Indica cuándo se usan o qué significan las siguientes frases que oíste al ver el documental.

1. chuparse los dedos _____
2. correr buenas olas _____
3. tener buena mano _____
4. ¡Salud! _____

a. significa ¡*Viva!*
b. lo dices cuando levantas la copa antes de beber
c. se dice de alguien que cocina bien
d. se hace esto después de comer algo rico con los dedos
e. le dices esto a una persona cuando lleva ropa bonita
f. significa *hacer surf*

ACTIVIDAD 5 Tu opinión

Contesta las siguientes preguntas sobre el documental.

1. Cuando los norteamericanos vieron a los peruanos bajar del autobús, ¿los recibieron con los brazos abiertos o los miraron de reojo (*out of the corner of their eye*)?
2. ¿Cómo cambió la relación entre los peruanos y los norteamericanos a lo largo del tiempo que pasaron juntos? ¿Por qué cambió esta relación?

ACTIVIDAD 6 La marca país

Parte A: Al final del documental, el locutor dice "El Perú es una gran marca. Todos estamos invitados a ser sus embajadores". Con esta información y lo que viste en el documental, contesta las siguientes preguntas.

¿A quiénes está dirigido este documental? ¿A los peruanos? ¿A los americanos? ¿A todo el mundo? Explica tu respuesta.

Parte B: Mira el logotipo de Marca Perú. ¿Qué viste en el documental que te hace recordar a esta *P* de *Perú*? ¿Por qué se usaron los colores rojo y blanco?

Parte C: Imagina que el gobierno de los Estados Unidos te llama para trabajar en un documental cómico llamado *Marca USA*. Crea una lista de comidas, bailes, música, instrumentos, costumbres, deportes, etc., típicos de los Estados Unidos para el documental.

Parte D: Inventa un logotipo usando las letras *USA*.

Proyecto: Una receta

Vas a filmar un programa de cocina para *Gourmet,* un canal de televisión. En el video, vas a dar instrucciones usando el **se pasivo (se corta/n, se añade/n, etc.)** y órdenes (**mezclen, hiervan, etc.**) para preparar una receta de un país de habla española. Aquí hay algunas posibilidades.

- papa a la huancaína
- tortilla española
- moros y cristianos
- baleada
- tamales de Cambray
- empanadas
- arepas con queso

Vocabulario activo

Verbos para sugerir, persuadir y dar consejos

aconsejar *to advise*
esperar *to hope*
exigir *to demand*
insistir en *to insist*
pedir (i, i) *to ask (for)*
preferir (ie, i) *to prefer*
proponer *to propose*
querer (ie) *to want*
recomendar (ie) *to recommend*
rogar (ue) *to beg*
sugerir (ie, i) *to suggest*
suplicar *to implore*

Expresiones impersonales para sugerir, persuadir y dar consejos

es aconsejable *it's advisable*
es buena/mala idea *it's a good/ bad idea*
es bueno/malo *it's good/bad*
es importante *it's important*
es imprescindible *it's essential*
es mejor *it's better*
es necesario *it's necessary*
es preferible *it's preferable*

La comida

Carnes   *Meat*
el cerdo *pork*
el cochinillo *roast suckling pig*
el cordero *lamb*
el solomillo *filet mignon*
la ternera *veal*

Pescado   *Fish*
las anchoas *anchovies*
el atún *tuna*
el lenguado *sole*
la merluza *hake*
las sardinas *sardines*

Mariscos   *Seafood*
los calamares *calamari, squid*
los camarones/las gambas (*Spain*) *shrimp*

los langostinos *prawns*
los mejillones *mussels*
las ostras *oysters*

Fruta   *Fruit*
el aguacate *avocado*
el durazno/melocotón (*Spain*) *peach*
la manzana *apple*
la naranja *orange*
la pera *pear*
la piña *pineapple*
el plátano *banana; plantain*
la sandía *watermelon*

Verduras   *Vegetables*
la berenjena *eggplant*
el brócoli *broccoli*
la cebolla *onion*
la lechuga *lettuce*
el maíz *corn*
la papa/patata (*Spain*) *potato*
el pepino *cucumber*
el pimiento (verde/rojo) (*green/red*) *pepper*
el tomate *tomato*
la zanahoria *carrot*

Legumbres   *Legumes*
las arvejas/los guisantes (*Spain*) *peas*
los frijoles *beans*
los garbanzos *garbanzos (chickpeas)*
las lentejas *lentils*

Embutidos   *Types of Sausages*
la salchicha *sausage*

Cereales   *Cereals*
el arroz *rice*

Dulces   *Sweets*
el flan *custard*
el pastel *cake; pie*

Frutos secos   *Nuts*
las almendras *almonds*
el maní / los cacahuetes (*Spain*) **/ los cacahuates** (*Mexico*) *peanuts*
las nueces *walnuts*

Productos lácteos   *Dairy Products*
la crema *cream*
la leche *milk*

la leche descremada *skim milk*
la mantequilla *butter*

Bebidas   *Drinks*
el agua mineral
  con gas *sparkling water*
  sin gas *mineral water*
el café con leche *coffee with milk*
el jugo/zumo (*Spain*) *juice*
el vino *wine*

Productos   *Products*
congelado/a *frozen*
enlatado/a *canned*
fresco/a *fresh*

Platos   *Courses*
el aperitivo *food and beverage before a meal*
el primer plato *first course*
el segundo plato *second course*
el postre *dessert*

Verbos para la cocina

añadir *to add*
bajar el fuego *to lower the heat*
batir *to beat, whisk*
calentar (ie) *to heat*
echar *to pour; to put in*
freír (i, i) *to fry*
hervir (ie, i) *to boil*
mezclar *to mix*
subir el fuego *to raise the heat*

Expresiones útiles

¿Acaso no sabías? *But, didn't you know?*
dar cátedra *to lecture someone (on some topic)*
tener ganas de + *infinitive to feel like* + *-ing*
… y punto. *. . . and that's that.*
Buen provecho. *Enjoy your meal.*
Estoy satisfecho/a. / No puedo más. *I'm full.*
querer repetir *to want a second helping*
ser de buen comer *to have a good appetite*
tener un hambre atroz *to be really hungry*

6 Nuevas democracias

Chilenos protestan en reclamo por los familiares que desaparecieron durante la dictadura de Pinochet.

METAS COMUNICATIVAS

➤ expresar emociones y opiniones ➤ expresar duda y certeza ➤ hablar de política

METAS ADICIONALES

➤ formar oraciones complejas ➤ usar **para** y **por**

Otro 11 de septiembre

llegar a ser	to become
los desaparecidos	missing persons
quién diría	who would have said/thought
salirse con la suya	to get his/her way

Sting cantó "Ellas danzan solas" en Argentina para familiares de desaparecidos.

Comentamos sobre uno de los períodos más trágicos de la historia chilena.

BLA BLA BLA

Lucas y Camila

COMENTARIOS:

Nuncamas76: *hace 50 minutos*
En Argentina entre 1976 y 1983 desaparecieron unas 30 mil personas.

juanma10: *hace 45 minutos*
Realmente un período muy trágico en la historia de Chile. Y nunca se pudo juzgar a Pinochet por los crímenes cometidos.

cinefila3200: *hace 20 minutos*
Películas recomendables: *Missing, La historia oficial, La noche de los lápices.*

Frame: © Stade/iStockphoto; Photo left: © Neal Preston/CORBIS; Photo right: © Andrés Fernández Cordón

ACTIVIDAD 1 La situación política

Parte A: Antes de escuchar el podcast sobre uno de los períodos más trágicos de la historia de Chile, identifica las siguientes cosas.

- dos países hispanos, aparte de Chile, que han tenido gobierno militar
- un país hispano que hoy día tiene un gobierno estable
- dos factores que pueden causar inestabilidad económica en una democracia

 Parte B: Lee las siguientes oraciones y luego escucha el podcast para completarlas.

1. El chileno Víctor Jara _____ la canción "Ni chicha, ni limoná".
2. El 11 de septiembre de _____ hubo un golpe de estado contra el presidente Allende.
3. Durante el gobierno militar torturaron e hicieron desaparecer a unas _____ personas.
4. El dictador Augusto Pinochet estuvo en el poder hasta _____.
5. En el año _____, Sting dio un concierto en Mendoza, Argentina, por los desaparecidos.
6. Fueron a escuchar a Sting _____ chilenos.

Mendoza es una ciudad en Argentina cerca de los Andes y de la frontera con Chile.

ACTIVIDAD 2 Más datos

Parte A: Escucha el podcast otra vez para responder a las siguientes preguntas.

1. ¿Quiénes mataron a Víctor Jara?
2. ¿Qué forma de gobierno había en Chile cuando ocurrió el golpe de estado?
3. ¿Allende se suicidó?
4. ¿Qué tipo de ocupaciones tenían los desaparecidos?
5. ¿En honor a quiénes escribió Sting la canción "Ellas danzan solas"?
6. ¿Por qué tuvo que cantar Sting en Argentina en vez de en Chile?

Parte B: Ahora mira la sección de comentarios de la página del podcast y contesta estas preguntas.

1. ¿Cuántas personas desaparecieron en Argentina?
2. ¿Fue posible juzgar a Pinochet?
3. ¿Has visto algunas de las películas que recomienda *cinefila3200*? ¿De qué crees que tratan?

¿Lo sabían?

Augusto Pinochet, el 11 de septiempre de 1973, Santiago, Chile

Durante la dictadura de Pinochet en Chile (1973–1990), miles de personas fueron torturadas y asesinadas por criticar al gobierno. La forma pacífica que encontraron algunas madres y esposas de los desaparecidos para expresar su protesta era bailar la cueca frente a una estación de policía. Este es un baile típico de Chile que es lento y se baila en pareja, pero en esas ocasiones las mujeres llevaban en su pecho la foto del familiar desaparecido y bailaban con un compañero invisible. Cuando el cantante Sting se enteró de la situación en Chile, se conmovió por lo ocurrido, escribió una canción en honor de esas mujeres y la llamó "Ellas danzan solas". La canción imitaba en parte el ritmo de la cueca.

Hay músicos o actores que han dado conciertos o han hecho anuncios a favor de los derechos humanos. ¿Conoces a alguno?

ACTIVIDAD 3 La situación aquí

En grupos de tres, digan si están de acuerdo con estas ideas sobre su país y justifiquen sus respuestas.

1. La situación económica de este país está cada día mejor.

2. Cada vez hay más gente de clase media y menos gente de clase baja.

3. Existe la violación de los derechos humanos en este país.

4. Hay muchos actos de violencia.

I. Expressing Feelings and Opinions about Future, Present, and Past Actions and Events

🌐 Do the corresponding iLrn activities as you study the chapter.

A The Present Subjunctive

In Chapter 5, you learned how to use the subjunctive to make suggestions, persuade, and give advice. The subjunctive can also be used to express feelings and opinions about another person's states or actions.

1. Compare the following columns and notice how you use the subjunctive to express feelings and opinions in a personal way about another person's situation, and the infinitive to merely express a person's feelings about their own situation.

Expressing feelings/opinions about another person's situation	Expressing feelings/opinions about one's own situation
Verb of emotion + **que** + *subjunctive*	Verb of emotion + *infinitive*
(Nosotros) Estamos contentos de que (Uds.) puedan votar. *We are happy that you can vote.*	**(Nosotros) Estamos contentos de poder** votar. *We are happy to be able to vote.*
(A ella) Le gusta que (él) vote por el Partido Verde. *She likes it that he votes for the Green Party.*	**(A ella) Le gusta votar** por el Partido Verde. *She likes to vote for the Green Party.*

Use the following verbs to express feelings or opinions.

esperar	estar contento/a (de)	estar triste (de)	lamentar (*to lament, to be sorry*)
sentir (e → ie, i) (*to be sorry*)	temer (*to fear*)		tener miedo (de)

me/te/le/etc.   +   {
alegrar* (*to be glad/happy*)
dar pena* (*to feel sorry*)
gustar
molestar*
sorprender* (*to be surprised*)
}

*****Note:** These verbs function like **gustar** and take the singular form when followed by a clause introduced by **que: me/te/le alegra / da pena / molesta / sorprende.**

(A ellas) Les molesta que no <u>haya</u> libertad de palabra.

It bothers them that there is no freedom of speech.

Me alegra que (tú) <u>puedas</u> ir a la manifestación.

I'm happy that you can go to the protest.

(A ellas) Les molesta no <u>tener</u> libertad de palabra.

It bothers them not to have freedom of speech.

Me alegra <u>poder</u> ir a la manifestación.

I'm happy to be able to go to the protest.

2. Compare the following columns and notice how you can also use the subjunctive to express feelings or opinions in an impersonal way about a specific person or situation, or the infinitive to express feelings or opinions about no one in particular.

Impersonal feelings/opinions about a specific person	**Impersonal feelings/opinions about no one specific**
Impersonal expression of emotion + **que** + *subjunctive*	Impersonal expression of emotion + *infinitive*

Es una vergüenza que este político <u>sea</u> corrupto.

It's shameful that this politician is corrupt.

¡Qué lástima que no <u>tengamos</u> elecciones este año!

What a shame that we aren't having elections this year!

Es una vergüenza <u>ser</u> corrupto.

It's shameful to be corrupt.

¡Qué lástima no <u>tener</u> elecciones este año!

What a shame not having elections this year!

Use the following impersonal expressions to express feelings or opinions.

es horrible/terrible	es lamentable
es fantástico	es raro (*it's strange*)
es maravilloso	¡Qué sorpresa...! (*What a surprise . . . !*)
es bueno/malo	¡Qué bueno...! (*How good . . . !*)
es una lástima/pena (*it's a pity/shame*)	¡Qué lástima/pena...! (*What a pity/shame . . . !*)
es una vergüenza (*it's a shame / shameful*)	¡Qué vergüenza...! (*How shameful . . . !*)

3. The word **ojalá** (*I hope*) comes from the Arabic expression *may Allah grant* and is used to express wishes. The verb that follows **ojalá** is always in the subjunctive form. **Que** is optional.

Ojalá (que) <u>tengamos</u> paz en el mundo.

I hope that we have peace in the world.

Parte A: Dos estudiantes que piensan estudiar en Quito están hablando sobre un profesor. Completa la conversación con la forma apropiada del presente del subjuntivo o el infinitivo de los verbos que se presentan.

Marta Me sorprende que el profesor Cordón no _____ (1) para ser director del programa en Quito el año que viene. (presentarse)

Ernesto No puede ser. ¿Cómo lo sabes?

Marta La secretaria de programas internacionales me contó la noticia. ¡Qué lástima que él no _____ (2) ser el director el año que vamos a estar estudiando allí! Ojalá que él _____ (3) de idea. (querer, cambiar)

Ernesto Mira, me alegra que tú y yo _____ (4) juntos. Va a ser muy divertido con o sin Cordón. (ir)

Marta Sí, es bueno _____ (5) un año con un amigo en otro país, pero tú sabes que sin él no va a ser igual. Me molesta que no _____ (6) el puesto. Temo que él _____ (7) motivos importantes para no ir. (pasar, solicitar, tener)

Ernesto ¿A qué te refieres?

Marta Es una pena que tú y yo no _____ (8) qué le ocurre. Ojalá que no _____ (9) ningún problema serio en su vida… (saber, haber)

Ernesto Mira, yo también lamento que él no _____ (10) el director en Quito, pero es malo no _____ (11) la privacidad de la gente. (ser, respetar)

Parte B: En parejas, usen la conversación entre Ernesto y Marta como ejemplo, pero cámbienla para hablar de un estudiante de la escuela secundaria que no va a recibir una beca (*scholarship*) para ir a un programa internacional el año que viene.

En grupos de tres, usen la lista para decir cuatro o cinco cosas que les molestan o no de otras personas. Digan si les molestan mucho, un poco o nada, y expliquen por qué.

▶ siempre estar contenta

   Me molesta (mucho) que una persona siempre esté contenta porque…

- ser inmadura
- fumar cerca de ti
- quejarse constantemente
- masticar (*chew*) chicle y hacer ruido
- hablar mal de otros
- mentir mucho
- votar por un/a candidato/a solo por ser carismático/a
- dar consejos
- hablar con la boca llena
- no compartir sus cosas
- pedir dinero prestado
- opinar de política sin fundamentos (*facts*)
- criticar al gobierno, pero no votar
- mandar SMS el día entero
- ¿?

ACTIVIDAD 6 ¿Lamentables o raras?

Parte A: Lee las situaciones siguientes e indica si son buenas, lamentables o si son raras o no.

a. es bueno
c. es raro

b. es lamentable
d. no es raro

1. _____ un hombre / gastar / mucho dinero en ropa

2. _____ una persona desconocida / pedirte / dinero para el autobús

3. _____ un hombre / ser / víctima de acoso (*harassment*) sexual

4. _____ tu exnovio/a / salir / con tu mejor amigo/a

5. _____ tus amigos / criticar / a tu pareja

6. _____ un esposo / quedarse / en casa para cuidar a los niños en vez de trabajar fuera

7. _____ una persona / no pagar / los impuestos (*taxes*)

8. _____ un estudiante muy perezoso / recibir / una beca importante

Parte B: Ahora, en parejas, túrnense para dar su opinión sobre estas situaciones y expliquen por qué piensan así.

▶ (No) Es raro que un hombre gaste mucho dinero en ropa porque generalmente a los hombres (no) les interesa la ropa.

ACTIVIDAD 7 La universidad y sus prioridades

La situación actual de tu universidad te afecta como estudiante y por eso crees que se necesitan cambios. En parejas, miren la siguiente lista y elijan dos cambios de cada categoría. Luego escriban su opinión sobre la situación actual e indíquenles a las autoridades de la universidad los cambios necesarios.

▶ Es lamentable que no haya facultad de estudios afrocaribeños. Es necesario que Uds. abran esa facultad porque…

Remember: **facultad** = academic department (Biology) or school (Law)

Facultades
• abrir una nueva facultad de…
• contratar a más profesores para la facultad de…
• tener más/menos ayudantes de cátedra (*teaching assistants*)
• prestar más atención a las evaluaciones de los profesores que hacen los estudiantes
• poner en Internet las evaluaciones que hacen los estudiantes

Vivienda y transporte
• construir más residencias estudiantiles
• construir apartamentos baratos para estudiantes casados o con hijos
• aumentar/implementar el/un sistema de autobuses gratis
• ofrecer más lugares para estacionar carros y bicicletas
• bajar el precio de las residencias y las comidas

Continúa

Tecnología

- emplear a más personal para reparar computadoras
- tener soporte técnico gratis las 24 horas
- mejorar la página web de la universidad
- permitirles a los estudiantes tomar todos los exámenes en computadora

ACTIVIDAD 8 Las elecciones en Perú

Parte A: Así como participar en la política de la universidad hace que se produzcan cambios, votar en las elecciones presidenciales también genera cambios. Lee lo que explica una peruana sobre el voto en Perú.

Fuente hispana

Courtesy of Magalie Rowe

"En Perú el voto es obligatorio, como en varios países de Latinoamérica, pero cuando no nos gustan los candidatos que se presentan, tenemos la opción de votar en blanco. Ese tipo de voto se usa como señal de protesta y los políticos lo tienen muy en cuenta. También en Perú, un candidato necesita el 50% más un voto para ganar. Pero si nadie obtiene ese porcentaje, se realiza una segunda elección, llamada segunda vuelta, entre los dos candidatos con el mayor número de votos. Lo bueno es que entonces todo el pueblo puede revaluar su voto y volver a votar". ■

 El voto en blanco

Parte B: En grupos de tres, digan si han votado en el pasado y especifiquen en qué elecciones. Luego den su opinión sobre el voto obligatorio, el voto en blanco y la segunda vuelta en Perú. ¿Es posible que exista una segunda vuelta en este país algún día? Usen expresiones como **Me alegra que… porque…, Espero que…, Tengo miedo de que…, Me sorprende que…**

B The Present Perfect Subjunctive

So far, you have learned how to express feelings about the present and the future using the present subjunctive. Look at the following sentences said by a voter the night before presidential elections.

Espero que las elecciones **sean** limpias y transparentes.

I hope that the elections are clean and transparent.

Espero que la gente ya **sepa** por quién votar.

I hope that people already know whom to vote for.

When expressing present feelings about something that has already occurred, use an expression of emotion + **que** + *present perfect subjunctive* (**pretérito perfecto del subjuntivo**), which is formed by using the present subjunctive form of the verb **haber** + *past participle*.

haber		
que	haya	hayamos
	hayas	hayáis
	haya	hayan

} + *past participle*

To review the formation of past participles, see Appendix A, page 373.

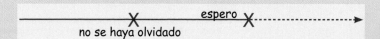

Espero que la gente **no se haya olvidado*** de escuchar los debates.

I hope that people have not forgotten to listen to the debates.

¡Qué sorpresa que los candidatos **hayan hecho** una campaña honesta!

What a surprise that the candidates (have) had an honest campaign!

Me alegra que el candidato del Partido Verde **haya participado** en los debates.

I'm happy that the candidate from the Green Party (has) participated in the debates.

***Note:** In a verb phrase, past participles (e.g., **olvidado**) always end in **-o**. Also note that reflexive and object pronouns (**me, lo, le, se,** etc.) are placed before **haber**. To review placement of these pronouns, see Appendix D, pages 378–380.

ACTIVIDAD 9 Email a una hija

Un padre le escribe un email a su hija que está en otro país. Completa esta parte del email con la forma apropiada del presente del subjuntivo, del pretérito perfecto del subjuntivo o con el infinitivo de los verbos que se presentan.

Asunto: ¡¡Nuevo presidente!!

Querida Gabriela:

Espero que _____ (1) bien. Toda la familia te echa de menos. Sí, finalmente se acabaron las elecciones. Es una pena que tú no _____ (2) escuchar el discurso del nuevo presidente porque estuvo sensacional. Él dijo que es necesario _____ (3) paciencia, pero que las cosas van a cambiar. Es maravilloso que el domingo pasado los ciudadanos _____ (4) a alguien del P.R.U. después de años de un gobierno opresivo. Por mi parte, estoy contento de que el país _____ (5) este nuevo presidente. Ahora es importante _____ (6) conciencia de la situación del país y que nosotros _____ (7) algo para ayudar a que la situación mejore. Lamento que tú no _____ (8) aquí la noche de las elecciones para ver las celebraciones en las calles por toda la ciudad. Ojalá que _____ (9) un recordatorio en tu agenda para ir al consulado a votar el domingo pasado y que no _____ (10) de fecha. Me olvidé de recordártelo antes. Como sabes, creo que el voto es un derecho y un deber que tenemos que ejercer todos los ciudadanos.

Handwritten answers (margin):

- estes — estar
- hayas podido — poder
- tener — tener
- hayan elegido — elegir
- tenga — tener
- tomar — tomar
- hagamos — hacer
- hayas estado — estar
- te hayas puesto — ponerse
- te hayas equivocado — equivocarse

Las páginas web de los partidos norteamericanos en español

¿Lo sabían?

A la hora de las elecciones, los candidatos para la presidencia de los Estados Unidos tienen muy en cuenta a la población hispana ya que, con 52 millones, es la minoría más grande del país. El votante hispano tiende a ser conservador en asuntos (*issues*) sociales, pero en general, apoya a aquellos candidatos que suelen ser un poco más liberales. Aunque, como grupo de votantes, existe una tendencia entre los latinos a inclinarse hacia el partido demócrata, también hay grupos que suelen votar por los republicanos. Un ejemplo de estos grupos son los cubanoamericanos, cuyos votos, especialmente en el estado de la Florida, fueron de gran importancia en las elecciones del año 2000 entre George W. Bush y Al Gore, cuando la diferencia total fue de menos de 1.000 votos. Años más tarde, el voto hispano fue igual de importante para Barack Obama y los demócratas, especialmente en estados como Colorado, Florida y Nevada.

Hoy día, los políticos organizan campañas para atraer el voto latino y algunos de ellos dan discursos y hacen debates en español. Además, tienen páginas web en español y hacen propaganda en Univisión y Telemundo.

Courtesy of Ann Widger

Latina trabajando para la campaña presidencial de Barack Obama

¿Sabes el nombre de algún político hispano en tu ciudad, estado o en el gobierno federal?

ACTIVIDAD 10 Acontecimientos importantes

Expresa tu opinión sobre los siguientes acontecimientos del pasado con frases como **Es lamentable que…**, **Me alegra que…**, **Es interesante que…**

▶ en 1999 la administración del canal de Panamá / pasar a manos panameñas

Me alegra que en 1999 la administración del canal de Panamá haya pasado a manos panameñas porque el canal está en ese país y ellos están capacitados para administrarlo.

1. en 1848 México / venderles California a los Estados Unidos
2. en 2003 los hispanos / convertirse en la minoría más numerosa de los Estados Unidos
3. en Argentina / desaparecer 30.000 personas durante la guerra sucia entre 1976 y 1983
4. Michelle Bachelet / ser la primera mujer presidenta de Chile entre 2006 y 2010
5. en 1987 Óscar Arias (expresidente costarricense) / ganar el premio Nobel de la Paz
6. el Che Guevara / escribir su famoso diario entre 1966 y 1967
7. en 1955 / Perón (expresidente argentino) / quemar iglesias

ACTIVIDAD 11 El año pasado

Parte A: En parejas, miren la siguiente lista de acciones. Escoja cada uno dos temas para hablar en detalle sobre cosas que hicieron el año pasado.

1. aprender español
2. conseguir un buen trabajo
3. preocuparse seriamente por los estudios
4. hacer nuevos amigos
5. hacer un viaje a otro país
6. ver un documental sobre…

Parte B: Ahora miren la lista otra vez y expresen cómo se sienten con respecto a algunas cosas que hicieron el año pasado. Expliquen también las consecuencias que esas acciones tienen hoy día en su vida. Usen expresiones como **Es una lástima que…**, **Es fantástico que…**

▶ ir a fiestas

Es una lástima que no haya ido a más fiestas porque me encantan. Ahora que tengo clases más difíciles y tengo trabajo, no tengo mucho tiempo para divertirme.

ACTIVIDAD 12 Los jubilados

Parte A: En parejas, uno de Uds. es don Rafael, un jubilado que está haciendo una revisión de su vida, y la otra persona es un/a psicólogo/a. Lean la biografía de Rafael y hagan comentarios. Don Rafael debe hablar de las cosas que lamenta de su pasado usando expresiones como **¡Qué lástima que…!, Es triste que…** El/La psicólogo/a debe hacerle ver a don Rafael el lado positivo usando expresiones como **¡Qué bueno que Ud. …!, Es maravilloso que Ud. …** Pueden inventar detalles.

Rafael Legido, 75 años, jubilado

Cuando era joven, sus padres ofrecieron pagarle los estudios universitarios, pero no quiso estudiar. En vez de estudiar, fue a trabajar de cajero en un banco. Después de muchos años, llegó a ser subgerente del banco. En su trabajo, conoció a la mujer con la cual se casó. No tuvieron hijos. Sus compañeros de trabajo jugaron juntos a la lotería y ganaron 10 millones de dólares. Él no quiso jugar.

© Diego Cervo/Shutterstock

Parte B: Ahora, la otra persona es el/la psicólogo/a. Lean la biografía de Carmen. Luego Carmen hace una revisión negativa de su vida y el/la psicólogo/a trata de hacerle ver el lado positivo.

Carmen Ramos, 77 años, jubilada

Llegó a ser Miss Chile. Nunca usó su fama para luchar contra el abuso de menores o la pobreza de su país. No se casó con el amor de su vida porque él no tenía dinero. En cambio, se casó con un millonario, pero no tuvo un matrimonio feliz. Tuvo seis hijos, pero nunca les dedicó mucho tiempo; más bien pasó su tiempo viajando.

© Kiselev Andrey Valerevich/Shutterstock

II. Discussing Politics

La política

Fuente hispana

"*El* **activismo** *político y social es una faceta más de la vida estudiantil universitaria de Latinoamérica. Diariamente, antes de empezar las clases, entre clases y después de ellas, los estudiantes se reúnen en cafeterías cerca de las universidades para charlar y es frecuente debatir la situación política y social del país. El mantenerse al tanto de lo que está sucediendo no se considera una tarea sino un deber ciudadano, un* **compromiso** *social.*

Pero la participación sociopolítica no solo es el discutir los **sucesos del momento,** *sino también la intervención en* **huelgas** *o* **paros** *nacionales y en* **protestas** *y* **manifestaciones** *públicas para que se realicen cambios en el sistema que afectan el* **bienestar común.** *Tan importantes son la valoración y el consenso estudiantil para la vida política de un país en Latinoamérica, que en algunos países la Cámara y el Senado tienen representantes de la juventud".* ■

ecuatoriano

Courtesy of Esteban Mayorga

Cognados obvios	
el abuso, abusar	**la estabilidad/inestabilidad**
la corrupción	**la influencia, influir* en**
la democracia, democrático/a	**la protección, proteger**
la dictadura, el/la dictador/a	**protestar**
la eficiencia/ineficiencia	

***Note:** irregular verb

 Las noticias del día

► REMEMBER: Bolded words in texts introducing vocabulary are active. For a complete list, see **Vocabulario activo** at the end of the chapter.

activism

commitment

current events
strikes; work stoppages
protests; demonstrations
the common good

For irregular verbs, see Appendix A, page 363.

Otras palabras	
el acuerdo	agreement/pact
estar de acuerdo	to be in agreement
llegar a un acuerdo	to reach an agreement
la amenaza, amenazar	threat, to threaten
el apoyo, apoyar	support, to support
el asunto político/económico	political/economic issue
la campaña electoral	political campaign
la censura, censurar, censurado/a	censorship, to censor, censored
el golpe de estado	coup d'état
la igualdad/desigualdad	equality/inequality
la inversión, invertir (e → ie, i)	investment, to invest
la junta militar	military junta
la libertad de palabra/prensa	freedom of speech / the press
el Partido Demócrata/Republicano/Verde/etc.	Democratic/Republican/Green/etc. Party
la política	politics
el político / la mujer política	politician
el pueblo	the people
el respeto a / la violación de los derechos humanos	respect for / violation of human rights
el soborno	bribe

soborno = mordida (*México*), **coima** (partes de *Latinoamérica*)

ACTIVIDAD 13 La democracia y la dictadura

En parejas, digan cuáles de las siguientes palabras asocian Uds. con una dictadura y cuáles con una democracia y por qué. Es posible asociar la misma palabra con las dos.

- amenazas
- gran número de robos (*thefts*)
- campaña electoral
- censura
- soborno
- corrupción
- ineficiencia
- violación de derechos humanos
- libertad de prensa
- gran número de manifestaciones

Un hombre vota en San Juan Comalapa, Guatemala.

ACTIVIDAD 14 ¿Iguales o diferentes?

En parejas, el/la estudiante "A" mira la lista A de esta página y el/la estudiante "B" debe mirar la lista B de la página 389. "A" debe definir las palabras pares y "B" las palabras impares sin decir la palabra que se define. Al escuchar la definición que da tu compañero/a, di si la palabra que tienes en ese número es la misma o es diferente. Al dar definiciones, usen frases como **Es la acción de…, Es cuando una persona…**

A		
1. abuso	4. soborno	7. dictadura
2. desigualdad	5. campaña electoral	8. amenaza
3. libertad de prensa	6. invertir	

Estudiantes mexicanos protestan contra el favoritismo político de la televisión.

ACTIVIDAD 15 La voz de los jóvenes

En grupos de tres, comparen lo que dice el ecuatoriano en la página 177 con lo que pasa en la universidad de Uds. o en su país. ¿Hablan de política los estudiantes? Comenten sobre la participación o falta de participación de los estudiantes de su universidad y den ejemplos específicos de su participación reciente.

ACTIVIDAD 16 Situación política en Hispanoamérica

Da tu opinión y expresa emociones sobre los siguientes ejemplos de la situación política y social pasada y actual de Hispanoamérica, y explica por qué piensas así. Usa expresiones como **(No) Me sorprende…, Es una lástima…, Es bueno/malo…**

> Un juez español pidió la extradición de un militar argentino por violación de derechos humanos para juzgarlo en España.
>
> Me alegra que un juez español haya pedido la extradición de un militar argentino para juzgarlo en España porque…

1. Rigoberta Menchú, indígena guatemalteca, ganó el premio Nobel de la Paz.
2. Existe discriminación racial en Hispanoamérica.
3. La CIA ayudó al general Pinochet a subir al poder en Chile con un golpe de estado.
4. Hay mucha desigualdad económica en Hispanoamérica.
5. Han muerto muchos policías en México por hacerles frente a los narcotraficantes.
6. Los militares tienen mucha influencia en algunos gobiernos hispanoamericanos.
7. El voto en blanco ganó en las elecciones de la alcaldía de Bello, Colombia, en 2011.

ACTIVIDAD 17 ¿Intervenir?

Di si es bueno o no que un país intervenga en otros países y defiende tu opinión. Usa expresiones como **(No) Es buena idea que un país… porque…, Me molesta que un país… porque…**

> cortar relaciones diplomáticas con otro país para presionarlo
>
> Es malo que un país corte relaciones diplomáticas con otro país para presionarlo porque esto puede poner en peligro su estabilidad. Creo que hay que solucionar los conflictos o las diferencias por vías diplomáticas y no con amenazas.

1. darles ayuda económica para mejorar su infraestructura
2. venderles armas y entrenar a los militares para combatir el tráfico de drogas
3. tolerar la violación de los derechos humanos
4. mandarles medicamentos y construir hospitales
5. ayudar a proteger el medio ambiente
6. invertir en la economía construyendo fábricas
7. contribuir a la campaña electoral de algunos candidatos
8. apoyar un golpe de estado militar

III. Expressing Belief and Doubt about Future, Present, and Past Actions and Events

The Present Subjunctive

In this chapter you have seen how to use the subjunctive to express feelings and opinions about other people's actions. Additionally, the subjunctive is used to express doubt and denial.

1. Compare the following columns and notice how the subjunctive is used to express doubt or denial in a personal way about your or another person's future, present, and past situation. In contrast, the indicative is used to express belief and certainty about self or others.

Expressing doubt/denial about self or others	Expressing belief or certainty about self or others
Verb of doubt + **que** + *subjunctive*	Verb of belief/certainty + **que** + *indicative*

(Yo) Dudo que (ellos) <u>reformen</u> la Constitución.

I doubt that they will reform the Constitution.

(Yo) Estoy seguro (de) que (ellos) <u>van a reformar</u> la Constitución.

I am sure that they will reform the Constitution.

El candidato no está seguro (de) que (él) <u>tenga</u> suficientes votos.*

The candidate isn't sure that he has enough votes.

El candidato está seguro (de) que (él) <u>tiene</u> los votos que necesita para ganar.

The candidate is sure he has the votes he needs in order to win.

Ana no cree que la policía <u>haya detenido</u> a su hermano en la manifestación.

Ana doesn't think (believe) that the police (have) arrested her brother at the demonstration.

Ana cree que la policía <u>ha detenido</u> / <u>detuvo</u> a su hermano en la manifestación.

Ana believes that the police (have) arrested her brother at the demonstration.

*__Note:__ When expressing doubt or denial about self or others, the verb indicating doubt/denial and the verb following **que** can have the same subject.

Here is a list of expressions of doubt and denial that take the subjunctive and a list of those that necessitate the use of the indicative to express belief and certainty.

Expressions of Doubt or Denial: Subjunctive	Expressions of Belief or Certainty: Indicative
no estar seguro/a (de)	estar seguro/a (de)
no creer	creer
dudar	

No creo que el presidente <u>tenga</u> una buena política exterior.

Creo que el presidente <u>tiene</u> una buena política exterior.

Note: The indicative or the subjunctive is used in questions with **creer** with little change in nuance or meaning: **¿Crees que va/vaya a nevar?**

2. Compare the following columns to see how you can use the subjunctive to express doubt or denial in an impersonal way or the indicative to express certainty in an impersonal way.

Impersonal expression of doubt/denial + que + *subjunctive*	Impersonal expression of certainty + que + *indicative*

Es probable que nosotros **hayamos perdido** las elecciones.

Es evidente que nosotros **hemos perdido / perdimos** las elecciones.

No es cierto que los partidos políticos **tengan** mucho dinero.

Es cierto que los partidos políticos **tienen** mucho dinero.

The following lists contain impersonal expressions of doubt/denial and of certainty.

Impersonal Expressions of Doubt/Denial: Subjunctive	Impersonal Expressions of Certainty: Indicative
quizá(s) / tal vez*	
es imposible**	está claro
(no) es posible**	no cabe duda (de)
(no) es probable	es seguro
(no) puede ser	
no es evidente/obvio	es evidente/obvio
no es verdad/cierto	es verdad/cierto

Notes:
*These expressions are not followed by **que: Tal vez vote por el Partido Verde**.
**These impersonal expressions can be followed by an infinitive if no specific person is mentioned. Compare:

Es imposible que ganen con esa política exterior.

Es imposible ganar con esa política exterior.

No es posible que ella haya perdido las elecciones solo por no tener el apoyo de los sindicatos.

No es posible haber perdido las elecciones solo por no tener el apoyo de los sindicatos.

ACTIVIDAD 18 Un candidato a presidente

Parte A: Un candidato presidencial está preparando su discurso final antes de las elecciones. Complétalo con la forma apropiada del presente o pretérito perfecto del subjuntivo, el presente del indicativo o el infinitivo de los verbos correspondientes.

Querido pueblo:

Mañana son las elecciones y llega el momento de la decisión final. Si Uds. me eligen como líder del país, pueden estar seguros de que _____ (1) a hacer todo lo que prometí durante la campaña electoral. Ya sé que es imposible _____ (2) a todos los ciudadanos, que hay gente que no cree que yo _____ (3) por sus problemas en el pasado y que duda que yo _____ (4) y que _____ (5) escuchar los problemas del pueblo cuando era senador. Lo niego (*deny*) categóricamente. No es verdad que a mí no me _____ (6) sus problemas. Es posible que _____ (7) errores en el pasado, pero no cabe duda que _____ (8) los problemas del pueblo y se lo voy a demostrar a todos. Les prometo prestar atención a todas sus necesidades. Yo quiero trabajar por el país, pero creo que todos _____ (9) que poner nuestro granito de arena para que el país progrese. Mis colaboradores y yo creemos que _____ (10) empezar a actuar ya mismo. No cabe duda de que el país _____ (11) un cambio inmediato. Pueblo querido: Estoy seguro que mañana nosotros _____ (12) a triunfar.

ir

complacer
preocuparse
abrirse; poder

importar
cometer
conocer

tener

deber
necesitar
ir

Parte B: Ahora, en grupos de tres, expresen su opinión sobre los políticos en general usando frases como (**No**) **Creo que…,** (**No**) **Estoy seguro/a (de) que…, Dudo que…**

▶ preocuparse por los niños de este país

Dudo que muchos políticos se preocupen por los niños de este país porque ellos no votan.

- abusar del poder que tienen
- hacer lo que quiere el pueblo
- preocuparse por los pobres
- recibir sobornos

- cumplir sus promesas
- interesarse por las grandes empresas
- ser honrados

ACTIVIDAD 19 Un político con éxito

Además de sus creencias políticas, hay ciertas características que debe tener un político para tener éxito. En parejas, elijan las cinco características más importantes y justifiquen sus ideas. Usen expresiones como (**No**) **Creo que…,** (**No**) **Es posible que…,** (**No**) **Es necesario…,** (**No**) **Es importante que…, Dudo que…, Es obvio que…**

▶ Dudo que un político tenga éxito si no habla bien. El político necesita que la gente lo escuche y si no habla bien…

▶ Es importante que el político aparezca con niños en las fotos. A la gente le gusta saber que él o ella es una persona cálida…

- ser honrado/a
- besar a los bebés
- ser carismático/a
- tener mucho dinero para la campaña electoral
- creer en Dios
- ser buen padre o buena madre

- tener título universitario
- tener buen sentido del humor
- estar casado/a
- serle fiel a su esposo/a
- estar en buen estado físico
- ¿?

ACTIVIDAD 20 ¿Mentira o verdad?

Parte A: ¡Vas a decir mentiras! Escribe una lista de cinco cosas que hiciste en el pasado; tres deben ser mentira.

Parte B: En parejas, escuchen lo que dice su compañero/a y decidan si es verdad o no.

▶ —Me gradué de la escuela secundaria cuando tenía dieciséis años.

—Dudo que te hayas graduado de la escuela secundaria cuando tenías dieciséis años.

—Creo que es verdad porque eres muy inteligente.

ACTIVIDAD 21 Opiniones sobre los famosos

En grupos de tres, den su opinión sobre los siguientes sucesos usando expresiones como **(No) Creo que… porque…, Dudo que… porque…, No cabe duda que… porque…**

1. Mark McGwire fue el mejor bateador de la historia del béisbol.
2. Michael Jordan fue el mejor jugador de la historia del basquetbol.
3. Bill Clinton aspiró el humo cuando fumó mariguana.
4. O. J. mató a Nicole Brown Simpson y a Ron Goldman.
5. Oswald actuó solo en el asesinato de Kennedy.
6. Bernie Madoff estafó (*swindled*) a miles de personas e instituciones.

IV. Forming Complex Sentences

The Relative Pronouns *que* and *quien*

As you progress in your study of Spanish, using relative pronouns (**pronombres relativos**) in your speech and writing will improve your fluency. Compare these two narrations in English.

Dick and Jane are friends. They have a dog. The dog's name is Spot. Spot runs fast.	Dick and Jane, **who** are friends, have a dog named Spot **that** runs fast.

As you can see, relative pronouns are important to connect shorter sentences in order to avoid repetition. They help make speech interesting to listen to and give prose richness and variety.

1. When you want to describe a person, place, or thing with information that is essential and omitting it would change the meaning of the sentence, you may introduce it with **que** (*that/which/who*).

Los trabajadores **que participaron en la huelga** van a recibir un descuento en su salario.	*The workers who/that participated in the strike will receive a pay reduction.* (only the workers who participated in the strike)
Escuché un discurso político **que me gustó mucho**.	*I heard a political speech that I liked a lot.*
Un niño **que solo tenía cuatro años** pintó un cuadro fenomenal del candidato.	*A child who/that was only four years old painted a great painting of the candidate.*

   ▶ Remember to use **que** for essential information even when referring to people.

2. When you want to give nonessential information in a sentence, you may introduce it with **que** or **quien(es)** for people, and **que** for things. In writing, you must set off the nonessential information with commas. Note that nonessential information may be omitted without changing the meaning of the sentence. Compare the following sentences.

La maestra fue con algunos niños a la playa. Los niños, **que/quienes** sabían nadar, se metieron en el agua.	*The teacher went with some kids to the beach. The kids, who knew how to swim, got in the water.* (All the kids knew how to swim, all the kids got in the water.)
La maestra fue con algunos niños a la playa. Los niños **que** sabían nadar se metieron en el agua. Los otros hicieron castillos de arena.	*The teacher went with some kids to the beach. The kids who knew how to swim got in the water. The others made sand castles.*

   ▶ **Quien(es)** is generally preferred in writing to give nonessential information about people.

Completa estos comentarios que se oyeron en una manifestación en contra del gobierno con **que** o **quien(es)**. Escribe todas las opciones correctas para cada espacio en blanco.

1 Los políticos _____ entienden los problemas económicos votaron en contra de un aumento de sus propios sueldos. Al final perdieron porque muchos congresistas egocéntricos, _____ se preocupan de sí mismos, no piensan en el bienestar del pueblo. ¡Qué pena!

2 El presidente, _____ se divorció tres veces, cree que el matrimonio como institución es fundamental. Claro, con tanta práctica...

3 Los senadores _____ ganaron las elecciones este año recibieron una invitación de la primera dama a una cena de gala. Van a comer como reyes mientras el pueblo se muere de hambre.

4 Todos los políticos del Partido Populista, _____ votaron en bloque contra la protección del medio ambiente, son unos sinvergüenzas.

5 El presidente invitó a un grupo de congresistas a su despacho e incluyó en ese grupo a los tres congresistas _____ habían participado en el golpe de estado hace cinco años. ¡Increíble! Estos tres hombres no creen en un gobierno democrático.

6 Josefina Montoya, _____ nunca cumple su palabra, dice una cosa durante la campaña y luego hace otra. Basta de mentiras. Basta de corrupción.

En parejas, túrnense para identificar al mayor número posible de hispanos famosos (algunos vivos y otros muertos) usando pronombres relativos.

▶ La Malinche fue la mujer que ayudó a Cortés a entenderse con los indígenas.

- Carlos Santana
- Isabel Allende
- Pao Gasol
- Marco Rubio
- Evo Morales
- Celia Cruz

- Hernán Cortés
- Hugo Chávez
- Demi Lovato
- Francisco Franco
- Gabriel García Márquez
- Isabel la Católica

ACTIVIDAD 24 ¿Qué es eso?

Parte A: Al llegar a un nuevo país, muchas personas tienen problemas para entender los modismos y expresiones del nuevo idioma. En parejas, una persona es un/a extranjero/a que no entiende algunas cosas que oye en CNN y la otra persona le explica los significados. Usen pronombres relativos en las respuestas. Sigan el modelo.

▶ —Dicen que el candidato de Texas no puede ganar las elecciones porque tiene *baggage*. No entiendo. ¿A quién le importa si tiene maletas o no?

—*Baggage* no significa "maletas" en ese contexto. Significa que el candidato hizo cosas **que** pueden ser ilegales o **que** no les van a gustar a los ciudadanos del país.

1. Oí que el partido republicano tuvo un *field day* ayer porque alguien descubrió que una senadora demócrata había recibido sobornos. ¿Significa que pasaron el día en el campo?

2. Luego dijeron que esa senadora le dio una explicación a la prensa, pero muchos la llamaron un *tall story*. ¿Cómo puede ser alto un cuento?

3. Otros comentaron que la senadora iba a salir adelante porque había asistido al *school of hard knocks* y por eso iba a sobrevivir el escándalo. ¿Dónde está esa escuela?

4. Más tarde oí decir que los de la radio le iban a poner su *spin* a la historia. ¿Qué es *spin*?

Parte B: Ahora, cambien de papel.

1. Dijeron en la tele que iban a poner *sound bites* de una pelea entre dos políticos. No es posible que muerdan el sonido, ¿verdad? ¿Oí mal?

2. Uno de los políticos llamó a otro un *fuddy-duddy*. No tengo la más remota idea qué significa eso. ¿Sabes tú?

3. Luego dijeron que ese *fuddy-duddy* estaba *ticked off*. No entendí nada.

4. Más tarde dijeron que el *fuddy-duddy* salió en un programa de televisión y que había tenido un *hissy fit*. ¿Se enfermó? ¿Tuvo un ataque de asma?

V. Indicating Cause, Purpose, Destination, etc.

Por and *para*

Uses of *por*

a. to express *on behalf of, for the sake of*, or *instead of*

Acepto este premio **por** mi padre, que desapareció durante la guerra sucia.	*I accept this award for (on behalf of) my father, who disappeared during the Dirty War.*
Debes hacerlo **por** mí.*	*You should do it for me (for my sake).*
Ayer trabajé **por** mi tío porque él estaba enfermo.**	*Yesterday I worked for (instead of) my uncle because he was sick.*

Notes:

*Remember to use prepositional pronouns after **por** and **para** when needed: **mí, ti, Ud., él/ella, nosotros/as, vosotros/as, Uds., ellos/as**.

Compare this sentence with **Ayer trabajé para mi tío. Yesterday I worked for my uncle. (He is my boss.)

b. to indicate movement *through* or *by*

Caminé **por** el Congreso.	*I walked through the Congress.*
Pasé **por** el Congreso.	*I went by the Congress.*

c. to express reason or motivation

La congresista va a tomar licencia **por** estar* embarazada.	*The congresswoman is going to take a maternity leave. (The pregnancy is the reason she is taking her leave.)*
Por el golpe de estado en 1973, los chilenos vivieron años de mucha inseguridad.	*Because of the coup d'état in 1973, Chileans lived years of much insecurity.*

*Note: **Por** and **para** are prepositions; therefore, verbs immediately following them need to be in the infinitive form.

d. to express duration

Pinochet estuvo en el poder **por** 17 años.	*Pinochet was in power for 17 years.*

e. to express *by means of*

La candidata creó una gran campaña **por** Internet.

The candidate created a great campaign on the Internet.

f. to express *in exchange for*

A Carlos le pagaron $2.000 **por** el discurso que escribió.

Carlos was paid $2,000 for the speech he wrote.

Uses of *para*

a. to express physical or temporal destination ⟶ ✗

Después del terremoto, el gobierno mandó medicinas **para** los damnificados.

After the earthquake, the government sent medicine for the victims. (physical destination)

El presidente salió **para** la estación de radio e hizo un anuncio.

The president left for the radio station and made an announcement. (physical destination)

Deben tener listo el discurso presidencial **para** mañana, ¿verdad?

They should have the presidential speech ready for tomorrow, right? (temporal destination)

b. to express purpose

Ella trabaja como voluntaria en el Congreso **para** adquirir experiencia en la política.

She works as a volunteer in Congress to gain experience in politics.

Este programa de computación es **para** realizar gráficos tridimensionales.

This computer program is for making three-dimensional graphs.

Estudia **para** (ser) diplomática.

She's studying to be a diplomat.

c. to express opinion

Para mí, ella va a tener mucho éxito como diplomática.

In my opinion, she is going to be very successful as a diplomat.

After having studied the uses of **por** and **para,** compare the following sentences and analyze the reason for using **por** or **para** in each case. Answers are located at the bottom of page 190.

1a. El presidente sale mañana **para** la zona del desastre.	1b. Va a pasar cinco horas viajando **por** los pueblos más afectados.
2a. Lo va a hacer **para** ayudar a los damnificados.	2b. Lo va a hacer **por** ser su responsabilidad.

ACTIVIDAD 25 Los itinerarios

Elige un itinerario de la primera columna y el lugar de paso lógico de la segunda para formar la ruta completa de cada viaje. Consulta los mapas de este libro si es necesario. Sigue el modelo.

▶ Washington → Miami / Atlanta

Mañana salgo de Washington **para** Miami y pienso pasar **por** Atlanta.

Inicio del viaje → destino final	Lugar de paso
• Lima → Machu Picchu	*Taxco*
• Madrid → Barcelona	*Córdoba*
• Ciudad de México → Acapulco	*Zaragoza*
• La Paz → Sucre	*Valparaíso*
• Buenos Aires → Salta	*Antigua*
• Santiago → Viña del Mar	*Cali*
• Medellín → Popayán	*Cochabamba*
• Guatemala → Chichicastenango	*Cuzco*

ACTIVIDAD 26 Los cacerolazos

Parte A: Lee la historia sobre un tipo de protesta muy popular en Latinoamérica y completa los espacios con **por** o **para**.

En Chile, durante el gobierno de Allende, se empezó un tipo de protesta llamada "el cacerolazo". Espontáneamente, algunas madres de familia salieron de sus casas, caminaron _____ (1) las calles con sus ollas, sartenes y cucharas, y empezaron a hacer ruido _____ (2) estar descontentas con el gobierno _____ (3) la falta general de comida. Los cacerolazos, como los famosos *sit-ins* de los años 60 en los Estados Unidos, son una manera no violenta _____ (4) luchar _____ (5) el bienestar del pueblo.

A través de los años, las cacerolas se han convertido en símbolo de protesta. Hoy día se anuncian la hora y el lugar de los cacerolazos _____ (6) Internet en las redes sociales, en Twitter o muchas veces _____ (7) mensaje de texto _____ (8) tener una buena difusión.

Parte B: En grupos de tres, hablen de diferentes problemas a nivel internacional, nacional, estatal o local. Digan si saben de algo interesante que hizo la gente de su país como forma de protesta.

Answers for bottom of page 189: 1a. destination 1b. movement through 2a. purpose 2b. reason

Cacerolazo contra el presidente en Colombia

ACTIVIDAD 27 Motivos y propósitos

Habla de los motivos y propósitos de cada una de las siguientes situaciones, formando oraciones con una frase de la primera columna y una de la segunda. Debes encontrar dos posibilidades para cada frase de la primera columna: una que indique el motivo de la acción y usar **por** y otra que indique el propósito y usar **para**.

▶ La familia llegó a casa a las nueve **por** el tráfico que había.

▶ La familia llegó a casa a las nueve **para** ver su programa de televisión favorito.

Personas y hechos	Motivos y propósitos
1. Romeo y Julieta se suicidaron	a. haber prometido cambios radicales
2. El presidente subió al poder	b. las oportunidades de trabajo que crea
3. César Chávez hizo una huelga de hambre	c. vender sus productos
4. Nike® usa en sus anuncios a muchos deportistas	d. estar unidos en la muerte
5. El gobierno estadounidense participa en el Tratado de Libre Comercio (TLC)	e. protestar contra el uso de insecticidas en los campos agrícolas
	f. la fama que tienen entre los jóvenes
	g. mejorar la situación económica
	h. los problemas de salud de los campesinos
	i. amor
	j. aumentar las exportaciones a México y Canadá

TLC = NAFTA

Parte A: La pena de muerte es un tema muy controvertido. Lee las siguientes ideas y completa las que tienen espacio en blanco con **por** o **para**. Luego marca si las oraciones están a favor (AF) o en contra (EC) de la pena de muerte.

	AF	EC
1. La pena de muerte se implementa _____ evitar más asesinatos.	____	____
2. La violencia genera violencia.	____	____
3. Los asesinos pasan _____ un juicio (*trial*) imparcial antes de ser condenados a muerte.	____	____
4. La ejecución es necesaria _____ aliviar el sufrimiento de los familiares de la víctima.	____	____
5. _____ miedo a la pena de muerte, los criminales matan menos.	____	____
6. _____ el bien de la sociedad, no debe haber pena de muerte. Somos un país civilizado.	____	____
7. Es muy costoso darles a los criminales cadena perpetua (*life imprisonment*).	____	____
8. Matar al asesino no es una solución _____ los familiares de la víctima.	____	____
9. Hay gente que no tiene dinero _____ contratar a un abogado que la defienda bien.	____	____
10. Se ejecutan a algunas personas _____ crímenes que no cometieron.	____	____

Parte B: Ahora, en grupos de cuatro, dos personas van a debatir a favor de la pena de muerte y dos personas en contra. Pueden usar sus propias ideas y las de la Parte A para defender su postura.

 Do the corresponding iLrn activities to review the chapter topics.

Para debatir

Para estar de acuerdo:	**Para no estar de acuerdo:**	**Para interrumpir:**
Estoy de acuerdo (con lo que dices).	No estoy de acuerdo (con lo que dices).	Pido la palabra. (*May I speak?*)
Seguro.	Lo dudo.	Perdón, pero…
Es verdad/cierto.		Quiero hablar.

Más allá

▶ **Videofuentes:** *Los jóvenes que preservaron la memoria* (documental)

(20 años en 1994) **Silvia**

Los jóvenes que preservaron la memoria/Fundación IWO

The video is available on ilrn.heinle.com and cengagebrain.com.

Antes de ver

ACTIVIDAD 1 Desastres o atentados

Un atentado (*attack*) terrorista o un desastre natural traen consigo (*with them*) toda clase de tragedias que son muy difíciles de superar. Lee primero todas las preguntas y luego contéstalas.

1. Piensa en un atentado terrorista o un desastre natural. Nombra el incidente y explica en pocas palabras qué ocurrió.

2. ¿Qué hicieron los familiares de las personas que posiblemente estaban en ese lugar para saber si su pariente estaba sano y salvo?

3. ¿Quiénes ayudaron a las víctimas? ¿El gobierno? ¿Gobiernos de otros países? ¿Organizaciones? ¿Individuos?

4. ¿El gobierno hizo algo para ayudar a los familiares de las víctimas?

5. ¿Alguien hizo algo heroico? Si contestas que sí, explica lo que hizo esa persona.

6. ¿Causó el incidente la destrucción de algún lugar histórico o de objetos de valor histórico? ¿Qué lugar u objetos se perdieron?

Mientras ves

▶ ACTIVIDAD 2 ¿Entendiste?

Antes de mirar el documental sobre un atentado terrorista a la AMIA (Asociación Mutual Israelita Argentina), que se filmó diez años después del ataque, lee estas preguntas. Luego contéstalas mientras miras el documental.

1. ¿En qué año y ciudad ocurrió el atentado? _____ _____

2. ¿Qué ocurrió? _____

3. ¿Qué hacían o dónde estaban algunos jóvenes en ese momento?

   _____

4. ¿Qué había en el tercer y cuarto piso del edificio? _____

5. ¿Qué fue lo primero y más importante que se rescató? _____

6. ¿Quiénes participaron de ese rescate? _____

▶ ACTIVIDAD 3 Los detalles

Primero, intenta completar esta información sin mirar el documental otra vez. Después, mira el documental de nuevo para completar la información que te falta.

En Argentina, las vacaciones de invierno son en julio.

1. hora y mes del año en que ocurrió el atentado: _____ _____

2. cantidad de personas que murieron: _____

3. cantidad de personas heridas: _____

4. cantidad de viviendas y comercios destruidos: _____

La Fundación IWO (Instituto de Investigaciones Judías) estaba en el mismo edificio de la AMIA.

5. tres tipos de materiales que tenía la biblioteca de la Fundación IWO:

   _____

   _____

   _____

6. dos tipos de trabajo que hicieron los voluntarios:

   _____

   _____

7. cantidad de tiempo que trabajaron: _____

8. cantidad de libros rescatados: _____

9. cantidad de personas (la mayoría jóvenes) que participaron: _____

10. los jóvenes que ayudaron eran solo estudiantes de escuelas judías: _____ sí _____ no

11. la fundación tiene ahora un nuevo lugar: _____ sí _____ no

You may want to visit the foundation's website at www.iwo.org.ar, where today people can find information about making donations or volunteering to help preserve history.

Después de ver

ACTIVIDAD 4 Tu opinión

Al principio del documental, uno de los jóvenes voluntarios habla de la necesidad de hacer algo positivo y constructivo después de ver tanta muerte. Hacia el final del documental, el joven explica que para los voluntarios salvar un libro era como salvar una vida. Contesta las siguientes preguntas.

1. El joven del documental busca y encuentra lo positivo dentro de tanto dolor. ¿Crees que sea fácil hacer eso? ¿Has pasado por una experiencia traumática? ¿Rescataste lo positivo de la experiencia? Si no has pasado por una experiencia traumática, ¿conoces a alguien que haya pasado por una y que haya rescatado algo positivo?

2. ¿Cuáles crees que sean los aspectos positivos de hacer trabajo voluntario?

3. Cuando ocurre un atentado, los sobrevivientes necesitan volver a la normalidad para poder seguir adelante. Da tu opinión sobre las siguientes acciones que suelen hacer algunos sobrevivientes y comenta si los ayudan a volver a una vida normal y por qué. Usa frases como **(No) Es bueno que…, Me sorprende que…, Me molesta que…**

   - ayudar a encontrar a los responsables

   - trabajar para evitar futuros ataques

   - buscar vengarse (*seek revenge*)

   - hacer trabajo voluntario para ayudar a otros sobrevivientes y a sus familias

   - crear una fundación para ayudar a las víctimas de futuras tragedias y a sus familiares

   - empezar un blog en contra del grupo que hizo el atentado para que el mundo sepa lo que hizo y/o hace hoy día

   - reunir dinero para construir un monumento para recordar la tragedia

Proyecto: Una viñeta política

Busca en Internet dos viñetas políticas de uno de los siguientes humoristas gráficos hispanos y luego contesta las preguntas que se presentan. Entrégale a tu profesor/a las viñetas que seleccionaste y las respuestas a las preguntas.

- Jayme Sifuentes (mexicano)
- Quino (argentino)
- Allan McDonald (hondureño)

1. ¿Qué ocurre en la escena? ¿Qué crítica hace el humorista? ¿Qué quiere que el lector comprenda?

2. ¿Qué lamenta el humorista? ¿Qué le molesta? ¿Qué espera que ocurra? Empieza tus respuestas con **El humorista lamenta que…, A él le molesta que…, Espera que…**

CAPÍTULO 6

Vocabulario activo

Verbos para expresar emoción u opinión

alegrarle (a alguien) *to be glad/happy*
darle pena (a alguien) *to feel sorry*
esperar *to hope*
estar contento/a (de) *to be happy*
estar triste (de) *to be sad*
lamentar *to lament, to be sorry*
molestarle (a alguien) *to be bothered/ annoyed by*
sentir (ie, i) *to be sorry*
sorprenderle (a alguien) *to be surprised*
temer *to fear*
tener miedo (de) *to be afraid (of)*

Expresiones impersonales para expresar emoción u opinión

es bueno *it's good*
es fantástico *it's great*
es horrible *it's horrible*
es lamentable *it's a shame/lamentable*
es una lástima *it's a pity/shame*
es malo *it's bad*
es maravilloso *it's wonderful*
es una pena *it's a pity/shame*
es raro *it's strange*
es terrible *it's terrible*
es una vergüenza *it's a shame / shameful*
ojalá *I hope*
¡Qué bueno…! *How good . . . !*
¡Qué lástima…! *What a pity/shame . . . !*
¡Qué pena…! *What a pity/shame . . . !*
¡Qué sorpresa…! *What a surprise . . . !*
¡Qué vergüenza…! *How shameful . . . !*

Expresiones para indicar duda y negación

dudar *to doubt*
es imposible *it's impossible*
no creer *not to think/believe*
no es cierto *it's not true*
no es evidente *it's not evident*
no es obvio *it's not obvious*
(no) es posible *it's (not) possible*

(no) es probable *it's (not) probable*
no es verdad *it's not true*
no estar seguro/a (de) *not to be sure*
(no) puede ser *it can(not) be*
quizá(s) / tal vez *perhaps*

Expresiones para indicar certeza

creer *to think/believe*
es cierto *it's true*
es evidente *it's evident*
es obvio *it's obvious*
es seguro *it's certain*
es verdad *it's true*
está claro *it's clear*
estar seguro/a (de) *to be sure*
no cabe duda (de) *there is no doubt*

Palabras relacionadas con la política

abusar *to abuse*
el abuso *abuse*
el activismo *activism*
el acuerdo *agreement/pact*
 estar de acuerdo *to be in agreement*
 llegar a un acuerdo *to reach an agreement*
la amenaza *threat*
amenazar *to threaten*
apoyar *to support*
el apoyo *support*
el asunto político/económico *political/ economic issue*
el bienestar común *the common good*
la campaña electoral *political campaign*
la censura *censorship*
censurado/a *censored*
censurar *to censor*
el compromiso *commitment*
la corrupción *corruption*
la democracia *democracy*
democrático/a *democratic*
los desaparecidos *missing persons*
la desigualdad *inequality*
el/la dictador/a *dictator*
la dictadura *dictatorship*

la eficiencia *efficiency*
la estabilidad *stability*
el golpe de estado *coup d'état*
la huelga *strike*
la igualdad *equality*
la ineficiencia *inefficiency*
la inestabilidad *instability*
la influencia *influence*
influir en *to influence (something)*
la inversión *investment*
invertir (ie, i) *to invest*
la junta militar *military junta*
la libertad de palabra/prensa *freedom of speech / the press*
la manifestación *demonstration*
el paro *work stoppage*
el Partido Demócrata/Republicano/ Verde/etc. *Democratic/Republican/ Green/etc. party*
la política *politics*
el político / la mujer política *politician*
la protección *protection*
proteger *to protect*
la protesta *protest*
protestar *to protest*
el pueblo *the people*
el respeto a / la violación de los derechos humanos *respect for / violation of human rights*
el soborno *bribe*
el suceso; los sucesos del momento *the event; current events*

Expresiones útiles

llegar a ser *to become*
quién diría *who would have said/thought*
salirse con la suya *to get his/her way*
(No) Estoy de acuerdo (con lo que dices). *I (don't) agree (with what you say).*
Lo dudo. *I doubt it.*
Perdón, pero… *Excuse me, but . . .*
Pido la palabra. *May I speak?*
Quiero hablar. *I want to speak.*
Seguro. *Sure.*

Nuestro medio ambiente

Grupo de ecoturistas cruzan la laguna Carhuacocha, Perú.

METAS COMUNICATIVAS

- ➤ afirmar y negar
- ➤ describir lo que uno busca
- ➤ evitar la redundancia
- ➤ describir acciones que van a ocurrir
- ➤ hablar del medio ambiente y del turismo de aventura

Unas vacaciones diferentes

🌐 *Ecoturismo*

desde luego	of course
¡Ya sé!	I've got it!
algo así	something like that

Niños de una comunidad emberá en Panamá

Hablamos con una amiga panameña sobre algunos lugares para visitar en su país.

BLA BLA BLA

Lucas y Camila

COMENTARIOS:

pasionpanama *hace 45 minutos*
no dejes de ir al archipiélago de Bocas del Toro ¡INOLVIDABLE!

varela1000 *hace 30 minutos*
Panamá: el único lugar donde en el mismo día puedes desayunar mirando el Pacífico y almorzar con vista al Atlántico. ;)

chanlee43 *hace 5 minutos*
Otra sugerencia. Sube a la cima del volcán Barú.

ACTIVIDAD 1 Viajando se aprende

Parte A: Antes de escuchar el podcast, escribe el nombre de los tres últimos lugares adonde fuiste de vacaciones, indica qué hiciste en cada viaje y cómo lo pasaste. Luego comparte la información con la clase.

Parte B: Ahora lee las siguientes oraciones y luego, mientras escuchas el podcast, marca si son ciertas (**C**) o falsas (**F**). Corrige las falsas.

1. _____ Camila puede recomendarle a Lucas lugares para conocer en Chile.

2. _____ Lucas quiere ir a un lugar donde pueda conocer a una comunidad indígena.

3. _____ Manuela estaba mirando la televisión cuando la llamaron por Internet.

4. _____ Manuela nunca ha escuchado el podcast de *Bla bla bla*.

5. _____ El lago Gatún es un lago artificial.

6. _____ Para Camila, Lucas es muy buen cocinero.

ACTIVIDAD 2 Los detalles

Parte A: Primero, lee las siguientes preguntas y después escucha el podcast otra vez para contestarlas.

1. ¿Qué grupo indígena vive en la región del Darién?

2. ¿Qué puede hacer Lucas en su visita a esa comunidad?

3. ¿Qué puede aprender él en la selva?

4. ¿Qué tiene el Instituto Smithsonian en la isla Barro Colorado? ¿Por qué?

5. ¿A quiénes entrenó el indígena Antonio Zarco?

6. ¿Por qué le da Manuela a Lucas su email?

Parte B: Ahora mira la sección de comentarios en el página del podcast y contesta estas preguntas.

1. Según *pasionpanama*, ¿qué lugar debe visitar Lucas? Mira el mapa al final del libro y di dónde está ese lugar.

2. ¿Qué se puede hacer en Panamá en un mismo día?

3. Según *chanlee43*, ¿adónde debe subir Lucas?

ACTIVIDAD 3 Opiniones

En grupos de tres, discutan qué es lo peligroso, lo divertido y lo beneficioso de hacer un viaje de ese tipo.

▶ Lo peligroso es no tomar pastillas contra la malaria.

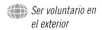
¿Lo sabían?

Voluntarias de Brigadas Globales enseñando salud dental a hondureños

La toma de conciencia por el medio ambiente ha despertado interés por hacer viajes que incluyan más que una semana en la playa. Por eso hay muchas organizaciones que llevan grupos a regiones del mundo donde se necesita ayuda para mejorar las condiciones de vida. Entre estas organizaciones están Amigos de las Américas y Brigadas Globales, a través de las cuales, a menudo, los voluntarios van a comunidades rurales de otros países. Pasan allí una semana o más y trabajan en proyectos que promueven la agricultura sostenible, el mejoramiento de la salud pública, el crecimiento de la economía local, el acceso a agua potable, etc.

Hoy día, también hay numerosos lugares que son frecuentados por ecoturistas. Entre ellos están las islas Galápagos de Ecuador para ver la flora y fauna, el Parque Tayrona en Colombia para explorar un bosque tropical, la laguna de Scammon en México para ver ballenas y los glaciares de la Patagonia en Argentina.

¿Tu universidad ofrece estos tipos de viajes?

I. Discussing Adventure Travel and the Environment

A Accesorios para acampar

 El blog de Manuela

Para ver fotos, haz clic

Mis links

Camino del Inca

Machu Picchu

Ecoturismo

Cuzco

Iquitos

Amazonas en peligro

Sacsayhuamán

Mi padre y yo llegamos hace unos días de hacer el Camino del Inca que termina en Machu Picchu. Estamos agotados, pero valió la pena hacerlo. Fue increíble. Pisamos las mismas piedras y cruzamos los mismos puentes que construyeron los incas antes de la llegada de los españoles. Para los que quieran hacer este viaje de tres días y medio por las montañas de Perú, recuerden que hay que estar en buen estado físico, pero por suerte los porteadores (asistentes) cargan **las tiendas de campaña** y **las mochilas**. No se preocupen por comprar **un mapa** topográfico porque un guía siempre acompaña al grupo. Lo fundamental para llevar es **saco de dormir, linterna, repelente contra insectos** y —siempre viene bien— **una navaja suiza**. También es esencial un buen **protector solar** porque a esas alturas el sol es peligroso. Y esencial para este viaje es una buena cámara con **cargador solar**, porque se van a querer pegar un tiro si no pueden sacar fotos del espectáculo maravilloso que van a ver.

© J Duggan/Shutterstock

tents
backpacks; map

sleeping bag; flashlight; insect repellent; Swiss Army knife
sunscreen
solar charger

► REMEMBER: Bold words in texts introduc... vocabulary are active. For a complete list, see **Vocabulario activo** at the end of the chapter.

B Deportes

acampar

bucear, el buceo

escalar (montañas)

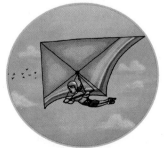

hacer alas delta

hacer vela

All illustrations © Cengage Learning 2015

Otros deportes

...inata	to go for a long walk
...rdico/alpino/acuático	to cross-country/downhill/water ski
...mo/trekking	to hike
snorkel	
snowboard	
surf	
montar	
a caballo	to ride a horse
en bicicleta de montaña	to ride a mountain bike

Many sports that have become popular in recent years take their names from English. These words may change in the future and already vary in use from one country to another. The words presented here are the most common.

El reciclaje

For basic words related to the environment, see Appendix G.

contaminación = polución, the former is preferable

C El medio ambiente

la agricultura sostenible	sustainable agriculture
el (bio)combustible	(bio)fuel
los cambios climáticos	climate changes
la contaminación, contaminante, contaminar	pollution, contaminating, to contaminate/pollute
los desechos, desechable, desechar	rubbish, disposable, to throw away
el desperdicio, desperdiciar	waste, to waste
la destrucción, destruir	destruction, to destroy
el equilibrio/desequilibrio	balance/imbalance
la extinción, extinguirse	extinction, to become extinct
las fuentes de energía renovable	sources of renewable energy
la huella ecológica	ecological footprint
la preservación, preservar	
la protección, proteger	
los recursos naturales	natural resources
reducir	
la restricción, restringir	
reutilizable, reutilizar	reusable, to reuse

ACTIVIDAD 4 Los viajes

En grupos de tres, hagan una lista de cosas que se necesitan para hacer las siguientes actividades y compártanla con la clase.

1. acampar un fin de semana
2. una caminata de un día
3. un viaje de una semana por la selva
4. un viaje de 15 días en bicicleta

ACTIVIDAD 5 Categorías

En grupos de tres, túrnense para nombrar por lo menos cuatro deportes
que pertenecen a las siguientes categorías. Incluyan palabras del vocabulario
y otras que sepan.

1. deportes acuáticos *hacer kayak nader esquí acuático hacer waterboard hacer rafting hacer surf hacer waterpolo*

2. deportes para los cuales se usan zapatos especiales *esquíar hacer snowboard*

3. deportes que se practican en el aire *futbol, baloncesto, tenis paracaidan, skydiving*

4. deportes que se practican cuando hace frío *esquiar, hacer snowboard*

5. deportes que se practican cuando hace calor *voleivol de la playa, frisbee, futbol, tenis*

6. deportes baratos *futbol*

7. deportes caros

Jilotepec, México

ACTIVIDAD 6 Deportes peligrosos

Parte A: En grupos de tres, discutan las siguientes preguntas.

1. ¿Practican algún deporte peligroso?

2. ¿Qué deportes peligrosos se pueden practicar en la ciudad donde viven
o cerca de allí?

3. ¿Por qué creen que algunas personas disfrutan de los deportes peligrosos como
escalar montañas o bucear en cuevas del Caribe?

Parte B: Hay gente que dice que todos los deportes son peligrosos. Cuente cada uno
un accidente que tuvo mientras practicaba un deporte. Si no tuvieron ninguno, hablen
de un accidente que tuvo alguien que conozcan.

ACTIVIDAD 7 Cuidemos el mundo en que vivimos

En grupos de cuatro, discutan las siguientes preguntas.

1. ¿Qué factores contribuyen a los cambios climáticos que se están viendo en nuestro
planeta hoy día? ¿Cuál es el impacto de estos cambios en glaciares como los del
Cono Sur?

2. ¿Cuántos animales que están en peligro de extinción pueden nombrar? ¿Por qué
están en peligro? ¿Podemos hacer algo para detener su extinción?

3. ¿Qué se puede usar en los carros en lugar de gasolina? ¿Creen Uds. que los países
deben tener restricciones en el nivel de emisiones tóxicas que producen los carros?
¿Por qué?

el Cono Sur = Chile, Argentina,
Uruguay y Paraguay

ACTIVIDAD 8 Los recursos naturales

Parte A: Lee lo que dice una venezolana sobre los recursos naturales de Latinoamérica y explica de qué manera no intencional recicla la gente.

> ### Fuente hispana
>
>
> Courtesy of Fabiana López de Haro
>
> *"En muchos países latinoamericanos se usan menos recursos naturales que en países como los Estados Unidos porque la gente, que en general tiene menos dinero, compra menos y por lo tanto consume menos. Esto incluye la compra de comida, de ropa, de objetos de diversión y recreación, etc. Mucha gente consume menos gasolina porque usa el transporte público o tiene carros pequeños que consumen menos. Y cuando algo se rompe, como un televisor, un microondas o un secador de pelo, conviene llevarlo a arreglar ya que la mano de obra para arreglarlo es mucho más barata que el valor del producto nuevo. Entonces en Latinoamérica, muchas veces se recicla no necesariamente de manera consciente, sino porque resulta más práctico y económico y así al consumir menos, se logra conservar más".* ■

Parte B: Ahora, en parejas, preparen por lo menos cinco recomendaciones para hacerle a la clase sobre qué puede hacer cada uno en su vida diaria para consumir menos recursos naturales y reducir su huella ecológica. Miren la lista de ideas que se presenta abajo y al hablar, usen expresiones como **Les recomendamos que…, Les aconsejamos que…**

▶ compras innecesarias

Les recomendamos que vayan menos a las tiendas para no ver tantas cosas atractivas y así comprar menos cosas innecesarias, como 10 pares de calcetines.

- cosas que se compran todos los días
- cantidad de plástico/papel que se usa para empacar las cosas
- gas/electricidad/agua/gasolina
- cantidad de frutas y verduras importadas que se compra
- productos desechables
- compra de libros en papel
- uso innecesario del carro
- comerciales en la tele, el periódico y la radio
- propaganda por correo (ofertas del supermercado, anuncios de ventas especiales, etc.)

ACTIVIDAD 9 Ecoturismo, ¿peligro o no?

Parte A: Lee las siguientes oraciones relacionadas al ecoturismo y marca tu opinión
usando esta escala:

a = estoy seguro/a   **b** = es posible   **c** = no lo creo

1. _____ La sola presencia del ser humano destruye el medio ambiente.

2. _____ Para llegar a lugares remotos, hay que usar medios de transporte que
contaminan el medio ambiente.

3. _____ Para tomar conciencia del valor de la naturaleza, hay que ver las zonas
remotas y vírgenes con los propios ojos.

4. _____ El dinero que gastan los ecoturistas se puede usar para la preservación
de las áreas silvestres.

5. _____ Después de hacer un viaje de ecoturismo, los participantes tienen un
papel más activo en el movimiento verde: reciclan más, compran productos que
contaminan menos e intentan cambiar las leyes de su país para proteger el medio
ambiente.

6. _____ Los controles de un gobierno nunca van a ser suficientemente estrictos
para controlar los problemas que puede traer el ecoturismo.

7. _____ El contacto con los ecoturistas cambia para siempre la vida de las
personas de una región.

8. _____ Los ecoturistas nunca tiran basura ni hacen nada para destruir el lugar
que visitan.

9. _____ La presencia constante de grupos de ecoturistas no es natural y por eso,
crea un desequilibrio en el área.

10. _____ Los ecoturistas contribuyen a la economía de las comunidades locales.

Parte B: Algunos creen que el ecoturismo es beneficioso porque así la gente aprende a
apreciar y preservar la naturaleza. Otros creen que el mismo ecoturismo ayuda a destruir el
medio ambiente. Formen grupos de cuatro, con dos a favor y dos en contra, y preparen un
debate sobre este tema. Pueden usar las ideas mencionadas en la Parte A y ampliarlas
e inventar otras razones para apoyar su postura. Al debatir, usen las siguientes expresiones.

Para debatir

Para estar de acuerdo:	Para no estar de acuerdo:	Para interrumpir:
Tienes razón.	No estoy de acuerdo del todo.	¿Me dejas hablar?
Sin ninguna duda. (*Without the slightest doubt.*)	No me termina de convencer. (*I'm not totally convinced.*)	Ahora me toca a mí. (*Now it is my turn.*)
Opino como tú.	De ningún modo. (*No way.*)	Un momento.

II. Affirming and Negating

In this section you will review commonly used affirmative and negative expressions, and specifically how negative expressions are used.

1. Here is a list of common affirmative and negative expressions.

Affirmative Expressions	Negative Expressions
todo everything **algo** something	**nada** nothing, (not) anything
todos/as everyone **todo el mundo** everyone **muchas/pocas personas** many/few people **alguien** someone	**nadie** no one
siempre always **muchas veces** many times **con frecuencia / a menudo** frequently **a veces** sometimes **una vez** once	**nunca/jamás** never

2. Two common ways to create sentences with negative expressions in Spanish are:

> **no** + *verb* + *negative word*
> *negative word* + *verb*

▶ Remember: If you use **no** before the verb, use a negative word after the verb.

—¿Te ayudó la Sra. López?   *Did Mrs. López help you?*

—¿Ayudarme? Esa mujer **no** me **ayuda jamás**. / Esa mujer **jamás** me **ayuda**.   *Help me? That woman doesn't ever help me / never helps me.*

—¿Quiénes fueron a hacer la caminata?   *Who went on the hike?*

—**No fue nadie. / Nadie fue.**   *Nobody went.*

—¿Comiste?   *Did you eat?*

—No, **no comí nada.**[*]   *No, I didn't eat anything.*

[*]**Note: Nada** can only precede the verb when it is the subject: **Nada funciona** en esta casa. / **No funciona nada** en esta casa.

3. When **nadie** and **alguien** are direct objects, they must be preceded by the *personal* **a**. Compare:

Direct object (needs personal *a*)	Subject
—¿Viste **a alguien**?	—¿**Alguien** te vio?
—**No, no** vi **a nadie.**	—No, **nadie** me **vio.** / No, no me vio **nadie.**

4. To talk about indefinite quantity in affirmative sentences and questions, use the following adjectives and pronouns.

Affirmative Adjectives	Affirmative Pronouns
algún/alguna, algunos/algunas + *noun*	**alguno/alguna, algunos/ algunas**
—Hay **algunos sacos de dormir** en rebaja en la tienda Sierra y quiero comprar uno.	—¡Yo también! ¿Sabes si hay **alguna** cerca de mi casa?
There are some sleeping bags on sale at the Sierra store and I want to buy one.	*Me too! Do you know if there is one (referring to the store) near my house?*

5. To talk about indefinite quantity in negative sentences, use the following adjectives and pronouns.

Negative Adjectives	Negative Pronouns
ningún/ninguna + *singular noun*	**ninguno/a**
—**No** hay **ningún centro de reciclaje** en mi barrio.	—Es verdad. **No** hay **ninguno.**
There aren't any recycling centers in my neighborhood.	*That's true. There aren't any.*

► The plural form **ningunos/as** is seldom used except with plural nouns such as **pantalones** and **tijeras** (*scissors*): **No** tengo **ningunos pantalones** limpios.

Note: It is common to use the pronouns **ninguno** and **ninguna** with a prepositional phrase beginning with **de**: **Ninguno de mis amigos** recicla.

ACTIVIDAD 10 Conversaciones ecológicas

Parte A: Completa las conversaciones de la página siguiente relacionadas con la ecología usando palabras afirmativas o negativas.

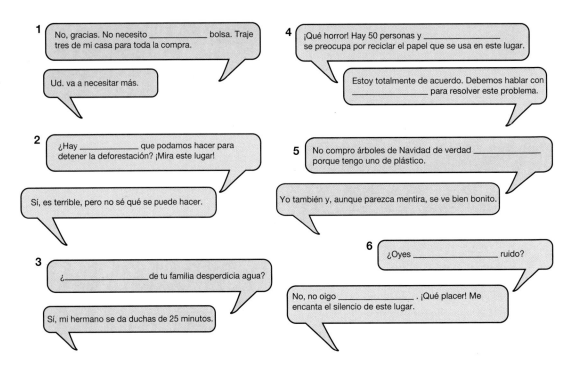

1 No, gracias. No necesito _____ bolsa. Traje tres de mi casa para toda la compra.

Ud. va a necesitar más.

2 ¿Hay _____ que podamos hacer para detener la deforestación? ¡Mira este lugar!

Sí, es terrible, pero no sé qué se puede hacer.

3 ¿_____ de tu familia desperdicia agua?

Sí, mi hermano se da duchas de 25 minutos.

4 ¡Qué horror! Hay 50 personas y _____ se preocupa por reciclar el papel que se usa en este lugar.

Estoy totalmente de acuerdo. Debemos hablar con _____ para resolver este problema.

5 No compro árboles de Navidad de verdad _____ porque tengo uno de plástico.

Yo también y, aunque parezca mentira, se ve bien bonito.

6 ¿Oyes _____ ruido?

No, no oigo _____ . ¡Qué placer! Me encanta el silencio de este lugar.

Parte B: Ahora, en parejas, digan dónde creen que tiene lugar cada conversación y de qué se habla. Usen oraciones como **Es posible que ellos estén en…** y **creo que están hablando sobre…**

ACTIVIDAD 11 ¿Con qué frecuencia?

Parte A: En parejas, túrnense para averiguar y marcar en la tabla con qué frecuencia hace su compañero/a las siguientes actividades. Sigan el modelo.

▶ —¿Con qué frecuencia montas en bicicleta?

—Monto en bicicleta a veces.

	jamás	a veces	a menudo
1. montar en bicicleta	❑	❑	❑
2. comer verduras orgánicas	❑	❑	❑
3. hacer deportes que no contaminan	❑	❑	❑
4. usar transporte público	❑	❑	❑
5. vestirse con ropa de algodón orgánico y/o de bambú	❑	❑	❑
6. reciclar latas (*cans*) de bebidas	❑	❑	❑
7. hacer ecoturismo	❑	❑	❑
8. contribuir con dinero a organizaciones que protegen el medio ambiente	❑	❑	❑

Parte B: Repitan la actividad, pero ahora con referencia a sus años de la escuela secundaria.

ACTIVIDAD 12 ¿Conoces a tu compañero?

Parte A: Escojan un/a compañero/a y luego, sin consultar con esa persona, marquen las cosas de la siguiente lista que creen que tiene en la habitación o apartamento.

❑ cestos para reciclar basura	❑ pósteres de animales en peligro de extinción
❑ plantas	❑ guías de turismo
❑ cuadros de arte moderno	❑ fotos de su familia
❑ ositos de peluche (*teddy bears*)	❑ artículos de deportes

Parte B: Ahora, hablen con su compañero/a para confirmar sus predicciones. Sigan el modelo.

▶ —Creo que tienes algunos cestos para reciclar basura.

—Es verdad, tengo dos: uno para papel y otro para latas de gaseosas.

—Te equivocas, no tengo ninguno. / No tengo ningún cesto para reciclar basura.

ACTIVIDAD 13 ¿Hay algún piloto en tu familia?

En parejas, usen la siguiente lista de ocupaciones para averiguar sobre la familia de su compañero/a. Sigan el modelo.

▶ A: ¿Hay algún piloto en tu familia?

B: Sí, hay una mujer piloto.

B: No, no hay ningún piloto. / No, no hay ninguno.

A: ¿Quién es?

B: Mi hermana y trabaja para AeroMéxico.

1. vendedor
2. enfermero
3. plomero
4. artista
5. político

6. arquitecto
7. cartero
8. ecologista
9. carpintero
10. camarero

plomero (*Latinoamérica*) = **fontanero** (*España*)

III. Describing What One Is Looking for

The Subjunctive in Adjective Clauses

1. As you have already learned, the subjunctive can be used in sentences to express emotion, doubt, and denial, as well as to make suggestions, persuade, or give advice. Additionally it can be used to describe persons, animals, or things that you are looking for or want, but you don't know if they exist. Study the following examples.

May or May Not Exist	Exists
Present Subjunctive	Indicative
Buscamos una persona **que organice** programas de reciclaje.*	Buscamos a la persona **que organiza** programas de reciclaje aquí.
We are looking for someone who organizes recycling programs. (There may or may not be such a person.)	*We are looking for the person who organizes recycling programs here.* (We know this person exists.)
Tengo que encontrar un abogado **que haya estudiado** derecho ambiental.*	Conozco a un abogado **que estudió / ha estudiado** derecho ambiental.
I have to find a lawyer who has studied environmental law. (Might exist, might find one.)	*I know a lawyer who studied / has studied environmental law.* (Exists, I could introduce you to him.)
Buscamos un lugar **donde** ** **no haya** mucha contaminación.	Estuvimos en un lugar **donde no hay** mucha contaminación.
We are looking for a place where there isn't much pollution. (Might exist, we might find it.)	*We were in a place where there isn't much pollution.* (Exists, we can take you there.)

Notes:

*When describing a person that you are looking for or want and that may or may not exist, the *personal* **a** is not used (compare the first two sets of sentences in each column) unless you use the word **alguien: Buscamos a alguien que haya reducido su huella ecológica.**

You can use **donde instead of **que** to talk about places. This use parallels English.

2. The subjunctive is also used when emphatically describing something that, according to the speaker, does not exist. Compare the following constructions.

Making a statement	Making an emphatic statement no + *verb* + *negative word* + que + *subjunctive*
Nadie me entiende en mi familia.	**No hay nadie que** me **entienda** en mi familia.*
Ningún profesor da poca tarea.	**No conozco a ningún profesor que dé** poca tarea.**
Nadie me cae bien.	**No encuentro a nadie que** me **caiga** bien.**

Notes:

*Never use the *personal* **a** after **hay**.

Use the *personal* **a before **nadie** and **ningún/ninguna** + *person* when it is a direct object.

ACTIVIDAD 14 El medio ambiente

Parte A: Mira la siguiente información y di qué se necesita hacer para proteger el medio ambiente. Usa frases como **Necesitamos…, Se necesita/n…, Queremos tener…** Sigue el modelo.

▶ personas / recoger / basura de la calle

Se necesitan personas que recojan basura de la calle.

1. fábricas / no tirar / desechos a los ríos
2. más científicos / hacer / estudios para encontrar fuentes de energía renovable
3. más organizaciones / proteger / las especies de animales que están en peligro de extinción
4. alcaldes / construir / zonas verdes en las ciudades
5. carros / emitir / menos gases tóxicos
6. compañías / construir / paneles de energía solar baratos para las casas
7. supermercados / no envolver / muchos productos en plástico
8. gente / no desperdiciar / recursos naturales

¡REMUEVA! ¡CORTE! ¡PÓNGALO EN EL BOTE!

🌲 **RECICLE SU ARBOLITO DE NAVIDAD** 🌲
CIUDAD DE LOS ANGELES DEPARTAMENTO DE OBRAS PÚBLICAS BURÓ DE SANEAMIENTO

© City of Los Angeles

Parte B: En grupos de tres, organicen las ideas anteriores de la más importante a la menos importante. Estén listos para justificar el orden que han elegido. Usen expresiones como **Lo más importante es que…, También es importante que…**

Parte A: En el mundo hay una gran variedad de lugares para vivir. Mira la siguiente lista y marca con una X las tres características más importantes para ti.

❑ nevar mucho/poco	❑ tener temperaturas moderadas
❑ estar cerca de las montañas	❑ estar cerca del agua
❑ ser posible comprar comida de huertas con agricultura sostenible	❑ ser un centro urbano con buen sistema de transporte público
❑ haber muchas/pocas actividades culturales	❑ no haber fábricas que contaminen
❑ estar en el campo	❑ tener buenas escuelas
❑ convivir gente de diferentes razas y culturas	❑ existir programas para reducir, reutilizar y reciclar
❑ ser un lugar tranquilo	❑ haber poca delincuencia

Parte B: En parejas, díganle a su compañero/a las características que buscan Uds. en un lugar para vivir. Usen expresiones como **Busco un lugar que/donde…, Quiero vivir en un lugar que/donde…** Después, digan si conocen un lugar que tenga esas características. Usen **(No) Conozco un lugar que/donde…**

¿Lo sabían?

Piquero de patas azules, islas Galápagos

It's common to hear **Amazonía** (with an accent), especially in Ecuador, Peru, and Chile.

- La urbanización en América Latina crece más rápidamente que en ninguna otra parte del mundo. En la actualidad el 81% de la población vive en zonas urbanas.

- En América Latina se encuentra el 40% de todas las especies de los bosques tropicales del mundo.

- Uno de cada cinco pájaros del mundo vive en los bosques tropicales de la Amazonia. Centroamérica, con solo el 0,5% de la superficie emergida (*land*) del planeta, tiene el 7% de la biodiversidad del planeta.

- Colombia tiene el 10% de las especies de flora y fauna del mundo.

¿Sabes qué animales de tu país están en peligro de extinción? ¿Hay un lugar donde la deforestación sea un problema? Si contestas que sí, ¿dónde?

Parte A: Completa estas ideas sobre tu universidad con la forma correcta del verbo indicado. Después, marca con una X las oraciones con las que estás de acuerdo y con una O aquellas con las que no estás de acuerdo.

1. _____ No hay ninguna facultad que _____ profesores sobresalientes. (tener)

2. _____ No hay ninguna cafetería en esta universidad que _____ buena comida. (servir)

3. _____ No conozco a ningún profesor que _____ tarde a clase. (llegar)

4. _____ No hay ningún profesor que _____ exámenes finales fáciles. (dar)

5. _____ No hay nadie en esta universidad que _____ en los exámenes. (copiar)

6. _____ No hay ningún estudiante que _____ estudiar muchas horas por día. (querer)

7. _____ No hay ninguna facultad que _____ una huella ecológica baja. (tener)

Parte B: En grupos de tres, compartan y justifiquen sus opiniones. Usen expresiones como **(No) Es verdad que…, Es obvio que…, Es posible que…**

Parte A: Usa la siguiente información para hacerles preguntas a tus compañeros. Escribe solo los nombres de los que contesten que sí.

▶ —¿Apagas las luces al salir de tu habitación?

—Sí, las apago.   —No, no las apago.

Nombre	
1. _____	reciclar papel
2. _____	tener un carro que consume mucho combustible
3. _____	usar cargador solar
4. _____	desperdiciar agua al cepillarse los dientes
5. _____	apagar la computadora por la noche
6. _____	ser miembro de un grupo ecológico como Greenpeace
7. _____	tener una botella de agua reutilizable
8. _____	consumir comida orgánica y local

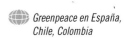 *Greenpeace en España, Chile, Colombia*

Parte B: En parejas, túrnense para averiguar si su compañero/a tiene a alguien en su lista que haga las actividades de la Parte A.

▶ —¿Hay alguien en tu lista que apague las luces?

—Sí, Cindy las apaga. ¿Y hay alguien en tu lista que...?

—No, no hay nadie que las apague. Y en tu lista, ¿hay alguien que las apague?

Ecuador recicla.

ACTIVIDAD 18 ¿Conoces a alguien que...?

En parejas, túrnense para decir si conocen a alguien que haya hecho las siguientes actividades. Sigan el modelo.

▶ A: ¿Conoces a alguien que haya nadado en el río Amazonas?

B: No, no conozco a nadie que haya nadado en el Amazonas.

B: Sí, conozco a alguien.

A: ¿Quién es y cuándo lo hizo?

B: Mi hermano nadó en el Amazonas el año pasado.

1. ver pingüinos en la Patagonia

2. escalar los Andes

3. hacer *rafting*

4. ver una película sobre algún deporte extremo

5. cruzar el Atlántico en barco

6. hacer alas delta

7. saltar con una cuerda *bungee*

8. hacer una caminata de ocho horas

En parejas, "A" conoce varios países hispanos y "B" lo/la llama para que le recomiende un lugar. "A" debe mirar esta página y "B" debe mirar la página 389. Lea cada uno su papel y luego mantengan una conversación telefónica.

A

Averigua qué tipo de lugar busca tu compañero/a y luego recomiéndale y descríbele uno de los siguientes lugares. Usa expresiones como **Te recomiendo que…, Te aconsejo que…, Este lugar es…**

Isla Margarita, Venezuela:
Parque nacional, con muchos pájaros,
aguas tranquilas
Clima agradable, vientos suaves
Hoteles: $, $$

Isla Contoy, México:
Santuario de pájaros (especialmente pelícanos)
Snorkel
Clima agradable, vientos suaves
Hoteles: $

Punta Cana, República Dominicana:
Vida nocturna, deportes acuáticos de todo tipo, pesca
Clima agradable, playas preciosas
Hoteles: $, $$, $$$

IV. Expressing Pending Actions

The Subjunctive in Adverbial Clauses

▶ A conjunction is a word that links two clauses, each containing an action or a state.

1. When you want to talk about *pending* actions or states, use the present subjunctive after these adverbial conjunctions of time (**conjunciones adverbiales de tiempo**).

cuando	when
después (de) que	after
en cuanto	as soon as
hasta que	until
tan pronto como	as soon as

Look at the following examples:

Independent Clause		Dependent Clause
Present indicative or **ir a** + *infinitive*		Conjunction of time + present subjunctive
Me voy a casar con él	**cuando**	un astronauta **llegue** a Plutón.
I'll marry him	*when*	*an astronaut lands on Pluto.* (pending action)
Quiere ir a las Galápagos	**en cuanto**	**tenga** dinero.
She wants to go to the Galápagos	*as soon as*	*she has money.* (pending state)

2. In contrast, when you want to talk about *habitual* actions or states, use the indicative in the dependent clause. Compare the following sentences.

Habitual actions = Indicative	Pending actions = Subjunctive
Todos los días ella llama a sus padres **tan pronto como llega** a casa.	Ella va a llamar a sus padres **tan pronto como llegue** a casa.
Every day she calls her parents as soon as she arrives home.	*She's going to call her parents as soon as she arrives home.*
Después de que almorzamos, generalmente caminamos por el parque.	**Después de que almorcemos,** queremos caminar por el parque.
After we have lunch, we generally walk in the park.	*After we have lunch, we want to walk in the park.*

hasta
después de] use infinitive

3. **Después de** and **hasta** without the word **que** are prepositions, not conjunctions, and are followed directly by an infinitive.

Después de terminar mis estudios, voy a hacer ecoturismo por Costa Rica.

After finishing my studies, I am going to take an ecotour of Costa Rica.

ACTIVIDAD 20 El futuro está en nuestras manos

Parte A: Lee el siguiente comentario sobre el medio ambiente que publicó en su blog un ecologista y complétalo con el infinitivo, el indicativo o el subjuntivo de los verbos que aparecen en el margen.

Mi comentario de hoy:

Gran parte de la población está consciente de que hay que proteger el medio ambiente y ojalá que cuando nuestros hijos _____ (1) su propia familia, haya agua limpia y aire puro. Pero para que eso ocurra ~~coda~~ uno tiene que poner su granito de arena. *cada*

tener

En nuestra ciudad, muchos ciudadanos llevan un carrito o sus propias bolsas para los comestibles cuando _____ (2) al supermercado. Otros reciben bolsas de plástico en el supermercado, pero después de _____ (3) las bolsas, las reciclan utilizándolas como bolsas de basura. Sin embargo, no vamos a solucionar el problema del desperdicio de plástico hasta que todos los ciudadanos _____ (4) carritos o _____ (5) las bolsas.

ir
usar

usar; reciclar

Generalmente, cuando alguien _____ (6) bebidas en el supermercado, deja un depósito que luego se le entrega en cuanto _____ (7) sus envases. No obstante, todavía se ven botellas rotas en la calle; pero hasta que todos _____ (8) conscientes del desperdicio que es eso, no vamos a poder solucionarlo.

comprar
devolver

estar

Tampoco debemos olvidar que consumimos papel en cantidades industriales y que existen supermercados con centros de recolección de papel periódico y de envases como los de Tetra Pak. Por eso no debemos olvidar llevar estos residuos al supermercado tan pronto como _____ (9) una bolsa llena.

tener

Tenemos que prometer que no vamos a dejar de trabajar por esta causa hasta que _____ (10) de agua limpia y aire puro. Es nuestra obligación. Se lo debemos a nuestros hijos.

gozar

Parte B: El gobierno de la Ciudad de México hace una campaña para cuidar el medio ambiente. Mira el póster para hablar de las siguientes preguntas.

Courtesy of Gobierno de la Ciudad de México

1. ¿Cuánto tiempo tardas en bañarte generalmente? Mañana cuando te duches, ¿vas a tardar menos tiempo en hacerlo? ¿Por qué?

2. ¿Crees que sea necesario que se celebre el Día mundial del agua? Explica tu respuesta.

3. ¿Por qué aparece arroba en la palabra tod@s en el póster?

 La ecología

ACTIVIDAD 21　En una reunión de Mundo Verde

Estás en una fiesta con miembros de Mundo Verde, una organización que se dedica a proteger el medio ambiente. Combina ideas de las dos columnas para decir algunas de las cosas que escuchas en la fiesta.

1. Los bosques van a estar en mejores condiciones después de que ___b___

2. Vamos a utilizar más fuentes de energía renovable cuando ___b___

3. Los cambios climáticos van a empeorar hasta que ___e___

4. La gente del primer mundo no va a reducir su huella ecológica hasta que ___f___

5. La contaminación causada por las fábricas va a reducirse en cuanto ___a___

6. Los ciudadanos van a poner paneles solares en su casa cuando ___d___

a. acabarse / el petróleo

b. dejar / de cortar árboles de forma exagerada

c. el gobierno / darles / incentivos económicos a sus dueños

d. la compañía eléctrica / comprarles / el exceso de energía que producen

e. todos los países / ponerse / de acuerdo y / tomar / medidas conjuntas

f. tomar / conciencia de la cantidad de basura innecesaria que genera

Pending → Subjunctive

Habitual → Indicative

ACTIVIDAD 22 Tu vida actual y tus planes futuros

En parejas, túrnense para hacerse las siguientes preguntas sobre el presente y sobre el futuro. Al contestar, usen las expresiones que están entre paréntesis en oraciones completas.

▶ —¿Cuándo vas a ir a visitar a tu familia? (en cuanto)

—La voy a ir a visitar en cuanto termine el semestre.

1. ¿Cuándo vas a comprar un carro verde? (en cuanto)

2. ¿Cuándo sales con tus amigos? (después de)

3. Generalmente, ¿cuándo haces la tarea para esta clase? (después de que)

4. ¿Cuándo miras tu página de red social? (cuando)

5. ¿Hasta cuándo vas a vivir en el lugar donde vives ahora? (hasta que)

6. ¿Cuándo vas al cine? (cuando)

7. ¿Cuándo te levantas por la mañana? (tan pronto como)

8. ¿Cuándo vas a ver a tus padres? (después de que)

ACTIVIDAD 23 ¿Verdad o mentira?

Parte A: ¡Vas a mentir! Escribe cuatro cosas que piensas hacer, usando las ideas que se presentan abajo. Algunas cosas deben ser mentira y otras deben ser verdad. En tus oraciones, usa las conjunciones adverbiales **cuando, después de que, en cuanto** y **tan pronto como**.

▶ terminar la clase de hoy

Después de que termine la clase de hoy, voy a descargar una película en español.

- tu jefe / pagarte
- empezar las vacaciones
- tener mucho dinero
- graduarte de la universidad
- conseguir el primer trabajo estable
- ¿?

Parte B: En parejas, una persona comparte sus planes y la otra decide si son verdad o mentira. Usen frases como **Dudo que…, No creo que…, Creo que…, Es posible que…** Luego cambien de papel.

V. Avoiding Redundancies

Double Object Pronouns

1. In Chapters 1 and 3 you reviewed the use of direct-object pronouns (**me, te, lo/la, nos, os, los/las**) and indirect-object pronouns (**me, te, le, nos, os, les**). When you use both in the same sentence, the indirect-object pronoun precedes the direct-object pronoun. The following chart contains all possible combinations of indirect- and direct-object pronouns.

Repeat saying this chart aloud a number of times until these combinations feel natural.

me lo, me la, me los, me las	nos lo, nos la, nos los, nos las
te lo, te la, te los, te las	os lo, os la, os los, os las
se lo, se la, se los, se las	se lo, se la, se los, se las

▶ Never use **me lo, me la,** etc., with verbs like **gustar** since the noun following the verb is not a direct object, but rather the subject of the verb.

—¿Quién **te** mandó **las flores**?

—José Carlos **me las** mandó.
José Carlos sent them to me.

—¿**Me** puedes explicar **el problema**?

—Ya **te lo** expliqué.
I already explained it to you.

2. The indirect-object pronouns **le** and **les** become **se** when followed by the direct-object pronouns **lo, la, los,** or **las**.

—¿**Le** regalaste **la navaja suiza** a tu padre?

—Sí, **se la** di ayer.

3. Review the following rules you learned for placement of object pronouns.

Before the Conjugated Verb (Including Negative Commands)	or	**After** and **Attached to** the Infinitive, Present Participles, and Affirmative Commands
Siempre **se lo digo**.		XXX
Se lo dije.		XXX
¿Quieres que yo **se lo diga**?		XXX
Se lo he dicho.		XXX
Se lo voy a decir.	=	Voy a **decírselo**.*
(**voy** = conj. verb)		(**decir** = inf.)
Se lo estoy diciendo.	=	Estoy **diciéndoselo**.*
(**estoy** = conj. verb)		(**diciendo** = pres. part.)
¡No **se lo digas**!		¡**Díselo**!*
(**no digas** = neg. command)		(**di** = aff. command)

***Note:** Remember the use of accents. To review accent rules, see Appendix F.

ACTIVIDAD 24 El regalo anónimo

Lee la siguiente conversación y contesta las preguntas que le siguen.

Marcos	¿Y estas flores?
Ignacio	**Se** las mandaron a mi hermano Juan.
Marcos	¿Quién?
Ignacio	No tengo la menor idea. En este momento mi hermano **le** está preguntando a su novia Marisol por teléfono.
Marcos	Mira, aquí entre las flores hay una tarjeta.
Ignacio	A ver. Dáme**la**, que quiero leerla.
Marcos	¿Qué dice?
Ignacio	"Ojalá que te gusten. **Te las** mando por ser tu cumpleaños. Espero verte esta noche". Pero, ¿quién escribió esto?
Juan	[Cuelga. (*He hangs up.*)] ¡Oigan! Marisol dijo que ella no **me las** envió.
Marcos	Vamos, dinos quién es. Confiésa**noslo**. ¿Quién es tu admiradora secreta?

¿A qué o a quién se refieren los siguientes pronombres de complemento directo e indirecto?

1. línea 2, **se** _____
2. línea 4, **le** _____
3. línea 7, **la** _____
4. línea 9, **Te** y **las** _____
5. línea 11, **me** y **las** _____
6. línea 12, **nos** y **lo** _____

ACTIVIDAD 25 ¿Quién?

En parejas, una persona le hace preguntas sobre su vida a la otra. La que contesta debe usar pronombres de complemento directo e indirecto cuando sea posible. Cuando terminen, cambien de papel.

▶ quién te manda SMS graciosos

—¿Quién te manda SMS graciosos?

—Nadie me los manda.　　　—Mi amigo Paul me los manda.

1. quién te reenvía emails de otras personas
2. quién te manda flores
3. a quién le mandas emails breves
4. quién te da regalos que te gustan
5. quién te da regalos que no te gustan
6. a quién le das consejos amorosos
7. quién te echa de menos

ACTIVIDAD 26 La vida universitaria

En parejas, túrnense para hacerse preguntas sobre su vida universitaria. Al contestar deben usar pronombres de complemento directo e indirecto cuando sea posible.

1. si alguien le prestó el dinero para la universidad
2. si recibió una beca al graduarse de la escuela secundaria
3. si la universidad le ofreció una beca
4. quién le da consejos para seleccionar las materias
5. dónde estudió español por primera vez
6. cuándo va a terminar su carrera
7. quién le explica las materias difíciles
8. cuál de sus amigos lo/la ayuda más

ACTIVIDAD 27 Vamos a acampar

Parte A: En parejas, Uds. están preparándose para ir a acampar juntos. El/La estudiante "A" debe mirar su papel en esta página y "B" debe mirar la página 389. "A" debe preguntarle a "B" si hizo las cosas que tenía que hacer. Si "B" no las hizo, "A" debe darle órdenes para que las haga. Sigan el modelo.

► A: ¿Le diste las llaves del apartamento al vecino?

B: Sí, se las di. Desde luego.   B: No, no se las di.

A: ¿Por qué no se las diste?

B: Porque…

A: Pues dáselas.

A

Esto es lo que tenía que hacer tu compañero/a hoy:

❑ poner la navaja suiza en la mochila
❑ mandarle el dinero al Sr. Gómez para la reserva del *camping*
❑ darle a un amigo un número de teléfono en caso de emergencia
❑ comprar protector solar

Parte B: Ahora el estudiante "B" mira su información y le pregunta a "A" si hizo las cosas que tenía que hacer y le da órdenes si no las hizo.

A
Esto es lo que tenías que hacer hoy:
☑ limpiar los sacos de dormir
☑ darle el código de la alarma del apartamento a tu padre
❑ pedirle el mapa topográfico a tu prima
❑ poner la linterna en la mochila

A check mark indicates that you completed the task.

ACTIVIDAD 28 Costa Rica

 Costa Rica

Parte A: Vas a leer parte de un artículo sobre Costa Rica. Antes de leer y en parejas, completen la siguiente tabla sobre ese país. Si no saben, traten de adivinar.

Geografía	Clima	Flora y fauna	Deportes
Gobierno	**Historia**	**Composición étnica**	**Nivel de vida actual**

Parte B: Lean individualmente esta parte del artículo y después contesten las preguntas que le siguen.

Un país único con paisajes naturales increíbles y con gente amable. Así es Costa Rica. Ubicado entre Nicaragua y Panamá, Costa Rica goza de costas en el mar Caribe y en el océano Pacífico. Posee una naturaleza maravillosa donde sobresalen los bosques tropicales con temperaturas frescas y una infinidad de playas con temperaturas más cálidas. Un país con raíces principalmente europeas, africanas e indígenas, Costa Rica es rica en la variedad de sus costumbres y sus tradiciones. Este es un país para visitar, para relajarse, para divertirse.

Actividades deportivas

Costa Rica invita a disfrutar de innumerables y diversas actividades deportivas que mantienen

Aguas termales de Tabacón en Costa Rica

© Buddy Mays/Corbis

activo al turista sin un minuto para aburrirse. Entre las actividades favoritas se encuentran la práctica del surf, el buceo, la pesca, la navegación de rápidos y las caminatas. Las costas del Pacífico, favoritas entre los aficionados del surf, ofrecen un sinnúmero de playas para practicar este deporte. Las playas que se destacan en la zona del Pacífico Norte son Potrero Grande, Playa Negra y Roca Bruja. En el Pacífico Central sobresalen Playa Escondida y Boca Barranca, esta última famosa por tener una ola con un recorrido de unos 950 metros. La isla del Coco, con sus aguas cristalinas, es, según el famoso explorador submarino Jacques Cousteau, el lugar más bello del mundo para hacer buceo. En la zona del Caribe Sur, también es posible bucear en áreas donde hay arrecifes de coral y una biodiversidad acuática increíble con más de 120 especies de peces. Costa Rica es un paraíso para la pesca. En sus aguas se pueden pescar grandes cantidades de peces: pez vela, atún, dorado, pez gallo y wahoo. El país está a la vanguardia de la navegación de rápidos con unos 800 kilómetros de ríos para que tanto principiantes como experimentados puedan disfrutar de una topografía montañosa con bellas cataratas. Gracias a la diversidad de su territorio, Costa Rica brinda oportunidades para caminar por volcanes, playas, puentes colgantes y admirar la flora y la fauna del lugar. Por Internet se pueden encontrar proveedores y guías turísticos para realizar estas actividades.

Biodiversidad

Con una superficie de más de 51 mil kilómetros cuadrados y unos 500 mil kilómetros cuadrados de mar territorial, Costa Rica se considera uno de los 20 países con mayor biodiversidad del mundo. El país tiene el 4% de la biodiversidad del planeta, pero ocupa solo el 0,1% de la superficie del planeta Tierra. El 25% de las tierras del país se encuentran en áreas protegidas, tales como parques nacionales y áreas de conservación. El país se caracteriza por su variedad de microclimas gracias a sus costas en el océano Pacífico y mar Caribe y a sus cadenas montañosas.

Naturaleza espectacular

Costa Rica es muy conocida por sus parques nacionales con increíbles bosques húmedos, volcanes, lugares

Un ocelote en un parque nacional costarricense

de desove de tortugas marinas y canales naturales con cocodrilos, manatíes y nutrias.

- Costa Rica tiene 20 parques naturales y 8 reservas biológicas.
- Tiene unas 800 especies de pájaros, lugar perfecto para disfrutar del avistamiento de aves.
- Hay 112 volcanes, incluyendo el famoso volcán Arenal cuya última gran erupción fue en 1968.
- Cientos de especies animales son endémicas de Costa Rica, es decir, no existen en ninguna otra parte del mundo. Estas incluyen ciertos tipos de ranas, víboras y colibríes.
- Hay más de 1.250 especies de mariposas. De hecho, el 10% de las mariposas del mundo residen en Costa Rica.

El país y su gente

Los costarricenses o ticos, como se los conoce informalmente, gozan de una gran calidad de vida. El país tiene una expectativa de vida con un promedio alto de 77 años. Con una buena educación pública gratuita, Costa Rica tiene un índice de alfabetización del 96%, uno de los más altos de toda América. El país, que también goza de una de las democracias más antiguas del continente, abolió su ejército en 1949 y goza de una gran estabilidad sociopolítica. Por ser un país estable y pacífico, la OEA (Organización de los Estados Americanos) escogió a Costa Rica para ser la sede de la Corte Interamericana de Derechos Humanos y la ONU (Organización de las Naciones Unidas) eligió al país para establecer la Universidad para la Paz.

1. ¿Cómo es el clima de Costa Rica?

2. ¿Qué deportes acuáticos se pueden practicar en Costa Rica? ¿Dónde se pueden practicar?

3. ¿Cuál es un deporte muy popular y por qué?

4. ¿Hay muchos ríos en Costa Rica? ¿Cómo lo sabes?

5. ¿Qué puedes decir de la flora y fauna?

6. ¿Cuál es el tamaño de Costa Rica?

7. ¿Qué te gustaría hacer en Costa Rica?

8. ¿Hace algo el gobierno para conservar el medio ambiente?

9. ¿Cómo es el nivel de vida de Costa Rica?

Parte C: En parejas, vuelvan a mirar su tabla de la Parte A y comparen sus respuestas con lo que aprendieron al leer el artículo. ¿Tenían la información correcta? Ahora, completen la tabla con los datos que aprendieron al leer. Después, decidan qué datos son los más sorprendentes. Al hablar, usen expresiones como **Me sorprende mucho que Costa Rica sea / haya sido…, Es interesante que tenga / haya tenido…**

Geografía	Clima	Flora y fauna	Deportes

Gobierno	Historia	Composición étnica	Nivel de vida actual

Parte D: Ahora, imagínense que Uds. van a pasar una semana en Costa Rica. Hagan una lista de lo que van a hacer cada día. Usen expresiones como **Busco un lugar que/ donde…, por eso quiero que nosotros…; Después de que… podemos…; Lo que prefiero…**

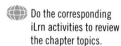 Do the corresponding iLrn activities to review the chapter topics.

Remember that this symbol indicates an opportunity for you to share ideas and comments with classmates on iLrn.

Más allá

▶ Videofuentes: *Minería contaminante a cielo abierto en Colombia* (anuncio informativo)

The video is available on ilrn.heinle.com and cengagebrain.com.

Minería Colombiana from Razón Pública

Antes de ver

ACTIVIDAD 1 La minería a cielo abierto

La minería a cielo abierto, a diferencia de la minería subterránea, es la que ocurre en la superficie. A veces para obtener el mineral que se busca es necesario excavar la zona con elementos mecánicos o explosivos. Antes de ver un anuncio informativo sobre este tipo de minería en Colombia, contesta las siguientes preguntas.

1. ¿Cuáles son algunos lugares de minería en tu país? ¿Sabes si allí se practica minería a cielo abierto o subterránea?

2. Usa la definición de minería a cielo abierto en la introducción a esta actividad, la foto a la izquierda, lo que sabes del tema y la lógica para mencionar por lo menos dos efectos negativos que puede tener este tipo de minería. Piensa en los recursos naturales que se pueden ver afectados. Busca en Internet si no sabes la respuesta.

3. Menciona cuáles son dos ventajas de la minería a cielo abierto. Busca en Internet si no sabes la respuesta.

Mina de cobre a cielo abierto en Chuquicamata, Chile

© George Steinmetz/Corbis

Mientras ves

ACTIVIDAD 2 ¿Entendiste?

Parte A: Lee la siguiente lista y toma apuntes sobre estos temas al ver el anuncio. Escribe palabras o frases en vez de oraciones.

- personas (señor/a; niño/a)
- música (triste, dinámica, alegre)
- colores
- mineral más precioso

Parte B: Contesta las siguientes preguntas.

1. ¿Cuál es una imagen o dato que te impactó? ¿Por qué?
2. ¿Por qué eligieron usar el tipo de música y los colores que mencionaste en la Parte A?

ACTIVIDAD 3 Los detalles

Primero, intenta completar esta información sin mirar el anuncio otra vez. Después mira el anuncio de nuevo para completar la información que te falta.

1. litros de agua por segundo que se necesitan para extraer un gramo de oro:

   _____

2. agua por día para explotar oro es igual al agua por día que necesita una ciudad de _____ habitantes

3. tres elementos tóxicos relacionados con la minería de oro: _____

   _____ _____

4. efecto negativo de uno de esos tóxicos en los niños: _____

5. la contaminación de mercurio en la región de Antioquia está en (marca dos):

   _____ los ríos   _____ la tierra   _____ el aire

6. problema con los aljibes (depósitos subterráneos de agua): _____

7. porcentaje del trabajo en Colombia que genera la minería: _____

8. tres cosas que se deben proteger:

   a. _____ las montañas   d. _____ los glaciares

   b. _____ la costa   e. _____ las zonas con población

   c. _____ los ríos   f. _____ los lagos

9. en Colombia, el agua pertenece a _____

Después de ver

ACTIVIDAD 4 Tu opinión

Contesta las siguientes preguntas.

1. ¿Te gustó el anuncio? Explica tu respuesta.

2. Las personas que hablan en el anuncio son actores colombianos famosos. ¿Crees que sea eficaz (*effective*) usar este tipo de personas para este anuncio? Explica tu opinión.

3. Este anuncio educa a la gente sobre el problema de la minería a cielo abierto. ¿Qué otras cosas se pueden hacer para concientizar a la gente sobre este tipo de problema?

4. Muchos universitarios trabajan o protestan para detener la explotación del medio ambiente. Cuando termines tus estudios, ¿piensas hacer algo para ayudar a solucionar este problema?

Proyecto: Un anuncio informativo

Vas a grabar un anuncio informativo para la radio de por lo menos 45 segundos para incentivar a la gente a proteger el medio ambiente. Debes ser muy específico/a y no hablar de cosas generales. Al preparar el anuncio, piensa en las siguientes ideas.

- cómo motivar a la gente a proteger el medio ambiente
- qué sugerencias concretas se pueden dar
- qué decir para que la gente quiera escuchar el anuncio

Vocabulario activo

Expresiones afirmativas y negativas

a menudo / con frecuencia *frequently*
a veces *sometimes*
algo *something*
alguien *someone*
algún/alguna; algunos/as + noun *a; some, any*
alguno/a; algunos/as *one, any; some, any*
jamás/nunca *never*
muchas/pocas personas *many/few people*
muchas veces *many times*
nada *nothing, (not) anything*
nadie *no one*
ningún/ninguna + singular noun *not any*
ninguno/a *not any, none, no one*
siempre *always*
todo *everything*
todo el mundo / todos/as *everyone*
una vez *once*

Conjunciones adverbiales de tiempo

cuando *when*
después (de) que *after*
en cuanto / tan pronto como *as soon as*
hasta que *until*

Los viajes de aventura y el medio ambiente

Accesorios para acampar *Camping Equipment*
el cargador solar *solar charger*
la linterna *flashlight*
el mapa *map*
la mochila *backpack*
la navaja suiza *Swiss Army knife*
el protector solar *sunscreen*
el repelente contra insectos *insect repellent*
el saco de dormir *sleeping bag*
la tienda de campaña *tent*

Deportes *Sports*

acampar *to go camping*
bucear *to scuba dive*
el buceo *scuba diving*
escalar (montañas) *to climb (mountains)*
hacer
  alas delta *to hang-glide*
  una caminata *to go for a long walk*
  esquí nórdico/alpino/acuático *to cross-country/downhill/water ski*
  kayak *to go kayaking*
  rafting *to go rafting*
  snorkel *to snorkel*
  snowboard *to snowboard*
  surf *to surf*
  vela *to sail*
montar a caballo *to ride a horse*
montar en bicicleta de montaña *to ride a mountain bike*

El medio ambiente *The Environment*

la agricultura sostenible *sustainable agriculture*
el (bio)combustible *(bio)fuel*
los cambios climáticos *climate changes*
la contaminación *pollution*
contaminante *contaminating*
contaminar *to contaminate, pollute*
desechable *disposable*
desechar *to throw away*
los desechos *rubbish*
el desequilibrio *imbalance*
desperdiciar *to waste*
el desperdicio *waste*
la destrucción *destruction*
destruir *to destroy*
el equilibrio *balance*
la extinción *extinction*
extinguirse *to become extinct*
las fuentes de energía renovable *sources of renewable energy*
la huella ecológica *ecological footprint*
la preservación *preservation*
preservar *to preserve*
la protección *protection*
proteger *to protect*
los recursos naturales *natural resources*
reducir *to reduce*
la restricción *restriction*
restringir *to limit, restrict*
reutilizable *reusable*
reutilizar *to reuse*

Expresiones útiles

algo así *something like that*
desde luego *of course*
¡Ya sé! *I've got it!*
Ahora me toca a mí. *Now it is my turn.*
De ningún modo. *No way.*
¿Me dejas hablar? *Will you let me speak?*
No estoy de acuerdo del todo. *I don't completely agree.*
No me termina de convencer. *I'm not totally convinced.*
Opino como tú. *I'm of the same opinion.*
Sin ninguna duda. *Without the slightest doubt.*
Tienes razón. *You are right.*
Un momento. *Just a moment.*

CAPÍTULO 8

Hablemos de trabajo

El pabellón de Colombia en la Expo Internacional de Flores en Tokio

METAS COMUNICATIVAS

- ➤ hablar sobre el trabajo
- ➤ expresar condición, propósito y tiempo
- ➤ contar lo que dijo otro
- ➤ negar y expresar opciones
- ➤ describir acciones recíprocas

Pasantías en el extranjero

darle igual (a alguien)	to be all the same (to someone), not to care
un montón	a lot
No, en absoluto.	No, not at all.

Viña Errárzuriz, Panquehue, Chile

Hablamos con un amigo español sobre pasantías (o becas de trabajo como las llaman los españoles) y sobre algunas diferencias culturales entre Chile, España y México.

BLA BLA BLA

Lucas y Camila

COMENTARIOS:

monik23 *hace 30 minutos*
Totalmente de acuerdo con Miguel Ángel. Los españoles vamos más al grano.

montevideana3 *hace 10 minutos*
Yo tengo 50 años y me molesta cuando me tratan de Ud. en vez de tutearme. Me siento vieja...

MexicoLindo *hace 3 minutos*
Pero a mí me suena muy raro cuando Uds. tutean a alguien joven que no conocen.

ACTIVIDAD 1 Trabajar fuera del país

Parte A: Antes de escuchar el podcast, en grupos de tres, hablen sobre las ventajas de hacer una pasantía (*internship*). También hablen sobre las posibles ventajas de hacer una pasantía fuera de su país. Luego compartan la información con el resto de la clase.

Parte B: Ahora escuchen el podcast para comparar las ventajas de hacer una pasantía fuera de su país que Uds. mencionaron con las que se mencionan en el podcast.

ACTIVIDAD 2 Los detalles

Parte A: Lee las siguientes preguntas y luego escucha el podcast otra vez para contestarlas.

1. ¿En qué tipo de compañía hace Camila su pasantía? ¿Y Miguel Ángel?
2. ¿Qué lugar ocupa Chile en el *ranking* mundial de exportadores de vinos? ¿Y España?
3. ¿De dónde son originalmente muchas uvas que hay hoy día en Chile?
4. ¿En qué país la gente tutea (usa *tú*) menos?
5. Cuando Miguel Ángel pagó con tarjeta de crédito en una tienda en México, la vendedora le dijo: "¿Me regala una firma?" ¿Qué hizo él?

Parte B: Piensa en el podcast que acabas de escuchar y lee la sección de comentarios del podcast para decir qué aprendiste sobre el uso de **Ud.** y **tú** en algunos países del mundo hispano.

ACTIVIDAD 3 Trabajar fuera del país

En grupos de tres, discutan las siguientes preguntas.

1. ¿Conocen a alguien que haya trabajado en el extranjero? Si contestan que sí, ¿qué hizo esa persona? ¿Era una pasantía? ¿Cómo consiguió el trabajo?
2. ¿Les gustaría trabajar en el extranjero? Si contestan que sí, ¿qué tipo de trabajo les gustaría hacer? ¿Adónde les gustaría ir?

¿Lo sabían?

Katie Arkema, becaria de Fulbright, investiga ecosistemas en la costa de Colombia.

Para obtener experiencia laboral en el extranjero, existen varias opciones. Una de ellas es solicitar una pasantía a través de organizaciones como AIESEC. Con representación en más de 110 países, AIESEC, que fue creada por estudiantes para estudiantes, te ayuda a buscar pasantías internacionales de corta y larga duración. Las pasantías tienen compensación económica, pero el estudiante debe pagar los costos del avión, vivienda y visa en caso de que esta sea necesaria.

Otra posibilidad para adquirir experiencia es ser profesor de inglés en el país que te interesa conocer. Para eso, es recomendable tomar en tu universidad una clase o más sobre la pedagogía de la enseñanza de inglés como segunda lengua o como lengua extranjera. También puedes buscar academias de inglés en eslcafe.com y en el Craigslist de cada país. Si el país que te interesa es España, y eres ciudadano estadounidense o canadiense y ya terminaste la universidad, puedes solicitar una beca del gobierno español para trabajar por un año en una escuela como auxiliar de conversación.

Si te interesa hacer investigación en otro país, puedes solicitar una beca Fulbright a través del gobierno de los Estados Unidos. El programa Fulbright fomenta las relaciones y conexiones entre países y ofrece becas para hacer investigación en una gran variedad de campos.

¿Qué tipos de trabajo hay en tu país para jóvenes que quieren ir a trabajar allí por un período corto?

I. Discussing Work

El trabajo

Do the corresponding iLrn activities as you study the chapter.

Asunto: Desde Santiago

Hace varios meses que llegué a Chile desde mi querido México y ya estoy habituada a mi lugar de trabajo aquí en Santiago. Gracias a la organización AIESEC, conseguí una **pasantía** donde trabajo **a tiempo parcial** en una **empresa** de publicidad. Estoy aprendiendo bastante sobre análisis de mercadeo y en este momento estoy trabajando en una campaña para promover el turismo innovador. Con mis compañeros de trabajo me llevo muy bien y, en cuanto a la pasantía, gano un pequeño **sueldo**, pero no recibo ni **seguro médico** ni otros **beneficios**. Lo que sí voy a tener es **experiencia laboral**, que pienso incluir en mi **currículum**, y espero que mi jefe me dé una buena **carta de recomendación** para mejorar así las posibilidades de conseguir un buen trabajo cuando termine la universidad en México. Esta es una foto de mis compañeros de trabajo. Mi jefa es la que está de traje gris.

internship; part time; company

salary
health insurance; benefits
work experience; CV, résumé
letter of recommendation

© John Lund/Tiffany Schoepp/Jupiter Images/Getty Images

estar desempleado/a =
estar sin empleo / estar en
(el) paro (*España*)

Palabras relacionadas con el trabajo	
los avisos clasificados	classified ads
completar una solicitud	to fill out an application
contratar/despedir (e → i, i) a alguien	to hire/fire someone
entrevistarse (con alguien)	to be interviewed (by someone)
estar desempleado/a / estar sin trabajo	to be unemployed
la oferta y la demanda	supply and demand
la organización no gubernamental (ONG)	non-governmental organization (NGO)
las referencias	references
sin fines/ánimo de lucro	nonprofit
solicitar un puesto/empleo	to apply for a job
tomar cursos de perfeccionamiento/ capacitación	to take continuing education/training courses

El empleo	
aumentar/bajar el sueldo	to raise/lower the salary
los ingresos	income
el pago mensual/semanal	monthly/weekly pay
el salario mínimo	minimum wage
trabajar a tiempo completo	to work full time

sueldo = salary; **salario** = wages (hourly pay)

Los beneficios	
el aguinaldo	end-of-the-year bonus
los días feriados	holidays
la guardería (infantil)	child care center
la licencia por maternidad/paternidad/ enfermedad/matrimonio	maternity/paternity/sick/wedding leave
el seguro dental / de vida	dental/life insurance

el aguinaldo = la paga extraordinaria (*España*)

ACTIVIDAD 4 ¿Iguales o diferentes?

Cómo buscar trabajo

En parejas, el/la estudiante "A" mira solamente la lista A de esta página y el/la estudiante "B" mira la lista B de la página 390. "A" debe definir las palabras pares y "B" las palabras impares, sin decir la palabra que se define. Al escuchar la definición que da tu compañero/a, di si la palabra que tienes en ese número es la misma o es diferente. Al dar definiciones, usen frases como **Es la acción de…, Es algo que…, Es una cosa que…**

A		
1. a tiempo parcial	4. ingresos	7. sueldo
2. referencias	5. seguros	8. sin fines de lucro
3. entrevistarse	6. pasantía	

ACTIVIDAD 5 Los beneficios

En grupos de tres, discutan cuáles son los beneficios que puede ofrecer una empresa. Luego pónganse de acuerdo para ponerlos en orden de importancia y justifiquen su orden. Comiencen diciendo **¿Cuáles son algunos de los beneficios que…?** Si no están de acuerdo con lo que dice un/a compañero/a, usen expresiones como **Dudo que ese beneficio…, (No) Creo que…**

Parte A: La mitad de la clase debe buscar información sobre qué oportunidades hay para hacer pasantías a través de su universidad. La otra mitad tiene que buscar información de organizaciones que ofrecen pasantías en el extranjero. Para la próxima clase, deben estar listos para hablar de diferentes posibilidades.

Parte B: En grupos de cuatro, hablen de lo que encontraron sobre las pasantías.

Parte C: Miren el chiste y luego discutan si es común que a la persona que hace una pasantía se le pida que haga cosas que no tienen nada que ver con su descripción laboral.

Pereyra, estudiante de ingeniería hidráulica, descubre que su pasantía puede estar llena de sorpresas

© Daniel Paz

En grupos de tres, discutan las siguientes preguntas.

1. ¿Han trabajado alguna vez?

2. ¿Han tenido o tienen trabajo de tiempo completo con beneficios? Si contestan que sí, ¿qué beneficios recibieron o reciben?

3. ¿Han trabajado a tiempo parcial? ¿Han trabajado solo durante los veranos? Si contestan que sí, ¿recibieron algunos beneficios?

4. ¿Cuál es el mejor o el peor trabajo que han tenido? Descríbanlo y expliquen por qué fue bueno o malo.

5. Cuando nacieron, ¿estaba empleada su madre? Si contestan que sí, ¿dejó el puesto? ¿Le dieron licencia por maternidad? ¿Volvió a trabajar? ¿Trabajó a tiempo completo o a tiempo parcial? ¿Existía la oportunidad de pedir licencia por paternidad? Si contestan que sí, ¿la pidió su padre?

ACTIVIDAD 8 ¿Qué opinas?

Di si estás de acuerdo o no con las siguientes ideas y por qué.

1. Todas las empresas deben tener guardería.

2. Debe haber más cursos de capacitación para los desempleados.

3. Es justo que las empresas bajen los sueldos para no tener que despedir a algunos empleados.

4. Si una empresa tiene que despedir a algunos empleados, estos deben ser los últimos que se han contratado.

5. Todo empleado de tiempo completo debe tener seguro médico y un mes de vacaciones pagadas cada año.

ACTIVIDAD 9 La entrevista de trabajo

En parejas, una persona va a entrevistar a la otra para el puesto de recepcionista de un hotel usando la información que aparece a continuación. El trabajo es a tiempo completo durante el verano y a tiempo parcial durante el año escolar. El/La candidato/a debe contestar diciendo la verdad sobre su experiencia y su preparación. El/La entrevistador/a debe decidir si va a darle el puesto a esta persona o no. Escuchen primero mientras su profesor/a entrevista a otro/a estudiante y después entrevisten a su pareja.

Responsabilidades y requisitos	
• tener buena presencia	• tener experiencia con el público
• saber llevarse bien con otros empleados	• ser organizado/a
• saber manejar el sistema de reservaciones	• trabajar días feriados
• contestar el teléfono	• tener conocimiento de uno o dos idiomas extranjeros
• ser capaz de resolver conflictos	

ACTIVIDAD 10 La oferta y la demanda

Parte A: En grupos de cuatro, analicen sus posibilidades de empleo en el futuro. Para hacerlo, apunten la siguiente información para cada miembro del grupo.

• el puesto que quiere tener

• dónde prefiere tener ese trabajo

• cuánto dinero quiere ganar

• la oferta y la demanda de ese trabajo en el mundo, en este país, en diferentes regiones del país o en ciudades específicas

• el efecto de la oferta y la demanda sobre el sueldo que va a poder ganar

Parte B: Basándose en las respuestas de la Parte A, decidan quién tiene las mejores posibilidades de conseguir el puesto que busca y quién creen que va a tener más dificultades y por qué.

Pros and Cons of Trade Agreements

¿Lo sabían?

Indígenas peruanos se manifiestan en contra de un tratado entre la Comunidad Andina (CAN) y la Unión Europea.

CAN (Bolivia, Colombia, Ecuador y Perú)

CAFTA-DR (Costa Rica, El Salvador, Estados Unidos, Guatemala, Honduras, Nicaragua y República Dominicana)

Mercosur (Argentina, Brasil, Paraguay, Venezuela y Uruguay)

G-3 (Colombia, México y Venezuela)

Entre los acuerdos comerciales en que participan algunos países hispanos se encuentran el CAFTA-DR (Tratado de Libre Comercio de Centroamérica y la República Dominicana), el Mercosur (Mercado Común del Sur) y el G-3 (Tratado del Grupo de los Tres). Los defensores de estos tratados opinan que los países participantes se benefician económicamente, ya que facilitan, entre otras cosas, la importación y exportación de productos sin tarifas aduaneras. El negociar como grupo, especialmente para países menos fuertes económicamente, es otra de las consecuencias positivas. Sin embargo, hay quienes critican estos acuerdos porque argumentan que benefician solo a los ricos y no a los pobres. Entre quienes sufren las consecuencias negativas de estos acuerdos internacionales están los indígenas de los países miembros. Ellos sufren la explotación del territorio donde viven, que afecta no solo la diversidad biológica, sino también su manera de vivir y sus tradiciones.

¿Sabes si tu país tiene tratados de libre comercio con otros países hispanos? ¿Cuáles son? En tu opinión, ¿brindan beneficios o no para tu país?

II. Expressing Condition, Purpose, and Time

The Subjunctive in Adverbial Clauses

In Chapter 7, you studied how to express pending actions with the subjunctive.

1. To express condition, purpose, and time, use the following adverbial conjunctions followed by the subjunctive. To remember the conjunctions, memorize the acronym **ESCAPAS**.

E	en caso (de) que ✱	in the event that, if
S	sin que	without
C	con tal (de) que ✱	as long as, provided that
A	antes (de) que	before
P	para que	in order that, so that
A	a menos que*	unless
S	siempre y cuando*	as long as, provided that

In the examples below, notice that the subject in the dependent clause is different from the subject in the independent clause.

Podemos comenzar el proyecto **con tal (de) que** la jefa lo **autorice**.

We can start the project as long as the boss authorizes it.

Voy a cancelar la reunión **en caso de que** el jefe **no pueda** venir.

I'm going to cancel the meeting if the boss can't come.

*Note: **A menos que** and **siempre y cuando** are always followed by the subjunctive whether or not there are two different subjects: **Ellos** van a buscar un regalo esta tarde **a menos que** (ellos) no **tengan** tiempo.

2. If there is no change of subject, an infinitive follows the prepositions **sin, para,** and **de** (in phrases like **antes de, con tal de, en caso de**). Compare the following sentences.

Two Subjects: Conjunction + *subjunctive*	One Subject: Preposition + *infinitive*
Mi hermano trabaja día y noche **para que** su familia **pueda** vivir bien.	**Mi hermano** trabaja **para poder** vivir bien.
Yo pienso hacerlo **sin que nadie** me **oiga**.	**Yo** pienso hacerlo **sin hacer** ruido.
Los empleados van a reunirse **antes de que** la jefa les **hable** sobre los beneficios.	**Los empleados** van a reunirse **antes de hablarle** a la jefa sobre los beneficios.
Carmen va a aceptar ese trabajo **con tal (de) que** le **den** vacaciones.	**Carmen** va a aceptar ese trabajo **con tal de tener** muchas vacaciones.

► La licencia por paternidad también existe en muchos países hispanos.

ACTIVIDAD 11 Beneficios laborales

Parte A: Completa la siguiente explicación que da un argentino sobre los beneficios laborales que existen en su país con la forma apropiada de los verbos que se presentan.

"Argentina ofrece algunos beneficios para que el trabajador _____ (1. tener) cierta protección económica. Uno de estos beneficios es la licencia por matrimonio, gracias a la cual si alguien se casa, puede faltar al trabajo por doce días sin que su jefe le _____ (2. computar) esas faltas. En caso de _____ (3. estar) embarazada, una mujer tiene derecho a pedir licencia por maternidad por tres meses. En caso de que un empleado _____ (4. estar) enfermo, se le puede dar licencia por enfermedad y el número de días que puede faltar depende de la gravedad del caso. Cuando un trabajador se siente mal, no puede faltar sin _____ (5. llamar) a su trabajo ese mismo día. El jefe se encarga entonces de mandar a un médico a la casa del empleado para que lo _____ (6. examinar), lo _____ (7. diagnosticar) y _____ (8. pasar) un informe a la empresa.

Los empleados reciben un aguinaldo, que es equivalente a un mes de sueldo y que reciben mitad en junio y mitad en diciembre, siempre y cuando _____ (9. trabajar) por lo menos un año entero. Por ley, las empresas les pagan a sus trabajadores ese bono para que ellos _____ (10. tener) un ingreso adicional.

Antes de _____ (11. despedir) a un empleado, un jefe tiene que mandarle un aviso a su casa diciéndole que va a quedar cesante después de un mes. A partir de ese momento y durante su último mes, el empleado trabaja seis horas por día en vez de ocho y generalmente usa esas dos horas diarias restantes para _____ (12. buscar) otro trabajo. Por lo general, el empleador no tiene problemas, siempre y cuando _____ (13. hacer) lo que le indica la ley: pagarle al empleado el sueldo de su último mes, un sueldo mensual por cada año que trabajó en la empresa, más las vacaciones que no tomó y parte del aguinaldo".

Courtesy of Marcela Domínguez

Parte B: En grupos de tres, discutan las siguientes preguntas.

1. ¿Ofrecen las empresas de su país los mismos beneficios?

2. ¿Les sorprenden algunos de estos datos? ¿Por qué?

3. ¿Creen que estos beneficios son buenos para las empresas? ¿Y para los empleados?

ACTIVIDAD 12 Derechos y obligaciones laborales

Trabajas en la oficina de Recursos Humanos de una empresa y estás a cargo de redactar algunos de los derechos y obligaciones de los empleados. Completa las siguientes reglas.

Los empleados...
no deben hacer llamadas personales en el trabajo a menos que…
pueden llegar tarde algunas veces siempre y cuando…
pueden trabajar en su casa una vez por semana en caso de que…
deben pedir sus vacaciones con dos meses de anticipación para que…
no deben usar papel con membrete (*letterhead*) de la compañía a menos que…
no deben trabajar horas extras sin…
pueden navegar por Internet en el trabajo solo para…

ACTIVIDAD 13 Los mexicanos y los negocios

Parte A: Un hombre de negocios estadounidense va a ir a México en un viaje de negocios y recibe la siguiente información de una colega sobre cómo comportarse con los mexicanos. Lee la información y luego contesta las preguntas de tu profesor/a.

Cómo dirigirse a la gente
Los títulos profesionales son muy importantes en el protocolo mexicano. Use los términos **doctor, profesor, ingeniero, abogado, licenciado, contador** y **arquitecto** seguido del apellido al hablar con estos profesionales para mostrar respeto.

Vestimenta
- A mucha gente de negocios le causa una buena impresión que otros lleven ropa de diseñadores siempre y cuando sea de colores oscuros, como gris o azul marino.
- En caso de que tenga una comida informal, no lleve guayabera (camisa liviana que se usa afuera de los pantalones). Eso se acepta en el Caribe, pero normalmente no en México.

Temas de conversación
Para que les cause buena impresión a sus clientes mexicanos, es importante poder hablar de México y de sus lugares famosos, de la cultura y de la historia mexicana. También, si comenta sobre fútbol nacional o internacional, va a ser bien recibido. En caso de que ya conozca bien a la persona, es buena idea preguntar por la familia. Si no la conoce todavía, hágale preguntas sobre ella. Obviamente, también se habla del trabajo, pero no al principio de la conversación.

Temas que hay que evitar
Para que no tenga problemas, es aconsejable que evite hablar de política y de religión.

Comportamiento
- Al hablar, la gente está físicamente más cerca uno de otro que en los EE.UU. Se considera descortés alejarse de la persona con la que uno habla.
- Los hombres mexicanos son cálidos y por lo general establecen contacto físico con otro hombre ya sea tocándole los hombros o tomándolo del brazo.
- En caso de que un mexicano lo invite a su casa, no hable de negocios. La invitación es simplemente social y quizás para establecer un primer contacto.

Sé que se va a México y quería darle algunas recomendaciones para que las tenga en cuenta a la hora de hacer negocios con los mexicanos.

Clara González

Left image: © Karlionau/Shutterstock; Right image: © Dorner/Shutterstock; Text: Adapted and translated from www.executiveplanet.com, Jan. 15, 2004.

Parte B: En parejas, decidan cuáles son los tres consejos más importantes que leyeron y por qué. Justifiquen sus respuestas diciendo **Es importante que… para que…, a menos que…**

Parte C: Ahora, en grupos de tres, preparen un mínimo de cinco ideas sobre cómo debe comportarse un hombre / una mujer de negocios mexicano/a que va a venir a este país. Incluyan expresiones como **para (que), sin (que), en caso de (que), a menos que, siempre y cuando.**

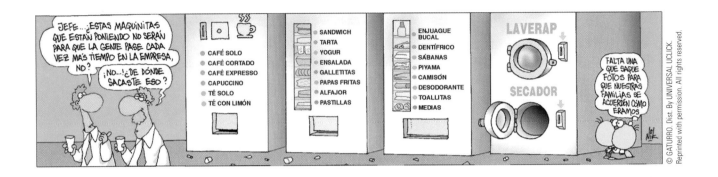

ACTIVIDAD 14 El coche perfecto

Una empresa hizo un concurso de diseños para el coche perfecto y el siguiente es uno de los posibles ganadores. Mira el coche y después termina las siguientes oraciones.

1. Hay una cafetera con una cantidad ilimitada de café para que…

2. Hay un paraguas en caso de que…

3. Hay una cámara de video en la parte trasera del carro y un televisor adelante para que…

4. Con un periscopio el conductor puede ver el tráfico sin…

5. El asiento del conductor vibra para…

6. Las llantas traseras son enormes en caso de que…

7. Hay una pajita que va de la cafetera al conductor para que…

pajita = straw = **popote** (*México*), **pitillo** (*Colombia*)

ACTIVIDAD 15 Reacción en cadena

En grupos de tres, inventen una historia con una de las ideas de la siguiente lista. Formen cinco oraciones en cadena (*chain sentences*) con expresiones como **para que, sin que, en caso de que, a menos que, siempre y cuando**. Creen las oraciones de la siguiente manera: la última idea de una oración se convierte en la primera idea de la oración siguiente. Sigan el modelo.

► ir a Guatemala

A: Antes de que yo vaya a Guatemala, mis padres tienen que darme dinero.

B: Mis padres van a darme dinero siempre y cuando saque buenas notas.

C: No voy a sacar buenas notas a menos que estudie mucho. (etc.)

1. conseguir un buen trabajo

2. comprar un perro

3. el/la profesor/a de español estar contento/a

III. Reporting What Someone Said

Reported Speech

Telling or reporting what someone said is called reported speech (**estilo indirecto**). Look at the following exchange.

> **Pedro**   ¿**Vas a ir** a la reunión con los representantes de Telecom?
>
> **Teresa**   Sí, **¿y tú?**
>
> **Pedro**   **No, no voy a ir** porque **me invitaron** a una exposición de productos nuevos de Nokia.

Now look at a report of what was said.

> Pedro le preguntó a Teresa si **iba a ir** a la reunión con los representantes de Telecom. Ella le respondió que **sí** y le preguntó a Pedro si él **iba a ir**. Él dijo que **no** porque lo **habían invitado** a una exposición de productos nuevos de Nokia.

Study the following examples showing how to report what was said when the reporting phrase is in the preterit. Common reporting phrases include **dijo que, explicó que, añadió que, preguntó qué/cuándo/si, contestó que, respondió que, comentó que**.

What Someone Said	Reporting What Someone Said (reporting verb in the preterit)
Narration in the Present "Raúl **trabaja** a tiempo completo".	**Imperfect** **Dijo** que Raúl **trabajaba** a tiempo completo.
Narration in the Future "**Voy a solicitar** el puesto".	 Le **comentó** que **iba a solicitar** el puesto.
Narration in the Past with the Imperfect "**Tomábamos** cursos de capacitación".	 Me **explicaron** que **tomaban cursos** de capacitación.
Narration in the Past without the Imperfect "¿**Has completado** la solicitud?"	**Pluperfect** Le **preguntó** si **había completado** la solicitud.
"Sí, la **terminé** anoche".	Le **respondió** que la **había terminado** anoche.
"Nunca **había trabajado** con nadie tan rápido".	**Añadió** que nunca **había trabajado** con nadie tan rápido.

Note: When the reporting verb is in the present (**dice que, comenta que, etc.**), the action or state reported does not change.

"<u>Ocurrió</u> un accidente terrible".	**Dice** que <u>ocurrió</u> un accidente terrible.

Cambia esta conversación del estilo directo al indirecto. Varía cómo empiezas las oraciones usando **dijo que, explicó que, añadió que, preguntó qué/cuándo/si, contestó que, respondió que**. Sigue el modelo.

▶ Mauricio le preguntó a Virginia qué iba a hacer esa noche. Ella le contestó que…

Mauricio ¿Qué vas a hacer esta noche?

Virginia Tengo una reunión de trabajo.

Mauricio ¿Qué pasó?

Virginia No terminamos el proyecto, por eso tenemos que quedarnos en la oficina.

Mauricio ¿Han tenido muchos problemas?

Virginia Sí, hemos tenido algunos, pero esta noche vamos a terminar. Si quieres, a las once, podemos ir al bar de la esquina de mi casa para tomar un café.

En parejas, una persona es un/a estudiante universitario/a cuyo/a compañero/a de cuarto ha desaparecido y la otra persona es un/a detective de la policía. Lean solo el papel que les corresponde.

Estudiante

Anoche tu compañero/a de cuarto salió y no volvió. Esta fue la última conversación que tuviste con él/ella.

Compañero/a ¡Qué cansado/a estoy! He estado todo el día con el proyecto de física para la clase del profesor López y finalmente lo terminé.

Tú Pensé que nunca ibas a terminar… trabajaste 12 horas en ese proyecto.

Compañero/a Estoy muerto/a. Ahora voy a ir al cine para distraerme.

Tú ¿Qué película vas a ver?

Compañero/a Creo que la última de Benicio del Toro.

Tú Ah sí, la están dando en el cine que está cerca de aquí.

Compañero/a Sí, la función empieza a las 8:00, así que pienso estar en casa a las 10:30. ¿Quieres ir conmigo?

Tú No, gracias. Voy a encontrarme con unos amigos para cenar. Va a ir una persona interesante que quiero conocer mejor.

Ahora vas a hablar con un/a detective. Contesta sus preguntas usando el estilo indirecto.

▶ Me dijo que estaba muy cansado/a.

Detective

Un/a estudiante universitario/a te llama para decirte que anoche su compañero/a de cuarto no volvió a la residencia. Hazle preguntas.

1. su compañero/a / decirle / cómo / sentirse

2. por qué / estar / cansado/a

3. decirle a Ud. / adónde / ir

4. informarle a Ud. / a qué hora / volver

5. él/ella / hacer / algún otro comentario

6. qué / contarle / Ud. / que ir a hacer

Empieza la conversación preguntándole: **¿Le dijo su compañero/a cómo se sentía?**

ACTIVIDAD 18 Dos historias cómicas

En parejas, cada persona lee una de las siguientes historias y luego se la cuenta a su compañero/a usando el estilo indirecto. Al escuchar la historia de la otra persona, usen las siguientes expresiones.

Para reaccionar

¡Qué curioso!	How strange/weird!
¡Qué chistoso/gracioso!	How funny!
¡Huy! ¡Metió la pata!	Wow! He/She put his/her foot in his/her mouth!
Me lo imagino.	I imagine/bet.
A ver si te entendí bien.	Let me see if I get it.
¡Ya caigo!	Now I get it.

Historia 1

"Me considero una persona muy respetuosa y nunca he sido irrespetuoso con nadie. Pero el miércoles pasado tenía una entrevista de trabajo a las ocho de la mañana y mi despertador no sonó. Me desperté a las ocho menos cuarto, salté de la cama, me vestí y salí de casa corriendo. Estaba muy nervioso porque sabía que iba a llegar tarde. Iba en mi carro y al llegar al lugar, vi que un auto estaba por estacionar en el único lugar que había. Pero yo estaba desesperado y estacioné en ese lugar. La mujer del otro carro estaba furiosa, pero yo entré corriendo al edificio donde tenía la entrevista. Me recibió la secretaria y esperé unos diez minutos. Qué sorpresa cuando entré a la oficina para la entrevista y allí estaba sentada la mujer a quien yo le había quitado el último lugar para estacionar. Voy a comprarme dos despertadores para no llegar tarde a citas importantes y para no hacer cosas desesperadas".

Empieza diciendo: Un amigo me dijo que...

Historia 2

"El otro día mi jefe nos mandó un email a Marcos y a mí con la siguiente información:

> 'Fernanda y Marcos:
> Hoy tenemos que terminar el proyecto y entregárselo al Sr. Covarrubias, que lo necesita con urgencia'.

El Sr. Covarrubias es insoportable; le encanta trabajar y nos obliga a trabajar tanto como él. Pero Marcos y yo tenemos esposos e hijos y también queremos pasar tiempo con ellos. Por eso, me molestó mucho recibir ese email y para descargarme, le escribí un email a mi jefe, que también opina que ese señor es muy molesto:

> 'Ese hombre me tiene harta. Estoy segura que está solo en la vida y no tiene otra cosa que hacer sino trabajar. Tengo una idea: voy a presentarle a mi hermana. Así va a interesarse menos por el trabajo'.

El único problema fue que en vez de hacer clic en 'responder', hice clic en 'responder a todos', sin acordarme que mi jefe nos había mandado el email a Marcos, a mí Y AL SR. COVARRUBIAS. A los cinco minutos recibí un email del Sr. Covarrubias que decía: 'Quisiera conocerla'".

Empieza diciendo: Mi amiga Fernanda me contó que el otro día su jefe les había mandado un email a ella y a su amigo Marcos. En el email les decía que...

ACTIVIDAD 19 ¿Alguna vez?

En grupos de tres, háganse las siguientes preguntas para hablar de las cosas que les dijeron a Uds. o que Uds. dijeron en diferentes situaciones personales.

1. ¿Alguna vez te has vuelto a encontrar con un/a vecino/a o un/a amigo/a de tu niñez? ¿Qué te preguntó? ¿Qué te contó de su vida? ¿Qué le contaste tú?

2. Cuando estabas en la escuela secundaria, ¿tuviste novio/a alguna vez? ¿Qué le dijiste o qué te dijo la otra persona para comenzar el noviazgo?

3. ¿Alguna vez alguien te ha ofrecido en su casa una comida que te disgustaba mucho? ¿Qué le dijiste?

4. ¿Alguna vez has rechazado la invitación de alguien con una mentira? ¿Qué le dijiste?

5. ¿Alguna vez le has dicho a alguien una verdad muy difícil de aceptar? ¿Qué le dijiste?

6. ¿Alguna vez has estado con alguien que tenía mal aliento (*breath*)? ¿Le dijiste algo?

IV. Negating and Expressing Options

O... o, ni... ni, ni siquiera

1. When you want to say *either . . . or*, use (**o**)... **o**. When you want to express *neither . . . nor*, use (**ni**)... **ni**.

> ► To review rules on negating, see Chapter 7, pages 206–207.

Esta noche quiero ir (**o**) al cine **o** a un restaurante.	*Tonight I want to go (either) to the movies or to a restaurant.*
Trabajé tanto que esta noche **no** quiero ir (**ni**) al cine **ni** a un restaurante.	*I worked so hard that tonight I don't want to go to the movies or to a restaurant. (literally, I worked so hard that tonight I don't want to go neither to the movies nor to a restaurant.)*
Ni Carlos ni Perla me han* llamado.	*Neither Carlos nor Perla has called me.*

> ► Remember to use **no** before the verb since Spanish requires the use of the double negative.

***Note:** When subjects are preceded by **ni... ni...** or (**o**)... **o...**, the verb is plural.

2. To express *not even*, use **ni** (**siquiera**).

Ni (**siquiera**) mi novia me entiende.	*Not even my girlfriend understands me.*
No recibí **ni** (**siquiera**) un centavo por el trabajo.	*I didn't even receive a penny for the work.*

ACTIVIDAD 20   Lectura entre líneas

Lee primero la siguiente conversación y después contesta las seis preguntas que le siguen para reconstruir lo que crees que ocurrió. Hay muchas posibilidades; por eso, usa la imaginación al contestar, pero basa tus respuestas en la conversación. Intenta usar **ni... ni** y **o... o** al hablar.

Lola	Por fin has llegado. ¿Sabes algo?
Verónica	Nada. Ni me ha mandado un SMS ni me ha llamado.
Lola	No sé qué hacer. Ni ha llamado ni me ha dejado una nota en casa tampoco… ¡Nada!
Verónica	¡Qué raro que no haya dado ni una señal de vida!
Lola	Han pasado tres días.
Verónica	¿Ha llamado él a Víctor?
Lola	Ni siquiera a él. No ha llamado ni a Víctor ni a nadie.
Verónica	¿Has llamado a la policía?

Lola   No, todavía no he hecho nada. O lloro pensando en alguna tragedia o me enfado pensando que está divirtiéndose por ahí y que no se ha preocupado ni siquiera por avisar.

Verónica   ¿Qué vas a hacer cuando vuelva?

Lola   O lo voy a abrazar… o lo voy a matar.

1. ¿Cuál de estas palabras describe mejor los sentimientos de Lola: desesperada, interesada o preocupada?

2. ¿De quién hablan las mujeres: un esposo, un amante, un hermano, un hijo o un amigo? ¿Por qué crees eso?

3. ¿Qué crees que hizo Verónica en las últimas dos o tres horas?

4. ¿Es Víctor una persona importante en la vida del hombre misterioso? ¿Cuál es la importancia de las palabras *ni siquiera* en la frase *Ni siquiera a él*? ¿Quién puede ser Víctor?

5. ¿Dónde crees que está el hombre misterioso y qué crees que está haciendo?

6. ¿Va a llamar el hombre? ¿Va a volver? Si vuelve, ¿qué va a pasar?

ACTIVIDAD 21 Tu futuro

En parejas, miren las siguientes listas y decidan qué lugares y tipo de trabajos van a ser parte de su futuro y cuáles no. Usen las siguientes ideas u otras originales y sigan el modelo.

Me gustaría vivir o en… o en…, pero no quiero estar ni en el campo ni…

Lugar para vivir			
un pueblo pequeño	el norte del país	Europa	Sudamérica
Alaska	el campo	el oeste del país	el este del país
el sur del país	Hawai	una ciudad	las afueras de una ciudad

Lugar de trabajo			
una oficina	al aire libre	una escuela	una empresa pequeña
un hospital	un laboratorio	casa	el negocio de mi familia

Un trabajo relacionado con…			
construcción	ventas	salud	investigación
educación	turismo	política	administración

¿Lo sabían?

Mujeres peruanas deciden cómo utilizar el dinero en sus microempresas.

Algunas personas no tienen una vida fácil por haber nacido en una familia pobre con poco acceso a la educación y al dinero. Desde hace varios años, hay una manera innovadora para ayudar a esas personas o, más bien, para que se ayuden ellas mismas. Lee lo que explica una peruana sobre lo que pasa en su país.

"Los bancos éticos son organizaciones que ayudan a familias pobres en países en vías de desarrollo, a la vez que les brindan beneficios a sus inversores. Los microcréditos que otorgan son en especial para las mujeres, porque son ellas las que, por lo general, tienen menos acceso a la educación y al trabajo, y quienes, en algunos casos, son jefe de familia. De diez a treinta mujeres forman un banco comunal y entre ellas seleccionan a algunas para participar en un comité de administración. Ellas reciben, con un interés muy bajo, préstamos que cada una destina a una microempresa diferente, por ejemplo, a la venta de comida y la manufactura y venta de ropa. El grupo de mujeres se apoya en sus microempresas y en el pago del préstamo en cuotas".

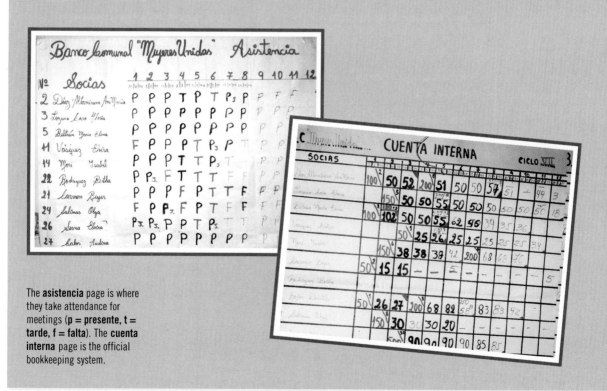

The **asistencia** page is where they take attendance for meetings (**p = presente, t = tarde, f = falta**). The **cuenta interna** page is the official bookkeeping system.

V. Describing Reciprocal Actions

Se/Nos/Os + Plural Verb Forms

You already know that the pronouns **se, nos,** and **os** may be used to describe actions that people do *to themselves:* **Ella se ducha.**

1. The pronouns **se, nos,** and **os** may also be used to describe actions people do *to each other* or *to one another.* These are called reciprocal actions (**acciones recíprocas**). Compare the following sentences and drawings.

Él **se baña**.

He's bathing (himself).

Los trillizos de la familia Peñalver **se bañan**.

The Peñalver triplets are bathing one another.

Se llaman por teléfono con frecuencia.

They call each other frequently.

Nos vemos cada fin de semana.

We see each other every weekend.

Vosotros **os** lleváis muy bien.

You get along very well (with each other).

2. Note the ambiguity in meaning of the following sentence.

Ellos **se miraron**.
{ *They looked at themselves.*
They looked at each other.

To avoid ambiguity or to add emphasis, it is common to include the phrase **(el) uno a(l) otro** or its feminine and plural forms **(la) una a (la) otra / (los) unos a (los) otros / (las) unas a (las) otras**. The definite articles are optional.

Después de hacer su última oferta, los dos negociadores **se miraron** intensamente **(el) uno a(l) otro.**

After making their last offer, the two negotiators looked intensely at each other.

Los empleados **se ayudan (los) unos a (los) otros** con el nuevo programa de computadora.

The employees help one another with the new computer program.

Él y ella **se entendieron (el) uno a(l) otro.** *

They understood each other.

*Note: When the subject includes males and females, use the masculine form: **(el) uno a(l) otro / (los) unos a (los) otros.**

3. Verbs that are often used with a specific preposition use the same prepositions to clarify a reciprocal action.

Se despidieron (la) una **de** (la) otra. *They said good-bye to each other.*

Se comunicaron (el) uno **con** (el) otro. *They communicated with each other.*

Se rieron (los) unos **de** (los) otros. *They laughed at one another.*

ACTIVIDAD 22 La interacción

En parejas, digan cómo se comportan Uds. con diferentes personas o cómo se comportan ciertas personas entre ellas y por qué, combinando un elemento de cada columna.

mi novio/a y yo	no dirigirse la palabra
mi padre/madre y yo	llevarse bien/mal
mis padres	(no) entenderse
mi hermano/a y yo	quererse
mis primos	(no) verse
mi perro/gato y yo	besarse
mi abuelo/a y mi madre	escribirse emails
mi compañero/a de cuarto y yo	mandarse SMS
mi exnovio/a y yo	

► Remember: Direct-object pronouns are **me, te, lo, la, nos, os, los, las** and indirect-object pronouns are **me, te, le, nos, os, les**.

ACTIVIDAD 23 Un guion de telenovela

Parte A: Completa esta parte del guion de una telenovela, usando pronombres de complemento directo o indirecto y pronombres reflexivos y recíprocos.

Él _____ entrega una flor a ella y ella _____ huele (*smells*) y sonríe. Ella _____ toma la mano (a él). _____ miran uno a otro con mucha intensidad y (ellos) _____ besan. En ese momento entra otra mujer.

Ella _____ mira (a ellos) con asombro, pero ellos no _____ ven hasta que ella _____ comienza a insultar. Él _____ pone una mano sobre la boca y _____ intenta calmar. Ella no _____ calla.

Las dos mujeres _____ siguen mirando. La primera mujer _____ explica a la otra quién es. Todos _____ ríen aliviados. Al final, todos ellos _____ abrazan.

Parte B: Ahora, en grupos de cuatro, representen el guion que acaban de completar. Uno de Uds. debe leerlo mientras los otros tres actúan.

ACTIVIDAD 24 No nos entendemos

Parte A: En grupos de cuatro, formen dos parejas (Pareja A y Pareja B). Lean solamente el papel para su pareja y antes de entrar en negociaciones con la otra pareja, tomen unos minutos para hacer una lista de lo que quieren pedir/ofrecer y por qué.

Pareja A

Uds. son representantes del sindicato (*labor union*) de MicroTec y deben crear una lista de beneficios laborales para los empleados. En los últimos años la empresa ha reducido los beneficios y ahora Uds. los consideran miserables y un ejemplo de lo poco que la empresa valora el trabajo que Uds. hacen.

Pareja B

Uds. son representantes de la dirección de MicroTec y deben crear una lista de beneficios laborales para los empleados. Obviamente quieren empleados felices, pero también quieren ahorrarle dinero a la empresa. En los últimos años, Uds. han reducido los beneficios BASTANTE para no tener que despedir a ningún empleado.

Parte B: Ahora los representantes del sindicato y la dirección deben discutir los beneficios laborales e intentar llegar a un acuerdo. Usen expresiones como **Queremos…, Insistimos en…, a menos que…, para (que)…**

Do the corresponding iLrn activities to review the chapter topics.

Más allá

Película: *Volver*

© EL DESEO, D.A., S.L.U.

Comedia dramática: España, 2006

Director: Pedro Almodóvar

Guion: Pedro Almodóvar

Clasificación moral: No apta para menores de 17 años

Reparto: Penélope Cruz, Carmen Maura, Lola Dueñas, Blanca Portillo, Yohana Cobo

Sinopsis: Raimunda (Penélope Cruz), una mujer muy trabajadora, es de un pueblo de La Mancha, pero vive con su esposo e hija en Vallecas, un barrio madrileño de trabajadores e inmigrantes. Una noche, al llegar del trabajo, su hija (Yohana Cobo) la espera con una noticia aterradora. Raimunda es una mujer fuerte y se enfrenta a la situación y las consecuencias que esta desencadena.

Antes de ver

ACTIVIDAD 1 La Mancha

La película de Almodóvar está basada en personajes que son de La Mancha, una parte de España que él conoce a fondo por ser de esa región. Antes de ver la película, busca en Internet la información para contestar las preguntas de la página siguiente.

1. Selecciona cuál de estos mapas muestra la ubicación de La Mancha.

a.

b.

c.

d.

2. ¿Cómo es el clima de La Mancha? Marca todas las opciones correctas.

a. _____ árido, parte de la España seca

b. _____ hace mucho viento

c. _____ llueve mucho

3. En un mapa de Google, busca *calle Federico Relimpio, Almagro, España*. Explora la calle en "Street View". ¿Cuáles de estas frases describen la calle?

a. _____ hay casas separadas, cada una con su jardín

b. _____ hay casas pegadas unas a otras

c. _____ hay apartamentos de cuatro pisos solamente

d. _____ hay lugar para sentarse enfrente de las viviendas

e. _____ la calle es de piedra

f. _____ hay mucha actividad en la calle

g. _____ no se puede ver qué ocurre dentro de las viviendas

▶ Si miras la calle usando "Satellite View", se pueden ver cuadrados en el centro de cada vivienda. Cada cuadrado es un patio interior por donde entra luz natural. Siempre tienen flores y plantas.

ACTIVIDAD 2 La vida urbana y la rural

Existen ciertos estereotipos sobre la vida urbana en comparación con la de un pueblo. Escribe la letra **C** si asocias las siguientes frases con una ciudad y **P** si las asocias con un pueblo.

a. _____ hay diversidad étnica

b. _____ hay muchas oportunidades laborales

c. _____ los vecinos se conocen bien

d. _____ hay problemas de soledad

e. _____ es tradicional

f. _____ es moderno/a

g. _____ hay mucho movimiento

h. _____ hay más gente supersticiosa

Mientras ves

ACTIVIDAD 3: La película

Di qué mujeres de la película asocias con las siguientes ideas. ¡Ojo! Marca todas las respuestas posibles para cada idea.

1. Limpiaba su propia tumba. _____

2. Era la hermana de Raimunda. _____

3. Era la hija de Raimunda. _____

4. Vivía en frente de la casa de Agustina. _____

5. Montaba en una bicicleta estática para hacer ejercicio. _____

6. Todos los días visitaba a la tía Paula. _____

7. Dijo que la causa de la locura en su pueblo estaba relacionada con los fuertes vientos que había. _____

8. Mató a una o dos personas. _____

9. Un hombre la contrató para preparar comida para un equipo de filmación. _____

10. Tenía una peluquería ilegal. _____

11. Le comentó a las clientas que la señora era rusa. _____

12. Estaba separada. _____

13. Les preparó unos dulces y los puso en un *Tupperware*® para Sole y Raimunda en casa de la tía Paula. _____

14. Creía en fantasmas. _____

15. Le diagnosticaron cáncer. _____

16. Su padre la violó. _____

17. Era una inmigrante indocumentada. _____

18. Enterró el cadáver al lado del río. _____

19. Dijo que iba a quedarse con Agustina hasta el final. _____

20. Quería mucho a su/s hija/s. _____

a. Raimunda

b. Sole (Soledad)

c. Paula

d. Agustina

e. tía Paula

f. Irene (madre de Raimunda)

g. Regina (vecina)

Después de ver

Parte A: Almodóvar afirmó que la película era un homenaje a los ritos sociales de su pueblo en relación con la muerte. Contesta las siguientes preguntas sobre este tema.

1. ¿Dónde estaban las mujeres al principio de la película? ¿Qué estaban haciendo? ¿Había hombres?

2. Explica qué pasó cuando Sole llegó al pueblo y vio a su madre el día después de la muerte de la tía Paula. Incluye detalles. Empieza diciendo:

   Sole salió corriendo de la casa de su tía y entró en la casa de Agustina, miró por las cortinas del patio y vio a un grupo de hombres. Uno le dijo que las mujeres…

3. Según Almodóvar, en La Mancha los muertos no mueren nunca. Explica cómo reaccionaron dos de los personajes que vieron al fantasma de Irene por primera vez.

4. El pueblo creía en la existencia de fantasmas. ¿Cómo le benefició eso a Irene?

Parte B: Contesta una de estas preguntas.

1. Almodóvar clasifica esta película como comedia dramática. ¿Cuáles fueron la escena más cómica y la escena más dramática de la película para ti? Explica por qué escogiste cada una.

2. Explica con detalles qué ocurrió el día que murió el padre de Raimunda y Sole y la madre de Agustina.

Vocabulario activo

Conjunciones adverbiales

En caso (de) que *in the event that, if*
Sin que *without*
Con tal (de) que *as long as, provided that*
A menos que *unless*
Para que *in order that, so that*
Antes (de) que *before*
Siempre y cuando *as long as, provided that*

Palabras relacionadas con el trabajo

los avisos clasificados *classified ads*
la carta de recomendación *letter of recommendation*
completar una solicitud *to fill out an application*
contratar a alguien *to hire someone*
el currículum *CV, résumé*
despedir (i, i) a alguien *to fire someone*
entrevistarse (con alguien) *to be interviewed (by someone)*
estar desempleado/a / estar sin trabajo *to be unemployed*
la experiencia laboral *work experience*
hacer una pasantía *to do an internship*
la oferta y la demanda *supply and demand*
la organización no gubernamental (ONG) *non-governmental organization (NGO)*

las referencias *references*
sin fines/ánimo de lucro *nonprofit*
solicitar un puesto/empleo *to apply for a job*
tomar cursos de perfeccionamiento/ capacitación *to take continuing education/training courses*

El empleo

aumentar/bajar el sueldo *to raise/lower the salary*
la empresa *company*
los ingresos *income*
el pago mensual/semanal *monthly/ weekly pay*
el salario mínimo *minimum wage*
el sueldo *salary*
trabajar a tiempo parcial/completo *to work part/full time*

Los beneficios

el aguinaldo *end-of-the-year bonus*
los días feriados *holidays*
la guardería (infantil) *child care center*
la licencia *leave (of absence)*
  por enfermedad *sick leave*
  por maternidad *maternity leave*
  por matrimonio *wedding leave*

por paternidad *paternity leave*
el seguro médico / dental / de vida *health/dental/life insurance*

Negar y expresar opciones

ni... ni *neither . . . nor*
ni (siquiera) *not even*
o... o *either . . . or*

Expresiones útiles

(el) uno a(l) otro / (la) una a (la) otra *each other*
(los) unos a (los) otros / (las) unas a (las) otras *one another (more than two people)*
darle igual (a alguien) *to be all the same (to someone), not to care*
un montón *a lot*
No, en absoluto. *No, not at all.*
A ver si te entendí bien. *Let me see if I get it.*
Me lo imagino. *I imagine/bet.*
¡Qué curioso! *How strange/weird!*
¡Qué chistoso/gracioso! *How funny!*
¡Huy! ¡Metió la pata! *Wow! He/She put his/her foot in his/her mouth!*
¡Ya caigo! *Now I get it.*

Es una obra de arte

La familia, Marisol Escobar (1930–), de ascendencia venezolana

METAS COMUNICATIVAS

➤ hablar sobre arte

➤ dar opinión, sugerir y expresar duda, etc., en el pasado

➤ cambiar el enfoque de una idea

METAS ADICIONALES

➤ usar el infinitivo

➤ usar expresiones de transición

Arte público con participación pública

¿A qué se debe/debió eso?	What do/did you attribute that to?
llevarle (a alguien) dos/tres meses	to take (someone) two/three months
se me/te/le/etc. fueron las ganas de + *infinitive*	I/you/he/etc. didn't feel like + *-ing* anymore
un dineral	a great deal of money / a fortune

Urbanitas, intervención de arte en Caracas, Venezuela

Hablamos de una intervención de arte chévere (como dice nuestra amiga venezolana).

BLA BLA BLA

Lucas y Camila

COMENTARIOS:

toroosborne   *hace 25 minutos*
¿conocen el grupo español luzinterruptus? sensacional

javier24u   *hace 15 minutos*
Tienen que ver lo que hace la mexicana Minerva Cuevas: http://www.youtube.com/watch?v=KbnKO_vL2sO

maxiguer1   *hace 1 minuto*
yo hago bolsas con esos carteles de plástico

ACTIVIDAD 1 El arte público

Parte A: Antes de escuchar el podcast sobre arte, en grupos de tres, miren la foto en la página del podcast y usen la imaginación y la lógica para contestar las siguientes preguntas.

1. ¿Qué es arte público?
2. ¿Qué es una intervención de arte?
3. ¿Qué cosas que se encuentran en la calle se pueden reciclar para hacer arte?
4. ¿Qué es un urbanita?

Parte B: Ahora escuchen el podcast y presten atención a lo que dicen los participantes sobre las ideas de la parte A.

ACTIVIDAD 2 Urbanitas

Lee estas preguntas y luego escucha el podcast otra vez para contestarlas.

1. ¿Qué problema tiene Caracas?
2. ¿Dónde se organizó el evento de Urbanitas?
3. ¿Quiénes participaron en esa intervención?
4. ¿Qué crearon?
5. ¿Cuánto tiempo les llevó?
6. ¿Qué hacía la gente que no participaba?
7. ¿Te gustaría participar en una intervención artística?

La artista mexicana **Minerva Cuevas** hace tanto intervenciones públicas como instalaciones en museos.

¿Lo sabían?

© Gustavo Sanabria

Luces azules colocadas en los coches por el grupo Luzinterruptus en Madrid

Las intervenciones artísticas como Urbanitas, en espacios públicos de Caracas, son relativamente nuevas en el mundo del arte. Los organizadores a veces buscan solucionar problemas urbanos, o como en el caso del grupo español Luzinterruptus, buscan llamar la atención para que la gente se cuestione un problema urbano. Este último grupo ha hecho instalaciones en lugares como Madrid, Nueva York, Melbourne y Caracas. Sus instalaciones se realizan por la noche y siempre utilizan luces y, de ser posible, materiales reciclados. En una ocasión, el grupo notó que durante una fiesta histórica madrileña, había en una zona de la ciudad muchos coches de policía y comenzó a sentir una especie de paranoia. Para cuestionar si realmente era necesaria tanta presencia policial, el grupo puso luces cubiertas con papel celofán azul dentro de vasos de plástico en los techos de los coches que estaban estacionados en la calle. ¿El mensaje? En cualquier coche puede haber un policía de incógnito. La intervención se llamó "Tanta policía y tan poca gente".

¿Te gusta ver arte en espacios públicos? ¿Puedes dar un ejemplo de arte en espacios públicos de tu ciudad o país?

Do the corresponding iLrn activities as you study the chapter.

El arte

▶ **El arte**, when singular, generally takes masculine adjectives: **el arte moderno**. When plural, it takes feminine modifiers: **las bellas artes**.

masterpieces

painting

sources of inspiration

self-portrait

still lifes

abstract works; to interpret

Don Quijote y Sancho,
Pablo Picasso
(1881–1973)

I. Discussing Art

El arte

 Fuente hispana

"No entiendo mucho de arte, pero hay algunas **obras maestras** *que me encanta ver una y otra vez. Entre ellas están la ilustración* Don Quijote y Sancho *del pintor español Pablo Picasso y* **el cuadro** Las dos Fridas *de la mexicana Frida Kahlo. Para el primero,* **las fuentes de inspiración** *fueron el personaje soñador don Quijote y su compañero Sancho Panza, del libro escrito por Miguel de Cervantes, y el otro es* **un autorretrato** *de una artista que, de joven, tuvo un accidente grave que la afectó para toda la vida. Ambas obras me fascinan. ¡Son increíbles! Por lo general,* **las naturalezas muertas** *me aburren porque me resultan siempre muy parecidas unas a otras y* **las obras abstractas** *no las entiendo y no las puedo* **interpretar***".* ■

venezolana

La obra de arte	
el/la artista	
el dibujo, dibujar	drawing, to draw
la escena	
el/la escultor/a, la escultura	
la estatua	
el fondo	background
la imagen	
el paisaje	landscape
el/la pintor/a, la pintura, pintar	painter, painting, to paint
el primer plano	foreground
la reproducción	
el retrato	portrait
la burla, burlarse de...	mockery, to mock/joke (make fun of)
expresar	
glorificar	to glorify

Continúa

el mensaje	message
representar	
la sátira	satire
el símbolo, el simbolismo, simbolizar	

Apreciación del arte	
la censura, el/la censor/a, censurar	
la crítica, el/la crítico/a, criticar	critique; critic; to critique, criticize
la interpretación	

► Algunos movimientos artísticos: **abstracto, barroco, cubismo, impresionismo, realismo, surrealismo**.

ACTIVIDAD 3 Los símbolos

Las obras de arte están llenas de símbolos y mensajes. Habla del simbolismo en el arte combinando un símbolo con un concepto.

► El color blanco representa/simboliza…

Símbolos	Conceptos
el color blanco	la muerte
el color rojo	la esperanza
la calavera	la religión
la cruz	la paz
la paloma (*dove*)	la pureza
el color verde	la violencia, la pasión

© Cengage Learning 2015

calavera

ACTIVIDAD 4 ¿Qué te parecen?

En parejas, miren todas las obras de arte que hay en este capítulo y usen las siguientes expresiones para comentar. Utilizando el vocabulario de la sección de arte, expliquen por qué hacen esos comentarios.

Para hablar de un cuadro

¿Qué te parece (este cuadro)?	What do you think (about this painting)?
No tiene ni pies ni cabeza.	I can't make heads or tails of it.
No tiene (ningún) sentido para mí.	It doesn't make (any) sense to me.
¡Qué maravilla/horrible!	How marvelous/horrible!
(No) Me conmueve.	It moves / doesn't move me.
Me siento triste / contento/a al verlo/la.	I feel sad/happy when I see it.
Ni me va ni me viene. / Ni fu ni fa.	It doesn't do anything for me.

En grupos de tres, digan dónde están las siguientes obras maestras e identifiquen si es un cuadro, un mural o una escultura. Usen expresiones como **estoy seguro/a de que…, sé que no…, (no) es posible que…, (no) creo que…**

▶ Estoy seguro/a de que el *David*, una escultura de Miguel Ángel, está en…

Obra maestra	Lugar
David / Miguel Ángel	la Galería de la Academia en Florencia
Las dos Fridas / Frida Kahlo	el Museo Rodin en París
Vista de Toledo / El Greco	el Centro de Arte Reina Sofía en Madrid
La maja vestida / Goya	el Louvre en París
Guernica / Picasso	el Museo Metropolitano en Nueva York
Mona Lisa / da Vinci	el Museo de Arte Moderno en el D. F.
El pensador / Rodin	el Museo del Prado en Madrid
Hispanoamérica / Orozco	la Universidad de Dartmouth en Nuevo Hampshire

La *Mona Lisa* también se conoce como *La Gioconda*.

¿Lo sabían?

🌐 Los muralistas

Hispanoamérica, José Clemente Orozco (1883–1949), Universidad de Dartmouth

En 1923, un grupo de artistas mexicanos, que habían vivido bajo la dictadura de Porfirio Díaz y habían pasado por un período revolucionario cuando eran estudiantes de arte, formaron un sindicato de pintores y escultores. Entre ellos estaban los famosos muralistas Diego Rivera, David Alfaro Siqueiros y José Clemente Orozco. Debido a que este sindicato apoyaba el papel revolucionario del nuevo gobierno, el estado les ofreció a los pintores diferentes muros (*walls*) de la Ciudad de México y de edificios públicos para que hicieran pinturas sobre ellos. Así comenzó el movimiento llamado *muralismo mexicano*, que le mostró al pueblo mexicano su ideología política a través de la pintura.

¿Sabes dónde hay murales en tu ciudad, qué representan y quiénes los pintaron?

ACTIVIDAD 6 El arte en California

Mucha gente cree, erróneamente, que el arte de los artistas mexicoamericanos en los Estados Unidos ha recibido influencia del arte hispanoamericano en general. Sin embargo, su mayor influencia es la de los muralistas mexicanos. En parejas, comparen el siguiente mural de una artista chicana con el de Orozco en la página anterior. Usen palabras de la sección de arte para decir en qué se parecen y en qué se diferencian.

Parte del mural *La ofrenda*, Yreina Cervántez (1952–)

ACTIVIDAD 7 ¿Qué es realmente el arte?

En parejas, discutan estas preguntas sobre el arte.

1. ¿Cuál es la diferencia entre arte y artesanía?

2. Cuando un niño hace un dibujo, ¿se considera arte?

3. ¿Cuál es la diferencia entre un grafiti y un mural? ¿Conocen a alguien que haya pintado grafiti? ¿Cómo era el grafiti y dónde lo pintó?

   el grafiti = la pintada
   (*España*)

4. Un tipo de arte son las tiras cómicas (*comic strips*). Muchos humoristas gráficos usan la sátira o se burlan de algo, pero existen periódicos que censuran sus tiras cómicas y no las publican. ¿Cuándo y por qué creen que los periódicos hacen eso? ¿Cuál es su tira cómica favorita y por qué?

5. Otro tipo de arte es el diseño gráfico. Las empresas gastan un dineral en crear sus logotipos (*logos*). ¿Qué logotipos les gustan? ¿Simbolizan algo en especial? Miren los logotipos que se presentan aquí y digan qué simbolizan y qué promocionan.

Camiseta, un par de jeans y zapatos de tenis es la vestimenta más común que llevan los jóvenes de hoy. En parejas, averigüen qué tipo de mensajes tienen las camisetas que Uds. generalmente llevan. Sigan el modelo.

▶ —¿Tienes alguna camiseta que tenga una imagen simbólica?

—Sí, tengo una con la paloma de la paz de Picasso.

—No, no tengo ninguna que tenga una imagen simbólica.

1. tener una imagen simbólica
2. tener mensaje político o ecológico
3. glorificar un equipo deportivo, etc.
4. criticar algo directamente
5. hacer una sátira de algo
6. tener una obra de arte
7. tener algo gracioso

En la página siguiente hay uno de los últimos cuadros que hizo una pintora mexicana en el cual se representó a sí misma. Lamentablemente, luego sufrió un derrame cerebral (*stroke*) y nunca más volvió a pintar. En grupos de tres, miren la pintura y después discutan las siguientes ideas.

1. su reacción al mirar el cuadro y leer el título
2. por qué tienen esa reacción
3. todos los detalles que hay en el cuadro: la luz, las sombras, las figuras, las líneas diagonales y las curvas, los colores
4. cuál creen que fue la fuente de inspiración de la artista
5. cuál es el mensaje del cuadro

Sueño y presentimiento, María Izquierdo (1902–1955)

¿Lo sabían?

Durante muchos siglos las artes estuvieron dominadas por los hombres, ya que eran ellos quienes recibían apoyo financiero para crear sus obras y quienes tenían fama mundial. Actualmente también se reconocen las contribuciones de las artistas. Entre las más conocidas de Hispanoamérica se encuentran las mexicanas Frida Kahlo (1907–1954) y María Izquierdo (1902–1955), que lograron reconocimiento gracias a su conexión con Diego Rivera. Otras artistas conocidas en la actualidad son las argentinas Lidy Prati (1921–2008) y Liliana Porter (1941–), las colombianas Ana Mercedes Hoyos (1942–) y Doris Salcedo (1958–), la cubana Ana Mendieta (1948–1985) y, de ascendencia venezolana, Marisol Escobar (1930–).

¿Puedes nombrar alguna artista famosa del pasado o del presente? ¿Qué sabes sobre ella?

II. Giving Opinions, Suggesting, Expressing Doubt, etc., in the Past

The Imperfect Subjunctive

In previous chapters you learned many uses of the subjunctive:

Chapter 5: suggesting, persuading, advising, and giving indirect commands

Chapter 6: expressing feelings, opinions, belief, and doubt

Chapter 7: describing what one is looking for and expressing pending actions

Chapter 8: expressing condition, purpose, and time (**ESCAPAS**)

In this chapter you will learn how to express all of the preceding uses, but in reference to the past. In the podcast you heard, the Venezuelan woman used the imperfect subjunctive when she said what the organizers of an art installation wanted others to do: **"... los organizadores les pidieron a la gente y a los artistas que <u>hicieran</u> ropa..."**.

---

1. To form the imperfect subjunctive (**imperfecto del subjuntivo**):

   a. use the third person plural of the preterit: **pagaron**

   b. drop the -**ron** ending: **paga~~ron~~**

   c. add the following same subjunctive endings to all -**ar**, -**er**, and -**ir** verbs.

pagar → paga~~ron~~		decir → dije~~ron~~	
que pagara	pagáramos	que dijera	dijéramos
pagaras	pagarais	dijeras	dijerais
pagara	pagaran	dijera	dijeran

   To review formation of the preterit and of the imperfect subjunctive, see Appendix A, pages 365–367 and 372, respectively.

   Note: There is an optional form, frequently used in Spain and in some areas of Hispanic America, in which you substitute -**se** for -**ra**; for example: **pagara = pagase; dijéramos = dijésemos**.

2. Once you have determined that a subjunctive form is needed, you must decide which of the following forms to use.

present subjunctive	**que compre, que compres, etc.**
present perf. subjunctive	**que haya comprado, que hayas comprado, etc.**
imperfect subjunctive	**que comprara, que compraras, etc.**

a. As you studied in previous chapters, to talk about a *present* or *future* suggestion, emotion, etc., regarding a *present* or *future* action or state, you use the present subjunctive in the dependent clause.

Independent Clause	Dependent Clause
Present/Future	**Present Subjunctive (Present/Future Reference)**
Mi jefe **va a querer**	**que** yo **trabaje** en su estudio de arte.
My boss is going to want	*me to work in his art studio.*
Te dice	**que traigas** las esculturas.
He's telling you	*to bring the sculptures.*
Me alegra	**que** el museo **abra** temprano.
I'm glad	*that the museum opens early.*
Buscamos un diseño	**que sea** moderno.
We are looking for a design	*that is modern.*
Quiero vender mi cuadro	**en cuanto termine** de pintarlo.
I want to sell my painting	*as soon as I finish painting it.*
¿**Vas a reescribir** el contrato	**antes de que lleguen?**
Are you going to rewrite the contract	*before they arrive?*

Suggesting, persuading, advising: Chapter 5

Indirect commands: Chapter 5

Feelings: Chapter 6

What one is looking for: Chapter 7

Pending actions: Chapter 7

Time (**ESCAPAS**): Chapter 8

b. As you studied in Chapter 6, to express a *present* doubt, emotion, etc., about a *past* action or state, you use the present perfect subjunctive.

Independent Clause	Dependent Clause
Present	**Present Perfect Subjunctive (Past Reference)**
Es probable	**que** el artesano **haya visto** ese cuadro.
It's probable	*that the artisan has seen the painting.*
No me sorprende	**que hayan censurado** tu escultura.
It doesn't surprise me	*that they have censored your sculpture.*

Doubt: Chapter 6

Feelings: Chapter 6

c. To talk about a *past* suggestion, emotion, etc., regarding a *past* action or state, you use the imperfect subjunctive.

Independent Clause	Dependent Clause
Past	**Imperfect Subjunctive (Past Reference)**
Ella me **había aconsejado**	**que comprara** esa reproducción.
She had advised me	*to buy that reproduction.*
Nosotros **dudábamos**	**que** la pintura **fuera** auténtica.
We doubted	*that the painting was authentic.*
Quería una obra de arte	**que** no **costara** un dineral.
I wanted a work of art	*that didn't cost a fortune.*
Estudió muchísimo	**para que** la **admitieran** en la escuela de Bellas Artes.
She studied a lot	*so that they would admit her to the School of Fine Arts.*
Le **iba a hablar**	**cuando** él **llegara** a casa.
I was going to talk to him	*when he arrived home.*

Suggesting, persuading, advising: Chapter 5

Doubt: Chapter 6

What one is looking for: Chapter 7

Purpose (**ESCAPAS**): Chapter 8

Pending actions: Chapter 7

▶ Remember: If actions are pending in the past, use the imperfect subjunctive.

🌐 *Museo del Prado*

ACTIVIDAD 10 El arte del pasado

Parte A: Lee las siguientes páginas sobre el arte en España y complétalas con el imperfecto del subjuntivo de los verbos que aparecen en el margen fuera de orden.

admirar
aprender
comenzar
hacer
parecer
pintar
representar
tener
utilizar

Antes de la Primera Guerra Mundial (1914–1918), existía en España el llamado arte oficial. El rey contrataba a pintores para su corte y les indicaba lo que quería que ellos _____ (1). En general, antes de que el artista _____ (2) su trabajo, se hacía un contrato en el cual se especificaba quiénes aparecerían en la pintura y qué estilo y materiales se esperaba que el pintor _____ (3). No había muchos pintores famosos que _____ (4) la oportunidad de expresar sus propias ideas, ya que el artista seguía el estilo de la corte. Dos excepciones fueron Diego Velázquez (1599–1660) y Francisco de Goya (1746–1828) que lograron expresarse y, a la vez, complacer a sus reyes al hacer lo que estos querían que ellos _____ (5). Velázquez retrató no solo a la familia real, sino también a los bufones de la corte. Entre sus obras famosas se encuentra *Las meninas*. Goya se hizo famoso por el realismo de sus retratos de la familia real, en los cuales no

hizo nada para que los miembros de la familia _____ (6) físicamente más atractivos de lo que en realidad eran. Uno de sus cuadros más conocidos es *La familia de Carlos IV*.

Había también, por otro lado, un arte llamado religioso comisionado por la Iglesia. Esta contrataba a artistas para que _____ (7) escenas de la Biblia. Casi siempre estas escenas eran descriptivas y dramáticas y con ellas la Iglesia buscaba que el pueblo _____ (8) el contenido de las Sagradas Escrituras.

Después de la Segunda Guerra Mundial (1939–1945), hubo en España una reacción contra lo establecido oficialmente ya que los artistas querían que la gente _____ (9) su individualismo. Es así como aparecieron múltiples estilos de pintura que más tarde se llevaron al continente americano donde influyeron en los diversos estilos artísticos.

Created by Debbie Rusch; book photo by Najin/Shutterstock

Parte B: En parejas, miren el cuadro de Velázquez, *Las meninas,* y contesten estas preguntas.

© Bettmann/CORBIS

1. ¿Cuántas personas están en el primer plano? ¿Cuántas personas hay en la puerta y cuántas están reflejadas en el espejo? ¿Cuántas personas hay detrás de la chica alta?

2. Velázquez pintó a los reyes y a la infanta (*Princess*) Margarita en el cuadro. ¿Pueden identificarlos?

3. ¿Pueden encontrar al artista en el cuadro? ¿A quiénes mira?

4. ¿Quiénes quería el pintor que fueran las personas principales, la Infanta o los reyes?

5. ¿Es una pintura estática o hay movimiento?

6. ¿Pueden deducir algo sobre la vida diaria del Palacio Real?

ACTIVIDAD 11 Se oyó en el metro

Parte A: Estás en el metro y escuchas lo que dicen algunas personas que están a tu alrededor. Completa los comentarios con el presente del subjuntivo, el pretérito perfecto del subjuntivo o el imperfecto del subjuntivo de los verbos que están entre paréntesis.

1. Quería que nosotros _____ la inocencia de la infancia. (observar)

2. Nos rogó que lo _____ lo antes posible. (hacer)

3. Dudo que ayer ella los _____. (convencer)

4. Sentí mucho que tú no _____ ir al picnic. (poder)

5. Les recomendé que _____ a las doce. (venir)

6. Quiero que mañana tú _____ a los Ramírez a comer en el mejor restaurante. (invitar)

7. ¿Crees que nosotros _____ algunos en la exhibición de mañana? (vender)

8. La policía dice que no hay nadie que lo _____. (ver)

9. ¿Lo hizo sin que tú _____ presente? ¡Increíble! (estar)

10. Ella no iba a descansar hasta que la _____. (terminar)

Parte B: Ahora, en parejas, usen la imaginación y creen un contexto para cinco o seis de las oraciones. El contexto debe contener la siguiente información.

- quién la dijo
- a quién se la dijo
- en referencia a qué

Usen expresiones como **Es posible/probable que se la haya dicho… a… porque…**

ACTIVIDAD 12 Las exigencias de nuestros padres

Parte A: Cuando Uds. estaban en la escuela secundaria, probablemente escuchaban muchas exigencias de sus padres. En parejas, túrnense para preguntarle a su compañero/a si estas eran o no algunas de las exigencias de sus padres. Para formar oraciones, combinen una frase de la primera columna con una de la segunda. Sigan el modelo.

▶ exigirle / volver a casa temprano

—¿Te exigían tus padres que volvieras a casa temprano?

—Sí, mis padres me exigían que volviera a casa temprano.

—No, mis padres no me exigían que volviera a casa temprano.

	Exigencias
preferir	• (no) mandar SMS durante la cena
insistir en	• sacar buenas notas en la escuela
esperar	• (no) andar con malas compañías
exigirle	• hacer la cama
recomendarle	• (no) ver mucha televisión
prohibirle	• (no) pelearse con su hermano/a
pedirle	• (no) beber alcohol
(no) querer	• (no) consumir drogas
	• (no) hacerse tatuajes
	• ¿?

Parte B: En parejas, hablen de las exigencias que les hacen sus padres ahora. ¿Son iguales a las que les hacían cuando estaban en la secundaria o son diferentes? Usen oraciones como **Cuando era menor me exigían que…, pero/y ahora insisten en que…**

ACTIVIDAD 13 Me interesaba que…

Di qué cosas de la siguiente lista te interesaban o no te interesaban cuando tenías diez años. Usa expresiones como (**no**) **interesarle**, (**no**) **querer**, (**no**) **gustarle**.

▶ tus amigos / ser / populares

Cuando tenía diez años, me interesaba que mis amigos fueran populares.

1. tener muchas cosas
2. tus amigos / respetarte
3. llevar ropa de moda
4. tus padres / estar / orgullosos de ti
5. cuidarse el físico

6. tu equipo de fútbol/béisbol / ganar
7. tus maestros / no darte / tarea
8. tener muchos amigos
9. tener una página en Facebook
10. ¿?

ACTIVIDAD 14 Tus amigos de la secundaria

En grupos de tres, digan qué tipo de amigos querían tener y tenían cuando estaban en la escuela secundaria. Pueden usar las siguientes ideas. Sigan el modelo.

▶ Buscaba amigos que fueran cómicos.

▶ Tenía amigos que no consumían drogas.

- (no) hablar mal de ti
- (no) practicar deportes
- (no) tener mucho dinero
- (no) vivir cerca de ti
- (no) gustarles fumar

- (no) tener carro
- (no) chismear (*gossip*)
- (no) estudiar mucho
- (no) ser divertidos
- ¿?

ACTIVIDAD 15 Los mejores y los peores

En parejas, terminen estas frases para hablar de los mejores y peores trabajos que han tenido. Si no tienen experiencia laboral, usen la imaginación e inventen respuestas.

Los trabajos terribles	Los trabajos fantásticos
El/La jefe/a siempre quería que nosotros…	El/La jefe/a siempre quería que nosotros…
Nos exigía que…	Nos exigía que…
Nos prohibía que…	Nos permitía que…
Me molestaba que mi jefe/a…	Me encantaba que mi jefe/a…
Siempre hacía comentarios negativos para que…	Siempre hacía comentarios positivos para que…

ACTIVIDAD 16 Creencias del pasado

En parejas, formen oraciones para expresar las falsas creencias que tenía la gente en el pasado y contrástenlas con lo que se sabe ahora. Sigan el modelo.

▶ no creer / el insecticida DDT / causarle / problemas al ser humano

—En el pasado la gente no creía que el insecticida DDT le causara problemas al ser humano.

—Es verdad, pero ahora sabemos que…

1. no creer / el asbesto / ser / peligroso para el ser humano
2. estar segura / la tierra / ser / plana
3. creer / el consumo de muchas proteínas / ser / bueno para la salud
4. no creer / la cocaína / ser / una droga
5. dudar / el hombre / poder / volar

Parte A: En grupos de tres, miren el cuadro que está a continuación y contesten las preguntas para formar una hipótesis sobre su contenido y su historia. Usen expresiones como **Es posible que…**, **Es probable que…**, **No creo que…**, **Creo que…**, **Es obvio que…**, **Quería que…** al contestar algunas de las preguntas.

Blanton Museum of Art, The University of Texas at Austin, Barbara Duncan Fund, 1977. Photo Credit: Rick Hall

1. ¿Es una escena estática o hay movimiento? Den ejemplos para justificar su respuesta.

2. ¿En qué año más o menos creen Uds. que el/la artista haya pintado el cuadro?

3. ¿Creen que lo haya pintado un hombre o una mujer? ¿Por qué?

4. ¿Quiénes son las figuras centrales del cuadro? ¿Cómo son? ¿Qué hacen un día normal? ¿Por qué creen que el/la artista haya escogido presentarlos en blanco y negro en vez de a color?

5. ¿Qué quería el/la artista que sintiéramos al ver esta escena: tristeza, orgullo, felicidad, melancolía? ¿Algo más? Justifiquen su respuesta.

Parte B: Ahora escuchen la información que les va a dar su profesor/a sobre el cuadro para ver qué adivinaron de la Parte A.

ACTIVIDAD 18 Interpretación de un cuadro

Parte A: Mira el cuadro y lee qué dijo un colombiano al verlo. Luego prepárate para hablar de la información que aparece después de la descripción.

✺ Fuente hispana

"Me acuerdo del día en que visité el Museo Nacional de los Estados Unidos en Washington, DC. Fui con unos parientes que me estaban visitando y por accidente nos metimos donde se estaban exponiendo los óleos del pintor colombiano Fernando Botero.

Lo que estaba viendo en ese momento me fascinó. Parecía que el maestro había pintado a mi familia. Allí, en el lienzo, claramente podía yo ver a mi papá vestido de modo muy

La familia presidencial, **Fernando Botero (1932–)**

Digital Image © The Museum of Modern Art/Licensed by SCALA / Art Resource, NY. Botero, Fernando (b.1932) © Marlborough Gallery
The Presidential Family, 1967. Oil on canvas, 6'8 1/8" x 6'5 1/4".
Gift of Warren D. Benedek. (2667.1967)

conservador; a mi tío, el coronel, miembro del ejército colombiano, que resplandecía con sus medallas e imponía una sensación de firmeza; a mi primo, el cura, quien había estudiado en Roma y decían que iba a ser arzobispo, lo había pintado como una figura humilde y sencilla. Mi madre, en el centro del cuadro, estaba bien vestida y mantenía una expresión serena, pero a la misma vez aburrida; a la izquierda, estaba mi abuela, quien sostenía a mi hermana menor. Mi hermana, sentada sobre mi abuela, tenía esa mirada aburrida que mantenía mi mamá. Podía ser que mamá y mi hermana ya se hubieran dado cuenta de los límites que la sociedad les estaba imponiendo. Yo también estaba en ese cuadro; el pintor me había colocado detrás de todos, medio escondido, porque yo era el escándalo de la familia. Mi padre quería que yo fuera abogado o médico, pero, en cambio, yo salí del país y me fui a los Estados Unidos a estudiar literatura.

Y al fondo del cuadro, Botero había pintado la cordillera de los Andes, algo que me hacía falta aquí en Washington, DC, porque todo era plano en esta ciudad. Salí del museo queriendo agradecerle a Botero por haberle mostrado al mundo una parte de mi identidad colombiana". ■

1. Describe otro elemento del cuadro (algo que no menciona el colombiano).

2. Explica de qué modo muestra el cuadro la identidad colombiana del hombre que lo describe.

Parte B: Ahora en grupos de tres, haga uno el papel del joven colombiano y los otros dos el papel de los padres, y representen el día en que el hijo les dice a sus padres que se va a estudiar literatura a los Estados Unidos.

III. Shifting the Focus in a Sentence

The Passive Voice

Many sentences you have dealt with up to this point have been in the active voice (**la voz activa**). That is to say that the subject (agent or doer of the action) does something to someone or something (the object of the action).

Active Voice		
Subject (Agent or Doer)	**Action**	**Object**
Botero	pintó	el cuadro *La familia presidencial.*
Botero	*painted*	*the painting* The Presidential Family.
La prensa	ha publicado	las críticas de la exhibición.
The press	*has published*	*the critiques of the exhibition.*

1. The passive voice (**la voz pasiva**), which in Spanish is mainly found in writing, is used to place emphasis on the action and the receiver of the action instead of the agent or doer of the action. In Spanish, as in English, the passive construction is formed by reversing the word order, that is, the object becomes the subject.

Passive Voice			
Passive Subject	**ser +** *past participle*	**por**	**Agent or Doer**
El cuadro *La familia presidencial*	**fue** pintad**o**	por	Botero.
The painting The Presidential Family	*was painted*	*by*	*Botero.*
Las críticas de la exhibición	**han sido** publicad**as**	por	la prensa.
The critiques of the exhibition	*have been published*	*by*	*the press.*

Notice that the past participle agrees in gender and in number with the passive subject. To review past participle formation, see Appendix A, page 373.

2. In many passive sentences, it is possible to omit the agent (the phrase with **por**) when it is obvious, irrelevant, a secret, or simply unknown.

    La obra de Picasso **fue aclamada** (por la gente).

3. Another way to express an idea where the doer of the action is not important is to use the **se** + *singular/plural verb* construction. This construction, the *passive se,* is very common in everyday speech. To review, see Chapter 5, page 154.

    Se critica esta escultura con frecuencia.   *This sculpture is criticized frequently.*

    Se exhiben cuadros fantásticos en esa galería.   *Great paintings are exhibited in that gallery.*

Note: Remember that with the *passive se* the verb agrees with the noun that follows it.

ACTIVIDAD 19 ¿Ciertas o falsas?

Pon estas oraciones sobre el arte y la arqueología en la voz pasiva y después decide si son ciertas o falsas. Corrige las falsas.

1. _____ Los romanos construyeron La Alhambra en Granada, España.
2. _____ Velázquez pintó el cuadro *Las meninas*.
3. _____ Frank O. Gehry diseñó el Museo Guggenheim Bilbao.
4. _____ Los aztecas construyeron Machu Picchu.
5. _____ Dalí pintó muchos murales en México.
6. _____ María Izquierdo pintó *Sueño y presentimiento*.

Machu Picchu, Perú

ACTIVIDAD 20 Acontecimientos importantes

Forma oraciones con la voz pasiva usando palabras de las tres columnas. Si no estás seguro/a, adivina.

▶ El primer email   mandar   Ray Tomlinson en 1971

El primer email fue mandado por Ray Tomlinson en 1971.

La canción "Oye como va"	componer	Pierre y Marie Curie
La vacuna contra la polio	crear	Pablo Picasso
La película *Volver*	desarrollar	Carlos Santana
La Quinta Sinfonía	grabar (*record*)	Pedro Almodóvar
El cuadro *Guernica*	dirigir	Alberto Einstein
La teoría de la relatividad	descubrir	Isabel Allende
El metal radio	pintar	Jonas Salk
La novela *La casa de los espíritus*	escribir	Ludwig van Beethoven

IV. Using the Infinitive

Summary of Uses of the Infinitive

During this course you have used the infinitive in a variety of situations. The following rules will help you review the different uses. Use an infinitive:

1. after verbs such as **deber, querer, necesitar, desear, soler,** and **poder**.

   Quiero ir a la exhibición de Goya.

   Ella **desea tener** una escultura de él y luego **invitar** a todos sus amigos para que la vean.

   I want to go to Goya's exhibition.

   She wants to have a sculpture by him and then invite all her friends to see it.

2. after **tener que** and **hay que**.

   Tengo que escribir una crítica sobre ese mural.

   No hay que saber mucho de arte para apreciarlo.

   I have to write a critique of that mural.

   You don't have to know a lot about art to appreciate it.

3. after impersonal expressions such as **es posible** or **es necesario** when there is no specific subject mentioned.

   No es posible pintar bien sin recibir instrucción previa.

   It's not possible to paint well without receiving previous instruction.

4. after **al**.

   Al ver el cuadro, Marisel sintió nostalgia por su pueblo.

   Upon seeing the painting, Marisel felt nostalgic about her village.

To review verbs like **gustar**, see pp. 5–6.

5. after verbs like **gustar**.

   A Carlos le **molesta vender** o **regalar** sus obras de arte.

   It bothers Carlos to sell or give away his works of art.

► If you use a gerund in English, you always use an infinitive in Spanish.

after eating = **después de comer**

dancing is fun = **bailar es divertido**

6. directly after prepositions (e.g., **a, de, para, por, sin**).

   Después **de pintar** por años, Ernesto empezó **a hacer** esculturas.

   No puedes entrar a la exhibición **sin tener** invitación.

   After painting for years, Ernesto started to make sculptures.

   You can't enter the exhibition without having an invitation.

7. when a verb is the subject of the sentence.

   Expresar lo que uno siente es a veces necesario.

   Expressing what one feels is sometimes necessary.

ACTIVIDAD 21 Ideas sobre el arte

Completa estas ideas sobre el arte con verbos en infinitivo y otras palabras necesarias.

1. Si quieres interpretar una obra de arte, es imprescindible…

2. Para… lo que pinta un artista a veces es necesario… el contexto histórico.

3. Un artista se expone a la crítica al…

4. Un escultor a veces no puede…

5. … un cuadro y… una crítica es fácil, pero pintar una obra maestra es muy difícil.

6. Muchos artistas ganan poco dinero por…

7. Antes de… una obra de arte, es importante… y también se debe…

ACTIVIDAD 22 Mensajes informativos

En grupos de tres, Uds. son locutores de una emisora de radio y tienen que escribir una serie de mensajes cortos para informarle al público sobre las múltiples oportunidades que hay para ver arte en su ciudad. Al escribir los mensajes, integren diferentes usos del infinitivo cuando sea posible. A continuación hay una lista de cinco eventos a los que la gente puede asistir este mes.

▶ ¿Quieren **disfrutar** de una vida más fácil? ¿No les gusta **tener que atarse** los zapatos todos los días? No importa: una máquina puede **hacerlo**. Deben **visitar…**

¿Qué?	¿Dónde?
La historia en cuadros – La historia de Latinoamérica 1492–1800, representación cronológica.	Museo de la Ciudad Este mes, 11:00–19:00
Tú también puedes ser escultor – Oportunidad de crear con las manos – para gente entre cinco y ochenta años.	Museo del Barrio Sábado, 14:30
CIEN – Exhibición multimedia de fotografías en blanco y negro de 100 personas el día que cumplieron 100 años. Cada foto viene acompañada de una narración hecha por la propia persona.	Sala de exhibiciones del Banco de la República Esta semana, 10:00–15:00
Los murales del barrio – Visita a un barrio para explorar los murales hechos por jóvenes de la ciudad. Algunos van a estar allí para hablarnos sobre sus obras.	Lugar de encuentro: Puerta del Museo del Barrio Domingo, 13:00
Invenciones – prácticas, graciosas, ingeniosas e inútiles – Exhibición de invenciones de aparatos que se pueden encontrar en una casa.	Museo de Ciencias Este mes, 9:00–17:30

V. Using Transitional Phrases

Expressions with *por*

Por is frequently used in transitional phrases that help to move a conversation or a narrative along. The following list contains common expressions with **por**.

por casualidad	by chance
por cierto	by the way
por ejemplo	for example
por esa razón	for that reason
por eso	that's why / therefore
por lo general	in general
por lo menos	at least
por un lado... por el otro / por una parte... por la otra	on (the) one hand . . . on the other
por otro lado / por otra parte	on the other hand
por (si) las dudas / por si acaso / por si las moscas	just in case
por lo tanto / por consiguiente	therefore
por supuesto	of course

ACTIVIDAD 23 Conversaciones breves

Parte A: Completa las siguientes conversaciones usando expresiones con **por**.

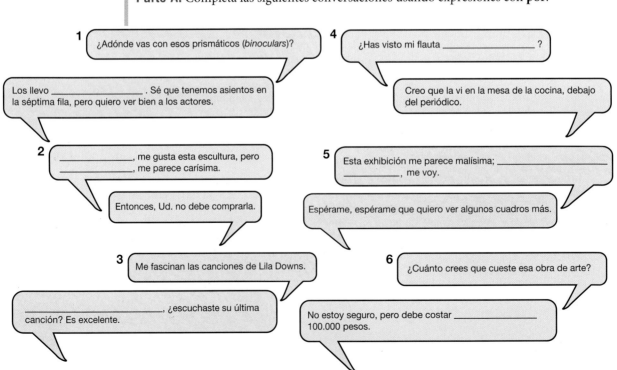

1 ¿Adónde vas con esos prismáticos (*binoculars*)?

Los llevo _____ . Sé que tenemos asientos en la séptima fila, pero quiero ver bien a los actores.

2 _____, me gusta esta escultura, pero _____, me parece carísima.

Entonces, Ud. no debe comprarla.

3 Me fascinan las canciones de Lila Downs.

_____, ¿escuchaste su última canción? Es excelente.

4 ¿Has visto mi flauta _____ ?

Creo que la vi en la mesa de la cocina, debajo del periódico.

5 Esta exhibición me parece malísima; _____ _____, me voy.

Espérame, espérame que quiero ver algunos cuadros más.

6 ¿Cuánto crees que cueste esa obra de arte?

No estoy seguro, pero debe costar _____ 100.000 pesos.

Parte B: Ahora, en parejas, escojan una de las conversaciones y continúenla.

ACTIVIDAD 24 Los comentarios

En parejas, digan qué piensan sobre cada una de las siguientes ideas usando por lo menos tres expresiones con **por** para cada situación.

▶ Las artesanías no son arte.

Por lo general eso es lo que piensa mucha gente y **por eso** no se aprecia el trabajo de los artesanos. **Por otro** lado, …

1. El grafiti es arte.

2. Hay censura artística en este país.

3. Algún día van a desaparecer los libros.

ACTIVIDAD 25 ¿Censura o no?

De vez en cuando la gente adinerada o los gobiernos le pagan a un artista para que haga arte público. En 1933, por ejemplo, Nelson Rockefeller contrató a Diego Rivera, el muralista mexicano, para que pintara un mural en una de las paredes del Centro Rockefeller en Nueva York. En el mural, Rivera incluyó un retrato de Vladimir Lenin, pero a Rockefeller no le gustó y le pidió a Rivera que cambiara la cara de Lenin por la de un individuo desconocido. Rivera rechazó la idea y Rockefeller lo despidió y destruyó el mural para que no se viera. Un individuo que financia una obra de arte puede censurar al artista que emplea, pero ¿qué ocurre cuando es un gobierno el que patrocina la obra? Divídanse en dos grupos para debatir la siguiente idea.

> Los gobiernos no deben patrocinar obras de arte que la mayor parte de la población no acepte.

Cada grupo tiene cinco minutos para preparar su argumento, uno a favor y el otro en contra. Su profesor/a va a moderar el debate.

🌐 Do the corresponding iLrn activities to review the chapter topics.

Diego Rivera (1886–1957), muralista mexicano

© Gamma-Keystone via Getty Images

La zampoña, instrumento prohibido durante la dictadura de Pinochet en Chile
© Pablo H. Caridad/Shutterstock

Alicia Alonso (1920–), bailarina y coreógrafa cubana. Se prohibió su entrada en los Estados Unidos durante las primeras décadas del régimen de Castro.

© Jack Picone Photography

Más allá

▶ Videofuentes: *Ana y Manuel* (cortometraje)

Directed by Manuel Calvo/Encanta Films

Antes de ver

ACTIVIDAD 1 El fin de una relación amorosa

Vas a ver un cortometraje sobre una pareja. Primero, contesta estas preguntas sobre qué pasa cuando se termina una relación de pareja.

1. ¿Cómo se siente una persona cuando su pareja lo/la deja?

2. Menciona un mínimo de tres cosas que hace una persona en esas circunstancias para no sentirse sola. ¿Un hombre hace las mismas cosas que una mujer?

3. Menciona tres motivos que llevan a una persona a terminar una relación.

Mientras ves

▶ ACTIVIDAD 2 ¿Entendiste?

Lee estas preguntas y luego mira el corto para contestarlas.

1. Cuando Manuel dejó a Ana, ¿qué se compró ella? _____

2. Cuando Manuel era su novio, ¿a Ana le gustaba tener animales en casa?
   sí _____ no _____

   ¿Y a Manuel? sí _____ no _____

3. ¿Qué nombre le puso Ana al animal? _____

Continúa

4. En Navidad, ¿qué le iba a regalar Ana a su hermano? _____
   ¿Se lo pudo dar? sí _____ no _____

5. ¿Quién creyó Manuel que lo había llevado a la casa de Ana? _____

6. ¿Se reconciliaron Manuel y Ana? sí _____ no _____

ACTIVIDAD 3 Los detalles

Primero, intenta contestar estas preguntas sin mirar el cortometraje otra vez. Después mira el corto de nuevo para contestar las preguntas que te quedan.

1. Marca los dos motivos por los cuales no le gustaba a Ana tener animales en casa.

   a. _____ no le interesaban los animales domésticos

   b. _____ no era higiénico para las personas

   c. _____ les tenía miedo

   d. _____ pensaba que era mucho trabajo

   e. _____ era cruel tenerlos en una casa

2. ¿Por qué no quiso Ana tener en casa a la tortuga que le habían regalado a Manuel en el trabajo?

   a. _____ no le gustaba el olor que tenía

   b. _____ tenía pesadillas (nightmares) con la tortuga

   c. _____ creía que la tortuga estaba muy sola

3. ¿Cómo se sintió Manuel al tener que poner a la tortuga en el río?

   dolido (hurt) _____ nostálgico _____ libre _____

4. Si a Ana no le gustaba tener animales en casa, ¿por qué se compró uno?

   a. _____ por venganza hacia su ex, a quien tanto le gustaban los animales

   b. _____ por amor a los animales que no tenían dueño (owner)

   c. _____ para llevarlo a pasear y así poder conocer a otro hombre

5. Marca los tres motivos por los cuales le puso el nombre Man al perro.

   a. _____ le gustaba

   b. _____ quería un nombre original

   c. _____ quería algo que fuera corto y fácil para el perro

   d. _____ quería el nombre de su perro anterior

   e. _____ man eran las tres primeras letras del nombre de su ex

   f. _____ man significa "hombre"

6. ¿Adónde le gustaba a Ana ir los domingos con el perro? ¿Con quién iba antes allí?

   a. _____ al parque; con su familia   c. _____ a un mercado; con su familia

   b. _____ al parque; con Manuel   d. _____ a un mercado; con Manuel

7. Con el tiempo, Ana se cansó del perro. ¿Por qué no se lo pudo dar a su hermano?

8. ¿Dónde compró el perro Manuel? ¿Qué nombre le puso?

9. Al final, ¿supo Manuel que ese perro había sido de Ana?

Después de ver

Contesta estas preguntas.

1. ¿Te gustó el corto? Explica tu respuesta.

2. ¿Cómo se diferencia el amor de un perro hacia su dueño del amor de una persona hacia su pareja?

3. La gente reacciona de muchas maneras diferentes cuando su pareja lo deja y termina la relación. Piensa en uno de tus amigos cuando se encontró en esta situación y no sabía qué hacer. ¿Qué le sugeriste que hiciera para olvidarse de su ex?

4. Se dice que el cine es el séptimo arte. ¿Estás de acuerdo con la idea de que el cine es arte? Explica tu respuesta.

Proyecto: Comentar un cuadro

▶ You should try to consult sources in Spanish, but be careful when writing your report to not *steal* sentences. You may paraphrase or quote. Use appropriate conventions for citing your sources and all quotes.

Investiga una de las siguientes obras de arte y escribe un informe.

- *Guernica* de Pablo Picasso
- *Sun Mad* de Ester Hernández
- *La jungla* de Wifredo Lam
- *La tamalada* de Carmen Lomas Garza
- *Las dos Fridas* de Frida Kahlo
- *Abu Ghraib* (serie de pinturas) de Fernando Botero

Busca información de por lo menos cuatro fuentes diferentes y no te olvides de citarlas (*cite them*) correctamente. Incluye la siguiente información:

- nombre del cuadro
- breve biografía que incluya nombre del / de la artista, país de origen, fecha de nacimiento (y de muerte, si ya murió)
- descripción del contenido de la obra (paisaje, autorretrato, colores, símbolos, etc.)
- el mensaje del / de la artista (**Quería que…, Es posible que…, etc.**)

CAPÍTULO 9

Vocabulario activo

El arte

el/la artista *artist*
el autorretrato *self-portrait*
la burla *mockery*
burlarse de *to mock/joke (make fun of)*
el cuadro / la pintura *painting*
dibujar *to draw*
el dibujo *drawing*
la escena *scene*
el/la escultor/a *sculptor*
la escultura *sculpture*
la estatua *statue*
expresar *to express*
el fondo *background*
la fuente de inspiración *source of inspiration*
glorificar *to glorify*
la imagen *image*
el mensaje *message*
la naturaleza muerta *still life*
la obra abstracta *abstract work*
la obra maestra *masterpiece*
el paisaje *landscape*
pintar *to paint*
el/la pintor/a *painter*
el primer plano *foreground*
representar *to represent*
la reproducción *reproduction*
el retrato *portrait*
la sátira *satire*
el simbolismo *symbolism*

simbolizar *to symbolize, signify*
el símbolo *symbol*

Apreciación del arte

el/la censor/a *censor*
la censura *censorship; censure*
censurar *to censor; to censure*
la crítica *critique*
criticar *to critique; to criticize*
el/la crítico/a *critic*
la interpretación *interpretation*
interpretar *to interpret*

Expresiones para hablar de un cuadro

(No) Me conmueve. *It moves / doesn't move me.*
Me siento triste / contento/a al verlo/la. *I feel sad/happy when I see it.*
Ni me va ni me viene. / Ni fu ni fa. *It doesn't do anything for me.*
No tiene ni pies ni cabeza. *I can't make heads or tails of it.*
No tiene (ningún) sentido para mí. *It doesn't make (any) sense to me.*
¡Qué horrible! *How horrible!*
¡Qué maravilla! *How marvelous!*
¿Qué te parece (este cuadro)? *What do you think (about this painting)?*

Expresiones con *por*

por casualidad *by chance*
por cierto *by the way*
por ejemplo *for example*
por esa razón *for that reason*
por eso *that's why / therefore*
por lo general *in general*
por lo menos *at least*
por lo tanto / por consiguiente *therefore*
por un lado… por el otro / por una parte… por la otra *on (the) one hand . . . on the other*
por otro lado / por otra parte *on the other hand*
por (si) las dudas / por si acaso / por si las moscas *just in case*
por supuesto *of course*

Expresiones útiles

¿A qué se debe/debió eso? *What do/did you attribute that to?*
un dineral *a great deal of money / a fortune*
llevarle (a alguien) + *time period* *to take (someone)* + *time period*
se me/te/le/etc. fueron las ganas de + *infinitive* *I/you/he/etc. didn't feel like* + *-ing anymore*

10 Las relaciones humanas

Courtesy of Laura Acosta

Familia en el parque La Florida en Bogotá, Colombia

METAS COMUNICATIVAS

- ➤ hablar de las relaciones humanas
- ➤ expresar acciones futuras
- ➤ hacer predicciones y promesas
- ➤ indicar qué harías, dar consejos y pedirle algo a alguien
- ➤ especular sobre el presente y el pasado
- ➤ hacer hipótesis (primera parte)

¿Independizarse? ¿Cuál es la prisa?

un/a gran amigo/a (mío/a, tuyo/a, suyo/a, etc.)	a close friend (of mine, yours, his/hers/theirs, etc.)
¿No te/le/les parece?	Don't you think so?
Aparte, ...	Besides, . . .

 *Independizarse de los padres*

La mamá de Lucas preparando una sopa deliciosa... 😉

Independizarse de los padres, algo que todos hicimos o vamos a hacer un día.

BLA BLA BLA

Lucas y Camila

COMENTARIOS:

padrede3 *hace 30 minutos*
Como padre, digo "¿cuál es la prisa?" ¡¡¡¡Y qué buena fotooooo!!!! Pobre pollito.

nikita *hace 25 minutos*
Lucas, ya es hora de que te vayas de la casa de tus padres...

rosa20 *hace 10 minutos*
Me independicé hace dos meses y ya he perdido 2 kilos. Cocino muy mal.

vivalavida *hace 5 minutos*
Jejeje, me independicé hace dos meses también y ya engordé 2 kilos. Siempre como fuera.

ACTIVIDAD 1 Irse de casa

Antes de escuchar el podcast, en grupos de tres, hablen sobre las siguientes preguntas relacionadas con irse de la casa de los padres.

1. ¿Por qué motivos se va una persona joven de la casa de los padres?

2. ¿A qué edad generalmente se va de la casa de sus padres una persona que estudia en la universidad? Si la persona no estudia, ¿cambia la edad a la que se va de la casa?

3. Si la persona estudia en una universidad que está en la misma ciudad donde viven sus padres, ¿dónde vive generalmente? ¿Por qué?

4. ¿Cómo se mantienen económicamente los jóvenes que se van?

ACTIVIDAD 2 Independizarse

Parte A: Ahora lee las siguientes oraciones y luego escucha el podcast para indicar si son **ciertas (C)** o **falsas (F)**. Corrige las oraciones falsas.

1. _____ Quique, un amigo salvadoreño, vive en Santiago.

2. _____ Lucas va a irse de la casa de sus padres.

3. _____ Según Camila, Lucas piensa llevar la ropa sucia para que su madre se la lave.

4. _____ Quique tiene 26 años.

5. _____ Quique no ayuda a pagar los gastos de la casa.

6. _____ Los padres de Lucas quieren que él se vaya de la casa.

San Salvador, El Salvador

🔊 **Parte B:** Lee las siguientes preguntas y luego escucha el podcast otra vez para buscar la información.

1. ¿Con quién piensa ir a vivir Lucas cuando se independice?
2. ¿Por qué no le preocupa a él que la otra persona no sepa cocinar?
3. ¿Por qué no tiene prisa Quique para irse de la casa de sus padres?
4. ¿Cuándo piensa irse Quique de la casa de sus padres?
5. Según Quique, ¿cuáles son algunos aspectos positivos de no independizarse?
6. ¿Por qué no contribuye Lucas a pagar los gastos de la casa?

¿Lo sabían?

En los países hispanos en general, se valora más la interdependencia que en otras partes del mundo: el apoyo que recibe un individuo dentro de un grupo, como por ejemplo, el núcleo familiar, es lo que ayuda a la persona a prepararse para tener éxito en la vida. Eso explica por qué los jóvenes que viven con sus padres no sienten ninguna presión social y por qué la sociedad acepta que sigan viviendo con sus padres hasta casarse.

Por otra parte, en algunos países como los Estados Unidos, Canadá y Alemania se valora la independencia del individuo y se enfatiza la idea de valerse por sí mismo. Es por eso que, en esos países, se ve como inaceptable que un joven de 25 años, por ejemplo, todavía viva con sus padres. Incluso se pueden ver películas sobre este tema como la estadounidense *Failure to Launch*, que presenta a un joven de 35 años que está muy cómodo viviendo con la familia. Sin embargo, sus padres deciden contratar a una persona para que los ayude a que su hijo se vaya de la casa.

¿Crees que para un productor de cine de un país hispano sea buena idea invertir dinero en hacer una adaptación en español de la película mencionada? Explica tu respuesta.

ACTIVIDAD 3 Irse y volver a casa

En grupos de tres, hablen de las siguientes preguntas.

1. ¿Conocen a alguien que fue presionado por sus padres para irse de casa? ¿Cuántos años tenía? Expliquen qué ocurrió.
2. ¿Conocen a alguien que haya vuelto a la casa de sus padres después de terminar la universidad? ¿Por qué lo hizo? ¿La sociedad norteamericana ve esta situación como un fracaso, como dice el título de la película *Failure to Launch*?

I. Stating Future Actions, Making Predictions and Promises

🌐 Do the corresponding iLrn activities as you study the chapter.

The Future Tense

You are already familiar with the two most common ways to refer to future actions: **ir a** + *infinitive* (**Vamos a ir a ver un apartamento para comprarlo.**) and the present tense, which is usually preferred for prearranged, scheduled events (**El año que viene nos mudamos a nuestro propio apartamento.**).

1. Another way to refer to future actions is by using the future tense (**el futuro**). In everyday speech, this tense is not as common as **ir a** + *infinitive* or the present. To form the future tense, add these endings to the infinitive:

usar		vender		vivir	
usaré	usaremos	venderé	venderemos	viviré	viviremos
usarás	usaréis	venderás	venderéis	vivirás	viviréis
usará	usarán	venderá	venderán	vivirá	vivirán

Common irregular verbs include:

hay → habrá

decir → diré	**poner** → pondré	**salir** → saldré
hacer → haré	**querer** → querré	**tener** → tendré
poder → podré	**saber** → sabré	**venir** → vendré

For more information on irregular verbs, see Appendix A, page 368.

Paloma **terminará** los estudios, **conseguirá** un trabajo y **se independizará** de sus padres.	*Paloma will finish her studies, get a job, and move out of her parents' house.*
Ella **buscará** un apartamento cerca de la casa de sus padres.	*She will look for an apartment near her parents' house.*
Tendrá dificultades en encontrar un apartamento barato por esa zona.	*She will have difficulties finding a cheap apartment in that area.*

Note: When expressing a future idea in sentences that require the subjunctive in the dependent clause, remember to use the present subjunctive: **Ellos querrán que sus hijos estudien otro idioma desde niños.**

2. You can use the future tense to make promises and predictions.

—¿Me vas a venir a visitar cuando te independices?	*Are you going to come visit me when you move out?*
—Te **visitaré**, pero supongo que no **vendré** todos los días.	*I will visit you* (promise), *but I assume that I won't come* (prediction) *every day.*

ACTIVIDAD 4 ¿Cómo serán?

En parejas, describan cómo creen que será físicamente la otra persona cuando tenga setenta y cinco años. A continuación hay algunas ideas que pueden ayudarlos. Justifiquen su descripción.

- tener pelo canoso o teñido (*dyed*)
- ser calvo/a
- llevar peluca (*wig, toupee*)
- ser activo/a o sedentario/a
- tener buena o mala salud
- llevar anteojos bifocales o trifocales

- tener arrugas (*wrinkles*)
- tener brazos musculosos o fofos
- estar senil o tener la mente lúcida
- oír bien o mal
- ¿?

ACTIVIDAD 5 ¿Lo harán?

En parejas, túrnense para preguntarse cuáles de las siguientes actividades no harán nunca y cuáles harán si pueden. Expliquen sus respuestas.

▶ —¿Cantarás en un coro?

—Sí, cantaré en un coro porque me fascina cantar.

—No, jamás cantaré en un coro porque no tengo oído para la música.

1. ganar un dineral
2. hacer un crucero por el Caribe
3. vivir en la misma ciudad que sus padres
4. aspirar a ser famoso/a
5. salir en el programa *Jeopardy*

6. dedicarse a ayudar a los necesitados
7. hacer un doctorado
8. venir a trabajar a esta universidad
9. tener un perro o un gato
10. adoptar a un niño

ACTIVIDAD 6 El pasado y el futuro

Parte A: Lee cómo era la vida en el año 1900 y luego di cómo será el mundo en el año 2100.

Acciones habituales en el pasado → Imperfecto

1. En el año 1900 las personas no viajaban mucho porque usaban caballos, barcos o trenes y cada viaje llevaba muchos días. En el año 2100…

2. En el año 1900 se pagaba en las tiendas con monedas o billetes. En el año 2100…

3. En el año 1900 la gente cerraba las puertas con llave y para entrar tenía que tener la llave. En el año 2100…

4. En el año 1900 casi ninguna mujer tenía un puesto en el gobierno. En el año 2100…

5. En el año 1900 existían tiendas donde se compraba comida, ropa, etc. En el año 2100…

Parte B: Ahora, en parejas, usen la imaginación para describir otras cosas que ocurrían en el año 1900 y después predigan qué pasará en 2100.

1. los electrodomésticos
2. la medicina
3. la semana laboral de 40 horas o más
4. las guerras
5. las escuelas públicas

¡Sí se puede!

ACTIVIDAD 7   La estructura familiar

En grupos de tres, lean las siguientes descripciones sobre la estructura familiar actual de los Estados Unidos y digan cómo creen que será esa estructura en veinte años.

1. La mujer hace más tareas domésticas que el hombre.
2. Hay desigualdad entre el sueldo que ganan los hombres y las mujeres.
3. Las parejas generalmente se casan entre los 25 y los 30 años.
4. Las familias tienen generalmente dos hijos.
5. Hay bastante gente soltera con hijos.
6. Muchos hijos no pueden seguir sus estudios por falta de dinero.
7. Los adolescentes salen por la noche con permiso de los padres.
8. El índice de divorcios es alto.
9. Existen familias no tradicionales, pero no son la mayoría.

Campaña del 8 de marzo del 2009, "Mujeres en huelga, ¿qué pasaría?" Text/layout courtesy of Emakunde - Instituto Vasco de la Mujer; Background photo: © Kelvin Murray/Getty Images

ACTIVIDAD 8   Votos matrimoniales

Parte A: En parejas, escriban el nombre de un matrimonio famoso. Para que esta pareja renueve los votos matrimoniales, cada estudiante hace el rol de uno de los esposos y escribe cinco promesas para leerle a la otra persona, usando el futuro. Seleccione cada uno tres promesas de la siguiente lista y luego añadan dos promesas originales al final.

Promesas
_____ decirle siempre la verdad
_____ serle fiel
_____ quererlo/la para toda la vida
_____ apoyarlo/la
_____ respetarlo/la
_____ tener presentes sus deseos
_____ estar con él/ella en las buenas y en las malas
_____ _____
_____ _____

Parte B: En parejas, mírense a los ojos, hagan el papel de las personas famosas y díganse las promesas para renovar los votos matrimoniales.

II. Saying What You Would Do, Giving Advice, and Making Requests

The Conditional

1. To express what someone would do, use the conditional (**el condicional**) by adding these endings to the infinitive:

usar		vender		vivir	
usaría	usaríamos	vendería	venderíamos	viviría	viviríamos
usarías	usaríais	venderías	venderíais	vivirías	viviríais
usaría	usarían	vendería	venderían	viviría	vivirían

Common irregular verbs include:

decir → diría	poner → pondría	salir → saldría	hay → habría
hacer → haría	querer → querría	tener → tendría	
poder → podría	saber → sabría	venir → vendría	

For more information on irregular verbs, see Appendix A, page 368.

Yo **describiría** la relación con mis padres como cordial. Muchas veces **preferiría** decirles lo que pienso, pero eso **tendría** consecuencias negativas.	*I would describe my relationship with my parents as cordial. Many times, I would prefer to tell them what I think, but that would have negative consequences.*

2. The conditional is frequently used to give advice when prefaced by the phrases **yo que tú/él/ella/ellos…** and **(yo) en tu/su lugar.**

Yo que tú, me casaría con ella.	*If I were you, I would marry her.*
(Yo) en su lugar, les **diría** la verdad.	*If I were in his place, I would tell them the truth.*

3. You can also use the conditional to make very polite requests. The following requests are listed from the most direct (commands), to the most polite (conditional).

Dime dónde es la reunión.	Haz esto.
¿Me dices dónde es la reunión?	Quiero que hagas esto.
¿**Podrías** decirme dónde es la reunión?	**Me gustaría** que hicieras esto.*

****Note:** When making a polite request, if the independent clause contains the conditional, use the imperfect subjunctive in the dependent clause.

ACTIVIDAD 9 Situaciones de la vida diaria

Parte A: Lee las siguientes situaciones de la vida diaria y completa las posibles respuestas con el condicional. Luego marca tu respuesta para cada situación.

1. Estás en el banco y la mujer que está delante de ti solo habla español y tiene problemas porque el cajero solo habla inglés. ¿Qué harías?

   a. La _____ y le traduciría. (ayudar y traducir)

   b. No _____ nada. (hacer)

   c. _____ un cajero que hablara español. (buscar)

2. Llegas a tu casa solo/a de noche y encuentras la puerta abierta. ¿Qué harías?

   a. _____ para investigar. (entrar)

   b. _____ a la casa de un vecino. (correr)

   c. _____ de allí y _____ a la policía. (salir, llamar)

3. Un vendedor te devuelve diez dólares de más en una tienda. ¿Qué harías?

   a. Le _____ el dinero. (devolver)

   b. Le _____ las gracias y _____. (dar, irse)

   c. _____ algo más en esa tienda. (comprar)

4. Tienes una amiga que crees que es alcohólica. ¿Qué harías?

   a. _____ con ella y le _____ mi apoyo. (hablar, ofrecer)

   b. Le _____ una lista de reuniones de Alcohólicos Anónimos. (dar)

   c. Les _____ a sus otros amigos para que la ayudaran. (decir)

Parte B: En parejas, miren individualmente las situaciones de la Parte A otra vez y marquen lo que creen que respondió su compañero/a. No consulten con él/ella.

Parte C: Ahora hablen sobre las respuestas y las predicciones que hicieron.

> A: ¿Qué haría yo en la primera situación?
> B: Yo creo que tú no la ayudarías porque eres muy tímido/a.
> A: Soy tímido/a, pero también soy amable y hablo bien español. Yo la ayudaría y…

ACTIVIDAD 10 ¿Qué harías?

En parejas, el/la estudiante "A" lee las situaciones de esta página y el/la estudiante "B" las situaciones de las páginas 390–391. Luego túrnense para contarle sus situaciones a la otra persona y preguntarle qué haría. Reaccionen a lo que dice su compañero/a usando las expresiones de **Para reaccionar** de la página siguiente.

A

1. Has gastado más de $2.000 con la tarjeta de crédito en un televisor de 55 pulgadas y no tienes más crédito. En la cuenta bancaria tienes solo $600 y quieres hacer un viaje a México con tus amigos durante las vacaciones. Tu abuela siempre te dice que te puede ayudar si tienes problemas, pero no es rica. No sabes qué hacer.

2. Has chocado contra un auto estacionado y a tu auto no le ha pasado nada, pero el otro está un poco dañado. Calculas que el arreglo no costará más de $200. Nadie ha visto el choque y estás solo/a. No sabes qué hacer.

Para reaccionar

Positivas:

¡Qué decente!

¡Qué responsable!

Eres un ángel.

Eres un/a santo/a.

Eres más bueno/a que el pan.

Negativas:

¡Qué caradura! (*Of all the nerve!*)

¡Qué sinvergüenza! (*What a rat!*)

¡Qué desconsiderado/a! (*How inconsiderate!*)

Francamente, creo que tú... (*Frankly, I think that you . . .*)

Esa es una mentira más grande que una casa. (*That's a big, fat lie.*)

▶ **Ángel** is always masculine.

ACTIVIDAD 11 Yo que tú...

En parejas, el/la estudiante "A" mira las situaciones de esta página y el/la estudiante "B" mira las situaciones de la página 391. "A" le cuenta a "B" sus problemas usando sus propias palabras. "B" debe decir qué haría en cada caso usando las expresiones **yo que tú/ él/ella/ellos** y **yo en tu/su lugar**. Luego cambien de papel.

A

1. Mi madre quiere que me quede aquí y que no acepte un trabajo en Bolivia.

2. Mis padres van a ir a Europa y no saben si alquilar un carro o comprar pases Eurail.

3. Un amigo quiere que yo salga en el programa de TV *El soltero*.

ACTIVIDAD 12 Una emergencia

Estás en el trabajo y acabas de enterarte que tu padre tuvo un accidente grave. Fuiste a pedirle algunos favores a una compañera, pero no la encontraste. Por eso, le pediste los mismos favores a tu jefa. Cambia lo que ibas a pedirle a tu compañera a la forma de **Ud.** y usa frases como **¿Me podría...?, Querría que Ud. ..., Me gustaría que Ud. ...**

1. ¿Me puedes ayudar?

2. ¿Me dejas usar tu carro?

3. Cancela mis citas con los clientes.

4. ¿Me puedes prestar cien dólares?

5. Quiero que llames a mi madre para decirle que iré enseguida al hospital.

6. No quiero que le digas nada a nadie en la oficina.

III. Expressing Probability by Speculating and Wondering

The Future Tense and the Conditional

When you are not sure about certain facts regarding the present or the past, you may speculate or wonder.

---

1. To speculate or wonder about the present, use the future tense.

—¿Qué **estarán haciendo** los niños?	*I wonder what the kids are doing.*
—**Harán** alguna travesura porque están tan callados.	*They must be doing something bad because they are so quiet.*
—¿Cuántos años **tendrá** Ramón?	*I wonder how old Ramón is.*
—**Tendrá** unos cincuenta.	*He's probably about fifty.*

2. To speculate or wonder about the past, use the conditional.

—¿Por qué se divorciaron?	*Why did they get divorced?*
—No tengo idea. **Tendrían** muchos problemas y ella **estaría** muy descontenta.	*I have no clue. They probably had a lot of problems and she must have been very unhappy.*

ACTIVIDAD 13 Solos en casa

En parejas, Uds. están solos en una casa por la noche y están un poco nerviosos porque ha habido muchos robos últimamente. Hagan conjeturas acerca de lo que pasa siguiendo el modelo.

▶ Oyen un ruido en otra habitación.
   A: ¿Oíste ese ruido?
   B: Sí. ¿Qué será?
   A: Será el viento.

1. Un perro empieza a ladrar.
2. Suena el teléfono y, al contestar, no habla nadie.
3. Oyen un grito que viene de fuera de la casa.
4. Escuchan la sirena de la policía.
5. Alguien llama a la puerta.

ACTIVIDAD 14 ¿En qué año sería?

Intenta decir la edad exacta que tenían ciertas personas famosas o el año exacto en que ocurrieron los siguientes acontecimientos. Si no estás seguro/a, mira las opciones que se presentan y usa expresiones como **sería a principios de los…, a fines de los…, en el año…, de… a…** o **tendría… años**.

▶ llegar / Armstrong a la Luna

a. a principios de los 60   b. a fines de los 60   c. a principios de los 70

Armstrong llegó a la Luna en 1969.   Sería a fines de los 60 cuando
                                            Armstrong llegó a la Luna.

1. ser / las Olimpiadas en Barcelona

a. en el año 1988   b. en el año 2000   c. en el año 1992

2. Penélope Cruz / ser / protagonista de una película norteamericana por primera vez

a. 18 años   b. 25 años   c. 28 años

3. las norteamericanas / ganar / la Copa Mundial de Fútbol

a. a mediados de los 70   b. a finales de los 80   c. a finales de los 90

4. JFK / morir / asesinado en Dallas, Texas

a. 36 años   b. 46 años   c. 56 años

5. Shakira / producir / su primer álbum en inglés

a. 20 años   b. 24 años   c. 27 años

6. El español Miguel Induráin / ganar / el tour de Francia cinco veces consecutivas

a. de 1974 a 1978   b. de 1991 a 1995   c. de 1998 a 2002

Miguel Induráin, medalla de oro, Olimpiadas de Atlanta, 1996

IV. Discussing Human Relationships

Las relaciones humanas

Cuernos

La relevancia que le damos a **la fidelidad** sexual, independientemente de la edad, es altísima; solo un 2,7% la considera "poco importante". Pero además **confiamos en** nuestros compañeros sentimentales: más del 68% de los españoles no cree que sus **parejas** les **hayan sido infieles,** mientras que el 30,5% de los varones y el 10,7% de las mujeres reconocen haberlo sido alguna vez. Estos son algunos datos de la muestra que Sigma Dos ha realizado en la última semana de julio en exclusiva para *Magazine.* El escritor, político y demógrafo Joaquín Leguina analiza los resultados de la encuesta y señala que "estas proporciones de infieles subestiman la realidad". Pero si algo ha llamado la atención del autor del libro *Cuernos* es el porcentaje de menores de 30 años que sostienen como motivo inevitable de ruptura **una cana al aire:** "La permisividad de los jóvenes españoles queda muy en entredicho".

© Jessica Peterson/Mark L Andersen/Rubberball/Corbis

Joaquín Leguina. "Cuernos", *El Mundo,* 17 agosto, 2003 (www.el-mundo.es/magazine/2003). Reprinted by permission.

Palabras relacionadas con las relaciones humanas	
el/la anciano/a	elderly man/woman
el asilo / la casa / la residencia de ancianos	nursing home
autosuficiente	self-sufficient
la crianza, criar	raising, rearing; to raise, rear
ejercer autoridad	to exert authority
entrometerse (en la vida de alguien)	to intrude, meddle (in someone's life)
la falta de comunicación	lack of communication
la generación anterior	previous generation
la igualdad de género	gender equality
inculcar	to instill, inculcate
independizarse (de los padres)	to move out of one's parents' home
la infidelidad	
el machismo	

malcriar	to spoil, pamper (a child)
matriarcal, patriarcal	
moral, inmoral	
la niñera	nanny
la pareja*	couple; partner
rebelde, rebelarse	rebellious; to rebel
sumiso/a	submissive
tener una aventura (amorosa)	to have an (love) affair
el vínculo	bond
vivir juntos / convivir	to live together

*Note: To refer to a male partner, use **la pareja**. **La pareja de Diana parece ser un hombre muy sensible.**

ACTIVIDAD 15 ¿Iguales o diferentes?

En parejas, el/la estudiante "A" mira solamente la lista de palabras de esta página y el/la estudiante "B" mira la lista de la página 391. "A" debe definir las palabras pares y "B" las palabras impares, sin decir la palabra que se define. Al escuchar la definición que da tu compañero/a, di si la palabra que tienes en ese número es la misma o es diferente. Al dar definiciones, usen frases como **Es la acción de…, Es el acto de…, Es la persona que…**

A		
1. matriarcal	4. inculcar	7. inmoral
2. infidelidad	5. independizarse	8. malcriar
3. rebelde	6. niñera	

ACTIVIDAD 16 Tu opinión

Lee y marca las ideas con las que estás de acuerdo. Luego, en grupos de tres, discútanlas.

1. ❑ Los padres malcrían a sus hijos porque no tienen tiempo de educarlos bien.
2. ❑ En este país está mal visto que un/a chico/a de 22 años no se haya independizado de sus padres.
3. ❑ Hay falta de comunicación entre padres e hijos porque todos están muy ocupados.
4. ❑ En este país existe la igualdad de género.
5. ❑ Los vínculos entre padres e hijos son muy fuertes, pero eso no quiere decir que los hijos deseen vivir en la misma ciudad o el mismo estado que sus padres.
6. ❑ Convivir antes de casarse es inmoral.

ACTIVIDAD 17 El matrimonio: pasado, presente y futuro

En otras épocas, la gente consideraba el matrimonio por amor y no por conveniencia una idea muy radical. En grupos de tres, discutan las siguientes preguntas sobre el matrimonio.

1. Cuando el matrimonio era un arreglo, ¿cuáles serían los conflictos más comunes entre los miembros de la pareja?

   _____ ser incompatibles

   _____ haber falta de comunicación

   _____ tener problemas económicos

   _____ no haber atracción física

   _____ tener problemas para encontrar trabajo

   _____ tener muchas peleas

   _____ no quererse el uno al otro

   _____ tener problemas con la división de las labores domésticas

   _____ ser amigos y no amantes

2. ¿Qué tipo de problemas creen que tendrán ahora las parejas que se casan por amor?

3. ¿Qué tipo de vínculo creen que se establecerá entre dos personas en el futuro?

ACTIVIDAD 18 Ser padre

Parte A: Mira el cartel que creó una organización chilena para una campaña y contesta las preguntas.

1. ¿Qué promoverá esta campaña de paternidad?

2. ¿De qué forma puede comprometerse un padre en la crianza de sus hijos?

3. ¿Cómo será en la actualidad la igualdad de género en Chile en temas relacionados con la crianza de los niños?

Parte B: Ahora contesta esta pregunta sobre la igualdad de género en cuanto a la crianza de los niños de tu familia o de una familia que conoces muy bien. ¿Quién se ocupa más de los siguientes temas relacionados con la crianza de los niños?

	mujer	hombre
inculcarles valores	_____%	_____%
darles de comer	_____%	_____%
ejercer autoridad y castigarlos	_____%	_____%
leerles cuentos	_____%	_____%
practicar deportes con ellos	_____%	_____%
ayudarlos con la tarea escolar	_____%	_____%
llevarlos al médico	_____%	_____%
bañarlos y vestirlos	_____%	_____%

Parte C: En grupos de tres, hablen sobre las siguientes preguntas.

1. Pensando en sus respuestas a la pregunta de la Parte B, ¿hay igualdad de género? ¿Hay igualdad de género en la crianza de los niños en su país?

2. ¿Sería bueno tener una campaña dirigida a los padres en su país? ¿Y una dirigida hacia las madres? ¿Por qué sí o no?

ACTIVIDAD 19 La comunicación familiar

Parte A: En grupos de tres, miren la siguiente escena, y digan qué hace cada persona en vez de comunicarse con otros miembros de la familia.

© Cengage Learning 2015

Parte B: Ahora en su grupo, contesten estas preguntas sobre su familia durante su adolescencia.

1. ¿Sus padres les prohibían mandar mensajes durante la comida o, con frecuencia, ellos también los mandaban?

2. ¿Sus padres miraban televisión mientras comían?

3. ¿Sus padres se entrometieron alguna vez en la vida de Uds. mirando su Twitter, su página de Facebook, su historial de Internet, etc., o ellos confiaban en Uds. y no vigilaban lo que hacían en Internet?

4. ¿Sus padres limitaban las horas que Uds. pasaban en casa frente a la computadora?

 Parte C: En grupos de tres, digan qué harán Uds. en el futuro si son padres o madres de familia para tener una buena comunicación con sus hijos e inculcarles sus valores.

ACTIVIDAD 20 Los más pequeños y los ancianos

Parte A: En grupos de tres, discutan estas preguntas sobre la educación infantil y el cuidado de los ancianos.

1. Imaginen que tienen un niño menor de dos años. ¿Lo dejarían en una guardería todo el día? ¿Cuáles serían tres ventajas y tres desventajas?

2. Imaginen que viven cerca de la casa de sus padres, ¿dejarían al niño todos los días con ellos? ¿Les gustaría a ellos?

3. ¿De qué forma malcrían los padres a los niños? ¿Por qué creen que lo hagan?

4. ¿Qué papel desempeñan/desempeñaron sus abuelos en su familia?

5. Imagínense que sus padres son ancianos y necesitan cuidados especiales. ¿Cuáles serían tres ventajas y tres desventajas de tenerlos en casa?

6. ¿Pondrían a sus padres en una casa de ancianos? ¿Cuáles serían las ventajas y desventajas de hacerlo?

 Parte B: Ahora lean lo que dice una venezolana acerca del cuidado de los niños y de los ancianos en su país. Luego, en su mismo grupo de tres, comparen lo que dice ella con lo que contestaron Uds.

Fuente hispana

Courtesy of Fabiana López de Haro

"En Latinoamérica, una familia con hijos pequeños generalmente no los llevaría a una guardería antes de los dos años para que allí se los cuidaran. Preferiría en todo caso contratar a una niñera que les ayudara con la parte pesada de ese trabajo, como es el bañarlos, darles de comer, cambiarles los pañales, supervisar sus juegos. Ahora bien, en caso de no tener recursos económicos para contratar ayuda, acudirían a la madre o a la suegra. Ellas, sin duda, lo harían con mucho amor, sin esperar ningún tipo de compensación económica.

Por otro lado, si los padres de la pareja son muy ancianos y no pueden valerse por sí mismos, ellos contarán con que sus hijos los cuiden. Vivirán en la casa de uno de sus hijos y, si es necesario y si tienen los recursos, les contratarán a una enfermera particular para que se encargue de ellos. Solo como último recurso les buscarán lugar en un asilo para personas mayores". ■

ACTIVIDAD 21 ¿Costumbres semejantes?

🌐 *El rol de la mujer*

Parte A: En parejas, lean las siguientes preguntas y discutan sus respuestas basándose en sus ideas sobre la sociedad de este país.

1. ¿Con quién viven sus abuelos? ¿Tienen Uds. algún pariente en una casa de ancianos?
2. ¿Hay presión para que los recién casados tengan hijos?
3. ¿Quién cuida a los niños durante el día?
4. ¿Cómo dividen las responsabilidades de la casa las parejas casadas si solo una persona trabaja fuera de casa? ¿Y si los dos trabajan fuera de casa?
5. ¿Tiene la mujer de hoy más independencia que antes? Expliquen.

Parte B: En parejas, lean las preguntas nuevamente y traten de imaginar lo que contestaría un hispano.

▶ Un hispano diría que (no) es común que un hombre de treinta años viva con sus padres.

Parte C: A continuación hay una lista de respuestas que dieron una mexicana y una española a las preguntas de la Parte A. Algunas respuestas fueron similares y otras no. Comparen estas respuestas con lo que respondieron Uds. en las Partes A y B de esta actividad. Los números corresponden a las preguntas de la Parte A.

Courtesy of Mª Fernanda Seemann Meléndez

mexicana

Courtesy of Carmen Fernández

española

- "Los abuelos y otros familiares suelen vivir en la misma ciudad y ayudan a cuidar a los niños cuando los padres lo necesitan". (pregunta 3)

- "Dentro de la casa, generalmente la mujer sigue ocupándose de la mayoría de las labores domésticas". (4)

- "La mujer de clase media tiene cada vez más independencia y trabaja más fuera del hogar". (5)

Las respuestas diferentes

mexicana

española

- "Relativamente pocas personas tienen parientes en casas de ancianos". (1)

- "Las cosas han cambiado, ya que la mujer trabaja fuera de casa, y por eso ahora hay más personas en residencias de ancianos. También existen las residencias de día: son como guarderías, pero para mayores". (1)

- "La familia espera que los recién casados tengan hijos pronto, pero últimamente esto está cambiando en las grandes ciudades". (2)

- "Normalmente tienen hijos dos o tres años después de casarse, si los tienen. Las mujeres tienen el primer hijo más o menos a los 30 años". (2)

ACTIVIDAD 22 Una pareja hispano-norteamericana

Después de discutir las preguntas de las Actividades 20 y 21, en grupos de tres, imaginen que una mujer de este país está pensando casarse con un hombre de un país hispano. Digan qué conflictos habría. Luego imaginen que un hombre de este país está pensando casarse con una mujer de un país hispano y digan qué conflictos habría.

V. Hypothesizing (Part One)

Si Clauses (Part One)

In this section, you will learn to discuss hypothetical situations.

1. When making a hypothetical statement about a future situation, use the following constructions:

Hypothetical statements about the future

si + *present indicative*,
Si Paco **tiene** tiempo,
If Paco has time, (which he may or may not)

present indicative
le **hablo** del problema.
I am going to speak to him about the problem.

ir a + *infinitive*
le **voy a hablar** del problema.
I am going to speak to him about the problem.

future
le **hablaré** del problema.
I will speak to him about the problem.

command
háblale del problema.
speak to him about the problem.

2. When making a hypothetical statement about the present, use the following construction. Notice that the **si** clause contains a contrary-to-fact statement (*if I were a rich man*—which I am not).

Hypothetical statements about the present

si + *imperfect subjunctive*,	conditional
—**Si estuvieras** en mi lugar,	¿**controlarías** las horas que los niños pasan usando Internet?
If you were in my place (which you are not),	*would you control the hours the children spend online?*
—**Si tuviera** hijos,	**confiaría** en ellos y los **dejaría** navegar por Internet con toda libertad.
If I had children (which I do not),	*I would trust them and I would let them surf online freely.*

3. In all sentences with **si** clauses, the **si** clause can start or end the sentence.

Si quieres independizarte de tus padres, necesitas trabajar mucho.*   =   Necesitas trabajar mucho si quieres independizarte de tus padres.

*Note: If the **si** clause comes first, a comma is needed.

ACTIVIDAD 23 Situaciones para niños

Imagina que eres niño/a y acabas de participar en un taller (*workshop*) sobre seguridad personal. Di qué harías en las siguientes situaciones.

1. si alguien te preguntara en la calle cómo llegar a un lugar

2. si un amigo o una amiga te ofreciera un cigarrillo

3. si un amigo o una amiga te sugiriera que robaras algo en una tienda

4. si tú estuvieras solo/a en casa y una persona llamara por teléfono y preguntara por uno de tus padres

5. si en la calle alguien te ofreciera un dulce

Courtesy of Ministerio de la Mujer y Desarrollo Social

ACTIVIDAD 24 Acciones poco comunes

Parte A: Entrevista a personas de la clase para averiguar si han hecho o harían, si pudieran, las actividades de la siguiente lista. Debes hacerle solo una pregunta a cada persona que entrevistes y escribir solo un nombre para cada acción. Sigue el modelo.

▶   A: ¿Alguna vez has comido ancas de rana?

B: Sí, lo he hecho.   B: No, nunca lo he hecho.

A: ¿Cuándo las comiste?   A: ¿Las comerías si pudieras?

B: El verano pasado y me gustaron mucho.   B: No, nunca lo haría. / Creo que sí lo haría.

	Lo ha hecho	Nunca lo haría	Lo haría si pudiera
1. correr un maratón			
2. escalar una montaña alta			
3. participar en un *reality show*			
4. hacer un viaje por la selva			
5. nadar sin traje de baño			
6. actuar en una película			
7. vivir por lo menos un año en un país de habla española			
8. ser reportero/a para una revista de chismes			

Parte B: Ahora, en parejas, díganle a la otra persona los datos que obtuvieron.

▶ Emily dice que, si pudiera, comería ancas de rana.

ACTIVIDAD 25 ¿Cómo serías?

En parejas, túrnense para decir cómo sería su vida si Uds. fueran diferentes en ciertos aspectos.

▶ ser más alto

Si yo fuera más alto, podría ser un buen jugador de basquetbol. Practicaría todos los días y también viajaría mucho para jugar partidos.

1. ser más bajo/a o alto/a
2. ser hombre/mujer
3. hacer más/menos ejercicio
4. ser famoso/a

5. (no) estar casado/a
6. (no) tener hermanos
7. (no) cambiarse el color del pelo
8. vivir en un país de habla española

ACTIVIDAD 26 La clonación

Parte A: Mientras hacías las últimas dos actividades, tuviste la oportunidad de explorar un poco la variedad de personas que hay en la clase y sus opiniones. Durante siglos se decía que no había dos personas iguales en el mundo. Ahora mira el chiste de un humorista gráfico argentino de la página siguiente y contesta las preguntas.

1. ¿Qué restaurante conocido imita esta tienda?
2. ¿Qué se puede comprar allí?
3. ¿Cuáles son algunas de las características del Combo 2?
4. ¿Qué cambio al Combo 2 quiere la clienta? ¿Por qué?
5. ¿Qué se puede comprar por 50 centavos más?
6. Si pudieras pedir un hijo como pides una hamburguesa, ¿cómo te gustaría que fuera?

Parte B: Ahora, en grupos de tres, hablen de las siguientes preguntas.

1. ¿Qué significa el término *planificación familiar*?
2. Si la clonación y los mapas genéticos de embriones estuvieran al alcance de todos, ¿cómo cambiaría la definición de *planificación familiar*?
3. ¿Cómo se sentiría un niño si supiera que es producto de una clonación?
4. ¿Creen que la clonación es moral o inmoral? Justifiquen su respuesta.

morocha = morena

hacer juego = to match,
go together

ACTIVIDAD 27 La fidelidad

Antes de discutir el tema de la fidelidad, vuelve a leer el artículo del periódico español *El Mundo* en la página 298. Luego, en grupos de cuatro, compárenlo con lo que creen Uds. que ocurre en este país.

1. ¿Creen que sea común la infidelidad entre personas que tienen un vínculo amoroso? Si supieran que la pareja de un gran amigo le pone los cuernos a su amigo, ¿bajo cuáles de estas circunstancias le dirían algo?

   - si fueran novios
   - si vivieran juntos, pero no estuvieran casados
   - si pensaran casarse
   - si estuvieran casados sin hijos
   - si estuvieran casados con hijos

2. ¿Cambiaría su respuesta si fuera una amiga íntima?

3. Si estuvieran Uds. en cualquiera de esas situaciones, ¿les gustaría que alguien les dijera la verdad? ¿Preferirían enterarse de otra forma? ¿Preferirían no saber nada?

4. Si Uds. se enteraran de que el gobernador de su estado se echó una cana al aire, ¿cómo reaccionarían? Y si la persona fuera mujer, ¿cómo reaccionarían?

Parte A: En grupos de tres, lean las siguientes ideas sobre los anuncios comerciales y digan qué opinan.

1. En los anuncios, el hombre vende productos caros y la mujer vende productos baratos.

2. Los anuncios de juguetes para niños están dirigidos a los niños y a sus madres.

3. Muchos anuncios presentan a la mujer o al hombre como un "premio".

4. Muchos anuncios son sexistas.

5. Hay anuncios que reflejan lo que ya ocurre en la sociedad y otros que incentivan a que la sociedad cambie.

6. Hay compañías que se preocupan por el mensaje implícito del anuncio para promover la igualdad de género y hay otros que solo quieren vender sus productos. Ahora contesten estas preguntas.

   • Si en un anuncio un padre jugara a las muñecas con su hija, ¿lograría el anuncio buenas ventas?

   • Si Uds. trabajaran en publicidad, ¿se preocuparían por el mensaje implícito del anuncio para promover la igualdad de género o solo se preocuparían por vender el producto?

Parte B: Ahora, en su grupo, hablen de la siguiente situación. Una agencia de publicidad quiere que Uds. hagan un anuncio para venderles detergente a los hombres. ¿Cuáles son tres cosas que harían en el anuncio para que este no fuera sexista?

Do the corresponding iLrn activities to review the chapter topics.

Más allá

Película: *Valentín*

Drama: Argentina, 2002

Director: Alejandro Agresti

Guion: Alejandro Agresti

Clasificación moral: Todos los públicos

Reparto: Rodrigo Noya, Carmen Maura, Julieta Cardinali, Jean Pierre Noher, Mex Urtizberea, Alejandro Agresti

Sinopsis: Es 1969 y Valentín (Rodrigo Noya), un niño que vive en Buenos Aires con su abuela (Carmen Maura), tiene dos sueños: ser astronauta y tener una familia con madre y padre. No conoce a su madre y su padre (Alejandro Agresti) no se ocupa mucho de él y por eso no hay ningún hombre en la vida del niño hasta que conoce a un vecino excéntrico (Mex Urtizberea). También conocerá a la nueva novia de su padre (Julieta Cardinali).

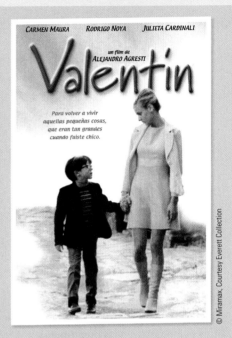

Antes de ver

ACTIVIDAD 1 La vida de Valentín

Parte A: Lee la sinopsis de la película y usa la imaginación para hacer conjeturas sobre el presente y el futuro.

1. ¿Por qué vivirá Valentín con su abuela y no con su madre?

2. ¿Qué hará el niño un día típico?

3. ¿Por qué soñará con ser astronauta?

4. En el futuro, Valentín conocerá a la novia de su padre. Explica qué ocurrirá.

Parte B: Ahora contesta las siguientes preguntas.

1. La película ocurre a principios de 1969. ¿Qué fue el *Sputnik 1*? ¿Qué hizo Yuri Gagarin y en qué año lo hizo? ¿Qué ocurrió el 20 de julio de 1969? ¿Cuáles fueron los dos países de la carrera espacial durante la década de los 60?

2. Durante la película un cura habla de un médico famoso conocido como Che Guevara. Busca en Internet información sobre este hombre.

   a. ¿De dónde era Che Guevara?

   b. ¿Por qué era famoso?

   c. ¿Cuándo y cómo murió?

3. En la película hay algunos personajes que son judíos. Busca en Internet el número de judíos en Argentina en la actualidad.

Mientras ves

ACTIVIDAD 2 La película

Mientras miras la película, usa los siguientes adjetivos para describir la personalidad de estos personajes.

agresivo   creativo   egoísta   inmaduro   paciente

cariñoso   curioso   espontáneo   inteligente   pesimista

chistoso   dulce   idealista   malhumorado   simpático

Valentín	_____	_____	_____
la abuela	_____	_____	_____
el padre	_____	_____	_____
Leticia	_____	_____	_____
Rufo	_____	_____	_____

Después de ver

ACTIVIDAD 3 Tu opinión

Contesta dos de las siguientes preguntas sobre la película.

1. Basándote en lo que sabes sobre la relación entre la madre y el padre de Valentín, contesta las siguientes preguntas. ¿Por qué no vivirá la madre de Valentín con él? ¿Dónde estará ella y por qué? ¿Tendrá problemas? ¿Cuáles son otras dos circunstancias que impedirían que una madre viviera con su hijo? En estas situaciones, ¿quién debería criar al niño?

2. ¿Cómo era la relación entre Valentín y su abuela? ¿Prefería ella vivir sola o le gustaba cuidar a su nieto? ¿Por qué? Si tuvieras hijos y no los pudieras criar, ¿te gustaría que tus padres los criaran? ¿Por qué?

3. Valentín hizo un comentario antisemita durante una conversación con Leticia. En tu opinión, ¿por qué lo dijo? ¿Cómo reaccionó Leticia y por qué? Si un niño de 8 años hiciera un comentario antisemita/racista/sexista enfrente de ti, ¿cómo reaccionarías? ¿Le dirías algo al niño? ¿Les dirías algo a sus padres?

4. ¿Qué sabe Valentín de su madre? ¿Qué le decía su padre sobre ella? ¿Y su abuela? ¿Qué le dijo el señor del bar al final? Si Valentín tuviera la oportunidad de hablar con ella, ¿qué le diría?

5. Usa la imaginación para hablar de cómo será la vida de los personajes dentro de cinco años. ¿Cómo será la relación entre Rufo y Leticia? ¿Dónde vivirá Valentín? ¿Qué querrá hacer cuando sea mayor? ¿Se mantendrá en contacto con su padre? ¿Con su madre? ¿Con otro pariente suyo? ¿Con el señor del bar?

Vocabulario activo

Las relaciones humanas

el/la anciano/a *elderly man/woman*
el asilo / la casa / la residencia de ancianos *nursing home*
autosuficiente *self-sufficient*
confiar en *to trust*
la crianza *raising, rearing (of children)*
criar *to raise, rear*
echar(se) una cana al aire *to have a one-night stand; to let one's hair down*
ejercer autoridad *to exert authority*
entrometerse (en la vida de alguien) *to intrude, meddle (in someone's life)*
la falta de comunicación *lack of communication*
la fidelidad *fidelity*
la generación anterior *previous generation*
la igualdad de género *gender equality*
inculcar *to instill, inculcate*

independizarse (de los padres) *to move out of one's parents' home*
la infidelidad *infidelity*
inmoral *immoral*
el machismo *male chauvinism*
malcriar *to spoil, pamper (a child)*
matriarcal *matriarchal*
moral *moral*
la niñera *nanny*
la pareja *partner; couple*
patriarcal *patriarchal*
ponerle los cuernos a alguien *to cheat on someone (literally, to put horns on your partner)*
rebelarse *to rebel*
rebelde *rebellious*
ser fiel/infiel *to be faithful/unfaithful*
sumiso/a *submissive*
tener una aventura (amorosa) *to have an (love) affair*
el vínculo *bond*
vivir juntos / convivir *to live together*

Expresiones útiles

Aparte, … *Besides, . . .*
¿No te/le/les parece? *Don't you think so?*
un/a gran amigo/a (mío/a, tuyo/a, suyo/a, etc.) *a close friend (of mine, yours, his/hers/theirs, etc.)*
Eres un ángel. *You're an angel.*
Eres un/a santo/a. *You're a saint.*
Eres más bueno/a que el pan. *You are as good as gold. (literally, You are better than bread.)*
Esa es una mentira más grande que una casa. *That's a big, fat lie.*
Francamente, creo que tú… *Frankly, I think that you . . .*
¡Qué decente! *How decent!*
¡Qué responsable! *How responsible!*
¡Qué caradura! *Of all the nerve!*
¡Qué sinvergüenza! *What a rat! (literally, How shameless!)*
¡Qué desconsiderado/a! *How inconsiderate!*

Sociedad y justicia

La policía panameña en preparación para quemar cinco toneladas de droga

METAS COMUNICATIVAS

- ➤ hacer hipótesis (segunda parte)
- ➤ dar sugerencias, expresar dudas, etc., en el pasado
- ➤ hablar sobre delincuencia y justicia

META ADICIONAL

- ➤ usar palabras para conectar ideas

313

¿Coca o cocaína?

¡Cómo pasa el tiempo!	Time flies!
(para) dentro de (50) horas/días/años/etc.	in (50) hours/days/years/etc.
se me/te/le/etc. pasó el dolor/mareo	the pain/dizziness went away

Camila tomando mate de coca

En nuestro último episodio del año hablamos con una amiga boliviana.

BLA BLA BLA

Lucas y Camila

COMENTARIOS:

walterquiro *hace 40 minutos*
En el 88 mi padre le sirvió mate de coca al Papa Juan Pablo II en La Paz para combatir el soroche.

paulachilena24 *hace 25 minutos*
Yo tomé mate de coca cuando estuve en Cusco antes de ir a Machu Picchu. Me ayudó mucho.

peruhastalamuerte *hace 10 minutos*
mi abuelita vendía hojas de coca en una tiendita en la sierra en Perú

limaeterna *hace 5 minutos*
En Perú, en algunos restaurantes gourmet, te sirven mate de coca frappé!!!

ACTIVIDAD 1 ¿Es droga o no?

Lee la siguiente definición de la droga. Después, marca cuáles de las siguientes sustancias son drogas según esta definición.

> Droga: "Se dice de cualquier sustancia de origen vegetal, mineral o animal que tiene un efecto depresivo, estimulante o narcótico".

❏ el café	❏ las pastillas para adelgazar
❏ el alcohol	❏ la Coca-Cola®
❏ los somníferos	❏ el cigarrillo
❏ el té	❏ la heroína
❏ la hoja de coca	❏ la mariguana
❏ el éxtasis	❏ el Red Bull®

ACTIVIDAD 2 ¿Qué significa?

Mientras escuchas el podcast, presta atención para aprender qué significan los siguientes términos.

1. coca
2. cocaína
3. soroche
4. mate de coca

ACTIVIDAD 3 Más información sobre la coca

Ahora, lee las siguientes preguntas y luego escucha el podcast otra vez para contestarlas.

1. ¿Por qué toman mate de coca las personas que visitan La Paz?
2. ¿Cuándo lo toma la gente de La Paz y para qué se usa?
3. A diferencia de mascar tabaco, ¿qué efecto negativo no tiene mascar coca?
4. ¿Por qué los campesinos consumen coca todo el día?
5. ¿Dónde se compran las hojas de coca? ¿Y el mate?
6. ¿Dónde se puede comprar mate de coca en Santiago? ¿Y en EE.UU.?

¿Lo sabían?

Preparando hojas de coca para un ritual tradicional

La hoja de coca es utilizada de diferentes maneras por indígenas de Perú, Bolivia, el norte de Argentina, Ecuador, Colombia, Venezuela, Brasil y Chile:

- como unidad monetaria para intercambiar alimentos

- en ceremonias religiosas (nacimientos, bautizos, casamientos, actos relacionados con la naturaleza, etc.) porque se considera una planta sagrada

- como medicamento para enfermedades de la piel, el aparato digestivo y el sistema circulatorio, por ser un remedio popular y de bajo costo

En los Estados Unidos esta hoja se utilizó por primera vez en 1884 en una bebida llamada Vino Francés de Coca, inventada por el Dr. Pemberton en Atlanta. Años después él creó la Coca-Cola® (con la hoja de coca y la nuez de cola) que era una gaseosa y a la vez un medicamento para el dolor de cabeza.

¿Sabes qué es el peyote? En los Estados Unidos, ¿es legal o ilegal?

ACTIVIDAD 4 ¿Qué harían?

Hace varios años la reina Sofía de España y el Papa Juan Pablo II tomaron mate de coca cuando estuvieron de visita en La Paz. En grupos de tres, discutan qué harían Uds. en las siguientes situaciones.

1. ¿Tomarían mate de coca si estuvieran en La Paz como turistas?

2. Si Uds. fueran el/la presidente/a de los Estados Unidos y estuvieran de visita en Bolivia, ¿tomarían mate de coca si se lo ofreciera el alcalde de una ciudad? Si aceptaran, ¿cómo lo interpretaría el pueblo norteamericano? ¿Y el pueblo boliviano?

I. Discussing Crime and Justice

La justicia

Do the corresponding iLrn activities as you study the chapter.

Mi blog

Presenté un trabajo sobre las **pandillas** para una de mis clases, en el que incluí información sobre Homies Unidos. Esta es una organización que ayuda a jóvenes en los Estados Unidos y El Salvador a salirse de pandillas como la Mara Salvatrucha o la Mara 18. Estas pandillas se originaron principalmente en Los Ángeles, California, en los 80 y 90, con jóvenes de entre 12 y 21 años que habían llegado con su familia de El Salvador en los 80 escapando de la guerra civil de su país. Luego, cuando estos jóvenes fueron deportados a su país de origen, formaron células en El Salvador y eventualmente en Guatemala, Honduras y México. Homies Unidos, liderada por **expandilleros**, promueve la **reinserción en la sociedad** a través de programas para **prevenir** la **violencia** y la **delincuencia**. A los graduados de esos programas se les quitan sus tatuajes "pandilleros" sin costo. En 2007, la cadena de televisión CNN nombró al director de la organización en El Salvador, Luis Ernesto Romero Gavidia, Héroe de CNN. Como **acto solidario** pienso donarle dinero a Homies Unidos.

Courtesy of Marcela Domínguez

gangs

ex gang members
reintegration into society; prevent violence; crime/criminal activity

act of solidarity

Personas	Hechos y cosas	Acciones
el/la alcohólico/a	el alcohol; el alcoholismo	
el asaltante	el asalto	asaltar
el/la asesino/a	el asesinato	asesinar
	la cárcel (*jail, prison*)	encarcelar
	el castigo (*punishment*)	castigar
	la condena (*sentence*)	condenar (a alguien) a (10) meses/años de prisión
el/la delincuente (*criminal of any age*)	la delincuencia (*crime, criminal activity*); la delincuencia juvenil; el delito (*criminal offense, crime*)	
el/la drogadicto/a	la droga; la drogadicción	tomar/consumir drogas (*to take drugs*)
	la legalización	legalizar
el/la mediador/a	la mediación	
el/la narcotraficante	el narcotráfico	
	el robo (*robbery*)	robar
el/la secuestrador/a (*kidnapper; hijacker*)	el secuestro (*kidnapping; hijacking*)	secuestrar
el/la terrorista	el terrorismo	aterrorizar
el/la violador/a (*rapist*)	la violación	violar (a alguien)

▶ **Asesinar** and **asesinato** refer to all homicides, not just to those of important people. **Crimen** means serious crime as well as murder.

Otras palabras relacionadas con la delincuencia	
(acudir a) la Justicia	(to go to) the authorities (*the law*)
la adicción	addiction
la cadena perpetua	life sentence
el cartel (de drogas)	
el crimen	serious crime; murder
detener	to arrest
el homicidio	
el/la juez/a	judge
la justicia/injusticia	justice/injustice
el ladrón / la ladrona	thief
la libertad condicional	parole
la pena de muerte	death penalty
el/la preso/a	prisoner
el/la ratero/a	pickpocket; petty thief
la rehabilitación	
el/la rehén*	hostage
la seguridad/inseguridad	security/insecurity
la víctima**	

Note:

*__Rehén__ drops the accent in the plural: **los rehenes**.

__Víctima__ is always feminine even when referring to men: **Él fue la única víctima.

Courtesy of Barrick

ACTIVIDAD 5 Los titulares

Lee los siguientes titulares (*headlines*) y complétalos con palabras de las listas de vocabulario.

Se discute en el Senado la _____ de la mariguana

Se inaugura programa de _____ para alcohólicos

La _____ investiga un caso de corrupción política

_____ a 8 jugadores de fútbol
No pasaron el control antidoping

Condenan al _____ de una niña a _____

ACTIVIDAD 6 ¿Cuánto sabes?

Habla sobre las siguientes personas, instituciones u organizaciones usando palabras de las listas de vocabulario. Sigue el modelo.

▶ Jesse James fue un **ladrón** que participó en muchos **robos** durante el siglo XIX. **Robaba** bancos y trenes, y finalmente fue **asesinado**, pero nunca estuvo en la **cárcel**.

1. Bonnie y Clyde
2. Alcatraz
3. la mujer de los ojos vendados
4. Homies Unidos

5. la escuela Columbine de Colorado
6. John Wilkes Booth
7. Lindsay Lohan
8. ¿?

ACTIVIDAD 7 El país

Parte A: Piensa en este país y numera del 1 al 13 los asuntos que te preocupan, del que más te preocupa (1) al que menos te preocupa (13).

_____ Consumo de drogas

_____ Contaminación del medio ambiente

_____ Corrupción / coimas

_____ Crisis política / falta de democracia / falta de líderes

_____ Delincuencia / falta de seguridad

_____ Desempleo / falta de trabajo

_____ Desigualdad / diferencia entre ricos y pobres

_____ Inflación / aumento de precios

_____ Mala/inadecuada educación

_____ Narcotráfico

_____ Pobreza / hambre / crisis económica

_____ Salud pública inadecuada

_____ Terrorismo

coima (*partes de Latinoamérica*) = **soborno**

Parte B: Ahora, en grupos de tres, comparen el orden que escogió cada uno y expliquen por qué ciertos asuntos les preocupan más/menos que a sus compañeros. Intenten decidir cuáles son los dos más importantes y los dos menos importantes.

▶ A mí me preocupa que… más/menos… porque…

Parte C: Ahora en su grupo, miren los resultados de una encuesta realizada a un grupo de peruanos sobre los asuntos que les preocupan de su país. Comparen esas respuestas con las de Uds.

Delincuencia / falta de seguridad	61
Corrupción / coimas	47
Desempleo / falta de trabajo	31
Consumo de drogas	30
Pobreza / hambre / crisis económica	27
Contaminación del medio ambiente	18
Inflación / aumento de precios	15
Narcotráfico	13
Crisis política / falta de democracia / falta de líderes	13
Salud pública inadecuada	13
Mala/inadecuada educación	12
Desigualdad / diferencia entre ricos y pobres	9
Terrorismo	8

Fuente: Iposis APOYO, 2012; © Cengage Learning 2015

¿Lo sabían?

© Pablo Sánchez/Reuters/Landov

ETA NO = ETA EZ en vasco

Manifestación en Andoain, España, contra el terrorismo de ETA

Hoy día la gente no solo se preocupa por la delincuencia, sino también por el terrorismo. ETA es una organización terrorista en España que busca la secesión del llamado País Vasco —región de la parte norte del país— del resto de España, argumentando que tienen su propio idioma y su propia cultura, diferentes del resto del país. Desde principios de los años 60, la organización ha asesinado a más de 800 personas, en su gran mayoría representantes del gobierno, como políticos y policías. En 2011, ETA anunció el cese de la confrontación armada sin pedir concesiones del gobierno español. Para 2012, ETA todavía no se había disuelto. Según la presidenta del Parlamento vasco Bakartxo Tejeria, "la gente tiene claro que la violencia no es el camino… y hay que cerrar ese ciclo".

¿Qué hace tu país para combatir el terrorismo?

ACTIVIDAD 8 Una sociedad mejor

Parte A: En el blog de la sección de vocabulario en la página 317, se presenta información sobre las pandillas y una organización que lidia con este problema. Léelo y luego, en grupos de tres, discutan las siguientes preguntas.

1. ¿Quiénes formaron pandillas como la Mara Salvatrucha? ¿Dónde y cuándo las formaron?

2. ¿Qué problema había en su país de origen?

3. ¿En qué otros países hay células hoy día?

4. ¿Quiénes lideran la organización Homies Unidos y cuál es su objetivo?

5. ¿Qué programas ofrecen para ayudar a expandilleros?

6. ¿Crees que estos programas son eficaces para los expandilleros?

7. ¿Conoces programas para prevenir la delincuencia juvenil en tu país?

8. ¿Qué acto de solidaridad va a hacer la chica del blog?

Parte B: En parejas, digan cuáles de los siguientes actos solidarios han hecho Uds. y cuáles les gustaría hacer.

1. ser mediador/a de un conflicto entre amigos o familiares

2. salir con un/a amigo/a que es un/a alcohólico/a en recuperación y tú no tomar

3. darle clases gratis a un/a niño/a que necesita mejorar sus notas

4. servirle comida a gente pobre

5. ayudar a construir casas después de un desastre natural

6. ¿?

ACTIVIDAD 9 La oferta y la demanda

Parte A: El problema que generan la cocaína y su erradicación es un tema que preocupa a todos. Lee la opinión de una peruana sobre cómo eliminar las plantaciones de coca en Perú y luego, en grupos de tres, digan qué piensan de esa idea.

Fuente hispana

"En Perú hay muchos campesinos que trabajan en las plantaciones de coca y es muy fácil decir que uno de los pasos para eliminar el problema de la droga es quemar esas plantaciones. Algunos dicen que en vez de plantar coca podrían plantar café, pero una planta de café tarda cuatro años en dar frutos. ¿Y qué haría la gente mientras tanto? Creo que la solución es que el gobierno peruano implemente un plan integral en el que se dieran subsidios a los trabajadores durante esos cuatro años para que cambien de cultivos. Pero el plan también debe incluir el construir escuelas y postas médicas. Con plantaciones que no fueran coca, la gente ganaría menos dinero, pero creo que no le importaría si tuviera ciertos servicios básicos cerca del lugar donde vive. Trabajé en esa zona y viví con los campesinos. En mi opinión, lo único que quieren es vivir en paz y con dignidad". ◼

Courtesy of Magalie Rowe

Parte B: Ahora, hagan una lista de lo que hace y de lo que podría hacer el gobierno actual para reducir la demanda en este país. Luego digan qué medidas (*measures*) les parecen más eficaces y por qué.

ACTIVIDAD 10 La violencia

En grupos de tres, discutan las siguientes preguntas relacionadas con la violencia.

1. ¿Cuáles son las cinco causas más importantes de la violencia en este país? ¿Cómo se podría solucionar ese problema?

2. Algunos dicen que las series de TV, las películas y los videojuegos fomentan la violencia en la sociedad, pero para otros, estos son solo el reflejo de una sociedad enfermiza. Den dos argumentos a favor de la primera idea y dos a favor de la segunda.

3. ¿Qué tipo de programas televisivos y películas prefieren los niños de hoy? ¿En qué se diferencian estos programas y películas de los que veían Uds. de niños? ¿Son más o menos violentos? ¿Más o menos educativos? Mencionen algunos ejemplos.

4. ¿Alguna vez han jugado videojuegos o juegos en Internet que sean violentos? ¿Creen que esos videojuegos sean apropiados para los niños?

5. ¿Creen que los programas que muestran la reconstrucción de un asesinato sean beneficiosos para la sociedad? ¿Es buena idea dejar que los niños vean ese tipo de programa? Si contestan que no, ¿cómo se podría lograr que no lo vieran?

¿Lo sabían?

Desde hace años, en países como Colombia, España y Argentina el gobierno les prohíbe a los canales de televisión que no son de cable presentar programas de contenido pornográfico o con mucha violencia antes de las diez de la noche. También les exige que se le recuerde al televidente la finalización de este horario con

horario de
protección
al **menor**

© Cengage Learning 2015

anuncios como "Aquí termina el horario de protección al menor. La presencia de los niños frente al televisor queda bajo la exclusiva responsabilidad de los padres".

¿Existe una ley parecida en tu país? Di si crees que es bueno utilizar este sistema de control.

ACTIVIDAD 11 Decidan ustedes

Parte A: En parejas, comenten las siguientes situaciones y usen las expresiones de la lista.

1. Un criminal violó y mató a una niña de ocho años y fue condenado a cadena perpetua. Después de ocho años, salió en libertad condicional.

2. Un muchacho de 15 años que mató a una anciana de 75 años y le robó su dinero fue encarcelado, pero a los 21 años lo dejaron en libertad por haber cometido el crimen cuando era menor de edad.

3. Un hombre de 58 años que siempre había mantenido su inocencia fue declarado inocente después de que le hicieron un análisis de ADN. Estuvo en la cárcel 27 años.   **ADN** = DNA

Para comentar	
¿Y a ti qué te parece?	What do you make of it?
¿Qué opinas sobre esta situación?	What do you think about this situation?
Desde mi punto de vista…	From my point of view . . .
A mi modo de ver…	The way I see it . . .
Es un acto despreciable.	It's a despicable act.
¡Qué injusticia!	How unfair! / What an injustice!

Parte B: En grupos de tres, cuéntenles a sus compañeros, con detalle, un crimen o un delito reciente.

II. Hypothesizing (Part Two)

A The Future Perfect and the Conditional Perfect

In Chapter 10, you studied how to express probability about the present and the past using the future and the conditional. In this chapter you will learn how to hypothesize about the future and the past. In the podcast you heard at the beginning of this chapter, Camila used the future perfect when she said **"un problema que para dentro de 50 años no habremos solucionado"** to express what *will not have happened* in 50 years.

1. To hypothesize about what will or will not have happened by a certain time in the future, use the future perfect (**futuro perfecto**), which is formed as follows.

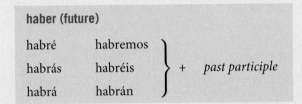

haber (future)		
habré	habremos	
habrás	habréis	} + *past participle*
habrá	habrán	

To review the formation of past participles, see Appendix A, page 373.

Para dentro de veinte años, ya **habremos solucionado** el problema de la delincuencia juvenil, pero todavía no **se habrá resuelto** el problema de la drogadicción.	*In twenty years, we will have solved the problem of juvenile delinquency, but the drug addiction problem will still not have been resolved.*

2. When talking about what *would have happened* in the past, use the conditional perfect (**condicional perfecto**), which is formed as follows.

haber (conditional)		
habría	habríamos	
habrías	habríais	} + *past participle*
habría	habrían	

—La muchacha les contó a sus padres que su hermano era drogadicto. ¿Qué **habrías hecho** en su lugar?	*The young woman told her parents that her brother was a drug addict. What would you have done in her place?*
—Yo **habría hablado** primero con mi hermano para ayudarlo.	*I would have first talked with my brother to help him.*

Parte A: Hoy en día se habla mucho del cigarrillo. En parejas, hablen de cuál será la actitud hacia el cigarrillo dentro de cinco años. Sigan el modelo.

▶ el gobierno / prohibir / fumar en parques nacionales

—¿Crees que dentro de cinco años el gobierno
ya habrá prohibido fumar en parques nacionales?

—Sí, el gobierno ya lo habrá
prohibido.

—No, el gobierno no lo habrá
prohibido todavía.

1. el gobierno / prohibir / fumar en los coches si hay un niño presente

2. los médicos / inventar / un método para dejar de fumar en un día

3. el gobierno / abrir / clínicas de acupuntura para dejar de fumar

4. los paquetes de cigarrillos / tener / fotos con los horrores que provoca la nicotina

5. el número de fumadores menores de 18 años / reducirse / drásticamente

6. todos los gobiernos del mundo / limitar / la cantidad de nicotina en los cigarrillos

7. el gobierno / prohibir / la venta de cigarrillos en tiendas donde hay farmacias

Parte B: Miren el póster contra la industria tabacalera y contesten estas preguntas.

1. ¿Están de acuerdo con lo que dice este anuncio?

2. ¿Qué imagen usa el anuncio? ¿En qué celebración les hace pensar?

3. ¿Creen que sea efectivo el anuncio?

LA INDUSTRIA TABACALERA VENDE MUERTE.

La industria tabacalera es responsable por causar la muerte de más de 400.000 personas anualmente. No se deje engañar: el cigarrillo mata.

Mensaje pagado por el Departamento de Servicios de Salud de California. ©2001 California Department of Health. Todos los derechos reservados.

Muchas personas han dejado de fumar, y usted también puede hacerlo. Para ayuda, llame gratis al **(1-800) 45-NO FUME**

California Department of Health Services

ACTIVIDAD 13 Tu futuro

En parejas, entrevisten a su compañero/a para averiguar cómo habrán cambiado ciertos aspectos de su vida dentro de tres y diez años, y escriban la información de forma breve.

▶ —¿Cómo habrá cambiado tu vida sentimental dentro de tres años?

—Me habré casado…

Vida	3 años	10 años
sentimental		
familiar		
profesional		

ACTIVIDAD 14 La mejor excusa

Completa los espacios en blanco de las siguientes miniconversaciones con el condicional perfecto. Luego, en parejas, terminen cada respuesta con una excusa.

▶ —¿Por qué no le prestaste el coche a tu hermano?

—Se lo habría prestado, pero él estaba borracho.

1. —¿Por qué no lo invitaste a salir?

   —Lo _____, pero…

2. —¿Por qué no te pusiste los pantalones negros que te regalé?

   —Me los _____, pero…

3. —¿Por qué no llamaste a la policía?

   —La _____, pero…

4. —¿Por qué no le abriste la puerta?

   —Se la _____, pero…

ACTIVIDAD 15 Situaciones difíciles

Parte A: En grupos de tres, lean cada situación y luego discutan qué habrían hecho Uds. en cada caso y por qué.

1. Teresa estaba en una tienda de regalos y, sin querer, rompió un animalito de cristal muy caro, pero nadie vio lo que ocurrió. En la tienda había un cartel que decía *No tocar*. ¿Qué habrían hecho Uds. en el lugar de Teresa y por qué?

2. John estaba en una discoteca en un país extranjero con leyes muy estrictas y conoció a unos muchachos que lo invitaron a ir a un bar. En el carro uno de los muchachos encendió un porro (*lit a joint*) y se lo ofreció a John. ¿Qué habrían hecho Uds. en el lugar de John y por qué?

Continúa

3. Era un día lindísimo y la playa estaba llena de gente. Patricio se metió en el mar para refrescarse y una ola gigantesca lo revolcó en el agua. Cuando se recuperó, se dio cuenta de que había perdido el traje de baño. ¿Qué habrían hecho Uds. en el lugar de Patricio y por qué?

4. Un taxista encontró en su taxi una mochila con 35 mil dólares que habían dejado unos pasajeros. En la mochila había una identificación con un número de teléfono. ¿Qué habrían hecho Uds. en el lugar del taxista y por qué?

Parte B: La última situación que discutieron fue un hecho real que ocurrió en La Plata, Argentina. El taxista llamó a los dueños y les devolvió el bolso con todo el dinero. Las personas que recuperaron el dinero no le dieron ninguna recompensa al taxista. Como reacción, dos jóvenes de una agencia de publicidad hicieron un sitio web para que la gente le donara dinero, servicios u otras cosas al taxista que fue tan honesto. Lean las donaciones que aparecieron en el sitio web que aquí se presenta y luego digan qué donación habrían hecho Uds.

Created by Debbie Rusch / www.devolvelelaguitaaltaxista.com

B *Si* Clauses (Part Two)

In Chapter 10 you studied how to make statements about hypothetical situations that may or may not happen or that are contrary to fact: **Si tengo tiempo, iré. Si tuviera tiempo, iría.** In this chapter you will learn how to hypothesize about the past.

► Remember that the **si** clause can start or end the sentence.

1. When you want to make statements about hypothetical situations to express hindsight or regrets, use the following formula. Notice that the **si** clause contains a contrary-to-fact statement.

Hindsight and regrets	
si + *pluperfect subjunctive,*	*conditional perfect*
Si hubiéramos recurrido a un mediador, *If we had turned to a mediator (which we didn't),*	**habríamos resuelto** el problema con rapidez. *we would have solved the problem promptly.*
Si hubiera tenido más dinero, *If I had had more money (which I didn't),*	**habría consultado** a un abogado. *I would have consulted a lawyer.*

2. The pluperfect subjunctive (**pluscuamperfecto del subjuntivo**) is formed as follows.

► There is an optional form, frequently used in Spain and in some areas of Hispanic America, in which you may substitute -**se** for -**ra**; for example: **hubiera = hubiese**.

haber (imperfect subjunctive)		
hubiera	hubiéramos	
hubieras	hubierais	+ *past participle*
hubiera	hubieran	

To review the formation of past participles, see Appendix A, page 373.

To review **si** clauses to talk about the present or the future, see page 306.

3. When making hypothetical statements with **si** clauses, use the following guidelines.

- Use present in the **si** clause → to talk about the future
  Si **tengo** fuerza de voluntad, **asistiré** a un programa de rehabilitación.
  If I have willpower (which I might), I will attend a rehab program.

- Use imperfect subjunctive in the **si** clause → to talk about the present
  Si **tuviera** fuerza de voluntad, **asistiría** a un programa de rehabilitación.
  If I had willpower (which I don't), I would attend a rehab program.

- Use pluperfect subjunctive in the **si** clause → to talk about the past
  Si **hubiera tenido** fuerza de voluntad, **habría asistido** a un programa de rehabilitación.
  If I had had willpower (which I didn't), I would have attended a rehab program.

4. The phrase **como si** (*as if*) is ALWAYS followed by the imperfect or pluperfect subjunctive because it introduces contrary-to-fact statements about the present and the past, respectively.

Habla **como si fuera** el rey de España.

He talks as if he were the king of Spain (which he is not).

Me mira **como si** yo **hubiera cometido** un crimen.

She's looking at me as if I had committed a murder (which I didn't).

ACTIVIDAD 16 La seguridad en la universidad

Imagina que ya terminaste la universidad. Di qué habrías hecho para ayudar a combatir la inseguridad en tu universidad si hubieras podido.

▶ Si hubiera podido, yo…

1. aumentar el número de policías
2. crear un servicio de guardias que acompañaran a la gente de noche
3. mejorar el sistema de alumbrado (*lighting*) de los estacionamientos
4. organizar la campaña "Si ves algo sospechoso, avisa"
5. expulsar a los estudiantes problemáticos
6. financiar un sistema de transporte nocturno gratis
7. poner cámaras de video en la entrada de las residencias estudiantiles
8. ofrecerles a los estudiantes un curso sobre seguridad personal

ACTIVIDAD 17 Un mundo diferente

Parte A: En grupos de tres, terminen estas frases con una cláusula que explique de qué manera habría sido diferente el mundo bajo las siguientes condiciones.

1. Si Portugal, en vez de España, hubiera financiado los viajes de Colón, …
2. Si México hubiera ganado la guerra con los Estados Unidos en 1848, …
3. Si no hubieran construido el Canal de Panamá, …
4. Si Oswald no hubiera asesinado a JFK, …
5. Si no hubieran atacado las torres gemelas de Nueva York, …

Parte B: En parejas, miren los dibujos de la página siguiente y contesten las preguntas que allí aparecen para hablar sobre lo que habría pasado.

¿Y si el rapero Pit Bull se hubiera llamado Caniche?

¿Y si los mayas hubieran descubierto Europa?

ACTIVIDAD 18 La escuela y los mediadores

Lee la siguiente parte de un artículo publicado en Internet por el Ministerio de Educación de Chile sobre una escuela que logró reducir la violencia escolar. Luego, en grupos de tres, discutan las preguntas.

PALABRAS EN VEZ DE GOLPES

En la escuela Valle de Lluta de San Bernardo, los alumnos resuelven sus diferencias conversando. Con la acción de niños mediadores desterraron los golpes del aula. Los protagonistas quisieron contar sus vivencias para que otras comunidades escolares puedan mejorar su convivencia.

"Antes de que fuéramos mediadores había muchas peleas en la sala y en el patio", dice Kathia (15 años). Su compañero Luis (16 años) agrega, "Y no solo golpes, también había alegatos que no se terminaban nunca. Ahora, los mediadores les decimos a los que pelean, que la gente se entiende conversando". Entre los ochocientos alumnos de la escuela, 24 son quienes tienen la función de mediar los conflictos. Ellos son niños y jóvenes que tienen condiciones de líderes —en su versión positiva o negativa— y fueron escogidos por el profesor jefe para capacitarse en la técnica de la mediación.

Excerpted from Ministerio de Educación de Chile, "Convivencia en la Escuela Valle de Lluta: Palabras en vez de golpes," *Revista de Education*, Oct. 2001 (http://www.mineduc.cl/biblio/documento/Octubre2001.pdf)

1. ¿En qué consiste el programa de la escuela Valle de Lluta para reducir la violencia escolar?

2. ¿Había mediadores cuando Uds. estaban en la escuela secundaria?
   - Si contestan que sí: ¿En qué consistía el trabajo del mediador? ¿Alguna vez estuvieron en un conflicto que se resolvió con la ayuda de un mediador? ¿Fueron Uds. mediadores? ¿Creen que el uso de esta técnica de resolución de conflictos haya sido eficaz en su escuela? Si Uds. hubieran sido el/la director/a de su escuela, ¿qué otras técnicas habrían implementado?

Continúa

Si contestan que no: Si Uds. hubieran sido el/la director/a de su escuela, ¿habrían utilizado esta técnica para resolver conflictos? ¿Por qué sí o no? ¿Les hubiera gustado ser mediadores/as? ¿Qué otra técnica habrían utilizado?

3. ¿Había en su escuela estudiantes que llevaran armas?

- Si contestan que sí: ¿Qué hacía el/la director/a de la escuela para prevenir ese problema?

- Si contestan que no: ¿Había detector de metales en la puerta para ver si los estudiantes llevaban armas? ¿Revisaba la escuela el contenido de los armarios (*lockers*) de los estudiantes con/sin su permiso? ¿Había policías en la escuela todos los días?

ACTIVIDAD 19 Como si...

Anoche estuviste en una fiesta y oíste solo partes de algunas conversaciones. Escribe posibles finales para estas frases que oíste.

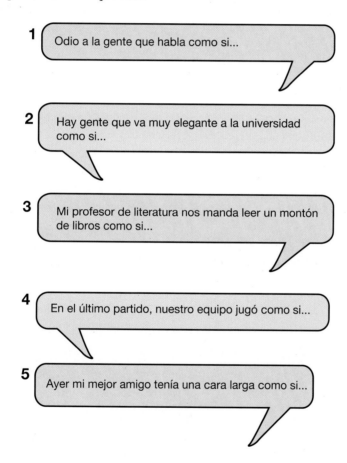

1 Odio a la gente que habla como si...

2 Hay gente que va muy elegante a la universidad como si...

3 Mi profesor de literatura nos manda leer un montón de libros como si...

4 En el último partido, nuestro equipo jugó como si...

5 Ayer mi mejor amigo tenía una cara larga como si...

III. Giving Opinions, Expressing Doubt, etc., in the Past

The Pluperfect Subjunctive

1. You have already seen in this chapter how to use the pluperfect subjunctive to hypothesize about the past. Like other tenses of the subjunctive, the pluperfect can be used after expressions of emotion, doubt, or denial, and in descriptions of what one was looking for. In these cases, the pluperfect subjunctive refers to an action or state that preceded another past action. Look at the following sentences.

Estaba contenta de que ella **hubiera dejado** el alcohol.

I was happy that she had quit drinking.

Los abogados **dudaron** que los policías **hubieran detenido** a la persona correcta.

The lawyers doubted that the policemen had arrested the correct person.

El detective **buscaba** a alguien que **hubiera visto** el crimen.

The detective was looking for someone who had seen the murder.

Note: The combination of *conditional perfect* + **que** + *pluperfect subjunctive* is frequently used to express hindsight and regrets as with **si** clauses:

Habría querido que el juez **hubiera condenado** a los ladrones a más años de prisión.

I would have liked that the judge had sentenced the thieves to more years in prison.

2. Compare the following sentences containing either the imperfect subjunctive or the pluperfect subjunctive and note the difference in meaning conveyed by each.

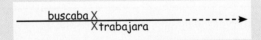

La policía **buscaba** a alguien que **trabajara** con drogadictos.

The police were looking for someone who worked with drug addicts.

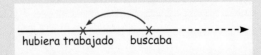

La policía **buscaba** a alguien que **hubiera trabajado** con drogadictos.

The police were looking for someone who had worked with drug addicts.

Unos abogados acaban de perder un juicio en la corte y comentan qué ocurrió. Completa sus comentarios con el pluscuamperfecto del subjuntivo.

1. No era evidente que el pandillero _____ droga. (vender)

2. La jueza no creía que el testigo n.º 1 _____ bien el incidente porque era de noche y no había luz. (ver)

3. Era imposible que el acusado _____ en dos lugares a la vez. (estar)

4. Me sorprendió que la jueza le _____ tanta paciencia al testigo n.º 3. (tener)

5. La policía buscaba a alguien que _____ cómplice del acusado. (ser)

6. Me molestó que nuestros testigos más importantes no _____ en la corte. (presentarse)

7. ¡Era una lástima que la víctima no _____ a la Justicia! De ser así, no _____. (acudir, morir)

Completa con detalle estas situaciones para indicar cómo se sintieron las personas en cada caso. Usa el pluscuamperfecto del subjuntivo.

1. Marta me dijo que ella había visto un robo en la calle y que unos policías habían atrapado (*caught*) al delincuente y le habían pegado mucho, pero como Marta siempre cuenta historias, yo no creía que… porque…

2. José, de quince años de edad, llegó a casa después de una fiesta con un olor a alcohol muy fuerte, pero les juró a sus padres que él no había bebido. Ellos dudaban que… porque…

3. La hija del Sr. Salinas era contadora, tenía cuarenta años y estaba en la cárcel por haber cometido fraude en el trabajo. Su padre habría querido que… porque…

IV. Linking Ideas

A Pero, sino, and sino que

Pero, sino, and **sino que** join different parts of a sentence and are called conjunctions (**conjunciones**).

1. **Pero** means *but* (when *but* means *however*) and can be used after affirmative or negative clauses. Note that a comma is used before **pero**.

Fui a su casa, **pero** no estaba.	*I went to his house, but/however he wasn't there.*
No iba a hablar con el pandillero, **pero** cambié de idea.	*I wasn't going to speak with the gang member, but/however I changed my mind.*

2. **Sino** and **sino que** also mean *but* (when *but* means *but rather* or *but instead*). These words can only be preceded by a negative clause. **Sino** is followed by a word or a phrase that does not contain a conjugated verb, and **sino que** introduces a clause and therefore contains a conjugated verb. Note that a comma is used before **sino** and **sino que**.

No estaba tomando, **sino** consumiendo drogas.	*He wasn't drinking, but rather using drugs.*
No estaba tomando, **sino que estaba** consumiendo drogas.	*He wasn't drinking, but rather / instead he was using drugs.*
No fui a un abogado, **sino** a un juez.	*I didn't go to a lawyer, but rather to a judge.*
No fui a un abogado, **sino que fui** a ver a un juez.	*I didn't go to a lawyer, but rather / instead I went to see a judge.*

ACTIVIDAD 22 Consejos para un amigo

Parte A: Tienes que darle consejos a un/a amigo/a que está por irse de viaje al extranjero. Termina las ideas usando **pero, sino** o **sino que**.

1. No debes llevar joyas de oro, _____ de fantasía.

2. No debes llevar bolsa, _____ debes llevar una riñonera (*fanny pack*).

3. Puedes llevar dinero en efectivo, _____ es mejor usar una tarjeta de crédito.

4. Nunca debes dejar la cámara digital en un auto estacionado, _____ tenerla contigo en todo momento.

5. Puedes llevar el pasaporte contigo, _____ también es buena idea tener una fotocopia del pasaporte en el hotel.

Continúa

6. No debes sacar dinero de un cajero automático por la noche, _____ durante el día porque es más seguro.

7. En el aeropuerto no debes dejar las maletas solas, _____ debes llevarlas contigo a todos lados.

Parte B: En grupos de tres, discutan si Uds. o personas que conocen han estado en algunas de las situaciones que se mencionan en la Parte A, ya sea en el extranjero o en este país. Digan si les han robado algo alguna vez. Describan qué ocurrió.

B Aunque, *como,* and *donde*

The conjunction **aunque** and the adverbs **como** and **donde** are used as follows.

1. **Aunque** (*even if, even though, although*) is used to disregard information. It is usually followed by the subjunctive. Note that a comma is used before **aunque**.

Siempre asisten a una reunión de Alcohólicos Anónimos, **aunque estén** cansadas.	*They always attend a meeting of Alcoholics Anonymous although they may be tired.* (It doesn't matter if they are tired.)
Aunque te **condenen** a diez años de prisión, te voy a esperar.	*Even if they sentence you to ten years in prison, I'll wait for you.*
Paco nunca probaría drogas, **aunque** se las **ofrecieran**.	*Paco would never try drugs even if they were offered to him.*

2. **Como** (*as, how, any way*) and **donde** (*where, wherever*) use the indicative when referring to a specific manner or place, and the subjunctive when referring to an unknown manner or place.

▶ Don't confuse **cómo** and **dónde**, which are question words, with **como** and **donde**, which are adverbs.

Specific: Indicative	Unknown: Subjunctive
La condenaron **como** yo **quería**.	Bueno, condénala **como quieras**.
They sentenced her as I wanted.	*OK, sentence her any way you want.*
Se vistió **como quería**.	Dile que se vista **como quiera**.
She dressed as she wanted.	*Tell her to dress any way she wants.*
Cuelga el cuadro **donde** yo **quiero**: allí.	Cuelga el cuadro **donde quieras**.
Hang the painting where I want: over there.	*Hang the painting wherever you want.*
Busqué <u>la</u> ciudad **donde había** poca delincuencia.	Busqué <u>una</u> ciudad **donde hubiera** poca delincuencia.
I looked for <u>the</u> city where there was little crime.	*I looked for <u>a</u> city where there was little crime.*

ACTIVIDAD 23 Combinaciones lógicas

Combina ideas de las dos columnas para formar oraciones lógicas.

A	B
1. Va a acudir a la Justicia, aunque…	enseñarte / la semana pasada
2. Nunca te dejaría, aunque…	no confiar / en los jueces
3. Generalmente trasnochamos, aunque…	pasar / su adolescencia
4. Ella volvió al lugar donde…	dejarme / de querer
5. Busco un barrio donde…	querer / pero sin zapatos de tenis
6. Puedes ir vestido a ver al juez como…	poder vivir / tranquilo
7. Prepara el mate de coca como yo…	estar / muy cansados

ACTIVIDAD 24 La seguridad

Termina las siguientes ideas sobre la seguridad.

1. A veces un hombre que viola a una mujer sale en libertad condicional después de uno o dos años, aunque…
2. Queremos vivir en un lugar donde…
3. Muchos criminales cometen crímenes horribles, aunque…
4. Los pandilleros necesitan poder acudir a una organización donde…
5. Muchos asesinos parecen personas normales, aunque…
6. El acusado del secuestro fue condenado como…

ACTIVIDAD 25 ¿Legalización o no?

Parte A: La legalización de las drogas es un tema muy controvertido. Lee las ideas de la página siguiente e indica si muestran una posición a favor (AF) o en contra (EC) de la legalización. Luego comparte tus ideas con el resto de la clase.

Mayores productores de cocaína

Tráfico de cocaína (toneladas métricas)

140

60

15

6

consumo de cocaína (toneladas métricas)

Adapted from United Nations Office on Drugs and Crime, *World Drug Report 2011*, p. 123. Data from World Drug Report 2010, updates for 2009). Reprinted with permission from United Nations Publications.

	AF	EC
1. La legalización puede acabar con la violencia generada por el narcotráfico.	_____	_____
2. Es posible que la legalización de la droga genere un aumento del consumo.	_____	_____
3. El consumo de drogas debe ser una elección personal y no debe estar regido por el gobierno como no lo está el alcohol.	_____	_____
4. Los narcotraficantes obtienen ganancias increíbles debido a la prohibición de la droga. Hay que acabar con esta situación.	_____	_____
5. Para terminar con la droga, hay que destruir las plantaciones.	_____	_____
6. Legalizar las drogas sería como perdonar y olvidar todos los crímenes cometidos por el narcoterrorismo.	_____	_____
7. Los países productores no producirían tanta droga si no hubiera tanta demanda de los países consumidores. Hay que reducir la demanda.	_____	_____
8. Si las drogas fueran legales, podríamos ganar dinero a base de impuestos para escuelas y obras públicas.	_____	_____

Parte B: Ahora formen dos grupos: uno a favor de la legalización de la droga en este país y el otro en contra. Tomen unos minutos para preparar sus argumentos usando ideas de la Parte A como punto de partida. Luego, hagan un debate sobre la legalización de la droga.

Do the corresponding iLrn activities to review the chapter topics.

▶ A: Debemos legalizar la droga en este país porque creo que eso va a ayudar a terminar con la violencia que genera el narcotráfico.

B: No me termina de convencer lo que dices. Aunque se legalice la droga, creo que la violencia va a continuar…

Más allá

▶ Videofuentes: *Medalla al empeño* (cortometraje)

Produced by Mario Mandujano and directed by Flavio González Mello

Antes de ver

ACTIVIDAD 1 Una casa de empeño

Parte A: Vas a ver un cortometraje sobre una casa de empeño (*pawn shop*). Primero, pon en orden estas oraciones para indicar el proceso de empeñar algo.

_____ El empleado le da el dinero en efectivo y los dos firman un acuerdo.

_____ El empleado le devuelve el objeto cuando la persona le paga el precio acordado.

_____ Cada mes la persona paga intereses para que la casa de empeño no venda el objeto.

_____ El empleado le dice el "precio" del objeto.

__1__ Una persona necesita dinero.

_____ Le da el objeto al empleado para valuarlo (*appraise it*).

_____ Lleva algo de valor a una casa de empeño.

_____ Si la persona no regresa con el dinero dentro de un tiempo preestablecido, la casa de empeño vende el objeto.

_____ Si la persona está de acuerdo con el "precio", lo acepta.

Parte B: Ahora, contesta las siguientes preguntas sobre las casas de empeño.

1. ¿Por qué tiene la gente que empeñar objetos?

2. ¿Qué cosas generalmente empeña la gente? ¿Son objetos valiosos? ¿Tal vez tengan una historia personal?

3. ¿Cómo se sienten las personas que tienen que empeñar un objeto?

Continúa

4. ¿Cómo es el estereotipo de la persona que trabaja en una casa de empeño? Marca las palabras de la lista que generalmente se asocian con una persona que trabaja en una casa de empeño.

a. _____ calculador/a   d. _____ generoso/a   g. _____ ladrón/ladrona

b. _____ cálido/a   e. _____ honesto/a   h. _____ tacaño/a

c. _____ frío/a   f. _____ ingenuo/a   i. _____ víctima

Parte C: Ya sabes que la palabra "batir" significa *to beat or whisk food/sauces/drinks*. Pero tiene otros significados también. Para entender mejor este corto, busca la palabra en un diccionario y marca otra posible traducción.

a. to beat a drum

b. to break a record

c. to beat someone up

Mientras ves

ACTIVIDAD 2 ¿Entendiste?

Lee estas preguntas y luego, para poder contestarlas, mira el corto que tiene lugar en una casa de empeño en México.

1. ¿La señora está contenta con el precio que le ofrece el empleado? sí _____ no _____

2. ¿Qué quiere vender el señor en esta casa de empeño? _____

3. Según el cliente, ¿de qué material es el objeto? oro _____ plata _____ bronce _____

4. ¿Cómo es el cuento del señor?
   nostálgico y melancólico _____ patético y horrible _____

5. Al final, ¿el empleado le da mucho o poco dinero al señor? mucho _____ poco _____

6. ¿Le devuelve la medalla al señor? sí _____ no _____

ACTIVIDAD 3 Los detalles

Primero, intenta contestar estas preguntas sin mirar el corto otra vez. Después, mira el corto de nuevo para contestar las preguntas que te quedan.

1. Mira la primera escena con el empleado y la clienta. Compara las palabras que marcaste en la última pregunta de la Actividad 1B con la personalidad de este empleado.

2. ¿Cuántos pesos recibe la señora por el televisor?
   a. 125   b. 140   c. 175

3. ¿Cuántos años tendrá el empleado? _____ ¿Y el cliente? _____

4. ¿En qué categoría de los Juegos Olímpicos de Helsinki, Finlandia, de 1952 dijo el cliente que había ganado este objeto? _____

Continúa

5. Según el cliente, ¿quién era el favorito del evento?

    a. el cliente   b. el finlandés "Batidora"   c. un francés muy

                                      Blinktmann   conocido

6. ¿Por qué le decían "batidora" (*beater, mixer*) al finlandés? Marca dos.

    a. Por la forma en   b. Batía récords.   c. Bateaba muy bien.

        que pedaleaba.

7. ¿En qué orden ocurrieron estos eventos de la competencia de 100 km?

    _____ El cliente tuvo diarrea y estaba deshidratado.

    _____ El cliente batió el record de Blinktmann por casi 4 minutos.

    __1__ Los finlandeses envenenaron (*poisoned*) la comida de sus competidores.

    _____ El cliente pasó a los italianos y a los franceses.

    _____ Los finlandeses del equipo ayudaron a Blinktmann.

    _____ A los 70 kilómetros, el cliente estaba entre los últimos.

    _____ El rey de Finlandia le puso la medalla.

    _____ 50 metros antes del final, el cliente pasó a Blinktmann.

    _____ El cliente se dijo "ahora o nunca".

8. El presidente de México le prometió al ganador un parque deportivo para los niños de su barrio, y una casa y un auto para él. ¿Cumplió su promesa? sí _____ no _____

9. ¿Por qué el empleado le da 5.000 pesos al cliente y también le devuelve la medalla?

    a. Le daba pena el   b. Le tenía miedo al   c. Era muy orgulloso.

        cliente.   cliente.

10. ¿Qué hace el empleado para no tener problemas con su jefe?

    a. Saca 5.000 pesos de   b. Sube el valor del   c. Nada, no le importa.

        su bolsillo.   televisor de la señora

                                 de $140 a $5.140.

11. Al final, ¿qué objeto ve el empleado que tiene el mismo nombre que el favorito finlandés? _____

12. ¿Quién es la víctima de esta transacción? a. el cliente _____ b. el empleado _____

Después de ver

ACTIVIDAD 4   El arte de estafar

1. Busca en Internet la siguiente información que forma parte del cuento del cliente y luego contesta la pregunta que sigue.

    a. ¿Cuántas medallas de oro ganó México en ciclismo en las Olimpiadas de 1952?

    b. ¿Quién ganó la carrera de ciclismo de 100 km en las Olimpiadas de Helsinki en 1952?

    c. ¿Finlandia ha tenido monarquía en su historia?

    Si el empleado hubiera sabido más sobre las Olimpiadas en Finlandia, ¿qué habría ocurrido?

Continúa

2. En tu opinión, ¿hizo algo inmoral el cliente o está bien estafar (*to swindle*) a alguien que se aprovecha de la desgracia (*misfortune*) de los demás?

3. Mira el título del corto. La palabra *empeño* significa el acto de empeñar una cosa y también significa tenacidad, persistencia y perseverancia. Con esta información, ¿cuáles son los dos significados que tiene el título del corto?

Proyecto: Entrevista por un mundo mejor

En parejas, van a hacerle una entrevista en video a una persona famosa que hace actos solidarios para lograr un mundo mejor. Para preparar el guion de la entrevista (incluyendo preguntas y respuestas) busquen en Internet información sobre el trabajo que está haciendo uno de los siguientes famosos. Al filmar la entrevista, uno de Uds. será el/la entrevistador/a y el otro será la persona famosa.

- Juanes
- René Pérez Joglar (Calle 13)
- Soraida Martínez
- Eva Longoria
- Rosario Dawson
- Shakira

Vocabulario activo

La justicia

el acto solidario *act of solidarity (for a cause)*
(acudir a) la Justicia *(to go to) the authorities (the law)*
la adicción *addiction*
el alcohol *alcohol*
el/la alcohólico/a *alcoholic*
el alcoholismo *alcoholism*
el asaltante *assailant*
asaltar *to assault*
el asalto *assault, attack, robbery*
asesinar *to murder*
el asesinato *murder*
el/la asesino/a *murderer*
aterrorizar *terrorize*
la cadena perpetua *life sentence*
la cárcel *jail, prison*
el cartel (de drogas) *drug cartel*
castigar *to punish*
el castigo *punishment*
la condena *the sentence*
condenar (a alguien) a (10) meses/años de prisión *to sentence (someone) to (10) months/years in prison*
el crimen *serious crime; murder*
la delincuencia *crime, criminal activity*
la delincuencia juvenil *juvenile delinquency*
el/la delincuente *criminal (of any age)*
el delito *criminal offense, crime*

detener *to arrest*
la droga *drug*
la drogadicción *drug addiction*
el/la drogadicto/a *drug addict*
encarcelar *to jail, imprison*
el homicidio *homicide*
la injusticia *injustice*
la inseguridad *insecurity*
el/la juez/a *judge*
la justicia *justice*
el ladrón / la ladrona *thief*
la legalización *legalization*
legalizar *to legalize*
la libertad condicional *parole*
la mediación *mediation*
el/la mediador/a *mediator*
el/la narcotraficante *drug dealer*
el narcotráfico *drug traffic*
la pandilla *gang*
el/la pandillero/a *gang member*
la pena de muerte *death penalty*
el/la preso/a *prisoner*
prevenir *to prevent*
el/la ratero/a *pickpocket; petty thief*
la rehabilitación *rehabilitation*
el/la rehén *hostage*
la reinserción en la sociedad *reintegration into society*
robar *to steal; to rob*
el robo *robbery*
secuestrar *to kidnap; to hijack*

el/la secuestrador/a *kidnapper; hijacker*
el secuestro *kidnapping; hijacking*
la seguridad *security*
el terrorismo *terrorism*
el/la terrorista *terrorist*
tomar/consumir drogas *to take drugs*
la víctima *victim*
la violación *rape*
el/la violador/a *rapist*
violar (a alguien) *to rape (someone)*
la violencia *violence*

Expresiones útiles

¡Cómo pasa el tiempo! *Time flies!*
(para) dentro de (50) horas/días/años/ etc. *in (50) hours/days/years/etc.*
se me/te/le/etc. pasó el dolor/mareo *the pain/dizziness went away*
A mi modo de ver… *The way I see it . . .*
Desde mi punto de vista… *From my point of view . . .*
Es un acto despreciable. *It's a despicable act.*
¡Qué injusticia! *How unfair! / What an injustice!*
¿Qué opinas sobre esta situación? *What do you think about this situation?*
¿Y a ti qué te parece? *What do you make of it?*

La comunidad latina en los Estados Unidos

CAPÍTULO 12

Niños en el Festival Boliviano de Arlington, Virginia

META COMUNICATIVA

➤ narrar y describir en el presente, pasado y futuro (repaso)

343

Un poema

Parte A: Tu profesor/a va a leer un poema escrito por una estadounidense de ascendencia mexicana. Antes de escucharlo, busca la ciudad de Laredo en el mapa que está al final del libro y contesta las siguientes preguntas.

1. ¿Cómo crees que es la composición étnica de la población de Laredo?

2. ¿Es posible que sea una ciudad típica de los Estados Unidos? ¿Por qué?

3. ¿Qué idiomas crees que se hablan allí?

4. ¿Crees que la poeta se identifica con la cultura estadounidense, con la cultura mexicana o con las dos? ¿Por qué?

Parte B: Ahora vas a trabajar con algunas palabras que aparecen en el poema. Lee las siguientes oraciones, busca el significado de las palabras en negrita en la columna de la derecha y escribe la letra correspondiente.

1. A ella le molesta **andarse con tiento** y no poder decir lo que piensa. _____

2. No me importan los problemas **ajenos**. Solo me preocupo por los míos. _____

3. Antonio tenía un puesto muy bueno, pero se sintió **desplazado** cuando le dieron su puesto a otro empleado. _____

4. Cada vez que recuerdan la comida deliciosa que les hacía su madre, a los hermanos **se les hace agua la boca**. _____

5. Tengo 60 años, **¿y qué?** Puedo comprarme ropa para gente joven, si me gusta. _____

6. Cuando escuché la noticia del accidente de carro, **se me hizo un nudo en la garganta**. Traté de no llorar, pero no pude contener las lágrimas. _____

7. Para hacerle un **injerto** a esa planta, le hice un corte con un cuchillo… _____

8. … Pero mi idea no funcionó, pues la planta **no pegó** y se murió. _____

9. Me siento como un **títere** cuando la gente me quiere manipular. _____

10. Cuando el nadador olímpico escuchó el himno nacional al recibir la medalla de oro, **se le enchinó el cuero**. _____

a. no importarle lo que piensen los demás

b. quitado de su lugar

c. tener mucha saliva en la boca al pensar en una comida

d. de otras personas

e. emocionarse tanto que se le pone la piel de gallina

f. no tener éxito al implantarle una planta a otra

g. estar a punto de llorar

h. implante de parte de una planta a otra

i. marioneta

j. tener cuidado con lo que se dice o hace

Parte C: Ahora, usa la información de la Parte A y el vocabulario de la Parte B para predecir el tema del poema llamado "Soy Como Soy Y Qué" de Raquel Valle Sentíes. Luego escucha el poema que va a leer tu profesor/a para confirmar tu predicción.

Soy Como Soy Y Qué

Soy flor injertada que no pegó.
Soy mexicana sin serlo.
Soy americana sin sentirlo.
La música de mi pueblo,
la que me llena,
los huapangos, las rancheras,
el himno nacional mexicano,
hace que se me enchine el cuero,
que se me haga un nudo en la garganta,
que bailen mis pies al compás[1],
pero siento como quien se pone
sombrero ajeno.
Los mexicanos me miran como diciendo
¡Tú no eres mexicana!

El himno nacional de Estados Unidos
también hace
que se me enchine el cuero,
que se me haga un nudo
en la garganta.
Los gringos me miran
como diciendo,
¡Tú no eres americana!
Se me arruga el alma.
En mí no caben dos patrias
como no cabrían dos amores.
Desgraciadamente,
no me siento ni de aquí,
ni de allá.

Ni suficientemente mexicana.
Ni suficientemente americana.
Tendré que decir
Soy de la frontera.
De Laredo.
De un mundo extraño
ni mexicano,
ni americano.
Donde al caer la tarde
el olor a fajitas asadas con mesquite,
hace que se le haga a uno agua la boca.
Donde en el cumpleaños
lo mismo cantamos

el *Happy Birthday* que las mañanitas.
Donde festejamos en grande
el nacimiento de Jorge Washington
¿quién sabe por qué?
Donde a los foráneos[2]
les entra *culture shock*
cuando pisan Laredo
y podrán vivir cincuenta años
aquí y seguirán siendo
foráneos.
Donde en muchos lugares
la bandera verde, blanca y colorada
vuela orgullosamente
al lado de la *red, white and blue.*

Soy como el Río Grande,
una vez parte de México,
desplazada.
Soy como un títere
jalado[3] por los hilos de dos culturas
que chocan entre sí.
Soy la mestiza,
la pocha[4],
la *Tex-Mex, la Mexican-American,*
la *hyphenated,*
la que sufre
por no tener identidad propia
y lucha por encontrarla,
la que ya no quiere cerrar los ojos
a una realidad que golpea,
que hiere
la que no quiere andarse con tiento,
la que en Veracruz
defendía a Estados Unidos
con uñas y dientes.
La que en Laredo
defiende a México
con uñas y dientes.
Soy la contradicción andando.

En fin, como Laredo,
soy como soy y qué.

"Soy Como Soy Y Qué" by Raquel Valle Sentíes, reprinted by permission of the author.

---

[1]ritmo [2]personas de otro lugar [3]tirado [4]persona de ascendencia mexicana que nació en EE.UU. (peyorativo)

Contrary to English rules, in Spanish only the first word in a title is capitalized. Since the author is a bilingual English/Spanish speaker the use of capitalization may or may not have been a conscious choice.

Lee las siguientes preguntas. Luego lee el poema para buscar la información correspondiente.

1. ¿De quién habla y dónde vive esa persona?

2. ¿De qué país es y de dónde se siente que es?

3. ¿Qué conflicto tiene con los mexicanos y con los americanos?

4. ¿Qué problema tienen los foráneos en Laredo?

5. ¿A qué conclusión llega la poeta?

En parejas, digan si les gustó o no el poema y opinen sobre el conflicto que tiene la poeta. Justifiquen su opinión.

¿Lo sabían?

A través de los años, los hispanos en los Estados Unidos han tenido que luchar para defender su derecho a la igualdad de oportunidades, como lo han hecho otras minorías. Es así como, en 1968, el año en que asesinaron a Martin Luther King, Jr. y a Robert F. Kennedy, surgieron dos organizaciones para representar a los hispanos. Una fue el Consejo Nacional de La Raza y la otra el Fondo Mexicano Americano para la Defensa Legal y la Educación, conocidas respectivamente por sus siglas en inglés NCLR y MALDEF. Ambas son organizaciones sin fines de lucro cuyo objetivo es proteger los derechos civiles de los hispanos en los Estados Unidos. La NCLR cuenta con numerosos programas; entre ellos, programas educativos para combatir el analfabetismo, para preparar a los jóvenes a entrar en la universidad y para enseñarles a los padres a participar en la educación de sus hijos. MALDEF, por otra parte, es una organización legal que promueve la igualdad y la justicia, asegurándose de que las leyes se apliquen de manera justa. También se ocupa de educar a la población hispana sobre sus derechos legales y de promover la igualdad socioeconómica de los hispanos a través de becas para educación superior.

¿Qué organizaciones existen en tu país para proteger los derechos de alguna minoría o de los ciudadanos en general?

Narrating and Describing in the Past, Present, and Future (A Review)

🌐 Do the corresponding iLrn activities as you study the chapter.

In this chapter you will review how to narrate and describe in the past, present, and future. Before reviewing each, read the following chart, which is a synopsis of the life of a man and his family. Read the chart as follows:

- First, read the columns vertically.
- Second, read the columns horizontally, comparing the content.

Past	Present	Future
Cuando era niño, Juan vivía en Puerto Rico.	Ahora Juan vive en Nueva York con su familia.	Juan va a comprar una casa en Puerto Rico y vivirá allí durante los veranos.
Él tenía 17 años cuando terminó la secundaria.	Tiene 40 años y trabaja en el Hospital Mount Sinai.	Tendrá 65 años cuando se jubile.
Sus padres querían que él fuera a los Estados Unidos a estudiar medicina.	Siempre quiere que su hija pase los veranos con sus abuelos en Puerto Rico.	Él y su esposa quieren que su hija también estudie en Harvard al terminar la escuela secundaria.
Como Juan había sacado buenas notas en la escuela, lo aceptaron en Harvard.	Como ella saca buenas notas en la escuela, no tiene que estudiar durante el verano.	Seguramente ella sacará buenas notas y será médica, como sus padres.
Mientras estudiaba en Harvard, conoció a su esposa Marta.	Mientras Juan está en el hospital, su esposa Marta, que también es médica, trabaja con niños que tienen diabetes.	Mientras ella estudie la carrera universitaria, trabajará como voluntaria en un hospital.
Si Juan se hubiera quedado en Puerto Rico, nunca habría conocido a Marta.	Si Marta tuviera más tiempo, iría a las escuelas para hablar sobre la prevención de la diabetes.	Si la hija tiene tiempo, tratará de trabajar, al igual que su madre, con niños que tienen diabetes.

Now you will review how to discuss past, present, and future actions and states. If you feel you need more in-depth explanations, consult the pages given in the annotations in the margin.

A Discussing the Past

To review narration and description in the past, see pages 46, 49–52, 62, 74–75, 77–78, 111–112, and 120. Note that throughout the chapter, topic titles and page references are given in the margin to tell you where you can review the topic.

1. Look at how the preterit and imperfect are used to talk about the past as you read this brief summary of Cuban immigration to the United States.

Preterit	Imperfect
	• **Setting the scene: Description**
	(1) *Durante la década de los 50,* **había** *en Cuba mucha corrupción en la dictadura de Batista.*
• **Completed action**	• **Setting the scene: Age**
(2) **Hubo** *una revolución en 1959 y Fidel Castro* **subió** *al poder.*	(3) *Castro* **tenía** *solo 32 años.*
• **End of action**	• **Setting the scene: Ongoing emotion or mental state**
(4) *La revolución le* **puso** *fin a la dictadura de Batista.*	(5) *Muchas personas le* **tenían** *miedo al nuevo gobierno.*
	• **Action or state in progress**
	(6) *Y a estas personas no* **les gustaban** *los cambios que* **veían.**
• **Beginning of action**	• **Habitual action**
(7) *En 1959* **empezó** *el gran éxodo de cubanos hacia los Estados Unidos y en 1966* **comenzó** *la salida de otra ola de refugiados.*	(8) *Cada día* **llegaba** *a los Estados Unidos más y más gente que* **buscaba** *asilo político.*
• **Action in progress when another action occurred**	
(9) *Cuando* **intentaban / estaban intentando** *salir de Cuba en embarcaciones pequeñas, muchos* **murieron.**	
• **Action over specific period of time**	• **Simultaneous ongoing actions**
(10) *Entre 1966 y 1971, los Estados Unidos* **permitieron** *la entrada de casi 300 mil cubanos.*	(11) *A principios de los 80, cuando* **descendían** *cubanos de las embarcaciones, mucha gente* **protestaba** *porque algunos eran delincuentes.*

Past action preceded by other past actions, see page 56.

2. To denote a past action that preceded another past action, use the pluperfect.

En 1999, **se estrenó** la película *Buena Vista Social Club* sobre un grupo de músicos cubanos, pero dos años antes ya **había salido** el álbum del mismo nombre.

3. To ask the question *Have you ever . . . ?* and to refer to past events with relevance to the present, use the present perfect.

Present perfect, see page 124.

—¿**Has leído** algún artículo sobre la situación cubana actual?

—Últimamente no **he visto** nada sobre Cuba en el periódico.

4. To describe what someone was looking for but didn't know whether it existed or not, use the imperfect subjunctive in dependent adjective clauses.

Imperfect subjunctive, see pages 268–270.

Los cubanos que salieron de Cuba querían ir a un lugar **donde pudieran empezar** una vida nueva.

5. To refer to a pending or not-yet-completed action in the past, or to express condition, purpose, and time in the past (**ESCAPAS**), use the imperfect subjunctive in dependent adverbial clauses.

Pending actions, see pages 216–217 and 268–270.

Condition, purpose, time (**ESCAPAS**), see pages 239 and 268–270.

Muchos refugiados políticos pensaban quedarse en los Estados Unidos solo **hasta que cambiara** el gobierno de Cuba. (*Pending action in the past*)

Trabajaban **para que** sus hijos **tuvieran** un futuro mejor. (*Purpose in the past*)

6. To talk about past actions or states after expressions of emotion or doubt, or to discuss past advice or suggestions, use the present perfect subjunctive, the imperfect subjunctive, or the pluperfect subjunctive in the dependent clause.

Present perfect subjunctive, imperfect subjunctive, and pluperfect subjunctive, see pages 173, 268–270, and 332.

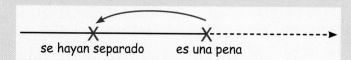

Es una pena que tantas familias **se hayan separado** por razones políticas.

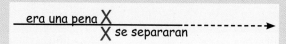

Era una pena que tantas familias **se separaran** por razones políticas.

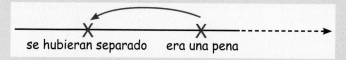

Era una pena que tantas familias **se hubieran separado** por razones políticas.

7. To wonder or to express probability about the past, use the conditional.

Expressing probability about the past, see page 296.

Mis padres **tendrían** unos 28 años cuando salieron de la isla.

8. To make a hypothetical statement to express hindsight or regrets about the past, use

Hypothesizing about the past, see pages 328–329.

si + *pluperfect subjunctive, conditional perfect*

Si yo **hubiera sido** exiliado político, no **habría podido** volver a mi país.

ACTIVIDAD 4 La vida de Lucía (Parte 1)

Lee sobre la vida de una inmigrante colombiana y completa la información con el pretérito, el imperfecto, el pluscuamperfecto del indicativo, el imperfecto del subjuntivo, el pluscuamperfecto del subjuntivo, el condicional perfecto o el infinitivo de los verbos que aparecen en el margen.

tener; vivir
decidir
estudiar
ir; pasar
haber
conocer
tener; trabajar
poder
aceptar
tener; extrañar

cuidarse; volver

aprender; terminar

En 1970, Lucía _____ (1) 21 años y _____ (2) en Colombia con sus padres y hermanos, cuando _____ (3) ir a los Estados Unidos para _____ (4) inglés y terminar sus estudios. Su madre no quería que ella _____ (5) porque temía que a su hija le _____ (6) algo en un país tan lejano. En esa época, no _____ (7) Internet y era casi imposible _____ (8) bien la realidad de otro país. Pero la madre _____ (9) una hermana que _____ (10) en Milwaukee y era posible que su hija _____ (11) quedarse con ella. La tía de Lucía _____ (12) con gusto tener a su sobrina en casa. Entre las tres acordaron que en caso de que Lucía _____ (13) problemas o _____ (14) a la familia, la tía la iba a mandar de regreso a Bogotá. La madre de Lucía le pidió a su hija que _____ (15) y que _____ (16) a su país lo antes posible, pero la idea de Lucía era quedarse en los Estados Unidos hasta que _____ (17) inglés bien y cuando _____ (18) sus estudios, iba a regresar a Colombia.

llegar; ser
ser
hacer; nevar
aclimatarse; matricularse
conocer; llegar
ser
tener; ser
perder
ser; estudiar

Cuando _____ (19) a Milwaukee, todo _____ (20) muy diferente para ella. En Colombia el clima _____ (21) templado, pero en Wisconsin, en enero, _____ (22) mucho frío y _____ (23). En cuanto _____ (24) al lugar, _____ (25) en su primera clase de inglés, donde _____ (26) a Georg, un alemán que _____ (27) a los Estados Unidos hacía dos años. _____ (28) bajo como Lucía y _____ (29) ojos de un azul intenso. _____ (30) también muy simpático. El joven no _____ (31) tiempo en invitarla a salir. Su inglés _____ (32) mejor que el de ella porque él ya _____ (33) un poco de inglés antes.

separarse; casarse
tener
enseñar
vivir; ser
volver
acostumbrarse

Georg y Lucía nunca más _____ (34). _____ (35) a los seis meses de conocerse y dos años después _____ (36) a su hijo Andrés en Wisconsin, donde Lucía _____ (37) en la universidad. Ellos _____ (38) en ese estado por casi cuarenta años. Si _____ (39) por Lucía, _____ (40) a vivir a Colombia con Georg y Andrés, pero su esposo ya _____ (41) a vivir en un país nuevo y no quería aprender otro idioma.

🌐 *Puerto Rico y Cuba*

ACTIVIDAD 5 Los inmigrantes hispanos

Habla de la llegada de los tres grupos principales de hispanos (mexicanos, cubanos, puertorriqueños) a los Estados Unidos usando los siguientes datos. Incorpora el nombre del grupo apropiado en tus oraciones.

► en 1959 / empezar a salir de la isla / cuando subir / al poder Fidel Castro

En 1959 los cubanos empezaron a salir de la isla cuando subió al poder Fidel Castro.

1. vivir / en la zona que se extiende de Texas a California antes que los primeros inmigrantes anglosajones

2. llegar / como refugiados políticos

Continúa

3. en 1917 / obtener / el estatus de ciudadanos estadounidenses

4. vivir en el territorio / que / en 1848 / convertirse en territorio estadounidense / por el Tratado de Guadalupe Hidalgo

5. establecerse / principalmente en Miami

6. después de la Segunda Guerra Mundial / comenzar a mudarse / a Nueva York

7. llevar / a EE.UU. / su habilidad para fabricar puros (*cigars*)

8. no querer / que sus hijos / vivir / bajo un régimen comunista

ACTIVIDAD 6 Inmigrantes célebres

Los siguientes inmigrantes han aportado mucho a la cultura y la historia norteamericana. En grupos de tres, digan de dónde son y qué han hecho o hicieron estas personas.

1. Martina Navratilova

2. Albert Einstein

3. Yo-Yo Ma

4. Ang Lee

5. Charlize Theron

6. Michael J. Fox

ACTIVIDAD 7 Hispanos famosos

Hispanos famosos

Parte A: Lee la siguiente biografía que está escrita en el presente histórico y cámbiala al pasado.

Sandra Cisneros nace en Chicago en 1954. Su padre es mexicano y su madre, chicana. Tiene seis hermanos y ella es la única hija. Su abuela paterna vive en México y su familia se muda a ese país con frecuencia por diferentes períodos. Debido a esta situación y al hecho de que, con frecuencia, cambia de escuela, Sandra es una niña tímida e introvertida. En la escuela secundaria empieza a escribir poesía y en 1976 recibe su título en Literatura de la Universidad de Loyola en Chicago. Luego, mientras realiza estudios de maestría en la Universidad de Iowa, descubre su voz para escribir. Esto la lleva a escribir *The House on Mango Street*. A través de los años, recibe diferentes premios por sus libros y trabaja entre otras cosas como maestra de estudiantes que dejan la escuela secundaria.

Sandra Cisneros

Parte B: En parejas, lea cada uno la información sobre uno de los siguientes hispanos famosos para luego contársela a la otra persona, usando verbos en el pasado donde sea apropiado.

Roberto Clemente (1934–1972)

- nacer / en Puerto Rico
- ya / jugar / para los Cangrejeros de Santurce en Puerto Rico / cuando / empezar a jugar / para los Piratas de Pittsburg
- mientras / jugar / con los Piratas / dar / más de 3.000 batazos (*hits*)
- ayudar / a su equipo a ganar / dos Series Mundiales
- en 1966 / nombrarlo / el jugador más valioso de la Liga Nacional
- jugar / en 14 partidos de los All Stars
- mientras / viajar / a Managua, Nicaragua, para ayudar a las víctimas de un terremoto / morir / en un accidente de avión en 1972
- ser / muy generoso
- ser / elegido al Salón de la Fama del Béisbol en 1973
- los puertorriqueños / considerarlo / héroe nacional

Roberto Clemente

© Bettmann/Corbis

Sonia Sotomayor (1954–)

- nacer / en EE.UU. de padres puertorriqueños
- criarse / en una zona de viviendas públicas del Bronx
- cuando / tener / nueve años / morirse / su padre
- la madre / tener que / tener dos trabajos
- cuando / ser / niña / gustarle ver / el programa policíaco de televisión *Perry Mason*
- siempre / pensar en / ser jueza
- graduarse / de las universidades de Princeton y de Yale
- en 1991 / llegar a ser / la primera jueza federal hispana de Nueva York
- mientras / ser / jueza federal / hacerse / famosa por un caso judicial de jugadores de béisbol
- cuando / ser / nombrada al Tribunal Supremo en 2009 / ya / trabajar / en el Tribunal de Apelaciones
- los puertorriqueños / ponerse / muy orgullosos al oír la noticia

Sonia Sotomayor y su madre

© Rapport Press/Newscom

En parejas, escojan a una de las siguientes personas e inventen cómo era su vida en su país, cómo fue su emigración y digan cuántos años tendría la persona cuando emigró. Luego hablen sobre su adaptación a los Estados Unidos y cómo se hizo famosa. Las personas son: Arnold Schwarzenegger (austríaco), César Millán (mexicano), Jackie Chan (hongkonés), Anna Kournikova (rusa), Salma Hayek (mexicana).

▶ Cuando era niño, Jim Carrey vivía con sus padres en una… de Canadá. Era un estudiante muy… y siempre… Él tendría 18 años cuando empezó a trabajar como comediante. Al poco tiempo, se mudó a Los Ángeles y…

Feel free to invent details. Remember to use the conditional when speculating about someone's age in the past.

B Discussing the Present

Review how to talk about the present as you read about Junot Díaz, a Dominican writer who emigrated to the United States when he was a young child.

1. To talk about present habitual actions or present events or states, use the present indicative.

   El escritor dominicano Junot Díaz **escribe** en inglés sobre eventos que ocurrieron en su vida. Con frecuencia, **entremezcla** palabras en español.
   Es profesor de M.I.T.

Junot Díaz

Narrating in the present, see pages 17–18 and 23–24.

2. To discuss actions in progress at the moment of speaking, you may use either the present indicative or the present progressive.

   Escribe / Está escribiendo una novela.

3. To describe something that someone is looking for but doesn't know whether it exists or not, use the present subjunctive in the dependent clause.

   —**Busco** una novela que **describa** las experiencias de un inmigrante en los Estados Unidos.
   —Entonces debes leer *The Brief Wondrous Life of Oscar Wao* de Junot Díaz.

Describing what one is looking for, see pages 210–211.

4. To talk about present actions or states after expressions of emotion or doubt, or to give advice, suggest, or persuade, use the present subjunctive in the dependent clause.

   Es interesante que Junot Díaz **utilice** un estilo hablado al escribir.

Present subjunctive, see pages 136–137, 168–169, and 181–182.

5. To tell someone to do something, use a command.

   Cómprame el libro de Junot Díaz que se llama *Drown*.

Commands, see pages 143 and 146.

Condition, purpose, and time (**ESCAPAS**), see page 239.

6. To express condition, purpose, and time (**ESCAPAS**) about the present, use the present subjunctive in dependent adverbial clauses.

Junot Díaz entremezcla el español con el inglés en sus cuentos **para que** sus ideas **reflejen** más su cultura.

Wondering and expressing probability about the present, see page 296.

7. To wonder or express probability about the present, use the future tense.

Ha recibido muchos premios y su familia **estará** muy orgullosa.

To make hypothetical statements about imaginary situations, see page 305.

8. To make hypothetical statements about the present, use:

si + *imperfect subjunctive, conditional*

Si fuera escritor (*which I am not*), **soñaría** con ganar el Pulitzer, como él.

ACTIVIDAD 9 La vida de Lucía (Parte 2)

Lee otra parte de la vida de la inmigrante colombiana y completa la información con el presente del indicativo, el presente del subjuntivo, el imperfecto del subjuntivo, el condicional o el infinitivo de los verbos que aparecen en el margen.

vivir
tener
pasar
poder; jugar
dormir
portarse; contar
dormirse

hablar
responder
insistir; decir
contestar

decir; haber
llevar
tener
existir; recibir

Hoy día Lucía _____ (1) con su esposo Georg en un pequeño pueblo de Texas. Su hijo Andrés, su nuera Evan y su nieta Pilar _____ (2) una casa al lado. A Lucía le encanta _____ (3) tiempo con su nieta y, cuando _____ (4), la invita a la casa para que las dos _____ (5) en el jardín. Algunas noches, Lucía la invita a _____ (6) siempre y cuando la niña _____ (7) bien. Entonces, _____ (8) a la nieta sus cuentos favoritos hasta que la niña _____ (9).

En general, Lucía le _____ (10) a su nieta en español y está muy contenta de que Pilar le _____ (11) también en español sin que ella le _____ (12). El abuelo también le _____ (13) algunas palabras en alemán, pero le tiene que pedir a la niña que _____ (14) en alemán porque tiene la tendencia a contestarle en inglés. La niña absorbe todo lo que le _____ (15) los abuelos y, si _____ (16) una escuela bilingüe en su pueblo, los padres de la niña la _____ (17) con gusto. Es muy bueno que la niña _____ (18) abuelos que hablan otros idiomas, pero es una lástima que no _____ (19) en su pueblo la posibilidad de _____ (20) instrucción ni en español ni en alemán.

ACTIVIDAD 10 ¿Cuánto sabes?

Parte A: Usa la imaginación y lo que sabes sobre la población hispana de los Estados Unidos para completar el cuestionario de la página siguiente.

1. En el año 2020, se calcula que la población afroamericana va a representar el 13% de la población estadounidense y que la hispana va a representar el _____.

    a. 15,9%   b. 17,9%   c. 19,4%

2. Indica el porcentaje de la población hispana en los EE.UU. que proviene de los siguientes lugares.

    _____ Cuba   a. 63%
    _____ El Salvador   b. 9,2%
    _____ México   c. 3,5%
    _____ Puerto Rico*   d. 3,3%
    _____ la República Dominicana   e. 2,8%

    *Los puertorriqueños son ciudadanos estadounidenses.

3. El poder adquisitivo de la población de los EE.UU. creció un promedio del 4,9% anual entre 1990 y 2009, mientras que el de los hispanos creció el _____ anual.

    a. 5,9%   b. 7,1%   c. 8,2%

4. El sueldo promedio de una familia en los EE.UU. es de $49.445; el de una familia hispana es de _____.

    a. $37.759   b. $40.757   c. $43.294

5. El 23% de la población estadounidense es católica. El porcentaje de hispanos católicos es del _____.

    a. 51%   b. 62%   c. 80%

6. El _____ de la población hispana que vive en los EE.UU. nació en ese país.

    a. 50,4%   b. 62,7%   c. 72,9%

7. En los EE.UU. la edad promedio es de 37,3 años; entre los hispanos es de _____ años.

    a. 27,6   b. 31,8   c. 34,1

8. Según el censo del año 2010, en los EE.UU., el _____ de los habitantes (de más de 5 años de edad) habla español en casa.

    a. 16,6% (1 de cada 6)   b. 12,8% (1 de cada 8)   c. 10% (1 de cada 10)

9. De las personas que hablan español en casa, _____ dice que habla inglés con fluidez.

    a. el 25%   b. el 40%   c. más de la mitad

10. Uno de cada _____ bebés nacidos en los EE.UU. es hispano.

    a. 4   b. 6   c. 8

Parte B: Ahora, en grupos de cuatro, compartan y justifiquen sus opiniones con el resto de la clase usando expresiones como **Es posible que…, Dudo que…, Creo que…**

ACTIVIDAD 11 Emigración e inmigración

Parte A: En parejas, hagan una lista de cinco motivos por los cuales hay más inmigración a los Estados Unidos y menos emigración de los Estados Unidos a otros países. Estén preparados para explicar los motivos.

Parte B: Si este país pasara por una situación económica desastrosa y fuera muy difícil continuar viviendo aquí, en parejas, decidan…

1. adónde irían a vivir
2. con quién(es) irían
3. qué llevarían
4. cómo se sentirían
5. cómo sería la adaptación
6. qué cosas extrañarían
7. si los aceptaría la población local
8. qué harían para integrarse

En parejas, imaginen que un amigo va a ir a estudiar por seis meses a un país de habla española. Escríbanle una lista de órdenes para que aproveche el viaje.

C Discussing the Future

Review how to talk about the future as you read about the impact of Hispanics in the United States.

Future actions, see pages 9, 17–18, 25–26, and 290.

1. To refer to a future action, you can use the following.

a. the present indicative	Este miércoles **se entregan** los Grammys latinos.
b. **ir a** + *infinitive*	Para el año 2050, los hispanos **van a representar** el 30% de la población estadounidense.
c. the future tense	En el futuro los hispanos **ocuparán** más puestos en el gobierno.

Present subjunctive, see pages 136–137, 168–169, and 181–182.

2. To talk about future actions or states after expressions of emotion or doubt, or to give advice, suggest, or persuade about future actions, use the present subjunctive in dependent clauses.

   Las grandes compañías están estudiando el mercado hispano porque **quieren que** los hispanos **compren** sus productos. Para vender productos entre la comunidad hispana de Nueva York, **es importante que muestren** anuncios comerciales durante el Noticiero Univisión, porque es el programa de noticias número uno en toda la ciudad.

Pending actions, see pages 216–217.

3. To describe actions that are pending or have not yet taken place, use the present subjunctive in dependent adverbial clauses.

   Algunos inmigrantes piensan volver a su país **cuando se jubilen**.

Condition, purpose, and time (ESCAPAS), see page 239.

4. To express condition, purpose, and time (**ESCAPAS**) about the future, use the present subjunctive in dependent adverbial clauses.

   Varias organizaciones en los EE.UU. planean educar a los hispanos **para que** estos **participen** más del proceso electoral.

Hypothesizing about the future, see page 324.

5. To say something will have happened by a certain time in the future, use the future perfect.

   Para el año 2050, la población hispana de los Estados Unidos **habrá sobrepasado** los 130 millones de personas.

Hypothesizing about the future, see page 305.

6. To hypothesize about the future, use:

   si + *present indicative, future* / **ir a** + *infinitive*

   Si los hispanos **ocupan** más puestos en el gobierno de los EE.UU., **habrá / va a haber** mejores relaciones con Latinoamérica.

Parte A: Lee otra parte de la vida de la inmigrante colombiana y completa la información con el futuro, el futuro perfecto, el presente del indicativo, el presente del subjuntivo o el infinitivo de los verbos que aparecen en el margen.

Cuando la nieta de Lucía _____ (1) doce años, la abuela la _____ (2) a Colombia. Para entonces la niña ya _____ (3) lo suficiente como para no _____ (4) a sus padres. La abuela quiere que Pilar _____ (5) a toda su familia, que _____ (6) bien el español y que _____ (7) apreciar su cultura. Si Lucía _____ (8) tiempo y suficiente dinero, intentará quedarse allí con su nieta por lo menos un mes. Luego, el verano siguiente ella y su esposo quieren _____ (9) a Alemania con la niña para _____ (10) a la familia de él y para que Pilar _____ (11) tiempo con sus primitas. Ellos están seguros de que la niña _____ (12) a estar lista para disfrutar de esos viajes y saben que hasta que ella no _____ (13) a Colombia y a Alemania, no _____ (14) valorar su herencia cultural.

cumplir; llevar
madurar
extrañar; conocer
aprender; poder
tener

ir; visitar
pasar
ir
ir; poder

Courtesy of Lucía Caycedo Garner

Parte B: Lucía y Georg finalmente van a llevar a su nieta a Colombia. En parejas, escriban tres consejos para estos abuelos que van a ir de viaje con una niña menor de edad. Usen expresiones como **Les recomendamos que…, Es importante que…, Les aconsejamos que…**

Mira el siguiente gráfico del censo estadounidense y discute las preguntas.

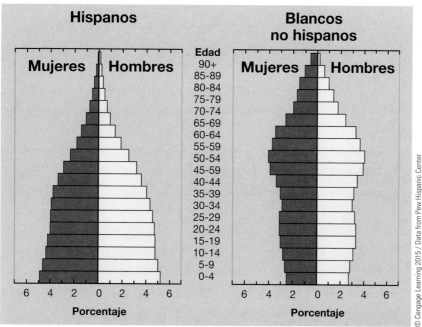

Distribución de edad por sexo y origen hispano: 2010

Cada barra representa el porcentaje de la población hispana o no hispana blanca que cae dentro de cada grupo por su edad y sexo.

1. ¿Cuál de los dos grupos tiene un porcentaje mayor de gente joven?

2. Más o menos, ¿qué porcentaje de la población hispana tiene menos de 18 años? ¿Y de la población blanca que no es hispana?

3. Teniendo en cuenta que normalmente las mujeres dejan de tener hijos antes de cumplir los 45 años, ¿cómo será el crecimiento de la población hispana con respecto a la blanca no hispana y por qué?

4. En los Estados Unidos, los trabajadores ayudan a pagar, a través de los impuestos, el seguro social de los jubilados. ¿Habrá suficiente dinero para el seguro social cuando se jubile la gente que ahora tiene entre 40 y 60 años? ¿Ayudará o perjudicará el crecimiento de la población hispana con este asunto? ¿Qué hará el gobierno si no hay suficiente dinero?

ACTIVIDAD 15 Presente, pasado y futuro

Parte A: Mira las siguientes oraciones y escoge la respuesta que crees que sea correcta.

1. En la primera década del siglo XXI, el número de estudiantes de los Estados Unidos que optaron por hacer parte de sus estudios en el extranjero creció un _____.

   a. 48%   b. 68%   c. 88%

2. En 2009–10, más de _____ estudiantes universitarios de los Estados Unidos estudiaron en otros países y sus universidades les convalidaron las clases.

   a. 220.000   b. 270.000   c. 350.000

3. En 2009–10, las mujeres representaron el _____ de los estudiantes que estudiaron en el extranjero.

   a. 46%   b. 56%   c. 64%

Parte B: Como se puede ver en las respuestas de la Parte A, el número de estudiantes universitarios norteamericanos que estudian en otro país va en aumento. En grupos de tres, discutan las siguientes preguntas.

1. ¿Han estudiado en el extranjero? Si contestan que sí, ¿adónde fueron? ¿Les gustó la vivencia? Si no han estudiado en el extranjero, ¿han considerado ir? ¿Adónde les gustaría ir y por qué?

2. En los últimos años, se ha hecho cada vez más énfasis en la importancia de estudiar en otro país. En el año 2009–10, según el *Institute of International Education*:

   • 58 universidades mandaron a más de 1000 estudiantes cada una a estudiar en el extranjero (NYU fue la número uno con 4.156 estudiantes)

   • 18 universidades mandaron a más del 80% de sus estudiantes

   • la mayoría de los estudiantes que fueron a estudiar al extranjero eran de ciencias sociales (22,3%), gerencia y negocios (20,8%) y humanidades (12,1%)

Continúa

- entre los 25 países más populares para estudiar se encuentran: n.º 3 España (25.411), n.º 8 México (7.157), n.º 10 Costa Rica (6.262), n.º 12 Argentina (4.835), n.º 18 Chile (3.115), n.º 21 Ecuador (2.960) y n.º 24 Perú (2.228)

En su opinión, ¿cuáles son las cinco razones más importantes para estudiar en el extranjero?

Source: Open Doors Report on International Educational Exchange, New York: Institute of International Education.

Parte C: ¡Felicitaciones por haber terminado este curso de español de nivel intermedio! En el futuro, todos Uds. van a usar el español de una forma u otra, ya sea en un viaje a un país de habla española, al continuar sus estudios del idioma en la universidad, al mirar una película en español o posiblemente al hablarlo en el trabajo. En grupos de tres, discutan cómo creen que usarán el español en el futuro.

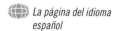 *La página del idioma español*

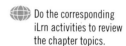 Do the corresponding iLrn activities to review the chapter topics.

Courtesy of AnnMarie Wesneski

Estudiante norteamericana con sus "hermanos españoles" en Salamanca, España

Reference Section Index

Appendix A Verb Conjugations

Appendix A contains rules for verb conjugations in all tenses and moods. Since you may already be familiar with much of the information in this appendix, you should read through the explanations and focus on what is new to you or what you feel you may need to review in more detail. Highlighting portions of the explanations might help you study more efficiently. There is a verb conjugation tool on the *Fuentes* website and there are also verb conjugation sites on the Internet.

▶ While studying these rules, remember that most compound verbs are conjugated like the base verb they contain: *conseguir*, *obtener*, *revolver*, etc.

▶ Reflexive verbs can be used in all tenses and moods. To review placement of reflexive pronouns and other object pronouns, see pages 378–380.

▶ To review accentuation rules, see page 382.
▶ When conjugating verbs in Spanish, remember the following spelling conventions:

verbs ending in -**car**	ca	**que**	qui	co	cu
verbs ending in -**gar** or -**guir**	ga	**gue**	gui	**go**	gu
verbs ending in -**ger** or -**gir**	ja	ge	gi	**jo**	ju
verbs ending in -**zar**	za	**ce**	ci	**zo**	zu

The Present Indicative Tense—*El presente del indicativo*

A. Regular Forms

1. To form the present indicative of regular verbs, drop the -**ar**, -**er**, or -**ir** ending of the infinitive and add the appropriate endings to the stem.

dibujar		**corr**er		**viv**ir	
dibuj**o**	dibuj**amos**	corr**o**	corr**emos**	viv**o**	viv**imos**
dibuj**as**	dibuj**áis**	corr**es**	corr**éis**	viv**es**	viv**ís**
dibuj**a**	dibuj**an**	corr**e**	corr**en**	viv**e**	viv**en**

2. Certain verbs are regular but need spelling changes in the **yo** form. Remember these spelling conventions to help you.

Verbs ending in -**guir**: ga gue gui go gu
extin**guir**: extin**go**, extingues, extingue, etc.

Verbs ending in -**ger** and -**gir**: ja ge gi jo ju
diri**gir**: diri**jo**, diriges, dirige, etc.
esco**ger**: esco**jo**, escoges, escoge, etc.

Other common verbs of this type are: exi**gir**, reco**ger**.

B. Irregular Forms

1. The following verbs have irregular **yo** forms. All other forms are regular.

caber → quepo	hacer → hago	salir → salgo	valer → valgo
caer → caigo	poner → pongo	traer → traigo	ver → veo
dar → doy	saber → sé		

Most verbs that end in **-cer** and **-ucir** have irregular **yo** forms.

cono**cer**: cono**zco**, conoces, conoce, etc.
trad**ucir**: tradu**zco**, traduces, traduce, etc.

Other common verbs of this type are: estable**cer**, prod**ucir**.

2. Verbs that end in **-uir** have the following irregular conjugation.

constr**uir**: constru**yo** constru**yes** constru**ye** construimos construís constru**yen**

Other common verbs of this type are: distrib**uir**, contrib**uir**, reconstr**uir**.

3. Verbs ending in **-uar** (but not **-guar**) and some verbs ending in **-iar** require an accent to break the diphthong.

conf**iar**: conf**ío** conf**ías** conf**ía** confiamos confi**áis** conf**ían**
contin**uar**: contin**úo** contin**úas** contin**úa** continuamos continu**áis** contin**úan**

Other common verbs of this type are: cr**iar**, env**iar**.

But:

aver**iguar**: averiguo, averiguas, etc.

4. The following verbs require an accent on certain verb forms to break the diphthong.

reu**nir**: **reú**no **reú**nes **reú**ne reunimos reunís **reú**nen
proh**ibir**: **pro**h**íbo** **pro**h**íbes** **pro**h**íbe** prohibimos prohibís **pro**h**íben**

5. The following verbs have irregular forms in the present.

estar:	estoy	estás	está	estamos	estáis	están
haber:	he	has	ha	hemos	habéis	han
ir:	voy	vas	va	vamos	vais	van
oír:	oigo	oyes	oye	oímos	oís	oyen
oler:	huelo	hueles	huele	olemos	oléis	huelen
ser:	soy	eres	es	somos	sois	son

Note: *There is/are* = **hay**.

C. Stem-Changing Verbs

Stem-changing verbs have a change in spelling and pronunciation in the stem in all forms except the **nosotros** and **vosotros** forms, which retain the vowel of the infinitive. The change occurs in the *stressed* syllable of the conjugated verb, which is also the last syllable of the stem. There are four categories: **e → ie, o → ue, e → i,** and **u → ue**. All stem-changing verbs are noted in vocabulary lists and in dictionaries by indicating the change in parentheses: **volver (ue)**.

entender (e → ie)		probar (o → ue)	
entiendo	entendemos	pruebo	probamos
entiendes	entendéis	pruebas	probáis
entiende	entienden	prueba	prueban

pedir (e → i)		jugar (u → ue)	
pido	pedimos	juego	jugamos
pides	pedís	juegas	jugáis
pide	piden	juega	juegan

Note that **reírse** has an accent on the **i** of all forms to break the diphthong: **me río, te ríes, se ríe, nos reímos, os reís, se ríen.**

Some common stem-changing verbs are:

e → ie	**o → ue**	**e → i**
cerrar	almorzar	decir*
comenzar (**a** + *infinitive*)	costar	elegir** (**a** + *person*)
empezar (**a** + *infinitive*)	devolver	pedir
entender	dormir	repetir
mentir	encontrar (**a** + *person*)	seguir** (**a** + *person*)
pensar **en**	morir(se)	servir
pensar + *infinitive*	poder	
perder (**a** + *person*)	probar	
preferir	soler + *infinitive*	
querer (+ *infinitive*);	volver	**u → ue**
(**a** + *person*)	volver **a** + *infinitive*	jugar (**al** + …)
tener*		
venir*		

*Verbs that have irregular **yo** forms:

decir (e → i) → **digo**   tener (e → ie) → **tengo**   venir (e → ie) → **vengo**

Verbs that have a spelling change in the **yo forms:

elegir (e → i) → **elijo**   seguir (e → i) → **sigo**

The Present Participle—*El gerundio*

1. The present participle is formed by dropping the **-ar** of regular and stem-changing verbs and adding **-ando** and by dropping the **-er** and **-ir** of regular verbs and the **-er** of stem changers and adding **-iendo**. (For **-ir** stem changers, see point 2 below.)

> cerr**ar** → cerr + ando → cerr**ando**
> corr**er** → corr + iendo → corr**iendo**
> viv**ir** → viv + iendo → viv**iendo**

2. The **-ir** stem changers have a change in the stem of the present participle. In dictionary listings, stem changers are followed by vowels in parentheses. The first vowel or vowels in parentheses indicate the change that occurs in the present indicative tense: **dormir** (<u>ue</u>, u), **vestirse** (<u>i</u>, i), **sentirse** (<u>ie</u>, i). The second vowel indicates the change that occurs in the present participle: **dormir** (ue, <u>u</u>), **vestirse** (i, <u>i</u>), **sentirse** (ie, <u>i</u>). (Also see the discussions of the preterit and present subjunctive.)

> dormir → d**u**rmiendo   vestirse → v**i**stiéndose*   sentirse → s**i**ntiendo

*Note: To review placement of object pronouns with present participles, see pages 378–380. To review accents, see page 382.

3. Verbs with stems ending in a vowel + **-er** or **-ir** (except a silent **u**, as in **seguir**) take a **y** instead of the **i** in the ending.

> construir → constru**y**endo

Common verbs that fit this pattern include the following.

> leer → le**y**endo   creer → cre**y**endo   oír → o**y**endo
> destruir → destru**y**endo   caer → ca**y**endo

The Preterit—*El pretérito*

A. Regular Forms

1. To form the preterit of regular **-ar**, **-er**, and **-ir** verbs and **-ar** and **-er** stem changers (but not **-ir** stem changers), drop the **-ar**, **-er**, or **-ir** ending of the infinitive and add the appropriate endings to the stem.

cerrar		**vend**er		**viv**ir	
cerr**é**	cerr**amos**	vend**í**	vend**imos**	viv**í**	viv**imos**
cerr**aste**	cerr**asteis**	vend**iste**	vend**isteis**	viv**iste**	viv**isteis**
cerr**ó**	cerr**aron**	vend**ió**	vend**ieron**	viv**ió**	viv**ieron**

Notice that the **-ar** and **-ir** endings for **nosotros** are identical in the present and the preterit.

2. Certain verbs are regular but need spelling changes in the **yo** form to preserve the pronunciation. Remember these spelling conventions to help you.

Verbs ending in -**gar**: ga **gue** gui go gu
pa**gar**: pa**gué**, pagaste, pagó, etc.

Other common verbs of this type are: ju**gar**, lle**gar**, ne**gar**, re**gar**, ro**gar**.

Verbs ending in -**car**: ca **que** qui co cu
bus**car**: bus**qué**, buscaste, buscó, etc.

Other common verbs of this type are: criti**car**, expli**car**, practi**car**, to**car**.

Verbs ending in -**zar**: za **ce** ci zo zu
empe**zar**: empe**cé**, empezaste, empezó, etc.

Other common verbs of this type are: almor**zar**, apla**zar**, ca**zar**, comen**zar**, organi**zar**, re**zar**.

B. Irregular Forms

1. The following verbs have irregular forms in the preterit.

dar:	di	diste	dio	dimos	disteis	dieron
ir:	fui	fuiste	fue	fuimos	fuisteis	fueron
ser:	fui	fuiste	fue	fuimos	fuisteis	fueron
estar:	estuve	estuviste	estuvo	estuvimos	estuvisteis	estuvieron
tener:	tuve	tuviste	tuvo	tuvimos	tuvisteis	tuvieron
poder:	pude	pudiste	pudo	pudimos	pudisteis	pudieron
poner:	puse	pusiste	puso	pusimos	pusisteis	pusieron
saber:	supe	supiste	supo	supimos	supisteis	supieron
hacer:	hice	hiciste	hizo	hicimos	hicisteis	hicieron
venir:	vine	viniste	vino	vinimos	vinisteis	vinieron

2. The verbs **decir**, **traer**, and verbs ending in -**ducir** take a **j** in the preterit. Notice that they drop the **i** in the third person plural and are followed by -**eron**.

decir:	dije	dijiste	dijo	dijimos	dijisteis	di**jeron**
traer:	traje	trajiste	trajo	trajimos	trajisteis	tra**jeron**
producir:	produje	produjiste	produjo	produjimos	produjisteis	produ**jeron**

3. Verbs with stems ending in a vowel + **-er** or **-ir** (except the silent **u**, as in **seguir**) take a **y** instead of the **i** in the third person singular and plural.

construir:	construí	construiste	construyó	construimos	construisteis	construyeron
leer:	leí	leíste	leyó	leímos	leísteis	leyeron
oír:	oí	oíste	oyó	oímos	oísteis	oyeron

Note: *There was/were* = **hubo**.

C. -*Ir* Stem-Changing Verbs

-Ir stem-changing verbs only have a stem change in the third person singular and plural. In dictionary listings, these changes are the second change listed: **morir (ue, u)**.

dormir (ue, **u**):	dormí	dormiste	**du**rmió	dormimos	dormisteis	**du**rmieron
mentir (ie, **i**):	mentí	mentiste	mintió	mentimos	mentisteis	mintieron
vestirse (i, **i**):	me vestí	te vestiste	se vistió	nos vestimos	os vestisteis	se vistieron

The Imperfect—*El imperfecto*

A. Regular Forms

To form the imperfect of regular verbs, drop the **-ar**, **-er**, or **-ir** ending of the infinitive and add the appropriate endings to the stem. Notice that all **-ar** verbs end in **-aba** and **-er** and **-ir** verbs end in **-ía**.

cerrar*		conocer		servir*	
cerraba	cerrábamos	conocía	conocíamos	servía	servíamos
cerrabas	cerrabais	conocías	conocíais	servías	servíais
cerraba	cerraban	conocía	conocían	servía	servían

*Note: Stem-changing verbs do not change in the imperfect.

B. Irregular Forms

Common irregular verbs are:

ir:	iba	ibas	iba	íbamos	ibais	iban
ser:	era	eras	era	éramos	erais	eran
ver:	veía	veías	veía	veíamos	veíais	veían

Note: *There was/were* = **había**.

The Future—*El futuro*

A. Regular Verbs

To form the future of regular verbs, add -**é**, -**ás**, -**á**, -**emos**, -**éis**, -**án** to the infinitive.

hablar		comer		ir	
hablar**é**	hablar**emos**	comer**é**	comer**emos**	ir**é**	ir**emos**
hablar**ás**	hablar**éis**	comer**ás**	comer**éis**	ir**ás**	ir**éis**
hablar**á**	hablar**án**	comer**á**	comer**án**	ir**á**	ir**án**

Note: There is no accent in the **nosotros** form.

B. Irregular Verbs

Some verbs have irregular stems in the future, but all add to the stem the same endings used above.

Infinitive	Future stem	Infinitive	Future stem
caber	cabr-	querer	querr-
decir	dir-	saber	sabr-
haber	habr-	salir	saldr-
hacer	har-	tener	tendr-
poder	podr-	valer	valdr-
poner	pondr-	venir	vendr-

Note: *There will be* = **habrá**.

The Conditional—*El condicional*

A. Regular Verbs

To form the conditional of regular verbs, add -**ía**, -**ías**, -**ía**, -**íamos**, -**íais**, -**ían** to the infinitive.

hablar		comer		ir	
hablar**ía**	hablar**íamos**	comer**ía**	comer**íamos**	ir**ía**	ir**íamos**
hablar**ías**	hablar**íais**	comer**ías**	comer**íais**	ir**ías**	ir**íais**
hablar**ía**	hablar**ían**	comer**ía**	comer**ían**	ir**ía**	ir**ían**

B. Irregular Verbs

Irregular conditional forms use the same irregular stems as for the future (see the explanation for the future tense) and add the same conditional endings used above.

Note: *There would be* = **habría**.

The Present Subjunctive—*El presente del subjuntivo*

A. Regular Forms

1. The present subjunctive of most verbs is formed by following these steps.

   ▶ Take the present indicative **yo** form: **hablo**, **leo**, **salgo**.
   ▶ Drop the -**o**: **habl**-, **le**-, **salg**-.
   ▶ Add endings starting with **e** for -**ar** verbs and with **a** for -**er** and -**ir** verbs.

hablar		leer		salir	
que hable	hable**mos**	que lea	lea**mos**	que salga	salg**amos**
hable**s**	hablé**is**	lea**s**	leá**is**	salga**s**	salgá**is**
hable	hable**n**	lea	lea**n**	salga	salg**an**

2. Certain verbs are regular but need spelling changes to preserve the pronunciation. Remember these spelling conventions to help you.

   > Verbs ending in -**gar**: ga **gue** gui go gu
   > pa**gar**: que pa**gue**, que pa**gues**, que pa**gue**, etc.

   Other common verbs of this type are: ju**gar**, lle**gar**, ne**gar**, re**gar**, ro**gar**.

   > Verbs ending in -**gir**: **ja** ge gi **jo** ju
   > ele**gir**: que eli**ja**, que eli**jas**, que eli**ja**, etc.

   Other common verbs of this type are: diri**gir**, esco**ger**, exi**gir**, reco**ger**.

   > Verbs ending in -**car**: ca **que** qui co cu
   > sa**car**: que sa**que**, que sa**ques**, que sa**que**, etc.

   Other common verbs of this type are: bus**car**, criti**car**, expli**car**, practi**car**, to**car**.

   > Verbs ending in -**zar**: za **ce** ci zo zu
   > empe**zar**: que empie**ce**, que empie**ces**, que empie**ce**, etc.

   Other common verbs of this type are: almor**zar**, ca**zar**, comen**zar**, organi**zar**, re**zar**.

B. Irregular Forms

Common irregular present subjunctive forms include the following.

dar:	que dé	des	dé	demos	deis	den
estar:	que esté	estés	esté	estemos	estéis	estén
haber:	que haya	hayas	haya	hayamos	hayáis	hayan
ir:	que vaya	vayas	vaya	vayamos	vayáis	vayan
saber:	que sepa	sepas	sepa	sepamos	sepáis	sepan
ser:	que sea	seas	sea	seamos	seáis	sean

Note: *There is/are =* **que haya**. *There will be =* **que haya**.

C. Stem-Changing Verbs

1. **-Ar** and **-er** stem-changing verbs in the present subjunctive ending have the same stem changes as in the present indicative tense.

almorzar:	que almuerce	almuerces	almuerce	almorcemos	almorcéis	almuercen
querer:	que quiera	quieras	quiera	queramos	queráis	quieran

2. **-Ir** stem-changing verbs in the present subjunctive have the same stem changes as in the present indicative except for the **nosotros** and **vosotros** forms, which require a separate stem change. In dictionary listings, this is the second change indicated and is the same change as in the preterit and the present participle: **dormir** (ue, **u**).

mentir (ie, i):	que mienta	mientas	mienta	mintamos	mintáis	mientan
morir (ue, u):	que muera	mueras	muera	muramos	muráis	mueran
pedir (i, i):	que pida	pidas	pida	pidamos	pidáis	pidan

Commands—*El imperativo*

A. Negative Commands

All negative commands use the corresponding present subjunctive forms.

XXX	¡No comamos eso!
¡No comas eso!	¡No comáis eso!
¡No coma (Ud.) eso!	¡No coman (Uds.) eso!

B. Affirmative Commands

1. Use the third person forms of the present subjunctive to construct affirmative **Ud.** and **Uds.** commands.

hable (Ud.)	salga (Ud.)	vaya (Ud.)
hablen (Uds.)	salgan (Uds.)	vayan (Uds.)

Note: Subject pronouns are rarely used with commands, but if they are, they follow the verb.

2. To form regular affirmative **tú** commands, use the present indicative **tú** form of the verb omitting the -**s** at the end.

habla (tú)	come (tú)	duerme (tú)

Note: Subject pronouns are rarely used with commands, but if they are, they follow the verb. Irregular affirmative **tú** commands include the following.

Infinitive	*Tú* Command	Infinitive	*Tú* Command
decir	di	salir	sal
hacer	haz	ser	sé
ir	ve	tener	ten
poner	pon	venir	ven

3. Affirmative **nosotros** commands (*let's* + *verb*) use the corresponding present subjunctive forms.

hablemos	comamos	salgamos

Exception: The affirmative **nosotros** command for **ir** is **vamos** (not **vayamos**).

4. The affirmative **vosotros** commands are formed by replacing the final **r** of the infinitive with a **d**. If a reflexive pronoun is added, the **d** is deleted.

habla**d**	come**d**	sali**d**	levantaos*

The only exception is **irse: idos**.

*Note: To review placement of object pronouns with commands, see pages 378–380.

The following chart summarizes the forms used for commands:

Ud./Uds.		Tú	
Affirmative:	Negative:	Affirmative:	Negative:
subjunctive	subjunctive	present indicative	subjunctive
		tú form without -s	
suba/n	**no suba/n**	**sube***	**no subas**

*Note: All forms are identical to the subjunctive except the affirmative command form of **tú**.

The Imperfect Subjunctive—*El imperfecto del subjuntivo*

1. The imperfect subjunctive is formed by following these steps.

   ▶ Take the third person plural of the preterit: **venir = vinieron**.

   ▶ Drop -**ron** to create an imperfect subjunctive stem: **vinie-**.

   ▶ Add either of the following sets of endings.

-ra **endings**		-se **endings**	
-ra	-ramos	-se	-semos
-ras	-rais	-ses	-seis
-ra	-ran	-se	-sen

Note: The -**ra** endings are used by more speakers of Spanish. The -**se** endings are common in Spain and in some areas of Hispanic America.

Infinitive	**3rd person pl. pret.**	**Imp. sub. stem**	**Imp. sub.**
venir ⟶	vinieron ⟶	vinie ⟶	viniera/viniese

-ra **forms**		-se **forms**	
que vinie**ra**	vinié**ramos**	que vinie**se**	vinié**semos***
vinie**ras**	vinie**rais**	vinie**ses**	vinie**seis**
vinie**ra**	vinie**ran**	vinie**se**	vinie**sen**

*Note: The **nosotros** form always takes an accent.

2. All imperfect subjunctive verbs follow this pattern. There are no irregular verbs in the imperfect subjunctive; they are all based on the third person plural of the preterit. Review the preterit, especially the third person plural, to ensure proper formation of the imperfect subjunctive.

Note: *There was/were* = **hubiera/hubiese**.

The Past Participle—*El participio pasivo*

The past participle is a verbal form that can be used either as part of a verb phrase or as an adjective modifying a noun. When used as part of a verb phrase, the past participle has only one form, which ends in -**o**. When used as an adjective modifying a noun, the past participle agrees with the noun in gender and number.

A. Regular Forms

The past participle of -**ar** verbs is formed by adding -**ado** to the stem. The past participle of -**er** and -**ir** verbs is formed by adding -**ido** to the stem.

> comprar → compr**ado**   vend**er** → vend**ido**   decid**ir** → decid**ido**

The past participle of **ser** is **sido** and of **ir** is **ido**.

B. Irregular Forms

1. Common irregular past participles include the following.

Infinitive	Past Participle	Infinitive	Past Participle
abrir	abierto	morir	muerto
cubrir	cubierto	poner	puesto
decir	dicho	resolver	resuelto
describir	descrito	romper	roto
escribir	escrito	ver	visto
hacer	hecho	volver	vuelto

Note: Compound verbs are usually conjugated like the verb they contain.

> *de**volver** → de**vuelto***   *des**hacer** → des**hecho***   *re**poner** → re**puesto***

2. Some past participle forms differ whether they are used as part of a verb phrase (e.g., **he bendecido**) or used as an adjective (**está bendito**). The following is a list of common verbs that have two different forms.

Infinitive	Past Participle in a Verb Phrase	Past Participle as an Adjective
bendecir	bendecido	bendito/a
confundir	confundido	confuso/a*; confundido/a*
despertar	despertado	despierto/a
freír	freído	frito/a
imprimir	imprimido	impreso/a
soltar	soltado	suelto/a

*Note: **Es confuso.** = It's confusing. **Está confundido.** = He's confused.

The Perfect Tenses—*Los tiempos perfectos*

The perfect tenses are formed by using a form of the verb **haber** + *past participle*. See the explanation of the formation of past participles if needed.

The Present Perfect—*El pretérito perfecto*		
he	hemos	
has	habéis	} + past participle
ha	han	

The Present Perfect Subjunctive—*El pretérito perfecto del subjuntivo*		
haya	hayamos	
hayas	hayáis	} + past participle
haya	hayan	

The Pluperfect—*El pluscuamperfecto*		
había	habíamos	
habías	habíais	} + past participle
había	habían	

The Pluperfect Subjunctive—*El pluscuamperfecto del subjuntivo*		
hubiera	hubiéramos	
hubieras	hubierais	} + past participle
hubiera	hubieran	

Note: There is an optional form, frequently used in Spain and in some areas of Hispanic America, in which you may substitute -**se** endings for -**ra** endings: **hubiera** = **hubiese**.

The Future Perfect—*El futuro perfecto*		
habré	habremos	
habrás	habréis	} + past participle
habrá	habrán	

The Conditional Perfect—*El condicional perfecto*		
habría	habríamos	
habrías	habríais	} + past participle
habría	habrían	

Appendix B Uses of *ser, estar,* and *haber*

1. Use **ser**:

   a. to describe the being or essence of a person, place, or thing. This includes personality traits, physical characteristics, and place of origin.

   > Mi amigo Lucas **es** muy divertido. (*personality traits*) **Es** atractivo y un poco musculoso. (*physical characteristics*) **Es** de Chile. (*origin*)

   b. to state an occupation.

   > **Es** estudiante universitario.

   c. to tell time and dates.

   > Ahora **son** las cuatro de la tarde.
   > Los exámenes finales **son** entre el 26 de noviembre y el 14 de diciembre.

   d. to indicate possession.

   > Los libros que usa para estudiar **son** de su primo Carlos.

   e. to state when and where an event takes place.

   > El examen oral con la profesora Beltrán **es** a las once y **es** en la oficina de la profesora.

2. Use **estar**:

   a. to describe condition or state of being of a person, place, or thing.

   > Hoy **está** cansado porque no durmió mucho anoche. Su habitación **está** sucia y tiene que limpiarla.

   b. to describe the location of a person, place, or thing.

   > Ahora Lucas **está** en la clase con sus amigos. Su universidad **está** en el centro de la ciudad. Los apuntes para su examen oral **están** en su mochila.

   c. as a helping verb with the present progressive to describe actions in progress.

   > Él y sus amigos **están** haciendo planes para el fin de semana.

3. Use a form of **haber** to state the following.

   > there is/are (not) = (**no**) **hay**
   > there was/were (not) = (**no**) **hubo** (*preterit*) / (**no**) **había** (*imperfect*)
   > there will (not) be = (**no**) **habrá**
   > there would (not) be = (**no**) **habría**

   > **Hay** 50.000 estudiantes en esa universidad, pero en el futuro **habrá** muchos más.

Appendix C Gender of Nouns and Formation of Adjectives

A. Gender of Nouns

1. Most nouns that end in -l, -o, -n, and -r are masculine.

    un cartel   **el** partido   **el** examen   **el** televisor

    Common exceptions: **la imagen, la mano, la mujer.** Remember that **la foto (fotografía)** and **la moto (motocicleta)** are feminine.

2. Most nouns that end in -a, -ad, -ión, -umbre, and -z are feminine.

    la lámpara   **la** libertad   **una** canción   **la** costumbre   **una** luz

    Common exceptions: **el avión, el camión, el día, el lápiz, el mapa, el pez.**

3. Feminine nouns that begin with a stressed **a-** sound (**agua, área, arpa, hambre**), use the articles **el/un** in the singular, but still use the articles **las/unas** in the plural. If adjectives are used with these nouns, they must be in the feminine form.

    el alma pura   **el** agua fresca
    las almas puras   **las** aguas frescas

    Note: There is one exception; the word **arte** begins with a stressed **a-** and is normally masculine in the singular and feminine in the plural: **el** arte moderno, **las** bellas artes.

4. Memorize the gender of nouns that end in -e. Common words include:

    Masculine: **el accidente, el cine, el coche, el diamante, el hombre, el pasaje, el viaje**
    Feminine: **la clase, la fuente, la gente, la noche, la tarde**

5. Many nouns that are borrowed from languages other than Latin are usually masculine in Spanish. Here are a few nouns that are borrowed from English: **el** *casting*, **el** *hall*, **el** *hobby*.

6. Many nouns that end in -ma and -ta are masculine and are of Greek origin: **el cometa, el drama, el idioma, el planeta, el poema, el problema, el programa, el sistema, el tema.**

B. Use and Formation of Adjectives

1. With few exceptions, adjectives agree in number (singular, plural) with the nouns they modify. The plural is formed by adding -s to adjectives that end in an unaccented vowel (usually -e, -o, or -a) and -es to those that end in a consonant or an accented vowel (usually -í or -ú). Adjectives ending in -o and -or agree not only in number but also in gender (masculine, feminine) with the noun they modify. Adjectives ending in -ista agree in number only. See the following charts.

-e		consonant	
interesante	interesantes	liberal	liberales

-í, -ú		-ista	
israelí	israelíes	realista	realistas
hindú	hindúes		

-o, -a		-or, -ora	
serio	serios	conservador	conservadores
seria	serias	conservadora	conservadoras

una clase interesante	unas clases interesantes
una profesora seria	unas profesoras serias
un artículo liberal	unos artículos liberales
el estudiante conservador	los estudiantes conservadores
un profesor realista	unos profesores realistas

2. Adjectives of nationality that end in -**és** or -**án** drop the accent from the masculine singular and add the appropriate endings to agree in gender and number with the nouns they modify.

inglés*	ingleses	inglesa	inglesas
alemán*	alemanes	alemana	alemanas

*To review rules of accentuation, see Appendix F.

3. Adjectives that end in -**z** change **z** to **c** in the plural.

feliz → felices   capaz → capaces

Appendix D Position of Object Pronouns

Prior to studying the position of object pronouns (direct, indirect, and reflexive), you may want to familiarize yourself with the following terms.

1. Infinitives—**Infinitivos**

   a. In the following sentence, *to work* is an infinitive.

      I have *to work* tomorrow.

   b. Infinitives in Spanish always end in either -**ar**, -**er**, or -**ir**.

   c. The infinitive is the verb form listed in Spanish dictionaries.

   d. In the following sentence, **trabajar** is an infinitive.

      Tengo que **trabajar** mañana.

2. Present Participles—**Gerundios**

   a. In English, present participles end in -*ing*. In the following sentence, *studying* is a present participle.

      I am *studying*.

   b. In Spanish, present participles end in -**ando**, -**iendo**, or -**yendo**. In the following sentence, **estudiando** is a present participle.

      Estoy **estudiando**.

3. Past Participles—**Participios pasivos**

   a. In English, many past participles end in -**ed**. In the following sentence, *traveled* is a past participle.

      Have you ever *traveled* to Costa Rica?

   b. In Spanish, regular past participles end in -**ado** or -**ido**.

      ¿Has **viajado** alguna vez a Costa Rica?

4. Commands—**Órdenes**

   a. Commands are direct orders given to people to do something. In the following sentence, *help* is a command.

      Help me!

   b. In the following sentence, **ven** is a command.

      Niño, ¡**ven** aquí en seguida!

5. Conjugated Verbs—**Verbos conjugados**

   a. In the following sentence, *am* and *is* are conjugated verbs. Their infinitive is the verb *to be*.

      I *am* smart and this *is* easy.

b. Conjugated verbs are any verbs that are not infinitives, commands, or present or past participles.

c. Conjugated verbs can be in the present, past, or future tense, the conditional, and can be in different moods (indicative and subjunctive). In the following sentences, the conjugated verbs are in bold.

> Ella **trabaja** para IBM.
> ¿Dónde **comieron** Uds. anoche?
> **Quería** que ellos **vinieran** a mi casa.

Object Pronoun Forms

1. Object pronouns include direct objects (**me, te, lo, la, nos, os, los, las**), indirect objects (**me, te, le, nos, os, les**), and reflexive pronouns (**me, te, se, nos, os, se**).

> **Le** compré un perfume a mi madre y **le** gustó mucho.
> **Lo** compré en Amazon.
> Ahora mi madre **se** pone el perfume todos los días.

2. When an indirect- and a direct-object pronoun are used in succession, **le** and **les** become **se** when followed by **lo, la, los,** or **las.** When two object pronouns are used in the same phrase, they are not separated and must be used in succession.

> **Se lo** regalé para su cumpleaños.

Placement of Object Pronouns

The placement of object pronouns is as follows.

1. before a conjugated verb

> **Lo habré** hecho para el lunes.   Si **lo hiciera** ahora, no podría terminar.
> **Lo haré** el lunes.   **Lo hice** el lunes pasado.
> **Te lo voy** a hacer el lunes.   **Lo hacía** los lunes.
> Quiero que **lo hagas** el lunes.   **Lo había hecho** el lunes antes de trabajar.
> **Lo hago** los lunes.   Si él **lo hubiera** hecho, yo no **lo habría** sabido.
> **Te lo estoy** haciendo.

2. before the verb in a negative command

> ¡No **lo hagas**!   ¡No **se lo compre**!

3. after and attached to an affirmative command

> **¡Hazlo!**   **¡Cómpreselo!***   **¡Dáselo!***

*When another syllable is added to a command consisting of two or more syllables, or when two pronouns are added to monosyllable commands, place an accent over the stressed syllable.

a. When the reflexive pronoun **os** is attached to the **vosotros** command, the **-d** is dropped.

Bes**aos**.   Quer**eos**.

The only exception is the verb **irse**: **idos**.

b. When the reflexive pronoun **nos** or the indirect-object pronoun **se** is attached to the **nosotros** command, the **-s** is dropped.

Comprémonos un coche.   **Comprémosela.**

4. after and attached to an infinitive

Voy a **hacerlo** el lunes.   Voy a **hacértelo*** el lunes.

*When two object pronouns are added to an infinitive, place an accent over the stressed syllable.

5. after and attached to a present participle

Estoy **haciéndolo**.*   Estoy **haciéndotelo**.*

*When an object pronoun or pronouns are added to a present participle, place an accent over the stressed syllable.

6. Object pronouns can come before the conjugated verb or after and attached to an infinitive or a present participle. Therefore, the following sentences are synonymous.

Lo voy a hacer.   Voy a **hacerlo**.
Te lo estoy haciendo.   Estoy **haciéndotelo**.

Appendix E Uses of *a*

Use the word **a**:

1. to indicate destination: **ir a** + *article* + *place* and **asistir a** + *article* + *event*.

   Van **a la** playa y luego piensan **asistir a la** misa de las 7 p. m.
   Vamos **al** cine. (remember: **a** + **el** = **al**)

2. to discuss the future: **ir a** + *infinitive*.

   Ellos **van a estudiar** esta tarde.

3. after certain verbs when followed by infinitives. These verbs include **aprender**, **comenzar**, **empezar**, and **enseñar**.

   En esa escuela **enseñan a pintar**.

4. in prepositional phrases to clarify or emphasize the indirect-object pronoun.

   ¿**Le** diste el dinero **a Carlos**?

   Note: A prepositional phrase can also be used to clarify the indirect object with verbs like **gustar**, **encantar**, and **fascinar**.

   A mí me encanta la música de Celia Cruz.

5. when the direct object is a person.

   Vas a ver **a Felipe Pérez** y **al hermano de Alicia** si vas a la fiesta.
   ¿Conociste **a la profesora Vargas**?

Appendix F Accentuation and Syllabication

A. Stress—*Acentuación*

1. If a word ends in **-n**, **-s**, or a **vowel**, the stress falls on the *next-to-last syllable*.

   lava**pla**tos   e**xa**men   **ho**la   aparta**men**to

2. If a word ends in any **consonant** other than **-n** or **-s**, the stress falls on the *last syllable*.

   espa**ñol**   us**ted**   regu**lar**   prohi**bir**

3. Any exception to rules number 1 and 2 has a written accent mark on the stressed vowel.

   televi**sión***   te**lé**fono   **ál**bum   cen**tí**metro

   *Note: Words ending in **-ión** lose their written accent in the plural because of rule number 1: **nación**, *but* **naciones**.

4. Question and exclamation words, e.g., **cómo, dónde, cuál, qué**, always have accents.

5. Certain words change their meaning when written with an accent although the pronunciation remains the same.

cómo	how	**como**	like, I eat
dé	give (*command*)	**de**	of, from
él	he/him	**el**	the
más	more	**mas**	but
mí	me	**mi**	my
sé	I know	**se**	*3rd person pronoun*
sí	yes	**si**	if
té	tea	**te**	you (*object pronoun*)
tú	you	**tu**	your

   Note: The Real Academia de la Lengua Española has made recent rule changes in the Spanish language with regard to accentuation. Therefore you may see accents on the following in texts printed prior to the rule change.

   a. An accent on the first **o** in the word **solo** when it is an adverb meaning *only* has been eliminated even in cases of ambiguity.

   b. Accents on demonstrative pronouns (**este, ese, aquel**) have been eliminated even in cases of ambiguity.

   c. One-syllable words (other than those listed in point 5) are no longer accented. Examples include **guion, rio** (*he/she/you laughed*), **vio, fe, etc.**

B. Diphthongs—*Diptongos*

1. A diphthong is the combination of a weak vowel (**i, u**) and a strong vowel (**a, e, o**) or the combination of two weak vowels in the same syllable. When two vowels are combined, the strong vowel or the second of the weak vowels takes a slightly greater stress in the syllable.

    vuelvo   **au**tomático   t**ie**ne   conc**ie**nc**ia**   c**iu**dad

2. When the stress of the word falls on the weak vowel of a strong-weak combination, the weak vowel takes a written accent mark to break the diphthong. No diphthong occurs because the vowels belong to different syllables.

    pa-**ís**   d**í**-a   t**í**-o   en-v**í**-o   Ra-**úl**

    Note: **Ma-rio,** but **Ma-*rí*-a**.

C. Syllabication—*Silabeo*

1. A single consonant between vowels always goes with the second vowel. Remember that **ch, ll,** and **rr** are treated like single consonants in Spanish.

    A-**mé**-ri-ca   to-**ma**-te   ca-**je**-ro   *But:* pe-**rro**

2. When there are two or more consonants between vowels, the second vowel takes as many consonants as can be found at the beginning of a Spanish word (English and Spanish allow the same consonant groups at the beginning of a word, except for **s** + *consonant,* which does not exist in Spanish). The other consonants remain with the first vowel.

    Pa-**bl**o (**bl** starts words, as in **blanco**)
    e**s**-**p**e-cial (**s** + *consonant* does not start words in Spanish, **p** does)
    e**x**-**pl**o-rar (**xpl** does not begin words, **pl** does)
    tra**ns**-**p**o-lar (**nsp** does not begin words, **sp** does not start words in Spanish, **p** does)

3. A diphthong is never separated. If the stress falls on the weak vowel of a strong-weak vowel combination, an accent is used to break the diphthong and two separate syllables are created.

    a-m**ue**-blar   c**iu**-dad   ju-l**io**   *But:* d**í**-a

    Note: Two strong vowels never form a diphthong: **po-e-ta, le-er**.

Appendix G Thematic Vocabulary

The following lists contain basic vocabulary. For more advanced vocabulary on some of these topics, see the vocabulary entries in the glossary.

La ropa

la blusa	blouse
la camisa	shirt
la chaqueta	jacket
la corbata	tie
la falda	skirt
las medias	socks; stockings
los pantalones	pants
el saco	sport coat
el sombrero	hat
el traje de baño	bathing suit
el vestido	dress
los zapatos	shoes

Los colores

amarillo/a	yellow
anaranjado/a	orange
azul	blue
blanco/a	white
gris	gray
marrón	brown
morado/a	purple
negro/a	black
rojo/a	red
rosa, rosado/a	pink
verde	green

Los días de la semana

lunes	Monday
martes	Tuesday
miércoles	Wednesday
jueves	Thursday
viernes	Friday
sábado	Saturday
domingo	Sunday

Los meses del año

enero	January
febrero	February
marzo	March
abril	April
mayo	May
junio	June
julio	July
agosto	August
septiembre	September
octubre	October
noviembre	November
diciembre	December

Las estaciones

el invierno	winter
la primavera	spring
el verano	summer
el otoño	fall

La comida

el ajo	garlic
la carne de res	beef
la coliflor	cauliflower
los espárragos	asparagus
las habichuelas	green beans
los huevos	eggs
el jamón	ham
el jugo	juice
la mermelada	marmalade
el pan	bread
la pimienta	pepper
el pollo	chicken
el queso	cheese
la sal	salt
la tostada	toast
el vinagre	vinegar
el yogur	yogurt

Los deportes

el basquetbol	basketball
el béisbol	baseball
el fútbol	soccer
el fútbol americano	football
el golf	golf
la natación	swimming
el *squash*	squash
el tenis	tennis
el voleibol	volleyball

El medio ambiente

la basura	trash
la ecología	ecology
en peligro	in danger
la energía nuclear	nuclear energy
la energía solar	solar energy

la fábrica	factory	
la lluvia ácida	acid rain	
el reciclaje	recycling	
reciclar	to recycle	

Los números ordinales

primer(o)/a	first
segundo/a	second
tercer(o)/a	third
cuarto/a	fourth
quinto/a	fifth
sexto/a	sixth
séptimo/a	seventh
octavo/a	eighth
noveno/a	ninth
décimo/a	tenth

Los números cardinales

0 cero	40 cuarenta
1 uno, un/a*	50 cincuenta
2 dos	60 sesenta
3 tres	70 setenta
4 cuatro	80 ochenta
5 cinco	90 noventa
6 seis	100 cien
7 siete	101 ciento un, uno/a*
8 ocho	110 ciento diez
9 nueve	200 doscientos*
10 diez	300 trescientos*
11 once	400 cuatrocientos*
12 doce	500 quinientos*
13 trece	600 seiscientos*
14 catorce	700 setecientos*
15 quince	800 ochocientos*
16 dieciséis (diez y seis)	900 novecientos*
17 diecisiete (diez y siete)	1.000 mil
	2.000 dos mil
18 dieciocho (diez y ocho)	100.000 cien mil
	200.000 doscientos mil*
19 diecinueve (diez y nueve)	500.000 quinientos mil*
20 veinte	1.000.000 un millón (de)**
21 veintiún, veintiuno/a*	2.000.000 dos millones (de)**
22 veintidós (veinte y dos)	1.000.000.000 mil millones (de)**
30 treinta	1.000.000.000.000 un billón (de)**
31 treinta y un, uno/a*	
32 treinta y dos	

Notes:

a. Numbers ending in **uno** drop the **-o** before a masculine noun: **veintiún libros, cuarenta y un libros.** *But:* **veintiuna chicas.**

b. The numbers 16 through 29 are more commonly written as one word: **veintitrés** instead of **veinte y tres.**

c. The numbers **dieciséis, veintidós, veintitrés,** and **veintiséis** have an accent.

d. The word **y** is only used with numbers 16 through 99: **treinta y dos,** *but* **tres mil doscientos cuatro.**

e. Large numbers may be false cognates in English and Spanish. Also note that when English uses commas, many Spanish speakers use periods.

9 zeros:	1,000,000,000 = one billion	1.000.000.000 = **mil millones**
12 zeros:	1,000,000,000,000 = one trillion	1.000.000.000.000 = **un billón**

*These numbers agree in gender with the nouns they modify. **Había *trescientas personas* en la conferencia.**

De is used before a noun: **Había un millón de personas.

Appendix H Actividades comunicativas

Capítulo 2

ACTIVIDAD 25 Personajes de la historia española

En parejas, una persona mira la tabla A y la otra persona mira la tabla B de esta página. Háganse preguntas para intercambiar información y completar su tabla sobre españoles famosos.

a. cuándo nacieron	c. cuántos años tenían cuando hicieron algunas de esas cosas
b. qué cosas importantes hicieron	d. cuándo murieron y qué edad tenían cuando murieron (si todavía viven, di cuántos años tienen hoy)

▶ A: ¿Cuándo nació Ponce de León?

B: Nació en… ¿Cuándo murió?

A: Murió en…

B: Entonces él tenía… años cuando murió.

B		
	Fechas	**Datos importantes**
Ponce de León	1460–_____	ser gobernador de Puerto Rico desde 1510 hasta 1512, _____, explorar la Florida en 1513
Felipe II	_____–1598	_____, en 1588 su Armada española perder contra Inglaterra en una batalla naval, _____
La Pasionaria (Dolores Ibárruri)	1895–_____	ser una líder comunista durante la Guerra Civil española, _____, volver a España en 1977 y los asturianos elegirla como diputada en las primeras elecciones
José Carreras	_____–	_____, en 1987 luchar contra una leucemia agresiva, en 1988 fundar la Fundación José Carreras contra la leucemia, _____

Capítulo 3

En parejas, una persona es el padre o la madre de un niño y la otra persona es el/la maestro/a. Cada persona debe leer solamente las instrucciones para su papel. Al hablar, usen las siguientes expresiones de **Para reaccionar**.

Maestro/a

Eres maestro/a y hay un estudiante de ocho años que tiene muchos problemas de comportamiento (*behavior*) y ahora viene el padre o la madre a hablarte. Explícale cómo es su hijo y cómo se comporta últimamente.

Para reaccionar

Me parece que…	It seems to me that . . .
Creo que…	I think that . . .
En mi opinión…	In my opinion . . .
Es decir… }	
O sea… }	That is (to say) . . .
Ud. me dice que…	You are telling me that . . .

Capítulo 4

En parejas, tu compañero/a es "A" y tú eres "B" y debes mirar la siguiente tabla. "A" debe definir las palabras pares y "B" las palabras impares sin decir la palabra que se define. Al escuchar la definición que da tu compañero/a, di si la palabra que tienes en ese número es la misma o es diferente. Al dar definiciones, usen frases como **Es la acción de…**, **Es el lugar donde…**, **Es una cosa que…**

B		
1. sentirse rechazado	4. antepasado	7. refugiado político
2. mestizo	5. tener título	8. tatarabuelo
3. esclavo	6. prejuicios	

ACTIVIDAD 5 ¿Quiénes llegaron?

Latinoamérica ha recibido gente de todas partes del mundo. En parejas, una persona debe mirar la tabla A y la otra la tabla B de esta página. Luego háganse preguntas para completar su tabla sobre los diferentes inmigrantes que llegaron.

B			
nacionalidad y épocas importantes de emigración	adónde fueron y por qué	condiciones en su país de origen	otros datos
alemanes 1846–1851	¿?	• (haber) problemas políticos (especialmente para la clase media con ideas liberales) • ¿?	• ¿? • (tener) título universitario
chinos ¿?	Perú – (trabajar)	• (haber) sobrepoblación en China	• casi todos (ser) hombres • (ser) mano de obra barata • ¿?
italianos 1880–1914	Argentina – (trabajar) en la agricultura y en ¿?	• en el sur (haber) sobrepoblación y pobreza • ¿?	¿?
judíos ¿?	Argentina – (haber) tolerancia religiosa después de independizarse de España	• ¿? • (irse) de Europa del Este	• Argentina (ser) hoy el séptimo país del mundo en número de judíos

Capítulo 5

ACTIVIDAD 11 La reunión de voluntarios

Parte A: En parejas, el/la estudiante "A" llegó tarde a una reunión sobre trabajo voluntario en la comunidad y el/la estudiante "B" se tuvo que ir antes del final de la reunión. Usen los apuntes que tomaron para explicarle a la otra persona qué ha dicho la coordinadora. También usen expresiones como **La coordinadora dice que nosotros hablemos… La coordinadora dice que hay trabajos…**

B
• nosotros / comenzar trabajando con otro voluntario
• nosotros / tener muchas opciones de trabajo
• nosotros / dedicarle tres horas semanales al trabajo
• nosotros / notificar si no podemos ir al trabajo
• su oficina / no estar abierta los fines de semana

Capítulo 6

ACTIVIDAD 14 ¿Iguales o diferentes?

En parejas, tu compañero/a es "A" y tú eres "B" y debes mirar la siguiente tabla. "A" debe definir las palabras pares y "B" las palabras impares sin decir la palabra que se define. Al escuchar la definición que da tu compañero/a, di si la palabra que tienes en ese número es la misma o es diferente. Al dar definiciones, usen frases como **Es la acción de…, Es cuando una persona…, Es un grupo de…**

B		
1. derechos humanos	4. apoyo	7. junta militar
2. desigualdad	5. campaña electoral	8. amenaza
3. censurar	6. invertir	

Capítulo 7

ACTIVIDAD 19 Un lugar de vacaciones

En parejas, "A" conoce varios países hispanos y "B" lo/la llama para que le recomiende un lugar. Lea cada uno su papel y luego mantengan una conversación telefónica.

B
Estas son algunas de las características que buscas en un lugar de vacaciones: al lado del mar, tranquilo, económico, temperatura no mayor de 30 grados. Usa expresiones como **Busco un lugar que…, Quiero un lugar donde…, ¿Qué me recomiendas que…?**

30 grados centígrados = 86 Fahrenheit

ACTIVIDAD 27 Vamos a acampar

Parte A: En parejas, Uds. están preparándose para ir a acampar juntos. Mire cada uno su papel. El/La estudiante "A" debe preguntarle a "B" si hizo las cosas que tenía que hacer. Si "B" no las hizo, "A" debe darle órdenes para que las haga. Sigan el modelo.

▶ A: ¿Le diste las llaves del apartamento al vecino?

B: Sí, se las di. Desde luego.   B: No, no se las di.

A: ¿Por qué no se las diste?

B: Porque…

A: Pues dáselas.

Continúa

B

Esto es lo que tenías que hacer hoy:

❑ poner la navaja suiza en la mochila

☑ mandarle el dinero al Sr. Gómez para la reserva del *camping*

❑ darle a un amigo un número de teléfono en caso de emergencia

☑ comprar protector solar

Parte B: Ahora el estudiante "B" mira su información y le pregunta a "A" si hizo las cosas que tenía que hacer y le da órdenes si no las hizo.

B

Esto es lo que tenía que hacer tu compañero/a hoy:

❑ limpiar los sacos de dormir

❑ darle el código de la alarma del apartamento a su padre

❑ pedirle el mapa topográfico a su prima

❑ poner la linterna en la mochila

Capítulo 8

ACTIVIDAD 4 ¿Iguales o diferentes?

En parejas, tu compañero/a es "A" y tú eres "B" y debes mirar la siguiente tabla. "A" debe definir las palabras pares y "B" las palabras impares sin decir la palabra que se define. Al escuchar la definición que da tu compañero/a, di si la palabra que tienes en ese número es la misma o es diferente. Al dar definiciones, usen frases como **Es la acción de…, Es algo que…, Es una cosa que…**

B		
1. a tiempo completo	4. pago mensual	7. salario mínimo
2. carta de recomendación	5. seguros	8. sin fines de lucro
3. entrevistarse	6. pasantía	

Capítulo 10

ACTIVIDAD 10 ¿Qué harías?

En parejas, tu compañero/a es "A" y tú eres "B" y debes leer las situaciones de la página siguiente. Luego túrnense para contarle sus situaciones a la otra persona y preguntarle qué haría. Reaccionen a lo que dice su compañero/a usando las expresiones de **Para reaccionar**.

B

1. Acabas de comprar un celular sin seguro. Al salir de la tienda se te cayó al suelo y, aunque no se ve ningún daño, ahora no funciona. No sabes qué hacer.

2. Un amigo te dio su perro para que lo cuidaras por dos días. Sin saber que el chocolate era malo para los animales, le diste un poco. Al perro le gustó, pero se enfermó y lo llevaste al veterinario. La cuenta fue de $450 y el informe solo dice que el perro tuvo indigestión. No sabes qué hacer.

Para reaccionar

Positivas:

¡Qué decente!

¡Qué responsable!

Eres un ángel.

Eres un/a santo/a.

Eres más bueno/a que el pan.

Negativas:

¡Qué caradura! (*Of all the nerve!*)

¡Qué sinvergüenza! (*What a rat!*)

¡Qué desconsiderado/a! (*How inconsiderate!*)

Francamente, creo que tú… (*Frankly, I think that you…*)

Esa es una mentira más grande que una casa. (*That's a big, fat lie.*)

▶ **Ángel** is always masculine.

ACTIVIDAD 11 Yo que tú…

En parejas, el/la estudiante "A" mira sus situaciones y el/la estudiante "B" mira las situaciones de esta página. "A" le cuenta a "B" sus problemas usando sus propias palabras. "B" debe decir qué haría en cada caso usando las expresiones **yo que tú/él/ella/ellos** y **yo en tu/su lugar**. Luego cambien de papel.

B

1. Un amigo me acusó de robarle la cámara.

2. Mi padre no quiere que mi madre trabaje, pero ella quiere trabajar.

3. A mi hermano, que está casado y tiene hijos, le ofrecieron un buen trabajo en una fábrica, pero es por la noche y no sabe qué hacer.

ACTIVIDAD 15 ¿Iguales o diferentes?

En parejas, tu compañero/a es "A" y tú eres "B" y debes mirar la siguiente lista de palabras. "A" debe definir las palabras pares y "B" las palabras impares, sin decir la palabra que se define. Al escuchar la definición que da tu compañero/a, di si la palabra que tienes en ese número es la misma o es diferente. Al dar definiciones, usen frases como **Es la acción de…, Es el acto de…, Es la persona que…**

B

1. patriarcal	4. ejercer autoridad	7. moral
2. infidelidad	5. vivir juntos	8. malcriar
3. rebelde	6. niñera	

Spanish-English Vocabulary

This vocabulary includes both active and passive vocabulary found throughout the chapters. The definitions are limited to the context in which the words are used in the book. Exact or reasonably close cognates of English are not included, nor are certain common words that are considered to be within the mastery of a second-year student, such as numbers, articles, pronouns, and possessive adjectives. Adverbs ending in -**mente** and regular past participles are not included if the root word is found in the vocabulary or is a cognate.

The gender of nouns is given except for masculine nouns ending in -**l**, -**o**, -**n**, -**r**, and -**s** and feminine nouns ending in -**a**, -**d**, -**ión**, and -**z**. Nouns with masculine and feminine variants are listed when the English

correspondents are different words (e.g., *son, daughter*); in most cases, however, only the masculine form is given (**carpintero**, **operador**). Adjectives are given only in the masculine singular form. Irregular verbs are indicated, as are stem changes.

The following abbreviations are used in this vocabulary.

adj.	adjective	*n.*	noun
adv.	adverb	*pl.*	plural
conj.	conjunction	*p.p.*	past participle
f.	feminine	*prep.*	preposition
inf.	infinitive	*pro.*	pronoun
irreg.	irregular verb	*sing.*	Singular
m.	masculine		

A

a: ~ **fines de**   at the end of; ~ **la vuelta de**   around the corner from; ~ **las…**   at . . . o'clock; ~ **menos que**   unless; ~ **menudo**   often, frequently; ~ **pesar de que**   even though; ~ **principio(s) de**   at the beginning of (*time*); ~ **propósito**   on purpose; ~ **que no saben…**   Bet you don't know . . .; ~ **través de**   through; ~ **veces**   sometimes

abarrotar   to become packed (*with people*)

abierto (*p.p. of* **abrir**)   open

absoluto: no, en ~   no, not at all

abstracta: la obra ~   abstract painting

abuela   grandmother

abuelo   grandfather; *pl.* grandparents

aburrido   bored; boring

aburrirse (de)   to become bored (with)

abusar   to abuse

abuso *n.*   abuse

acabar   to finish; to run out (of); ~ **de** (+ *inf.*)   to have just (done something)

acallar   to stifle, silence

acampar   to go camping

acaso: ¿~ **no sabías?**   But, didn't you know?; **por si** ~   just in case

acceder   to assent, consent

acción: película de ~   action movie

aceite *m.*   oil

aceituna   olive

acogedor   welcoming, warm

aconsejable   advisable

aconsejar   to advise

acontecimiento   event

acordarse (ue) de   to remember

acoso   harassment

acostarse (ue)   to lie down; to go to bed

acostumbrarse (a)   to become accustomed (to)

actitud   attitude

activismo   activisim

acto: ~ **solidario**   act of solidarity (*for a cause*); **es un** ~ **despreciable**   it's a despicable act

actriz   actress

actual   present-day, current

actualidad: en la ~   at the present time

actualmente   at present, nowadays

actuar   to act

actuación *n.*   acting

acuerdo *n.*   agreement; pact; **de** ~ **a**   according to; **estar de** ~   to be in agreement; **No estoy de** ~ **del todo.**   I don't completely agree.

acusado   accused

adelgazar   to lose weight

además *adv.*   besides; ~ **de** *prep.*   besides

adivinar   to guess

adoptivo: hijo ~   adopted son; **hija adoptiva**   adopted daughter

afeitarse   to shave

agobiante   exhausting

agradecerle   to thank someone

agrandarse   to grow larger

agregar   to add

agricultura: ~ **sostenible**   sustainable agriculture

agridulce   sweet and sour

agua *f.* (*but* **el agua**): ~ **con gas**   sparkling water; ~ **mineral**   mineral water

aguacate *m.*   avocado

aguafuerte *m.*: **grabado al** ~   etching

aguantar   to tolerate, stand

águila *f.* (*but* **el águila**)   eagle

aguinaldo   end-of-the-year bonus

aguja   needle

agujero   hole

ahorrar   to save

aire *m.*   air; **al** ~ **libre**   outdoors; **echar(se) una cana al** ~   to have a one-night stand; to let one's hair down

aislado   isolated

aislarse   to isolate onself

ajo   garlic

ajustado   tight

al tanto   up-to-date

alas: hacer ~ **delta**   to hang-glide

alcalde *m./f.*   mayor

alcanzar   to be sufficient; to reach, attain

alcohol   alcohol

alcoholismo   alcoholism

alcohólico *n.*   alcoholic

alegrarse (de)   to become happy (about)

alemán *n. German (language)*

alemán/alemana *adj.*   German

alfabetización   literacy

álgebra *f.* (*but* **el álgebra**)   algebra

algo something; ~ **así**   something like that

alguien   someone

algún/alguna + *n. adj.*   a

algunos/as + *n. adj.*   some, any

alguno/a *pro.*   one; any

algunos/as *pro.*   some; any

alianza   alliance

alimenticio *adj.*   nutritious

alimento   food

almendra   almond

almorzar (ue)   to have lunch

alondra   lark

alquilar   to rent

alquiler *n.* rent
alto stop; **~ en calorías** high in calories
altura height
alumbrado *n.* lighting
ama de casa *f.* (*but* **el ama**) housewife
amante *m./f.* lover
amargo bitter
ambiente *m.*: **medio ~** environment
ámbito sphere; field (*of influence*)
ambos both
amenaza threat
amenazar to threaten
amigo friend; **gran ~** (**mío, tuyo, suyo, etc.**) a close friend (of mine, yours, his, theirs, etc.)
analfabeto *n., adj.* illiterate
ancas de rana *pl.* frogs' legs
anchoas *pl.* anchovies
anciano elderly man; **asilo de ancianos** nursing home; **residencia de ancianos** nursing home
andar *irreg.* to work, function
ángel angel; **Eres un ~.** You're an angel.
anidamiento nesting
anillo ring
ánimo: sin ~ de lucro nonprofit
anoche last night
anorak *m.* parka
anteanoche the night before last
anteayer the day before yesterday
antepasado ancestor, forefather
anterior previous
antes *adv.* before; **~ de** *prep.* before; **~ (de) que** *conj.* before
anticuado old-fashioned, antiquated, obsolete
antropología anthropology
añadir to add
año: ~ clave key year; **~ escolar** school year
apagar to turn off
apariencia appearance
aparte, ... besides, ...
apenas hardly
aperitivo food and beverage before a meal
aplazar to postpone
apoyar to support
apoyo *n.* support
apreciar to appreciate
apretón de manos handshake
aprieto: sacar a alguien de un ~ to get someone out of a jam
aprobar (ue) to pass (*a course*); to approve
aprovecharse de to take advantage of
apuntar to write down; to make note of
apuntes *m. pl.* class notes
argumento plot (*of a book, movie*)
armario closet
arqueología archeology
arquitecto architect
arrancar to start (*a motor*); to tear out (*weeds*)
arrebatar to snatch, seize
arrecife *m.* reef

arreglar to fix; **arreglarse** to make oneself presentable
arreglo repair; agreement
arrepentirse (ie, i) to regret
arrestar to arrest
arroz *m.* rice
arruga *n.* wrinkle
arte *m. sing.* art; **artes** *f. pl.* arts
artesanía crafts
artista *m./f.* artist
arvejas *f. pl.* (*Latinoamérica*) peas
arzobispo archbishop
asado barbecue
asaltante *m./f.* assailant
asaltar to assault
asalto assault, attack, robbery
ascendencia ancestry
asegurar to assure
asemejarse a to resemble, be like
asesinar to murder
asesinato *n.* murder
asesino murderer
así: algo ~ something like that
asignatura subject, course
asilo: ~ político political asylum; **~ de ancianos** nursing home
asimilarse to assimilate
asimismo in the same way, likewise
asistir a to attend
asombro amazement
asombroso astonishing
aspiradora vacuum cleaner
aspirar a ser to aspire to be
astuto clever
asunto político/económico political/economic issue
atender (ie) to attend to; to pay attention to
atentado *n.* attempted crime
atento polite, courteous
aterrorizar terrorize
atrevido *adj.* daring, nervy; *n.* daredevil, bold person (*negative connotation*)
atribuir *irreg.* to attribute
atroz: tener un hambre ~ to be really hungry
atún tuna
audaz daring (*positive connotation*)
aumentar to raise, increase; **~ el sueldo** to raise the salary
aumento *n.* raise, increase
auto: ~ de fe public punishment by the Inquisition tribunal; **pasear en ~** to go cruising
autoridad: ejercer ~ to exercise authority
autorretrato self-portrait
autosuficiente self-sufficient
ave *f.* (*but* **el ave**) bird
aventura: tener una ~ (amorosa) to have an (love) affair
averiguar to find out (about)
avisar to inform, notify; to warn
avisos clasificados *m. pl.* classified ads
ayer yesterday
ayudante de cátedra *m./f.* teaching assistant

ayunas: en ~ fasting
azafata airline stewardess
azúcar *m./f.* sugar

B

bailar: ~ en grupo to dance in a group; **ir a ~** to go dancing
bajar to download; **~ el fuego** to lower the heat; **~ el sueldo** to lower the salary
ballena whale
banda sonora soundtrack
bandeja tray
bañarse to bathe
bar bar, café
barajar to shuffle
barba beard
barbilla chin
barra (de chocolate) (chocolate) bar
bastante quite, very
basura garbage
batalla battle
batazo *n.* hit (*in baseball*)
batería battery (*cell phone, camera*); drums (*music*)
batido shake (*drink*)
batir to beat, whisk
bautismo baptism
bautizar to baptize
beber to drink
bebida *n.* drink
beca scholarship
belleza beauty
beneficio laboral work benefit
berenjena eggplant
bienestar común the common good
bigotes *m. pl.* mustache
bilingüe bilingual
billón trillion
(bio)combustible *m.* (bio)fuel
bisabuela great-grandmother
bisabuelo great-grandfather
blanco *adj.* white; **voto en ~** blank vote
blando soft
boda wedding
bodegón still life
boletín newsletter
bolsa bag
bombero firefighter
bono bonus (*pay*)
boquiabierto open-mouthed, shocked
borrador first draft
bosque *m.* woods
botella bottle
botón button
breve brief (*in length*)
brindar to offer, provide
brocha paintbrush
bruscamente abruptly
bucear to scuba dive
buceo scuba diving
bueno: ¡Qué ~! That's great!
bufón buffoon
búho owl
bullicio noise, din

burla   mockery

burlarse de   to mock/joke, make fun of

busca: en ~ de nuevos horizontes   in search of new opportunities (horizons)

buscar   to look for; **pasar a ~ a alguien (por/en un lugar)**   to pick someone up (at a place)

búsqueda *n.*   search

C

caballero   gentleman; knight

caber   to fit; **no cabe duda**   there is no doubt

cabeza: No tiene ni pies ni ~.   It doesn't make (any) sense to me. / I can't make heads or tails of it.

cabina telefónica   telephone booth

cacahuates *m. pl.* (*México*)   peanuts

cacahuetes *m. pl.* (*España*)   peanuts

cadena   chain; **~ perpetua**   life sentence

caer   to fall; **caerle bien/mal (a alguien)**   to like/dislike (someone); **caerse**   to fall down; **¡Ya caigo!**   Now I get it!

café: color ~ *adj.*   brown; *m.*   coffee; an espresso; **~ con leche**   coffee with lots of hot milk

cafeína: con ~   with caffeine

caja   box; cash register

cajero   cashier

calabaza   pumpkin

calamares *m. pl.*   calamari, squid

cálculo   calculus

calentar (ie)   to heat

calidad   quality

callarse   to shut up

calorías: alto/bajo en ~   high/low in calories

calvo   bald

calzoncillos *m. pl.*   boxer shorts; briefs

camarera   waitress

camarero   waiter

camarón   shrimp

cambio: en ~   instead; **en ~ yo…**   instead I . . . / Not me, I . . .

cambios climáticos   climate changes

caminata: hacer una ~   to go for a long walk

camino a   on the way to

camiseta   T-shirt

camote *m.* (*México*)   sweet potato

campaña electoral   political campaign

campesino   peasant; farmer

camping *m.*   campsite; *v.*   to go camping

campo   field (*business, farm, sports*)

cana: echar(se) una ~ al aire   to have a one-night stand; to let one's hair down

Canal de la Mancha   English Channel

canasto   basket

canela: piel ~ *f.*   cinnamon-colored skin

canoso   white-haired, gray-haired

cansancio   tiredness

caña (*España*)   glass of beer

capa de ozono   ozone layer

capacitación *n.*   training; **cursos de ~**   training courses

capaz   capable

caprichoso   capricious

cara larga   long face

caradura: ¡Qué ~!   Of all the nerve!

¡Caray!   Jeeze!

cárcel *f.*   jail, prison

cargado   charged

cargador solar   solar charger

cariño   affection; **con ~**   fondly

cariñoso   loving, affectionate

carne *f.*   meat

carnet *m.*   ID card

carpintero   carpenter

carrera   major; university studies

carrito   cart

carta de recomendación   letter of recommendation

cartel (de drogas)   (drug) cartel

cartelera: seguir en ~   to still be showing (*movie*)

cartero   mail carrier

casa   house; home; **~ de ancianos**   nursing home; **una mentira más grande que una ~**   a big, fat lie

casado   married

casamiento   marriage, wedding

casarse (con)   to get married (to)

casero   homemade

caso: en ~ (de) que   in the event that, if

castaño: pelo ~   brown hair

castigar   to punish

castigo   punishment

casualidad: por ~   by chance

catarata   waterfall

cátedra: ayudante de ~ *m./f.*   teaching assistant; **dar ~**   to lecture someone (on some topic)

cautiverio: en ~   in captivity

cazar   to hunt

cebolla   onion

celoso   jealous

celular   cell phone

cenar   to have dinner/supper

censor   censor

censura   censorship; censure

censurado   censored; censured

censurar   to censor; to censure

cepillarse (el pelo / los dientes)   to brush (one's hair/teeth)

cercano *adj.*   near, nearby

cerdo   pork

cerrado   closed; narrow-minded

cerrar (ie)   to close

cesante *adj.*   unemployed

césped *m.*   lawn

chaleco   vest

chaqueta   jacket

charla *n.*   talk

charlar   to chat

chévere: ¡Qué ~! (*Caribe*)   That's cool.

chisme *m.*   piece of gossip

chismear   to gossip

chismoso   gossipy

chiste *m.*   joke; **~ verde**   dirty joke

chistoso   funny, humorous; **¡Qué ~!**   How funny!

chocar   to crash

choque cultural *m.*   culture shock

chofer *m./f.*   chauffeur, driver

cicatriz *n.*   scar

ciego *adj.*   blind

cielo   heaven; sky

ciencia: ~ ficción   science fiction; **película de ~ ficción**   science fiction movie; **ciencias políticas** *f. pl.*   political science

científico   scientist

cierre *m.*   zipper

cierto   certain; **(no) es ~**   it's (not) true; **por ~**   by the way

cine *m.*   movie theater; **ir al ~**   to go to the movies

cinturón   belt

cirugía   surgery

cita   appointment; quote

ciudadanía   citizenship

ciudadano   citizen; **hacerse ~**   to become a citizen

claro   clear; light-colored (*eye color*); **tener en ~**   to have it clear in your mind

clase particular *f.*   private class

clave *adj. sing.*   key; **años/palabras ~**   key years/words

clavo: dar en el ~   to hit the nail on the head

clérigo   clergy

clonación   cloning

cochinillo   roast suckling pig

cocinero *n.*   cook

cóctel   cocktail

código   code

codo   elbow

coger el sueño   to fall asleep

cola: ~ de caballo   ponytail

colar (ue)   to drain

colgar (ue)   to hang

colocar   to place

color: ~ café   brown; **~ miel**   light brown

colorín, colorado esta leyenda se ha terminado   and so the story ends

combinar   to match

comedia   comedy

comenzar (ie) a   to begin, start to

comer   to eat; **comérselo todo**   to eat it all up; **ser de buen ~**   to have a good appetite

comestible *m.*   food

cometer   to commit (*a crime*)

cómico   funny

comida chatarra   junk food

comienzo   beginning

como si   as if

compartir   to share

complacer   to please

completar una solicitud   to fill out an application

comportamiento   behavior

comprensivo   understanding

comprobar (ue)   to prove

comprometerse (con)   to get engaged (to)

compromiso   commitment, engagement

computación   computer science

con: ~ **cafeína** with caffeine; ~ **frecuencia** frequently; ~ **gran esmero** with great care; ~ **tal (de) que** *conj.* provided that, as long as

concentrado concentrated

concienzudo conscientious

concierto concert

concurso contest

condena sentence (*jail*)

condenar: ~ **(a alguien) a (10) meses/años de prisión** to sentence someone to (10) months/years in prison

condicional: libertad ~ parole

conejo rabbit

confianza *n.* trust

confiar to trust

congelado frozen

conjetura conjecture, guess

conmover (ue) to move, touch (*emotionally*); **me conmueve** it moves me

conquista conquest

conquistador conqueror

conquistar to conquer

consciente aware

conseguir (i, i) to obtain

consejero advisor

consejo (piece of) advice

conservador *adj.* conservative

consiguiente: por ~ therefore

constar de to consist of

consumir to consume; to use; ~ **drogas** to take drugs

contabilidad accounting

contador accountant

contaminación pollution

contaminante *adj.* contaminating

contaminar to contaminate, pollute

contar (ue) to tell

contenido *n.* content; **de alto/bajo** ~ **graso** high/low fat content

contraer *irreg.* to contract, catch (*a cold*)

contratar a alguien to hire someone

contratiempo: tener un ~ to have a mishap that causes one to be late

contribuir *irreg.* to contribute

convencer: No me termina de ~. I'm not totally convinced.

convenir *irreg.*: **te conviene** it's better for you

convivencia living together, cohabitation

convivir to live together

cónyuge *m./f.* spouse

coquetear to flirt

cordero lamb

cordillera mountain range

cordón shoelace

Corea Korea

coreano *n., adj.* Korean

corona crown

correo electrónico email

correr to run

corriente *adj.* ordinary

cortado *n.* coffee (small cup) with a touch of milk

corto short (*in length, duration*)

cortometraje *m.* (movie) short

cosechar to harvest

cosquillas: hacerle ~ to tickle someone

costar (ue) to cost

costumbre *f.* custom, habit

cotilleo *m.* gossip

creador creator

crear to create

creencia belief

creer to believe, to think; **creo que…** I believe that . . . ; **No te creo.** I don't believe you.

creído vain

crema cream

cremallera zipper

crianza upbringing, raising (*of children*)

criar to bring up, raise (*a child*)

crimen serious crime; murder

cristal glass (*material*)

cristiano Christian

crítica *n.* critique, review

criticar to criticize; to critique

crítico *n.* critic

cuadrado square

cuadro painting

cuando when; **de vez en** ~ every now and then; **siempre y** ~ provided that, as long as

cuanto: en ~ as soon as; **en** ~ **a** with reference to

cuchara spoon

cuello collar; neck

cuenta bill, check (*in a restaurant*)

cuerda *n.* rope; string

cuerdo *adj.* sane

cuerno horn; **ponerle los cuernos a alguien** to cheat on someone

cuerpo body; **tener** ~ **de gimnasio** to be buff

cuesta hill

cuidar (a) niños to baby-sit

culpa guilt, blame

culpabilidad guilt

culpar to blame

cultivo crop

cumplir to fulfill

cuñada sister-in-law

cuñado brother-in-law

cura *m.* priest

curioso: ¡Qué ~! How strange/weird!

currículum *m.* résumé

cursar (una clase) to take, study (a class)

cursi tacky; **¡Qué** ~! How tacky!

curso course

cuyo whose, of which

D

dañado damaged

dar *irreg.* ~ **a luz** to give birth; ~ **cátedra** to lecture someone (on some topic); ~ **en el clavo** to hit the nail on the head; ~ **una película** to show a movie; **ir a** ~ **una vuelta** to go cruising/for a ride/walk; **darle igual (a alguien)** to be all the same (to someone), not to care; **darle la espalda (a alguien)** to turn one's back on; **darle pena (a alguien)** to feel sorry; **darse cuenta (de)** to realize

de: ~ **acuerdo a** according to; ~ **alto/bajo contenido graso** high/low fat content; ~ **hecho** in fact; ~ **ningún modo** no way; ~ **pocos recursos** low income; ~ **por vida** for life; ~ **repente** suddenly; ~ **todos modos** anyway; ~ **una vez por todas** once and for all; **¿** ~ **veras?** Really? / You're kidding. / Don't tell me! / You don't say! / Wow!; ~ **vez en cuando** every now and then

deber *n.* duty; *v.* should, ought to; **¿A qué se debe/debió eso?** What do/did you attribute that to?

debido a due to

década decade

decano dean

decidir to decide

decir *irreg.* to say, tell; **Es** ~… That is (to say) . . . ; **el qué dirán** what others may say; **¡No me digas!** Don't tell me! / You don't say! / Wow!; **Te lo digo en serio.** I'm not kidding.; **Ud. me dice que…** You are telling me that . . .

dedicarse a to devote oneself to

deducir to deduce

degenerarse to degenerate

dejar to quit, stop; ~ **a medias** to leave unfinished; ~ **plantado (a alguien)** to stand someone up; **¿Me dejas hablar?** Will you let me speak?

delantal apron

delincuencia crime, criminal activity; ~ **juvenil** juvenile delinquency

delincuente *m./f.* criminal (*of any age*)

delito offense, crime

demanda: oferta y ~ supply and demand

demandar to sue

demás: los ~ others

dentro *adv.* inside; **(para)** ~ **de (50) horas/días/años** in (50) hours/days/years

deportista *m./f.* athlete

derecho law; **derechos humanos** human rights; **el respeto a / la violación de los derechos humanos** respect for / violation of human rights

derrotar a to defeat

desafiar to challenge

desaparecer to disappear

desaparecidos *m. pl.* missing persons

desaparición disappearance

desarrollo development

desbordar to overflow

descafeinado decaffeinated

descalzo barefoot

descansar to rest

descargar to download

descendiente *m./f.* descendant

descomponerse *irreg.* to break down

descompuesto (*p.p. of* **descomponerse**) broken

desconsiderado inconsiderate

desconocido *n.* stranger; *adj.* unknown, unidentified

descortés impolite

descubridor discoverer

descubrimiento discovery

descubrir to discover

descuidar to neglect

desde: ~… hasta… from … to …; **~ luego** of course; **~ mi punto de vista** from my point of view

desechable *adj.* throwaway, disposable

desechar to throw away

desecho rubbish, waste

desempeñar to fill; to occupy; **~ el papel de** to play the role of

desempleado: estar ~ to be unemployed

desequilibrar to throw off balance

desequilibrio imbalance

desesperado desperate

desfile *m.* parade

desgracia: por ~ unfortunately

deshacer *irreg.* to undo; **deshacerse de** to get rid of

deshecho (*p.p. of* **deshacer**) undone

desigualdad inequality

desnudo naked

desovar to lay eggs (*turtles*)

desove *m.* egg laying (*turtles*)

despacho office

despedida de soltero/a bachelor/bachelorette party

despedir (i, i): ~ a alguien to fire, dismiss someone; **despedirse de** to say good-bye to

desperdiciar to waste

desperdicio *n.* waste

despertarse (ie) to wake up

despistado absent-minded

desproporcionado disproportionate, out of proportion

después *adv.* later, then, afterward; **~ de** *prep.* after; **~ (de) que** *conj.* after; **¿Y ~ qué?** And then what?

destierro exile, banishment

destruir *irreg.* to destroy

desventaja disadvantage

desvestirse (i, i) to undress

detener *irreg.* to arrest; to stop

detenidamente thoroughly, closely

detrás: ir ~ del escenario to go backstage

devolver (ue) to return, give (something) back

día *m.:* **~ feriado** holiday

dibujar to draw

dibujo drawing

dictadura dictatorship

dieta: hacer ~ to be on a diet

difícil difficult

difundir to spread (*news*)

digas: ¡No me ~! Really? / You're kidding. / Don't tell me! / You don't say! / Wow!

dignidad dignity

dineral great deal of money

dirán: el qué ~ what others might say

dirección address; management

director de cine movie director

diría: quién ~ who would have said/thought

dirigir to direct

disco: ir a una ~ to go to a club

discriminación discrimination

discriminar (a alguien) to discriminate (against someone)

disculpar to forgive

disculparse to apologize

discurso speech

discutir to discuss; to argue

disentir (ie, i) (de) to dissent (from)

diseñador designer

diseño *n.* design

disfrazar to disguise

disfrutar to enjoy

disgustarle to dislike, displease

disminuir *irreg.* to decrease, diminish

disponerse *irreg.* **a** to get ready to

dispuesto willing, ready

diurno *adj.* day, daytime

divertido fun; **¡Qué ~!** How fun!

divertirse (ie, i) to have fun, have a good time; **~ un montón** to have a ball / a lot of fun

divorciado divorced

divorciarse (de) to get divorced (from)

documental documentary

dolor ache, pain; **se me/te/le/etc. pasó el ~** the pain went away

domicilio domicile, residence

dominador dominator

dominar to dominate

dominio mastery, command

dorar to brown

dormir (ue, u) to sleep; **dormirse** to fall asleep

dormitorio bedroom

drama *m.* drama

droga drug; **tomar/consumir drogas** to take drugs

drogadicción drug addiction

drogadicto drug addict

drogarse to take drugs; to get high

ducharse to take a shower

duda: no cabe ~ there is no doubt; **por si las dudas** just in case; **sin ninguna ~** without the slightest doubt; **sin lugar a dudas** without a doubt

dudar to doubt; **Lo dudo.** I doubt it.

dudoso doubtful

dulce *adj.* sweet

duque *m.* duke

durante during

durar to last

durazno peach

E

echar to pour, put in; **~ a perder** to waste; to spoil, ruin; **~ de menos** to miss; **~ un vistazo** to glance at; **echar(se) una cana al aire** to have a one-night stand; to let one's hair down

ecologista *m./f.* ecologist

economía economics; **~ sumergida** underground economy

efectivo: en ~ cash

efecto: ~ invernadero greenhouse effect; **efectos especiales** *m. pl.* special effects

eficaz effective

eficiencia efficiency

egoísta *m./f., adj.* selfish

ejemplo: por ~ for example

ejercer: ~ autoridad to exercise authority

ejército army

electricista *m./f.* electrician

elegir (i, i) to choose, select, elect

embarazada pregnant

embargo: sin ~ nevertheless

emborracharse to get drunk

embrión *m.* embryo

embutidos *m. pl.* types of sausages

emigrar to emigrate

emisora broadcasting station

empezar (ie) a to begin to, start to; **~ de cero** to start from scratch

empleado employee

empleo job; **solicitar un ~** to apply for a job

empresa company, business

empujar to push

en: ~ absoluto not at all; **~ ayunas** fasting; **~ cambio** instead; **~ cambio yo…** instead I … /Not me, I … ; **~ caso (de) que** in the event that, if; **~ cuanto** as soon as; **~ cuanto a** with reference to; **~ el extranjero** abroad; **~ la actualidad** at the present time; **~ plena forma** fully awake, alert; **~ seguida** at once; **~ torno** around

enamorarse (de) to fall in love (with)

encantador *adj.* charming

encantarle to like a lot

encarcelar to incarcerate, imprison

encargar to commission (*a painting*); **encargarse de** to take charge of; to look after

encender (ie) to light

encontrar (ue) to find; to meet

encontrarse a/con to run into

encuentro finding; meeting

encuesta *n.* survey

enfadarse to get angry

enfermarse to get sick

enfermero nurse

enfermizo sickly

enfocar to focus

enlatado canned

enmienda amendment

enojarse (con) to become angry (with)

ensayo rehearsal

enseguida at once

enseñanza teaching

entender (ie) to understand; **A ver si entendí bien.** Let me see if I got it.

enterarse (de) to find out (about)

entrada ticket (*to an event*)

entregar to hand in

entrenamiento training

entrevista *n.* interview

entrevistarse (con alguien) to be interviewed (by someone)

entrometerse (en la vida de alguien) to intrude, meddle, interfere (in someone's life)

entusiasmarse to become excited

envase *m.* container

enviar to send

envolver (ue) to wrap

envuelto (*p.p. of* **envolver**) wrapped

época era, period of time

equilibrio balance

equivocado wrong

equivocarse to err, make a mistake

escasez shortage

escalar (montañas) to climb (mountains)

escaleras *f. pl.* staircase; stairs

escena scene

escenario stage; **ir detrás del ~** to go backstage

esclavo slave

escoger to choose

escolar: año ~ school year

esconder to hide

escrito (*p.p. of* **escribir**) written; **el trabajo ~** written paper

escritor writer

escuchar música to listen to music

escultor sculptor

escultura sculpture

esforzarse (ue) to make an effort

esmero: con gran ~ with great care

esmoquin *m.* tuxedo

espalda: darle la ~ a to turn one's back on

espárragos *m. pl.* asparagus

especia spice (*food*)

especializarse (en) to specialize (in); to major (in)

especie *f.* species

espejo mirror

esperanza *n.* hope; **~ de vida** life expectancy

esperar to hope

espesar to thicken

espiar to spy

espionaje: película de ~ spy movie

espontáneo spontaneous

esposa wife

esposo husband

esquí: hacer ~ acuático to water-ski; **hacer ~ alpino** to downhill ski; **hacer ~ nórdico** to cross-country ski

esquina corner

estabilidad stability

estacionamiento parking lot

estampilla stamp

estar *irreg.:* **~ de acuerdo** to be in agreement; **~ de moda** to be in style; **~ harto (de + *inf.*)** to be fed up (with + -*ing*); **~ pasado de moda** to be out of style; **~ rebajado** to be on sale; **no ~ de acuerdo del todo** to not completely agree

estatua statue

estrenarse to premiere

estreno premiere, opening

estricto strict

estupefaciente *n. m., adj.* narcotic

etapa period of time; state, phase

ético ethical

evitar to avoid

exigencia *n.* demand

exigente demanding

exigir to demand

éxito success; **tener ~** to be successful

expectativa expectation; hope; prospect

experiencia laboral work experience

experimentado experienced

explotador exploiter

expresar to express

expulsar to expel

extinguirse to become extinct

extranjero *n.* foreigner; *adj.* foreign, alien; **en el ~** abroad

extrañar to miss

extraño *n.* stranger; *adj.* strange

extremo *n.* end

F

fa: ni fu ni ~ it doesn't do anything for me

fábrica factory

fácil easy

factible feasible, possible

facultad academic department (university)

falso false

falta de comunicación lack of communication

faltar: ~ (a clase / al trabajo) to miss (class/work); **faltarle** to be lacking, missing (*something*)

fama fame

fascinarle to like a lot, to find fascinating

fastidio: ¡Qué ~! What a nuisance/bother!

faz face (*metaphorical*)

felicidad happiness

feliz happy

feriado: días feriados holidays

ferrocarril railroad

ficha index card

fidelidad fidelity

fiebre *f.* fever

fiel faithful; **serle ~ (a alguien)** to be faithful (to someone)

fijarse (en) to notice

fila row; **sentarse (ie) en la primera/última ~** to sit in the first/last row

filosofía philosophy

fin: por ~ at last

final: al ~ in the end; **al ~ de** at the end of

finalmente finally

finca farm

fines: a ~ de at the end of (*time*); **sin ~ de lucro** nonprofit

física physics

flan custard

flauta flute

flequillo bangs

flirtear to flirt

flujo flow

folleto pamphlet

fomentar to foment, stir up

fondo background (*of a painting*)

foráneo foreign

forma: en plena ~ fully awake, alert

fracasar to fail

francamente frankly

francés *n.* French (language)

francés/francesa *adj.* French

frasco jar

frecuencia: con (gran) ~ frequently

frecuentemente frequently

freír (i, i) to fry

frenillos *m. pl.* braces (*teeth*)

frente: hacer ~ a to stand up to

fresco fresh

frijol bean

frontera *n.* border

fronterizo *adj.* on or near the border

fruta fruit

fu: ni ~ ni fa it doesn't do anything for me

fuego heat; fire; **bajar/subir el ~** to lower/raise the heat

fuente *f.* fountain; **~ de inspiración** source of inspiration; **fuentes de energía renovable** sources of renewable energy

fuera *adv.* outside

fuerza: por la ~ by force, forcibly

fumar to smoke

fundación founding

fundador founder

fundar to found

G

gambas *f. pl.* (*España*) shrimp

ganancia earning, profit

ganas: se me/te/le/etc. fueron las ~ de (+ inf.) I/you/he/etc. didn't feel like (doing something) anymore; **tener ~ de (+ inf.)** to feel like (doing something)

gandules *m. pl.* (*Caribe*) pigeon peas

ganga good buy, bargain

gas: agua con ~ sparkling water

gaseosa soda pop

gastar (dinero) to spend (money)

gasto expenditure, expense

generación anterior previous generation

general: por lo ~ in general

género genre; gender (*grammar*); **igualdad de ~** gender equality

genial brilliant, great (*idea*); **¡Qué ~!** How great!

geología geology

gerencia management

gerente *m./f.* manager

gimnasio gymnasium

glorificar to glorify

golpe de estado *m.* coup d'état

gorra cap (*hat*)

gozar to enjoy

grabado: ~ al aguafuerte etching

gracioso funny, humorous; **¡Qué ~!** How funny!

graso: de alto/bajo contenido ~ high/low fat content
gratis free of charge
grato pleasing, agreeable
grave serious
gritar to shout
grueso thick
grupo: bailar en ~ to dance in a group
guapo good-looking
guardería (infantil) day care center
Guatemala: Fuiste de ~ a Guatepeor. You went from bad to worse.
gubernamental: organización no ~ (ONG) non-governmental organization (NGO)
guerra war
guerrero warrior
guion *m.* script; screenplay
guisada: carne ~ stew
guisantes *m. pl. (España)* peas
gustar: me gustaría… I would like to . . .

H

había there was/were; **~ una vez…** once upon a time there was/were . . .
habichuelas beans
habilidad innata innate ability
hablar: Quiero ~. I want to speak.
hacer *irreg.* to make; to do; **~ alas delta** to hang-glide; **~ algo contra su voluntad** to do something against one's will; **~ dieta** to be on a diet; **~ ecoturismo** to do ecotourism; **~ esquí acuático** to water-ski; **~ esquí alpino** to downhill ski; **~ esquí nórdico** to cross-country ski; **~ frente a** to stand up to; **~ investigación** to do research; **~ kayak** to go kayaking **~ preguntas** to ask questions; **~ *rafting*** to go rafting; **~ senderismo** to hike; **~ *snorkel*** to snorkel; **~ *snowboard*** to snowboard; **~ *surf*** to surf; **~ *trekking*** to hike; **~ una caminata** to go for a long walk; **~ una locura** to do something crazy; **~ una pasantía** to do an internship; **~ vela** to sail; **hacerle cosquillas** to tickle someone; **hacerse ciudadano** to become a citizen; **hacerse la América** to seek success in America
hacia toward
hambre (*f. but* **el hambre**) hunger; **tener un ~ atroz** to be really hungry
hasta: ~ que until; **desde… ~ …** from . . . until . . .
hecho (*p.p. of* **hacer**) made, done; *n.* fact; **de ~** in fact
heredar to inherit
herida wound
hermana sister; **media ~** half sister
hermanastra stepsister
hermanastro stepbrother
hermano brother; **medio ~** half brother
hervir (ie, i) to boil
hija daughter; **~ adoptiva** adopted daughter; **~ única** only daughter
hijastra stepdaughter

hijastro stepson
hijo son; **~ adoptivo** adopted son; **~ único** only son
histérico hysterical
hogar home
holgado loose
holgazán/holgazana lazy
hollywoodense: ser muy ~ to be like a Hollywood movie
homicidio homicide
honradez honesty
honrado honest
hora: ¿A qué ~ es…? What time is . . . at?; **a la ~ de** (+ *inf.*) when the time comes/came to (+ *verb*)
horario schedule, timetable
horizonte *m.* horizon
hormiga ant
hormiguero anthill
horror: ¡Qué ~! How terrible/horrible!
hoy: ~ (en) día these days
hoyuelo dimple
huelga *n.* strike
huella ecológica ecological footprint
huérfano orphan
hueso bone
huésped *m./f.* guest
humo smoke
humor: sentido de ~ sense of humor
¡Huy! Jeez! / Wow!

I

idealista *m./f.* idealist
idioma *m.* language
iglesia church
igual: darle ~ (a alguien) to be all the same (to someone), not to care
igualdad equality; **~ de los sexos** equality of the sexes
imagen *f.* image, picture
imaginar: Me lo imagino. I imagine/bet.
impar *adj.* odd (*number*)
impermeable *m.* raincoat
importarle to matter
imprescindible essential
impuesto *n.* tax
incendio *n.* fire
incentivo incentive
incertidumbre *f.* uncertainty
incierto uncertain
inclusive *adv.* even, including
incómodo uncomfortable
increíble: ¡Qué ~! Incredible!
inculcar to instill, inculcate
independizarse (de): ~ de los padres to move out of one's parents' home
índice *m.* rate
indígena *m./f.* native person; *adj.* indigenous, native
ineficiencia inefficiency
inesperado unexpected
inestabilidad instability
infantil: guardería ~ child care center; **película ~** children's movie

infidelidad infidelity
infiel: serle ~ (a alguien) to be unfaithful (to someone)
influencia influence
influir *irreg.* **en** to influence (something)
informe *m.* report
ingeniería engineering
ingeniero engineer
ingenioso resourceful
inglés *n.* English (language)
inglés/inglesa *adj.* English
ingresos *m. pl.* income
iniciativa initiative, drive
injusticia injustice; **¡Qué ~!** How unfair! / What an injustice!
inmaduro immature
inmediatamente immediately
inmigrar immigrate
inseguridad insecurity
inseguro (de sí mismo) insecure; unsure (of himself)
insistir en to insist on
insoportable unbearable
insulso bland (*food*)
intentar to try, attempt
intercambiar to exchange
interesar: interesarle to interest, to find interesting; **interesarse (por)** to take an interest (in)
interpretar to interpret
inundación flood
invasor invader
inversión investment
invertir (ie, i) to invest
investigación *n.* research; **hacer ~** to do research
ir: ~ a bailar to go dancing; **~ a dar una vuelta** to go cruising/for a ride/walk; **~ a una disco** to go to a club
irritarse to become irritated
irse *irreg.* **(de)** to go away (from), leave (a place)
isla island

J

jamás never
jarabe *m.* syrup
jarrón vase
jaula cage
jefa *f.* boss (*female*)
jefe *m.* boss (*male*)
jerga slang
jeringa syringe
jeroglífico *n.* hieroglyph
jornada working day
joya de fantasía costume jewelry
jubilado: estar ~ to be retired
judío *n.* Jew; *adj.* Jewish
juez judge
jugar (ue) to play; **~ al (nombre de un deporte)** to play (a sport)
juguete *m.* toy
juguetón/juguetona *adj.* playful
junta militar military junta

juntarse con amigos   to get together with
  friends
junto *adv.*   together; *adj.*   **vivir juntos**
  to live together
jurado   jury
jurar   to swear
justicia   justice;   **(acudir a) la Justicia**
  (to go to) the authorities (the law)
justo   fair, just
juventud   youth

K

kayak: hacer ~   to go kayaking

L

laboral: experiencia ~   work experience
lacio: pelo ~   straight hair
lácteo: producto ~   dairy product
lado: por otro ~   on the other hand;
  por un ~   on the one hand
ladrón/ladrona   thief
lamentable: es ~   it's a shame
lamentar   to lament, be sorry
langostino   prawn
lanza   lance
lápiz de labios *m.*   lipstick
largometraje *m.*   feature-length film
lástima: es una ~   it's a shame; **¡Qué ~!**
  What a shame!
lata *n.*   can
lavaplatos *sing./pl.*   dishwasher
lavarse (el pelo/las manos/la cara/etc.)   to
  wash (one's hair/hands/face/etc.)
lazo *n.*   tie, bond
lealtad   loyalty
leche *f.*   milk
lechería   dairy store
lechón   roast suckling pig
lechuga   lettuce
lector   reader
leer *irreg.*   to read
legumbres *f. pl.*   legumes
lejano: pariente ~   distant relative
lengua   tongue; language; **~ materna**
  mother tongue
lenguado   sole (*type of fish*)
lenteja   lentil
lento *adj., adv.*   slow
leve *adj.*   light (slight)
leyenda   legend
libertad: freedom; **~ condicional**   parole;
  ~ de palabra/de prensa   freedom of
  speech / of the press
libertador   liberator
licencia   leave, leave of absence; **~ por
  enfermedad/maternidad/matrimonio/
  paternidad**   sick/maternity/wedding/
  paternity leave; **~ de manejar**   driver's
  license
lienzo   artist's canvas
ligar (*España, México*)   to pick someone
  up (*at a club, bar*)
ligero *adj.*   light

lingüística   linguistics
linterna   flashlight
liquidación   sale
liviano *adj.*   light (weight)
llamarle la atención   to catch someone's
  eye
llanta *n.*   tire
llanura   plain (*flat land*)
llegar: ~ a ser   to become; **~ a un acuerdo**
  to reach an agreement
llevar: ~ a cabo   to carry out (*a task*);
  llevarle a alguien…   to take someone
  (*a period of time to do something*)
locura: hacer una ~   to do something crazy
locutor   announcer, commentator, speaker
logotipo   logo
lograr   to achieve
logro   achievement
loncha   slice (of ham)
luchar   to fight
lucro: sin ánimo/fines de ~   nonprofit
luego   later, then; **desde ~**   of course
lugar: tener ~   to take place
luna de miel   honeymoon
lunar   beauty mark
lunes: el ~   on Monday; **el ~ pasado**   last
  Monday; **los ~**   on Mondays
luz: dar a ~   to give birth

M

machacar   to crush, mangle
machismo   male chauvinism
madera   wood
madrastra   stepmother
madre *f.*   mother
madrina   maid-of-honor
madrugada   daybreak, early morning
maestra: obra ~   masterpiece
maestría   master's degree
mago   magician
maíz *m.*   corn; **palomitas de ~** *f. pl.*
  popcorn
mal   evil
malcriar   to spoil, pamper, raise badly
maletín   briefcase
malhumorado   moody, ill-humored
mancha   stain
mandamiento   commandment
mandar   to send
mandíbula   jaw
maní *m.* (*pl.* **maníes**)   peanut
manifestación   demonstration, protest
mano *f.*   hand; **apretón de manos**
  handshake
mano de obra *f.*   labor, manpower
manta   blanket
manzana   apple
mapa *m.*   map
maquillarse   to put on makeup
maravilla: ¡Qué ~!   How marvelous!
maravilloso: es ~   it's marvelous
marca   brand name
marcha: ponerse en ~   to start off (*on a
  trip*); to start up

mareo   dizziness; **se me/te/le/etc. pasó el ~**
  the dizziness went away
marginar   to marginalize (someone)
mariposa   butterfly
mariscos *m. pl.*   seafood, shellfish
más: ~ de lo debido   more than required;
  ~ seguido   more often; **~ tarde**   later,
  then
masticar   to chew
matar   to kill
materia   subject, course; material
materno *adj.*   on your mother's side
matrícula   tuition
matricularse   to register
matutino *adj.*   morning (*person*)
mayorista *m./f.*   wholesaler
mecánico *n.*   mechanic; *adj.*   mechanical
medalla   medal
media: ~ hermana   half sister; **dejar a
  medias**   to leave unfinished
medicamento   medicine
mediación   mediation
mediador   mediator
médico   doctor
medida   measurement
medio: ~ ambiente *m.*   environment;
  ~ hermano   half brother
mejilla   cheek
mejillones *m. pl.*   mussels
mejor: es ~   it's better
mejorar   to improve
melocotón   peach
melodrama *m.*   melodrama
membrete *m.*   letterhead
menor de edad   minor (age)
menos   less, lesser, least; **a ~ que**   unless;
  echar de ~   to miss (a person, a place);
  por lo ~   at least
mensaje *m.*   message; **~ de texto**   text
  message
mensual *adj.*   monthly
mentir (ie, i)   to lie
mentira   lie; **una ~ más grande que una
  casa**   a big, fat lie
menudo: a ~   often, frequently
mercadeo   marketing
merluza   hake (*type of fish*)
mermelada   jelly
mestizo   *person of mixed European and
  American indigenous blood*
meter   to put; to insert; **meterse**   to meddle, interfere; **meterse en**   to get/go into;
  ¡Huy! ¡Metió la pata!   Wow! He/She put
  his/her foot in his/her mouth!
mezcla *n.*   mix
mezclar   to mix
miedo: tener ~ (de)   to be afraid (of)
miel *f.*   honey; **color ~**   light brown;
  luna de ~   honeymoon
mientras: ~ (que)   while, as long as; **~ más
  vengan, mejor**   the more, the merrier
militar   military person
mínimo   minimal; **salario ~**   minimum
  wage
minusválido   handicapped

mío: el ~ también/tampoco mine too/neither

mirar (la) televisión to watch TV

mitología mythology

mochila backpack

moda: estar de ~ to be in style; **estar pasado de ~** to be out of style

modales de la mesa *m. pl.* table manners

modo: a mi ~ de ver... the way I see it . . . ; **de ningún ~** no way; **de todos modos** anyway

mojado *n.* wetback (*derogatory slang*); *adj.* wet

molestar to bother, annoy; **molestarle** to be bothered by, find annoying

molesto *adj.* bothersome, annoying

momento: Un ~. Just a moment.

moneda currency; coin

monja nun

monje *m.* monk

montar: ~ a caballo to ride a horse; **~ en bicicleta de montaña** to ride a mountain bike

montón: un ~ a lot; **divertirse (ie, i) un ~** to have a ball / a lot of fun

moreno dark-skinned

morir(se) (ue, u) to die

moro *n.* Moor, Moslem; *adj.* Moorish

mosaico mosaic

mosca *n.* fly; **por si las moscas** just in case

mostrador counter (*store, airline*)

mostrar (ue) to show

móvil (*España*) cell phone

mucama (*partes de Suramérica*) maid

muchas: ~ personas many people; **~ veces** many times

mudarse to move (*to a new residence*)

mudas: películas ~ silent films

muerto (*p.p. of* **morir**) dead; **estar ~** to be dead

muestra *n.* sample

mujer policía *f.* policewoman

mujer política *f.* politician (*female*)

mujeriego *adj.* womanizer

mulato mulatto (*person of mixed European and black blood*)

multa *n.* fine, citation

mundial *adj.* world, worldwide

musculoso muscular

musical *adj., n.* musical

N

nacimiento birth

nada nothing, not anything

nadie no one

naranja orange (*fruit*)

narcotraficante *m./f.* drug dealer

narcotráfico drug traffic

naturales: recursos ~ natural resources

naturaleza muerta still life

navaja suiza Swiss Army knife

navegante *m./f.* navigator

necesitado needy, poor

negar (ie) to deny; to negate; **negarse (a + inf.)** to refuse (+ *inf.*)

negocio business; **hombre de negocios** *m.* businessman; **mujer de negocios** *f.* businesswoman

nevar (ie) to snow

nexo connection

ni: ni... ni neither . . . nor; **~ (siquiera)** not even; **~ fu ~ fa** it doesn't do anything for me; **~ me va ~ me viene** it doesn't do anything for me; **No tiene ~ pies ~ cabeza.** It doesn't make (any) sense to me. / I can't make heads or tails of it.

nieta granddaughter

nieto grandson

ningún/ninguna (+ *singular noun*) *adj.* not any; **de ningún modo** no way; **sin ninguna duda** without the slightest doubt

ninguno/a *pro.* not any, none, no one

niñera nanny

niñez childhood

nivel del mar sea level

no: ~, en absoluto. No, not at all.; **~ obstante** nevertheless

noche *f.*: **~ de bodas** wedding night; **la ~ está en pañales** the night is young

nostalgia: sentir (ie, i) ~ (por) to feel nostalgic (about)

nota: sacar buena/mala ~ to get a good/bad grade

noticias *f. pl.* news

novato novice, beginner

novedoso novel, new

noviazgo courtship

nuera daughter-in-law

nuez nut (*food*); **nueces** walnuts

número par/impar even/odd number

nunca never

O

o... o either . . . or

o sea that is (to say)

obra: ~ abstracta abstract work (of art); **~ maestra** masterpiece; **ser mano de ~ barata** to be cheap labor

obstante: no ~ nevertheless

obvio obvious

occidente *m.* west

ocio leisure time; relaxation

ocuparse (de) to take care (of)

odiar to hate

oferta y demanda supply and demand

oficina de reclamos complaint department

ojalá I hope

ola *n.* wave

óleo oil painting

oler *irreg.* to smell

olla *n.* pot; **~ de presión** pressure cooker

olor smell, odor

olvidarse (de) to forget (about)

olvido *n.* forgetfulness

ondulado: pelo ~ wavy hair

opinar: Opino como tú. I'm of the same opinion.; **¿Qué opinas de esta situación?** What do you think about this situation?

opinión: en mi ~ in my opinion

optimista *m./f.* optimist

oratoria public speaking

ordenador (*España*) computer

organización: ~ no gubernamental (ONG) non-governmental organization (NGO)

orgullo *n.* pride (*emotion*)

orgulloso proud (*negative connotation*)

oriundo *adj.* to come from, be native to; **ser ~ de** to be originally from

osado daring (*negative connotation*)

osito de peluche teddy bear

ostra oyster

otro other; **por ~ lado** on the other hand

ovalado oval

oveja sheep

P

paciente *adj.* patient

padecer to suffer from

padrastro stepfather

padre *m.* father; priest; **padres** *m. pl.* parents; fathers; priests

padrino best man

pago mensual/semanal monthly/weekly pay

paisaje *m.* landscape

paja straw

palabra word; **Pido la ~.** May I speak?

paladar palate

paloma *n.* dove

palomitas de maíz *f. pl.* popcorn

pan bread; **Eres más bueno que el ~.** You are as good as gold. (literally, You are better than bread.)

pandilla gang

pandillero gang member

pantalla screen

pañales *pl.*: **la democracia/la noche/la fiesta está en ~** the democracy/night/party is young

pañuelo scarf, handkerchief

papa (*Latinoamérica*) potato

papel: hacer el ~ to play the role

paquete *m.* package

par even (*number*)

para que in order to, so that

pardo *adj.* hazel (*eye color*)

parecer: ¿No te/le/les parece? Don't you think so?; **¿Y a ti qué te parece?** What do you make of it?

pared wall

pareja pair; partner; significant other; couple

parentela relatives

pariente *m./f.* relative; **~ lejano** distant relative; **~ político** in-law

paro work stoppage

parte *f.*: **por otra** on the other hand; **por de ~ (mi, tu, etc.) madre/padre** on my/

your/ etc. mother's/father's side; **por una ~** on the one hand

particular *adj.* private, personal

partido *n.* game; (political) party; **~ Demócrata** Democratic Party; **~ Republicano** Republican Party; **~ Verde** Green Party

pasa *n.* raisin

pasado: el lunes/fin de semana/mes/año/ siglo ~ last Monday/weekend/month/ year/century; **~ de moda** out of style

pasaje de ida *m.* one-way ticket

pasantía internship

pasar: ¡Cómo pasa el tiempo! Times flies!); **~ a buscar/recoger a alguien (por/ en un lugar)** to pick someone up (at a place); **~ la noche en vela (estudiando)** to pull an all-nighter (studying); **~ tiempo con alguien** to hang out with someone; **pasarlo bien/mal** to have a good/ bad time; **se me/te/le/etc. pasó el dolor/ mareo** the pain/dizziness went away

pasatiempo hobby

pasear: ~ al perro to walk the dog; **~ en el auto** to go cruising

pastel cake; pie

pastelería pastry shop

pastelito cake, pastry

pastilla pill

paterno *adj.* on your father's side

patillas *f. pl.* sideburns

patinar to skate

patrocinar to sponsor

pavo turkey

pecar to sin

pecas *f. pl.* freckles

pechuga: ~ de pollo chicken breast

pedazo piece, slice

pedir (i, i) to ask (for); **~ algo de tomar** to order something to drink; **Pido la palabra.** Can I speak?

peinarse to comb one's hair

película: dar una ~ to show a movie; **~ de acción** action movie; **~ de ciencia ficción** science fiction movie; **~ de espionaje** spy movie; **~ de terror** horror movie; **~ infantil** children's movie; **películas mudas** silent films; **ser una ~ taquillera** to be a blockbuster

peligroso dangerous

pelirrojo redhead

pellizcar to pinch

peluca wig, toupee

peludo hairy

pena: darle ~ (a alguien) to feel sorry; **es una ~** it's a shame; **~ capital / ~ de muerte** death; **Vale la ~ callarse porque…** It's worth it to keep quiet, because . . .; penalty; **¡Qué ~!** What a shame!

pensar (ie) (+ inf.) to plan to (do something); **~ en** to think about

pepino cucumber

pera pear

perder (ie) to lose (*someone/something*); **~ la conexión** to lose the Internet connection; **echar a ~** to waste, to spoil, ruin

pérdida loss

perdón excuse me

perdonar to forgive

perezoso lazy

perfeccionamiento: tomar cursos de ~ to take continuing education courses

perfil *n.* profile

periódico newspaper

perjudicial harmful

permanente *n. f., adj.* permanent; **tener ~** to have a perm

perpetua: cadena ~ life sentence

personaje *m.* character

pertenecer to belong

pertenencias *f. pl.* belongings

pesa weight, dumbell

pesado heavy; **ser un ~** to be a bore

pesar to weigh; **a ~ de que** even though

pescado *n.* fish (*that is eaten*)

pescar to fish

pesimista *m./f.* pessimist

pez *m.* fish (*the animal*); **~ vela** sailfish

picar to chop; to nosh, nibble on something

piel *f.* skin

piedra *n.* rock

pies: No tiene ni ~ ni cabeza. It doesn't make (any) sense to me. / I can't make heads or tails of it.

pila battery (AA, AAA)

pimiento (verde, rojo) (green, red) pepper

pincel paintbrush (*art*)

pincho: ~ de tortilla (*España*) slice of a potato omelet

pintar to paint

pintor painter

pintura painting

piña pineapple

pisar to step on

piscina swimming pool

pista *n.* clue

placa license plate; plaque

planchar to iron (*clothes*)

plano: el primer ~ foreground

plantado: dejar ~ (a alguien) to stand someone up

plata money

plátano banana; plantain

platicar (*México*) to chat

plato: primer/segundo ~ first/second course; **platos** *m. pl.* dishes

plena: en ~ forma fully awake, alert

plomero (*Latinoamérica*) plumber

pluma feather

pobreza poverty

pocas: ~ personas few people

poder *irreg.* to be able to, can; **no ~ más** to be full, to not be able to take it anymore; **no puede ser** it can't be, that can't be true

poderoso powerful

policía *m./f.* police officer; *f.* police (force); **la mujer ~** policewoman

política *n.* politics; policy; **la mujer ~** politician (*female*)

político *n.* politician (*male*); *adj.* political

pómulo cheekbone

poner *irreg.:* **~ la mesa** to set the table; **ponerse** to put on (*clothing*); **ponerse de acuerdo** to agree, reach an agreement

por: ~ casualidad by chance; **~ cierto** by the way; **~ consiguiente** therefore; **~ desgracia** unfortunately; **~ ejemplo** for example; **~ esa razón** that's why, for that reason; **~ eso** that's why, therefore; **~ fin** at last; **~ lo general** in general; **~ lo menos** at least; **~ lo tanto** therefore; **~ otra parte** on the other hand; **~ otro lado** on the other hand; **~ parte de mi madre/padre** on my mother's/ father's side; **~ si acaso** just in case; **~ si las dudas** just in case; **~ si las moscas** just in case; **~ supuesto** of course; **~ último** finally, last; **~ un lado / ~ el otro** on (the) one hand / on the other; **~ una parte / ~ la otra** on the one hand / on the other

porción serving

porro joint (*marijuana*)

portar to carry

posadas: las posadas *Mexican Christmas custom re-enacting Mary and Joseph's search for shelter*

poseer to have, own, possess

posgrado *adj.* postgraduate

postal: tarjeta ~ postcard

postre *m.* dessert

postura stand, point of view

precioso lovely, adorable

preciso: es ~ it's necessary

predecir *irreg.* to predict

preferir (ie, i) to prefer

preguntas: hacer ~ to ask questions

prejuicios: tener ~ contra alguien to be prejudiced against someone

premio prize

prendedor pin, brooch

prender to start (*a motor*), to turn on

prensa press; **libertad de ~** freedom of the press

preocuparse to become worried; **~ (por)** to worry (about)

preparado: ser una persona preparada to be an educated person

prepararse (para) to prepare oneself (for)

presencia: la buena ~ good appearance

presión pressure

preso prisoner

préstamo *n.* loan

prestar atención to pay attention

presupuesto *n.* estimate, budget

prevención prevention

prevenir to prevent

prever *irreg.* to foresee

previsto (*p.p. of* **prever**) foreseen

primer *adj.* first; **~ plano** foreground; **~ plato** first course

primero *adj.* first

primo cousin

primordial primary, fundamental

principio *n.* beginning; **a principios de** at the beginning of

prisa: tener ~ to be in a hurry

prismáticos *m. pl.* binoculars

privar to deprive

probador dressing room

probar (ue) to taste; to try; **probarse** to try on (*clothing*)

producir *irreg.* to produce

producto product; **~ lácteo** dairy product

productor producer

profecía prophesy

profesorado faculty

promedio *n.* average

prometer to promise

promoción advertising

pronto soon; **tan ~ como** as soon as

propietario owner

propina gratuity, tip

propio *adj.* own

proponer *irreg.* to propose

propósito purpose; **a ~** on purpose

protector solar sunscreen

proteger to protect

provecho: ¡Buen ~! Enjoy your meal!; **sacar ~** to take advantage of

proveedor supplier

provenir *irreg.* to come from

psicología psychology

psicólogo psychologist

pudrir to rot

pueblo people, nation; town

puesto *n.* position (job); **solicitar un ~** to apply for a job; (*p.p. of* **poner**) put, placed, set (*table*)

pulir to polish

pulpo octopus

puntaje *m.* score (*sports*)

punto: desde mi ~ de vista from my point of view; **~ de partida** point of departure; **y ~** and that's that

puro *n.* cigar; *adj.* pure

Q

que: A ~ no saben… Bet you don't know . . .

qué: ¿~? What?; **¡~ + adj.!** How + *adj.*!

quebrantar to break

quedar to stay behind; **~ a la/s + una/dos/ etc. (con alguien)** to meet (someone) at + one/two/etc.; **quedarle bien/mal** to (not) fit well (*clothing*)

quehaceres *m. pl.* household chores

quejarse (de) to complain (about); **No sirve de nada ~…** It's not worth it to complain . . .

quemar to burn

querer *irreg.* to want; to wish; to love; **~ repetir** to want a second helping

quién: ¿~ diría…? Who would have said/ thought . . .?

quiero: ~ hablar. I want to speak.

química chemistry

químico *n.* chemist; *adj.* chemical

quiosco kiosk

quisiera… I would like to . . .

quisquilloso fussy, picky

quitarse to take off (*clothes*)

quizá(s) perhaps

R

raíz (*pl.* **raíces**) root

raptar to kidnap

raro strange, unusual

rasgo feature

ratero pickpocket

razón *f.:* **por esa ~** that's why, for that reason; **tener ~** to be right

realista *adj.* realistic

realizar to carry out (*a plan*)

rebaja sale

rebajado: estar ~ to be on sale

rebanada (de pan) slice (of bread)

rebelarse to rebel

rebelde rebellious

recargar to recharge

receta recipe

rechazar to reject

rechazo rejection

recién casados *m. pl.* newlyweds

reclamo claim; complaint

reclutar to recruit

recoger: ~ información to gather information; **pasar a ~ a alguien (por/en un lugar)** to pick someone up (at home, etc.)

recomendar (ie) to recommend

reconocimiento gratitude, recognition

recto *adj.* straight (*as in a line*)

recuerdo memory; souvenir

recursos: ~ humanos *m. pl.* human resources, personnel; **~ naturales** *m. pl.* natural resources; **ser de pocos ~** to be a low income person

redactar to compose (*prose*), write

redondo round

reducir *irreg.* to reduce

reemplazar to replace, substitute

reemplazo replacement

referencias *f. pl.* references (*job*)

reflejo reflection

refrán proverb

refugiado político political refugee

regalo gift

regar to water

rehabilitación rehabilitation

rehén *m./f.* hostage

reina queen

reinserción en la sociedad reintegration into society

reírse (i, i) (de) to laugh (at)

relaciones: ~ exteriores *f. pl.* foreign affairs; **~ públicas** *f. pl.* public relations

relajado relaxed

reliquia relic, heirloom

remojar to soak

remordimiento remorse, regret

reparto *n.* cast

repelente *m.:* **~ contra insectos** insect repellent

repente: de ~ suddenly

repetir (i, i) to repeat; **querer ~** to want a second helping

reponer to replenish

reposo resting place, repose

representar to represent

residencia de ancianos nursing home

resolver (ue) to solve

respetar to respect

respeto *n.* respect; **~ a los derechos humanos** respect for human rights

respirar to breathe

restringir to restrict

resuelto (*p.p. of* **resolver**) resolved

resumir to summarize

retratar to paint a portrait of; to photograph

retrato portrait

reunión meeting; gathering

reunir to join

reunirse (con) to meet (with)

reutilizable reusable

reutilizar to reuse

revalorizar to revalue

revendedor ticket scalper

revivir to revive

revolcar (ue) to knock over

revolver (ue) to mix

revuelto (*p.p. of* **revolver**) **está ~** it's a mess; scrambled (*eggs*)

rey *m.* king

rezar to pray

rígido rigid, stiff

rincón corner

riñonera fanny pack

riqueza riches

rizado: pelo ~ curly hair

róbalo sea bass (*type of fish*)

robar to rob, steal

robo robbery, theft

rogar (ue) to beg

romántico romantic

romper to break

roto (*p.p. of* **romper**) broken

rubio blond

ruido noise

S

sábalo shad (*type of fish*)

saber *irreg.* to know; **¿A que no saben…?** Bet you don't know . . .?; **¿Acaso no sabías?** But didn't you know?; **No saben la sorpresa que se llevó cuando…** You wouldn't believe how surprised he/she was when . . .; **¡Ya sé!** I've got it!

sabio wise

sacar to get, obtain; ~ **a alguien de un aprieto** to get someone out of a jam; ~ **a bailar a alguien** to ask someone to dance; ~ **buena/mala nota** to get a good/bad grade; ~ **entradas** to get tickets; ~ **provecho** to take advantage of

saco de dormir sleeping bag

sagrado sacred

salado salty

salario mínimo minimum wage

salchicha sausage

salir *irreg.* to leave, go out; ~ **bien/mal (en un examen)** to do well/poorly (on an exam); **salirse con la suya** to get his/her way

saltar to jump

salvar to save

salvavidas *m./f. sing./pl.* lifeguard(s)

sangre *f.* blood

sandía watermelon

sano healthy

santo saint; **Eres un ~.** You're a saint.

sardina sardine

sátira satire

satisfecho: estar ~ to be full

sea: o ~ that is to say

secador de pelo hair dryer

secadora (de ropa) clothes dryer

secarse (el pelo, la cara, etc.) to dry (one's hair, face, etc.)

secuestrar to kidnap; to hijack

secuestrador kidnapper; hijacker

secuestro *n.* kidnapping; hijacking

seda silk

sedentario sedentary

seguida: en ~ at once

seguir (i, i) to follow

según according to

segundo *adj.* second; ~ **plato** second course

seguridad security

seguro *adj.* sure; **es ~** it's certain; **(no) estar ~** (not) to be sure; ~ **(de sí mismo)** secure; sure (of himself); ~ **médico/ dental/de vida** *n.* health/dental/life insurance

selva jungle

semana pasada last week

semanal *adj.* weekly

semilla seed

sencillo simple

senderismo hiking; **hacer ~** to hike

Sendero Luminoso Shining Path (*Peruvian guerrilla group*)

sensato sensible

sensible sensitive

sentarse (ie) to sit down

sentido: (no) tener ~ (not) to make sense; ~ **de humor** sense of humor

sentir (ie, i) to be sorry; ~ **nostalgia** to feel nostalgic (about); **sentirse** to feel; **sentirse rechazado** to feel rejected

señal *f.* signal

ser *irreg.*: ~ **un pesado** to be a bore; **no puede ~** it can't be, it can't be true; **serle**

fiel/infiel (a alguien) to be faithful/ unfaithful (to someone); *n. m.* being; ~ **humano** human being

serenata serenade

serio serious; **¿En ~?** Really?; **Te lo digo en ~.** I'm not kidding.

servir (i, i) to serve; **No sirve de nada quejarse…** It's not worth it to complain . . .

siempre always; ~ **y cuando** provided (that), as long as

silvestre wild

símbolo symbol

sin: ~ **ánimo/fines de lucro** nonprofit; ~ **embargo** nevertheless; ~ **lugar a dudas** without a doubt; ~ **ninguna duda** without the slightest doubt; ~ **que** *conj.* without

sindicato labor or trade union

sinvergüenza: ¡Qué ~! What a dog/rat! (literally, How shameless!)

siquiera: ni ~ not even

SMS *m.* text message

sobornar to bribe

soborno *n.* bribe

sobremesa after-dinner chat at the table

sobrina niece

sobrino nephew

sofreír (i, i) to fry lightly

sofrito lightly fried dish

soga rope

solapa lapel

soler (ue) (+ *verb*) to do . . . habitually; to usually (do something)

solicitar un puesto/empleo to apply for a job

solicitud application; **completar una ~** to fill out an application

solidario: acto ~ act of solidarity (*for a cause*)

solomillo filet mignon

soltar (ue) to free

soltero single (*marital status*)

sombra shadow

someterse to submit

somnífero sleeping pill

sonora: banda ~ soundtrack

sonreír (i, i) to smile

sonrisa *n.* smile

sordo deaf

soroche *m.* altitude sickness

sorprenderle (a alguien) to be surprised

sorpresa: ¡Qué ~! What a surprise!

soso bland

sostén bra

sostener *irreg.* to support; to hold up

subir to raise; ~ **el fuego** to raise the heat; ~ **una foto** to upload a photo

subrayar to underline

suceder to happen

suceso event; **sucesos del momento** current events

sucio dirty

sudadera sweatsuit, sweatshirt

suegra mother-in-law

suegro father-in-law

suela sole (*of a shoe*)

sueldo salary; **bajar/aumentar el ~** to lower/raise the salary

sueño: coger el ~ to fall asleep

sugerencia suggestion

sugerir (ie, i) to suggest

suicidio suicide

sumar to add

sumergido underground

sumiso submissive

sumo enormous, great

superar to overcome; to surpass

supervivencia survival

suplicar to implore, beg

supuesto: por ~ of course

suya: salirse con la ~ to get his/her way

T

tacaño stingy, cheap

tachar to cross out

tal: con ~ (de) que *conj.* provided that, as long as

tal vez perhaps

taller workshop

tamaño size

también: Yo ~. I do too. / Me too.

tambor drum

tampoco: Yo ~. I don't either. / Me neither.

tan pronto como as soon as

tanto so much; as much; **al ~** up-to-date; **por lo ~** therefore; **¡~ tiempo!** Such a long time!

tapar to cover

taquillera: ser una película ~ to be a blockbuster

tarde *adv.* late; **más ~** later, then

tarjeta card; ~ **verde** green card (*residency card given to immigrants in the United States*)

tarta (*España*) cake; tart

tatarabuela great-great-grandmother

tatarabuelo great-great-grandfather

tatuaje *m.* tattoo

taxista *m./f.* taxi driver

teatro theater

tecla key (*of a keyboard*)

tejer to weave; to knit

tela material, fabric, cloth

telenovela soap opera

tema *m.* theme, topic

temer to fear

temprano early

tendido stretched, spread out

tener *irreg.* to have; ~ **en claro** to have it clear in your mind; ~ **ganas de (+ *inf.*)** to feel like (doing something); ~ **lugar** to take place; ~ **prejuicios** to be prejudiced; ~ **prisa** to be in a hurry; ~ **que (+ *inf.*)** to have to . . .; **(no) ~ sentido** (not) to make sense; ~ **título** to have an education/a degree; ~ **una aventura (amorosa)** to have an (love) affair; ~ **un contratiempo** to have a mishap (that causes one to be late); **~ un hambre atroz** to be really hungry

teñido dyed

teología theology

tercero *adj.* third

terminar to finish; to run out (of); **al ~ (de + *inf.*)** after finishing (+ *-ing*); **No me termina de convencer.** I'm not totally convinced.

ternera veal

ternura tenderness

terremoto earthquake

terror: película de ~ horror movie

terrorista *m./f.* terrorist

tesoro treasure

tía aunt; **~ política** aunt-in-law

tibio lukewarm

tiempo: ¡Cómo pasa el ~! Time flies!; **¿Cuánto ~ hace que…?** How long have you…? / How long ago did you…?; **¡Tanto ~!** Such a long time!; **trabajar a ~ parcial** to work part-time; **trabajar a ~ completo** to work full-time

tienda de campaña tent

tiernamente tenderly

tijeras *f. pl.* scissors

tío uncle; **~ político** uncle-in-law

tira cómica comic strip

tirar to throw away

título title (*book, person*); degree; **tener ~** to have an education / a degree

tocar: Ahora me toca a mí. Now it is my turn.

todavía still, yet; **todavía no** not yet

todo everything; **~ el mundo** everyone; **todos** everyone; **todos los días/ domingos/meses** every day/Sunday/ month

tomar to take; **~ cursos de perfeccionamiento/capacitación** to take continuing education/training courses; **~ drogas** to take drugs

tomate *m.* tomato

torno: en ~ around

torpe clumsy

torta cake

tostar (ue) to toast

trabajar: ~ de sol a sol to work from sunrise to sunset; **~ a tiempo parcial / a tiempo completo** to work part-time / full-time

trabajo escrito (term) paper

traducir *irreg.* to translate

traición betrayal

traidor traitor

tráiler *m.* preview, trailer (*movies*)

trampa *n.* trick, trap

tranquilo *adj.* calm

transpiración perspiration

trasladar to transfer

trasnochar to stay up late / all night

trastorno *n.* inconvenience, upheaval

tratado treaty

través: a ~ de through

travieso mischievous

trenza *n.* braid

trigo wheat

trigueño olive-skinned

trilingüe trilingual

trillizos *pl.* triplets

tristeza sadness

tronco trunk (*of a tree*)

trozo piece

turnarse to take turns

turquesa turquoise

U

ubicarse to be located

último: por ~ finally, last

una vez once

unirse to unite

uno: (el) ~ a(l) otro each other; **(los) unos a (los) otros** one another (more than two people)

útil useful

V

vacilar to kid around

vacuna vaccine

vaina pod (*bean*)

valer *irreg.:* **~ la pena** to be worthwhile; **(No) ~ la pena (+ *inf.*)** It's (not) worth it to (+ *verb*); **valerse por sí mismo** to manage on one's own

valioso valuable

vanidoso vain

valor value; valor, courage

variedad variety

vasco *n., adj.* Basque

veces: a ~ sometimes; **muchas ~** many times

vecino neighbor

vela: hacer ~ to sail; **pasar la noche en ~ (estudiando)** to pull an all-nighter (studying)

vencedor conqueror

vencer to defeat

vencimiento conquest

vendedor salesperson

vender to sell

veneno *n.* poison

venir *irreg.* to come

venta sale

ventaja advantage

ver to see; **~ (la) televisón / algo / a alguien** to watch TV / to see something/ someone

veras: ¿De ~? Really? / You're kidding. / Don't tell me! / You don't say! / Wow!

verdad: (no) es ~ it's (not) true

verde green; **chiste ~** *m.* dirty joke; **tarjeta ~** green card (*residency card given to immigrants in the United States*)

verdura vegetable

vergüenza: ¡Qué ~! What a shame!

verter (ie) to shed (*tears*)

vespertino *adj.* evening

vestido de fiesta evening dress

vestimenta clothes, garment

vestirse (i, i) to get dressed

vestuario costumes (*film, theater*)

vez: de una ~ por todas once and for all; **de ~ en cuando** every now and then; **Había una ~ …** Once upon a time there was/were …; **tal ~** perhaps; **una ~** once

víctima (*f. but refers to both males and females*) victim

vida: de por ~ for life

vientre *m.* belly: **la danza del ~** belly dancing

vínculo *n.* bond

vino wine

violación rape; violation; **~ de los derechos humanos** violation of human rights

violador rapist

violar to rape

violencia violence

viruela smallpox

vistazo: echar un ~ to glance at

vitrina store window

viuda widow

viudo widower

vivienda housing

vivir to live; **~ juntos** to live together

vivo *adj.:* **en ~** live (*performance*); **estar ~** to be alive; **ser ~** to be smart

voluntad will; **contra su ~** against one's will

volver (ue) to return, come back; **~ a (+ *inf.*)** to do something again; **~ a empezar de cero** to start over again from scratch

voto en blanco *n.* blank vote

vuelta: a la ~ de la esquina around the corner from; **ir a dar una ~** to go cruising/for a ride/walk

X

xenofobia xenophobia (*fear of strangers or foreigners*)

Y

¿Y qué más? And what else?

ya already; yet; **~ no** no longer, not anymore; **¡~ sé!** I've got it!; **¡~ voy!** I'm coming!

yerno son-in-law

y punto and that's that

Z

zanahoria carrot

zapatería shoe store

zapatillas *f. pl.* slippers

Index

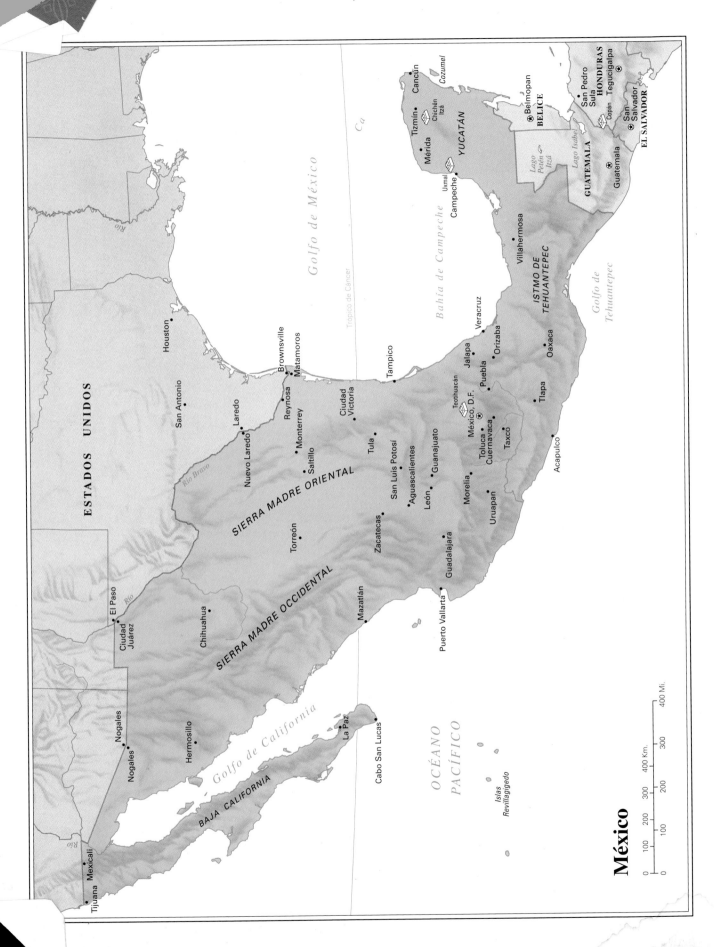

México

ESTADOS UNIDOS

OCÉANO PACÍFICO

Golfo de México

Golfo de California

BAJA CALIFORNIA

SIERRA MADRE OCCIDENTAL

SIERRA MADRE ORIENTAL

Bahía de Campeche

YUCATÁN

ISTMO DE TEHUANTEPEC

Golfo de Tehuantepec

Trópico de Cáncer

Río Bravo

Río

Río

Ca

Islas Revillagigedo

Tijuana
Mexicali
Nogales
Nogales
Hermosillo
La Paz
Cabo San Lucas
El Paso
Ciudad Juárez
Chihuahua
Mazatlán
Puerto Vallarta
Guadalajara
Torreón
Zacatecas
Nuevo Laredo
Laredo
Reynosa
Monterrey
Saltillo
Matamoros
Brownsville
San Antonio
Houston
Ciudad Victoria
Tampico
Tula
San Luis Potosí
Aguascalientes
León
Guanajuato
Morelia
Uruapan
Acapulco
Taxco
Cuernavaca
Toluca
México, D.F.
Teotihuacán
Tlapa
Puebla
Jalapa
Orizaba
Veracruz
Oaxaca
Villahermosa
Campeche
Uxmal
Mérida
Tizmín
Chichén Itzá
Cancún
Cozumel
Belmopan
BELICE
Lago Isabel
Lago Petén Itzá
GUATEMALA
Guatemala
San Pedro Sula
HONDURAS
Tegucigalpa
Copán
San Salvador
EL SALVADOR

0 100 200 300 400 Km.
0   100   200   300   400 Mi.

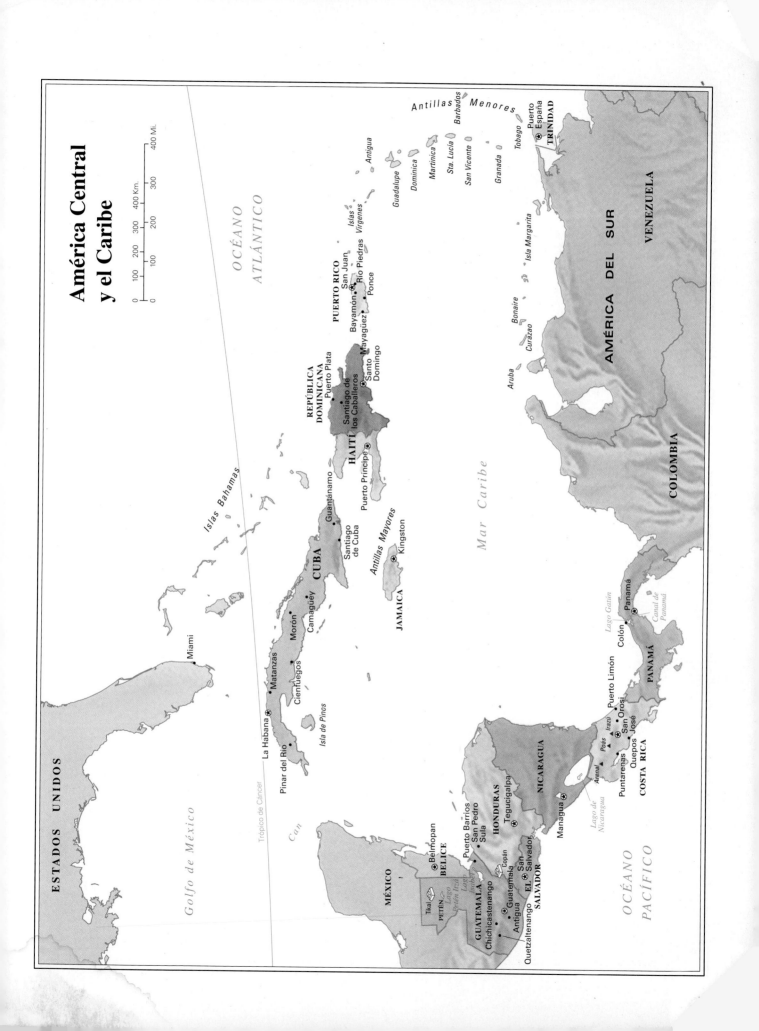

América Central y el Caribe

ESTADOS UNIDOS

Golfo de México

OCÉANO ATLÁNTICO

Trópico de Cáncer

Miami

Islas Bahamas

Pinar del Río
La Habana
Matanzas
Cienfuegos
Isla de Pinos
Morón
Camagüey
CUBA
Santiago de Cuba
Guantánamo

Puerto Plata
REPÚBLICA DOMINICANA
Santiago de los Caballeros
HAITÍ
Puerto Príncipe
Santo Domingo
Mayagüez
Ponce
Bayamón
San Juan
Río Piedras
PUERTO RICO
Islas Vírgenes

Antillas Mayores
Kingston
JAMAICA

Mar Caribe

Antigua
Guadalupe
Dominica
Martinica
Sta. Lucía
San Vicente
Granada
Barbados
Antillas Menores
Tobago
Puerto España
TRINIDAD

Isla Margarita
Bonaire
Curazao
Aruba

AMÉRICA DEL SUR

VENEZUELA

COLOMBIA

MÉXICO

Tikal
PETÉN
Lago Petén Itzá
Belmopan
BELICE
Puerto Barrios
San Pedro Sula
Copán
Guatemala
GUATEMALA
Antigua
Quetzaltenango
Chichicastenango
San Salvador
EL SALVADOR
HONDURAS
Tegucigalpa

NICARAGUA
Managua
Lago de Nicaragua

Puerto Limón
Irazú
Orosi
San José
Poás
Quepos
Arenal
Puntarenas
COSTA RICA

Colón
Panamá
Canal de Panamá
Lago Gatún
PANAMÁ

OCÉANO PACÍFICO

0 100 200 300 400 Km.
0 100 200 300 400 Mi.

Mar Caribe

OCÉANO
ATLÁNTICO

Barranquilla
Cartagena
Maracaibo
Caracas
TRINIDAD Y
TOBAGO
Puerto España
La Guaira
San Carlos
Ciudad Bolívar
VENEZUELA
Río Orinoco
Georgetown
Paramaribo
Medellín
Salto Ángel
GUYANA
Cayena
Zipaquirá
SURINAM
Bogotá
**GUAYANA
FRANCESA**
Cali
COLOMBIA
Popayán
San Agustín
Río Negro
Ecuador
Otavalo
Pichincha
Santo Domingo
de los Colorados
Quito
Río Amazonas
Belén
ECUADOR
Chimborazo
Manaos
Guayaquil
Iquitos
Río Madeira

BRASIL

Recife

Sipán
Trujillo
PERÚ
Machu Picchu
Callao
Lima
Cuzco
Salvador
Puno
La Paz
Cochabamba
Lago Titicaca
Arequipa
Tiahuanaco
Brasilia
Arica
Sucre
BOLIVIA
Potosí
Bello
Horizonte
Iquique
Filadelfia
Río de Janeiro
Trópico de Capricornio
Antofagasta
Salta
PARAGUAY
Asunción
San Pablo
Río Paraná
Santos
San Miguel
de Tucumán
Puerto Iguazú
Resistencia
Río Paraná
CHILE
Río Uruguay
Córdoba
Puerto Alegre
**OCÉANO
PACÍFICO**
Aconcagua
Viña del Mar
Mendoza
Rosario
URUGUAY
Valparaíso
Buenos Aires
Montevideo
Santiago
La Plata
Punta del Este
ARGENTINA
Río de la Plata
Concepción
Mar del Plata
Río Colorado
Bahía Blanca

Bariloche
Puerto Montt

CORDILLERA DE LOS ANDES

PATAGONIA

Estrecho de
Magallanes
Islas
Malvinas
Punta Arenas
**TIERRA
DEL FUEGO**
Cabo de Hornos

ISLAS GALÁPAGOS
San
Salvador
Ecuador
Santa Cruz
Quito
San Cristóbal
ECUADOR
Guayaquil
Isabela

América del Sur

0   250   500 Km.

0   250   500 Mi.

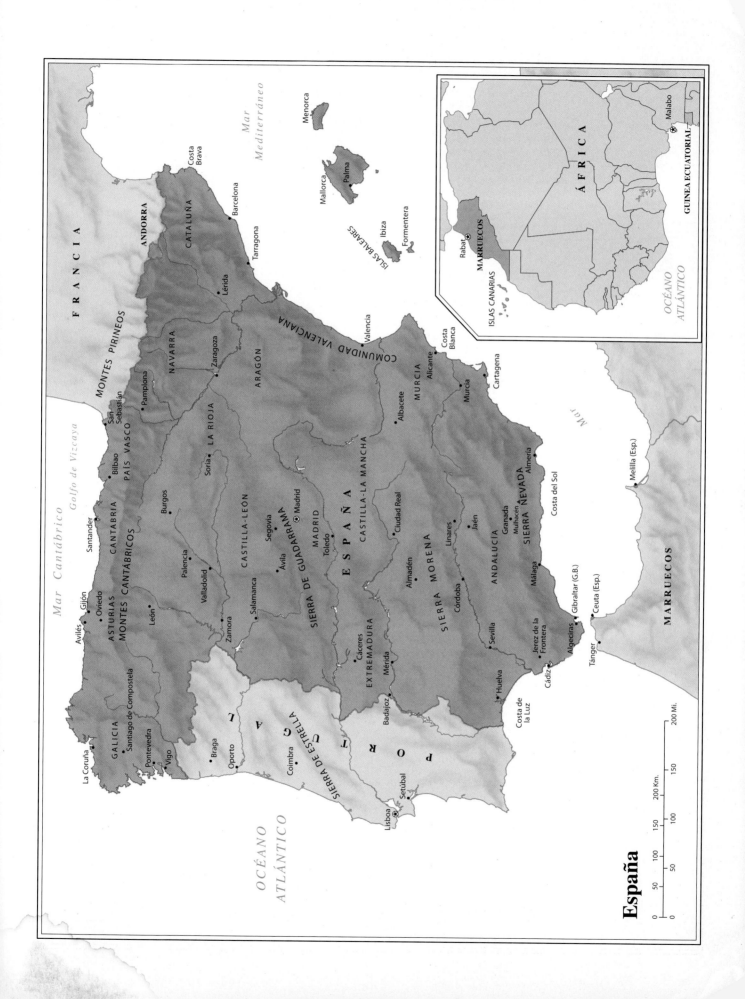

España

FRANCIA

MONTES PIRINEOS

ANDORRA

Costa Brava

Menorca

CATALUÑA

Barcelona

Mar Mediterráneo

Mallorca

Palma

Tarragona

Lérida

ISLAS BALEARES

Ibiza

Formentera

Mar Cantábrico

Golfo de Vizcaya

San Sebastián

NAVARRA

Pamplona

Zaragoza

ARAGÓN

COMUNIDAD VALENCIANA

Valencia

Costa Blanca

Alicante

Cartagena

PAÍS VASCO

Bilbao

LA RIOJA

Soria

MURCIA

Murcia

Mar

Santander

CANTABRIA

Burgos

ESPAÑA

Albacete

Gijón

Oviedo

ASTURIAS

MONTES CANTÁBRICOS

León

CASTILLA-LEÓN

Palencia

Valladolid

Segovia

Ávila

Madrid

MADRID

SIERRA DE GUADARRAMA

Toledo

CASTILLA-LA MANCHA

Ciudad Real

SIERRA NEVADA

Almería

Costa del Sol

Melilla (Esp.)

Avilés

Zamora

Salamanca

Linares

Jaén

Granada

Mulhacén

ANDALUCÍA

Málaga

GALICIA

Santiago de Compostela

Pontevedra

Vigo

La Coruña

Cáceres

EXTREMADURA

Mérida

Almadén

SIERRA MORENA

Córdoba

Sevilla

Jerez de la Frontera

Algeciras

Gibraltar (G.B.)

Ceuta (Esp.)

Tánger

MARRUECOS

Braga

Oporto

Coimbra

SIERRA DE ESTRELLA

P O R T U G A L

Badajoz

Huelva

Costa de la Luz

Cádiz

Setúbal

Lisboa

OCÉANO ATLÁNTICO

ÁFRICA

MARRUECOS

Rabat

ISLAS CANARIAS

OCÉANO ATLÁNTICO

GUINEA ECUATORIAL

Malabo

0	50	100	150	200 Km.
0		50	100	150	200 Mi.